JN017903

四書

四書

閻連科
Yan Lianke

桑島道夫＝訳

岩波書店

四書(THE FOUR BOOKS)
by 閻連科(Yan Lianke)
Copyright © 2011 Yan Lianke

This Japanese edition published 2023
by Iwanami Shoten, Publishers, Tokyo
by arrangement with The Susijn Agency Ltd., London
through Tuttle-Mori Agency, Inc., Tokyo

――忘れられたあの歴史と、死んでいった、
または生ける幾千万の知識人たちに捧ぐ。

四書

目次

現代中国の度量衡

寸……約三・三三センチメートル
尺……約三三・三センチメートル
丈……約三・三三メートル
里……五〇〇メートル
畝……約六六七平方メートル
両……五〇グラム
斤……五〇〇グラム

第一章　天の子

一、『天の子』一三～一六頁

大地と足が、戻ってきた。

秋になると大地は平らにならされ広々としていたが、雑然としていた。人はその上では卑小な存在でしかなかった。黒い点が次第に大きくなってくる。天地開闢、更生区には建物が整備され、そこへ人が住みついた。そのようになった。人びとの足は大地に支えられて戻ってきた。金色の夕日。そのようになったのだった。肩に担がれた農具は、どれも百斤千両ほどの重さで、一本一本隙間なく立っていた。こどもは夕日の下で踊っていた。だが、暖かさに足取りはやはり重く、胸や背中もむずむずしてくる。暖かいと、どうしても足が止まる。更生区の建物の黒みを帯びた煉瓦や瓦は、いったいどれほどの歳月を重ねたのか、古色蒼然とにぶい光を放っていた。天地開闢、荒野にも人が住むようになった。そのようになった。神は光を見て良しとされた。神は光と闇を分け、光を昼と呼び、闇を夜と呼ばれた。夕べがあり、朝があった。闇が来る少し前を、黄昏と呼ばれた。黄昏を見て良しとされた。鶏は止まり木に止まり、羊は囲いのなかに戻る。牛は鋤を下ろし、人は野良仕事をしまいにする。

こどもが足を大地に支えられて帰ってきた。更生区の門はわずかに開いていた。こどもがホイッスルを吹き、荒野に響き渡るや、人びとが残らず集まってきた。ここからもあそこからも。神は言われた。「水の中に大空があり、水と水を分けるようになれ」神は大空を造り、大空の下の水と、大空の上の水とを分けられた。そのようになった。大空の上を天、大空の下を地として、地に人を支えさせた。ここでもあそこでも。

「戻ったぞ、お上がいる町から。今から十条を公布する」とこどもが言った。

そして十条の戒めを読み上げた。

一、休みを請うときは皆一律に。勝手に行動してはならない。

二、働くときは一律に。乱暴な口を利いてはならない。

三、耕すときは一律に。収穫を競うこと。賞罰あり。

四、姦通してはならない。姦通した者には罰が下される。

五、書籍筆記具を没収する。むやみに読み書きしたり、思索したりしてはならない。

六、流言、誹謗中傷をしてはならない。

全部で十条あり、第十条は「逃げてはならない。戒めや規則を守ること。逃げた者には褒美を与える」とあった。闇が来る前、黄昏時で、大地は温まっていた。更生区の建物は荒野に縦に建っていた。いちばん手前の棟の前、中庭には楡の木があり、鳥がよく止まっていた。神は言われた。「地は生き物をそれぞれの種類に従って、家畜、這うもの、地の獣をそれぞれの種類に従って生み出せ」地の獣をそれぞれの種類に従って、家畜をそれぞれの種類に従って、地を這うあらゆるものをそれぞれの種類に従って造られた。神は見て良しとされた。神は言われた。「我々のかたちに、我々の姿に人を造ろう。そして、海の魚《うお》、空の鳥、家畜、地のあらゆるもの、地を這うあらゆるものを治めさせよう」またこうも言われた。「私は全地の面《おもて》にある、種をつけるあらゆる草と、種をつけて実がなるあらゆる木を、あなたがたに与えた。それはあなたがたの食物となる。また、地のあらゆる獣、空のあらゆる鳥、地を這う命あるあらゆるものに、すべての青草を食物として与えた」そのようになった。神は、造ったすべてのものをご覧になった。それは極めて良かった。そうして天地万象すべてが揃った。種それぞれに、秩序と規律があった。神は顔に笑みを浮かべられた。

「全部で十条だ。第十条は、「逃げてはならない。戒めや規則を守ること。逃げた者には褒美を与える」だ」とこどもは言った。

そして賞状を取り出した。白地に赤い枠、上のほうに国旗と国章が押されており、大きく一字、「賞」と書かれていた。賞状の主文が書かれるべきところには文がなく、金色の銃弾が印刷されている。

「俺は町に行ってきた」とこどもが言った。「お上から言われたとおり、お前らに告げる。もし逃げたら、賞状のほかに本物の銃弾もお見舞いしてやる」

そのようになった。

こどもは賞状を一枚一枚配り、ベッドのヘッドボードに貼っておくように言った。あるいは枕の下に置いて忘れないようにしろ、と。そうこうするうちにあたりが暗くなってきた。黄昏は良いものだ。鶏は止まり木に止まり、羊は囲いのなかに戻る。牛は鋤を下ろし、人は野良仕事をしまいにする。こどもは続けた。秋の終わりといやあ種まきだ。小麦は一人あたり少なくとも三畝《ムー》から五畝、耕して収穫を競う。農民の一畝あたりの平均生産量は二百斤にもならないだろう。だけど、お前らは教養があるんだから能力もあるはずだ。畝あたり五百斤だ！　お上が言っていたぞ。わが国家は天下に屹立している（一九四九年、新中国成立に際して、毛沢東は「中国人は立ち上がった。世界（天下）の東方に屹立したのだ」と宣言した）。アメリカが何様だ！　イギリス、フランス、ドイツ、イタリアなんてクソ食らえ。二、三年のうちに何が何でもイギリス、アメリカを追い越せ。それからこうも言っていた。月を摘み日を射る根性で小麦を植えろ、鋼鉄をどんどん造れ、と。お前らは毎月一人あたり、炉にいっぱいの鉄を造らなければならん、だと。教養があるんだから能力もあるはずなんだよ。農民より少ないことなど許されん。

お上が言えば、そのようになった。

「畑仕事をしなくても、鉄を造らなくても、いいんだぞ」とこどもは言った。「逃げたっていい。ほかの区でも、もう本物の銃弾を頂戴した奴がいる。けど、お前らがもし逃げるんなら、一つだけ頼み、というか条件がある。俺が押し切りを担いで来るから、その刃の下に俺を押し込んで、一気に殺ってくれ」

「俺はお前らに協力する。俺を殺ったら、逃げてもいいんだぞ。だけど、どこへ逃げる！」

「俺の頼みはこれだけだ。俺を殺ったら働かなくてもよくなるし、鉄を造らなくてもいい。逃げればいい」

あたりはすっかり暗くなった。秋の夜の帳が降りてきた。天地は混沌として、日がたち青黒くなった瓜のように空虚だった。人びとはばらばらと散っていった——白地に赤い枠、上のほうに国旗と国章があり、「賞」という一字が書かれた賞状を持って。主文があるはずの場所に、金色でやけに大きく、草むらのなかの完熟した果実のような銃弾が印刷された賞状。神は言われた。「天の大空に、昼と夜を分ける光るものがあり、季節や日や年のしるしとなれ。天の大空に光るものがあって、地上を照らせ」そのようになった。神は二つの大きな光るものを造られた。昼を治める大きな光るものと、夜を治める小さな光るものである。また星を造られた。神は地上を照らすため、それらを天の大空に置かれた。昼と夜を治めるため、光と闇を分けるためである。神は見て良しとされた。世界ができた。夕べがあり、朝があった。夕べの来る少し前を、黄昏と呼ばれた。黄昏のあとを、夕べと呼ばれた。夕べの訪れとともに、あたりは静まり返って風の音もしない。けれど、地の底の鼓動が地上に伝わってくる。草のささやきが空までこだまするようだった。巣に戻る雀たちの鳴き声もする。家に帰れない人びとは悄然としている。大きな花のような賞状を手に持っているというのに、誰も彼も黙り込んで、意気消沈していた。秋が過ぎて花が散ってしまったかのような、夜のような感傷だった。

そのようになった。こどもは自分の寝室に戻った。大地は広々として静かだった。静けさが人びとの歩みにまとわりついている。まるで水が水面の浮き草にまとわりつくように。

二、『天の子』一九～二三頁

月を摘み日を射る根性で、天地にとどろかす。

人びとは収穫を競って小麦を植え、ひたすら土を耕した。九月、空はどこまでも高く、秋の気配が荒野に満ちていた。太陽はそこかしこを容赦なく照らしつけていたが、照らしたくないところは一向に照らさない。風もそうだ。思うままに吹いて木の梢を揺らし、人の髪に吹きつければ人は冷たさに顔を震わせ、地面に吹けば草と大地はざわめき、ささやき合う。黄河の岸辺にあるとはいっても、その実とても遠い。河の流れは見えず、更生区と黄河河畔のあいだには果てしなく荒野が広がるばかりである。その間村は見当たらず、更生区の人びとがぽつりぽつりといるだけだった。

更生区と更生区のあいだは気が遠くなるほど離れているので、人の行き来はない。

人びとは田野に散らばって耕した。朝起きては耕し、朝ご飯を食べては耕し、昼時になると耕した。第九十九区の者は改めて並ばされ、点呼があった。お上は、黄河のほとりに分散している土地や作物が植えられた畑一帯を更生区と名づけるようにと言った。罪人たちを新しい人として生まれ変わらせるのだという。さらにお上は、思想改造と管理に都合がいいように、全区域の更生者と土地に番号を割り振るように言った。天は地を司り、地は人を司る。そうして彼らを働かせるのだ。更生区は一区から九十九区に編成され、更生者はそれぞれに振り分けられることになった。お上は良しと言った。これで彼らを働かせ、賞罰を与え、新しく生まれ変わらせることができる。彼らを日夜働かせ、精神を鍛え上げるのだ。もともといたのがどこであろうと――北京であれ南方であれ省都であれ地方であれ――、そして元は教授、幹部、学者、教師、画家、エリート、天才――誰であれ、労働によって新しい人へと生まれ変わらせるのだ。二年三年、五年八年、あるいは一生。

そのようになった。これは労働であり、更生なのだ。

正午近く、こどもがやって来た。人びとは散らばっており、空には鳥が飛んでいた。遥か遠く黄河から湿気と生臭いにおいが運ばれてくる。新たに耕された赤と黄色の混ざった畑は日射しの下できらめいていた。大地は千年の土の温もりと香りを放ちながら光の下を漂っていた、まるで絹のように、あるいは煙や霞のように。人びとは皆疲れ果て、地べたにしゃがみ込んで休んでいた。しかし、こどもが前に立つと、彼らはまた慌てて働き始めた。中に気づかないのがいたので、こどもは歩み寄り、彼の前に立った。こどもは彼が世に本や自説を問うたこともある作家であるのを知っていたので、言ってやった。

「お前の本は犬の糞だ」

作家は茫然としたが、うなずいた。

「私の本は犬の糞です」

「三度言え」

作家は三度続けて同じことを言った。

するとこどもは笑って行ってしまった。

作家も笑って、また忙しく耕し始めた。

こどもは、教授でもある学者が地べたにしゃがんで本を読んでいるのに出くわした。しかし彼は、こどもに気づいていなかった。そこでこどもは後ろに立って咳払いをしてから言った。

「何を見てる?」

学者は驚いて立ち上がり、不服そうに本を懐にしまった。そのまなざしには軽蔑の色があったが、鉄の鍬を持ち上げて耕し始めた。

どこまでも高い青空には、雲がうっすらと浮かんでいた。学者が硬い荒野を掘り返した土は新しくていい匂いがした。九十九区は更生区の東部の畑が持ち場だったが、小隊によって耕す場所が決められており、第一小隊が宿舎にいちばん近く、第二、第三と下るにつれて、より遠くのより広い土地が割り振られた。去年のトウモロコシのわらが畦に、ポプラの木をぐるっと取り囲むように置かれていた。そのなかに入れば暖を取ることもできたし、ほかのことをすることもできた。第三小隊の人びとは皆畑を耕していた。が、よく見てみると、一人足りない。こどもは付き添ってきた者を見やったあと、畦の木を取り囲むトウモロコシのわらのほうへ、見つけたぞと言わんばかりに歩いていった。そしてそのわらに蹴りを入れた。さらにもう一蹴りすると、中から一人這い出してきた。頭には干し草が載っている。

こどもを見て、男は青ざめた。

「しょんべんか？」とこどもが訊いた。

男は答えない。

「しょんべん、それともうんこか？」もう一度こどもが訊いた。

それでも答えない。

こどもは木を取り囲んでいるわらを、勢いよくかき回した。すると、わらのあいだにできた隙間から光が射した。木に貼りつけられた聖母マリアの絵からだった。こどもは聖母を知らなかったが、その端正な美しさは分かった。汚れて古い絵ではあったけれど、いい人のようだし、とにかく美しかった。こどもは微笑んだ。しかし、わらを隙間にかぶせると微笑みは消え、冷やかな顔になった。

男は口を利かない。

「三度繰り返せ、俺は変態です、俺は変態です、と！」

「こんなところにしけ込んで、いったい何をしてたんだ？　これは西洋の女だろう」

男はやはり口を利かない。

「二度でもいい」こどもは譲歩したが、
それでも結果は同じだった。

耕していた者たちは皆遠くからこちらを見ている。何が起きているのかは分からないが、じっと見ていた。時間が止まったようだった。切羽詰まったこどもは、前へ一歩踏み出し、問い詰めた。

「本当に言わないつもりか？　言わなければこの絵を破るぞ。更生区の壁に、この絵と一緒に、お前が女といやらしいことをしていたと貼り出すぞ」

男は黙り込んでいる。

こどもは仕方なく、わらをまた蹴って隙間を広げると、人びとに背を向け、絵に向き合った。ベルトを外してズボンを下ろし、今にも小便をかけそうな勢いだった。と突然、男は慌ててこどもの前にひざまずき、苦渋に満ちた表情で言った。

「お願いです、そんなことはおやめください」

「俺は変態です、と言え。一回だけでもいい」とこどもは言った。

男は口を開こうとしない。

するとこどもはまたその絵に向かって、小便するふりをした。

男は青ざめ唇を震えさせながら、続けざまに言った。

「俺は変態です、俺は変態です……」

目に涙をためていた。

「そうだよ」とこどもは言った。「さっさとそう言えばいいんだ」

そして行ってしまった。男をどう処罰するか、もう考えていないようだった。しかし男は地面にしゃがみ込んだまま、動けなくなっていた。顔は蒼白で、天空にぽっかりと空いた穴のように虚ろだった。

こどもは悠然と歩いていった。遥か向こうの、四列に並んで耕している人びとのところへ行った。そこに一人、若くもの静かな女がいた。女から後光が射していた、わらのなかの木に貼られたあの女とよく似ており、威厳のある美しさだった。こどもは「姉さん」と呼びたい思いに駆られながら女に近づいていったが、よく見ると、絵の女とは似ていなかった。しかしもう一度見ると、やはり似ていた。戸惑いつつもさらに近づく。ところが耕していた女は、曲げていた腰を伸ばしてこどもから遠ざかってゆく。あきらめずにまた女のそばまで行ったとき、一昨日、九十九区に送られてきた女だと分かった――新米の女教師、省都で音楽を教えていたピアニストだった。その女の手に血まめができていて、血が鍬の柄を伝って流れている。こどもはハンカチを取り出して血をぬぐってやった。ハンカチは粗い白布で、四方はかがっておらず、新しくて清潔だった。

女はこどもを見ながら好意を感じていた。

三、『天の子』三九～四三頁

土を耕し種まきをするにあたって、各区は畝あたりの生産量の見込みをあらかじめ報告させられることになった。

こどもの要求は厳しくなかった。ほかの区は五百斤から七百斤前後で、八百斤だと報告してきた区もいくつかあった。こどもは九十九区では小隊ごとに五百斤と報告すればいいと言った。それで、平均五百斤ということになった。

朝起きると太陽があまねく照らしつけていた。九十九区では日が射す音が聞こえるほどに静かだった。各小隊の責任者を部屋に呼んで会議をしたら、みんな座ったまま口を開こうとしなかった。小隊ごとに見込みの生産量を報告させようとしたら、皆死んだように沈黙してしまった。

「分かってる」とこどもは言った。「ここの畝あたりの生産量は多くて二百斤だけど、それも本当じゃない。でも、事実は必要ないんだよ。畝あたり五百斤だと報告するんだ。それから必死で植えればいいじゃないか」

会議はこどもの宿舎で行われた。こどもの住まいは区の正門側に三部屋あり、真ん中が広間で、両側がこどもの部屋と物置になっていた。人びとは広間に何脚かある長椅子に、互いに離れて、うなだれて座っていた。一人は作家、一人は学者、一人は宗教学の教授、もう一人は、音楽教師でピアニストの女だった。彼らは各小隊の責任者にされたのだ。会議となると黙り込んでしまうのだが。

「報告しなければ」とこどもは小さな声で言った。「顔を洗いには行かせないぞ」

「報告しなければ」とこどもは、今度は大声で言った。「飯を食いには帰らせないぞ」

「報告しなければ——働かざる者食うべからず、だな。五年は家に帰れないし、六年は家族も面会に来られないようにしてやる!」こどもはとうとう吠えた。

それからは、まるでオークションのように、高い生産量が報告され始めた。

そのようになった。

ただ、見込みの生産量はどれも六百斤だった。こどもはいい奴だったので、殴りも怒鳴りもせず、足で椅子を蹴飛ばした。すると見込みはみるみる上がっていった。報告が済むと、学者、宗教、音楽たちは、みんな食事に戻っていった。

言うとおりにすれば顔が洗える。飯が食える。この世の中はそういうものだ。

こどもはしかし、作家をその場に留めて言った。

「四人のなかでお前の言った生産量がいちばん少ない。残れ、話がある」

作家は顔に恐怖の色を浮かべて、そこに残った。ほっとした表情で出てゆく宗教、学者、音楽たちを横目に見ながら、その顔には羨望の色がありありと浮かんでおり、まるで耕したばかりの大地の赤褐色の土のようだった。ほかの者たちがいなくなってしまうのを待って、こどもは部屋のドアを閉めた。ほの暗い明かりのなかで、こどもと作家は二人きりになった。こどもは聖母像を取り出して、机の上に置いた。

「これは誰だ？　宗教がこれをこっそり畑のそばの――トウモロコシのわらで囲った木に貼っていた」

こどもは一冊の本を取り出した。「1、2、3、4、5、6、7」と、数字や直線、曲線でできた数字譜だった。

「これは何だ？　俺は音楽を第四小隊の責任者にしたんだけど、あいつがこんな本をくれたんだ。自分が書いた本だと」

こどもはまた賞状を取り出した――例の銃弾が描かれた、以前配布したあの賞状だ。その銃弾の、金色の下の余白に、詩の文句が二つ書かれていた。「千年の鉄門であろうとも、やがては土饅頭となる」――真っ赤な目立つ字でそう書かれていた。こどもはそれを指差した。

「これは学者の枕の下にあったんだ。どういう意味だ」

こどもはさらに、いろんなものを取り出してきて、作家に一つ一つ、つぶさに見せた。たとえば半裸の婦人像、びっしり書かれた日記、外国人しか使わないボールペン、こすっただけで火が点く舶来物の――作家も知らない――ライター。そのライターは、自動車が走り去ったあとの、ガソリンの臭いがぷんぷんした。二人はそれらを取り囲んで一つ一つ見てゆきながら、いろんな話をした。最後にこどもは、青のインクを一瓶とペンを一本、それに原稿用紙を取り出し、作家に渡した。

「本を書いていいぞ。お前の願いが叶えられることになった。お上がこの区内でお前に本を書かせることに同意した」とこどもは言った。「すごいのを書け。お上がお前に――お前の著作に名前をくれた。『罪人録』だ。お上が言うには、この原稿用紙は五十枚あるそうだ。最後の一枚まで書き終えたら提出する。すると、さらに五十枚をくれるそうだ。書き上がったら、お前を省都に帰し、家族と一緒にさせてやる。それだけじゃない。全国でお前の本を出して、北京に連れていき、全国の作家の長にしてやる」

「もういい、帰れ。九十九区では、お前がお上にいちばん信頼されている」とこどもは言った。

作家は立ち去るとき、また振り返って言った。

「私たちの生産量は低すぎました、八百斤にします」

こどもは作家に向かって微笑んだ。金色の日が射していて、大地の上を霞が自在にうねっていた。あの響き——地に種をまく合図のホイッスルが鋭く響き、更生区の庭を跳びはねた。

四、『天の子』四三〜四八頁

ホイッスルが天まで響いたが、ほとんどが部屋のなかでぐずぐずしていた。農具を持って畑に出ようともしない。小隊ごとに種まき車が二台あるのだが、どれも軒下で休んでいた。種まき車を引く綱は地面に放り出されたままだった。お上から配布された麦の種は袋詰めにされたまま、各棟の入り口の前に立てかけられていた。

洗濯する者もいれば、

手紙を書く者もいた。

何もすることがない者は、しゃがんで日向ぼっこをしていた。

こどもを探しに行った者たちは、誰も畑には入らずに言った。

「誰が能力なんかあるものか。なのに、六百斤だとよ！」

こどもは戻ってきた宗教、学者と音楽を見やり、小さな声で言った。

「集会だ」

そして集会になった。

皆はこどもの宿舎の前の空き地に、小隊ごとに、思い思いの場所に座った。こどもは言葉少なに文書を取り出して、若い更生者に前に出て読むように言った。

「読んだ者には、明日一日、働かずに済むようにしてやる。代わりに手紙を出しに郵便局に行って、新しく来た手紙と新聞を取ってくるだけでいい」

そこで二人の若いのが争って読もうとしたが、こどもはそのうちの一人に読ませた。文書はそれほどの分量もなく、ただ、更生区で閲覧が許可された本を公布していただけだった。読み終わったあと、こどもはしばらく黙り込んでいたが、大声で言った。

「分かったか？　お前らが読んでもいい本が公布されたんだ。ここにないのは、みんな間違ったことが書かれていて、違法で反動的な本だからな」

「お前らがどんな本を読んでいるのか、どこに隠してあるのか、俺は全部知っている」こどもは一人の男の前を行ったり来たりしながら言った。「便所で反動的な本を隠れて読んでいる奴もいる。夜中に起き出して、反動的な本を読んでいる奴もいる。本を読みながら、大声で泣いているのもいる」

こどもは突然立ち止まり、競って文書を読もうとした二人を指差して言った。

「お前らは明日、手紙出しと受け取りに行ってこい。褒美に来年の里帰りの休みを三日分やる――いいかよく聞け、第二小隊の学者の寝ている枕許をひっくり返してみろ、とんでもなく反動的な本が隠されているから」

そこで彼らが探しに行くと、果たして『竹林の七賢』という反動的な本が一冊見つかった。「第三小隊の宗教の布団のなかを探せ。あいつの掛け布団のカバーを開けて探してみろ」とこどもはまた言った。

そこで探しに行くと、宗教のベッドの枕許には、掛け布団がきっちり四隅を合わせて畳まれていた。そしてそのカバーのなかに旧約聖書が隠されていた。黒い革張りの本は、どの頁もぼろぼろに読み込まれており、また、指につばを付けてめくった跡が例外なくあった。

「第一小隊の作家のベッドの下を探せ。あいつのベッドの下には木箱が三つ隠されていて、中身はみんな本だ」とこどもはさらに言った。

そこで探しに行くと、木箱が三つ見つかった。引っ張り出して、衣類をどけ、中の本をひっくり返して出したところ、『野草』〔魯迅の散文詩集〕『唐宋詩律』、それに外国小説の『ゴリオ爺さん』『ドン・キホーテ』、メリメの小説集、シェイクスピアの戯曲『ロミオとジュリエット』、ディケンズの『デイヴィッド・コパフィールド』、それからゲーテの『若きウェルテルの悩み』まであった。雑然と集められた本は一様に古くぼろぼろだったが、多くが繁体字で印刷されていた。作家の小説はどれも中国のことなのに、手許に置いて読んでいたのは多くが外国の本なのだ。

三つの箱の数十冊が地べたに山積みに置かれ、火が点けられた。

こどもはそれから音楽の女に目をやった。とたんに音楽の顔が紙のように、雪のように、霧のように真っ白になった。音楽は人びとのいちばん後ろに座っており、皆がもっそりと機械のように後ろを振り向いたので、すっかりうなだれてしまった。こどもはさらに一人の太った中年教授を見やった。

「お前はお上にもの申したそうだな——週末もうちに帰らず、復古趣味の芝居を、修業だと言って見にゆく上の人間がいます、と。だけど、お前の枕のなかに入っているのは、どれも糸綴じの古い本ばかりじゃねえか。それどころか、いちばん反動的でいかがわしい『石頭記』〔清代長編小説『紅楼夢』の別名〕まである。聞いた話じゃ、その本のなかの詩句を、お前は全部そらんじることができるそうだな」

そしてまた、痩せている男を指差した。

「お前は、北京にいる、いちばん上の幹部に手紙を書いたそうだな。幹部はみんな腐っている、と。だけど、自分は腐っていないとでも言うのか？　お前の引き出しには本はないが、舶来物の飴がたくさんある。家から毎月服を送ってくるたびに、中に飴が一斤入っているんだよな。そしてお前は毎日、仕事に出かける前と終わったあとと寝る前に、こっそり食べている。一日に少なくとも五粒だ。つまり一月百五十粒になる。だけど知ってるか、今、ふつうの庶民は紙でくるんだ舶来物の飴など見たこともない」

こどもはまったく千里眼で、隅から隅までお見通しだった。こいつはここに本や物を隠しているとこどもが言うと、そこには本当にそれらがあった。こどもはみんなの前に立って、絶えずそれらの本を蹴りつけた。そして本はやがて、山のように積まれた。こどもが後ろで行ったり来たりしていると、背後から太陽の光が射すようで、本の山を照らし、光のなかを埃がちらちらと瞬きながら舞い上がる。人びとはすっかり青ざめ、目に驚きの光を湛えて、まるで神を仰ぐようにこどもをじっと見ていた。そう、彼らが凝視しているのはまさしく神だった。ふと鳥が上空をかすめた。旋回する音とともに、羽根が落ちてきた。こどもは羽根を拾って投げ捨ててから、大声で言った。

「お前らが本をどこに隠しているか、もういちいち言わないぞ。すべてはお見通しだ。自分から進んで反動的な本を出せ——上納だ。そうすりゃ万事解決だ」

皆部屋に行って、いつも読んでいる本を取ってきた。多くは自発的で積極的だった。ぐずぐずしている者もいたが、こどもが睨みつけると、相手はためらうのをやめ、慌てて探しに行った。音楽も探しに戻ろうとして立ち上がったが、こどもが彼女を一目見て言った。

「お前はそんな本を持っていないだろう、行かなくていい」

音楽はそこで座った。こどもにまたいい印象を持った。

皆は部屋に戻ったが、音楽だけはその場に残った。

まるで古い靴を捨てているようだった。本が一冊、あるいは数冊ずつ放り投げられるうちに山が高くなってゆく。昇りゆく日と歩調を合わせるように、本の山も高くなっていった。本の山からは紙のかび臭く、腐ったようなにおいが漂ってきて、秋の畑のにおいと混ざり合う。

本は山のように積み上げられた。

そして本当に小さな丘のようになった。

こどもはそのなかから何冊か拾い上げて――『吶喊』〔魯迅の第一創作集〕『ファウスト』と『ノートルダムの鐘』に――火を点けた。『精神現象学』を拾い上げて、火を点けた。『神曲』と『聊斎志異』を拾い上げて、火を点けた。こどもは多くの本を燃やしてしまったが、バルザックの小説を燃やそうとして、ふと本の山のなかに戻した。トルストイの小説や『罪と罰』も山のなかに戻し、例の若い二人に命じた。

「残りは俺の宿舎に運んでくれ。冬の焚きつけにする」

本はこどもの宿舎に運ばれていった。

本の山を運ぶたびに、こどもはそのなかから一冊を抜き出し、声を張り上げた。

「これは誰の本だ？　俺たち九十九区は畝あたり六百斤だ、多いか少ないか、言ってみろ」

そしてまた、一冊一冊拾い上げながら言った。

「六百斤の予想は多いかどうか、言ってみろ」

「お前、畑に行って種まきをする気があるのか?」

「この本は天地にとどろく反動ものだ。一畝の土地に小麦は六百斤できるか?」

正午になる頃には、本はこどもにことごとく選別され、詰問も終わった。そして人びとは、種まき車を担いで、畑に種をまきに行った。

第二章　更生区

一、『旧河道』一〜二頁

私はこうして、舟が水の流れに乗るように執筆を始めた。

紙とペンと、青インクがありさえすればいい。私が書いたものは上層部から『罪人録』という、実にふさわしい名前を与えられた。九十九区にいる罪人の一挙一動を漏らさず記録し、逐一報告せよということだった。ただ、私は本の執筆に渇えていたとはいえ、それは『罪人録』のようなものではなかった。こどもがペンとインクと原稿用紙を手に入れ、持ってきてくれたとき、私の両手は少し震えていた。

私はすでに半世紀も生きてきて、五編の長編小説、二十数編の中編と、百編にのぼる短編小説、そしてエッセイ集も数冊出している。これまで私の小説は英語、ロシア語、ドイツ語、フランス語、イタリア語、朝鮮語、そしてベトナム語に翻訳されている。私の小説を原作にした映画は誰もが知っており、世界的な映画芸術賞を受賞したこともある。国家の上層部が外国を訪問する際、私の最もよく知られた著作のサイン本を外国の指導者や大統領へ国の贈呈品とすることもしばしばだった。輝かしい経歴を持つ私だったが、職場に課された更生目標が達成できなかったため、全省の著名な作家や批評家を集めて、民主討論会が開かれることになった。会議は朝八時から始まり、午後一時になってもまだ終わらなかった。更生させるべき反動文士を選び出すのは、よその国で大統領を一人選ぶより難しい。会議は三日も続いたので、作家や批評家たちは豪雨で今にも溢れ出さんとする川のように、鬱憤が溜まっていた。三日目もすでに昼食の時間を一時間以上過ぎていて、参加者たちは腹を空かせ、口もからからだったので、ついに一人がこう言ってきた。

「あんたは著名作家で作家協会の主席なんだから、あんたが反動文士を決めればいい、誰の名を挙げようと、みんな諸手を挙げて賛成するよ」

しかし時局が緊迫し、社会の情勢も厳しいことはよく分かっていたので、私としても軽々しく作家や批評家の名前を出すことはできなかった。

そこで私は、みんなに一枚ずつ紙を配り、無記名投票で選ぶことにした。それぞれに内心反動的で権威的だと思う人物の名前を、用紙に書いてもらうことにしたのだ。しかも民主的かつ巧妙に。

「筆跡でばれることが心配なら、左手で書いてもいいし、他人の筆跡を真似て書いても、目を閉じて書いてもいい。とにかく、めいめいこれなら筆跡がばれないと思うやり方で、反動的だと思う人物の名前を紙に書いて出してくれ」

すべての参加者が、この最も突飛で民主的な方法に従って名前を書いた。紙を集め、いちばん名前が多かった者が当選となる。結果、ほとんどすべての投票用紙に書かれていたのは私の名前だった。

私は高得票で当選してしまったのだ。

そこで私はある指導者に書信を送った。私の作品目録と芸術的功績や国家に対する忠誠を漏れなく書き連ね、書信の最後には、北京の上層部による今回の結果への介入と反動者リストからの私の名前の削除を求めたのだった。すると上層部は、厳格かつ迅速に返信をよこした。「あなたの文学的功績は抜きん出ている。更生区に赴けば、きっと人民のために本物の革命文学作品を書くことができるであろう」

私が省都を離れる日、私を当選させた職場の同僚がみんな見送りに来てくれ、揃ってこう言った。

「あんたは自分の栄誉と功績と名声で思想改造に抵抗できる唯一の人だ。あっちに行ったあと、家族や子供、親戚、友人たちのことは、私たちが良くしてあげるから」

二、『旧河道』七〜一〇頁

九十九区は中原の黄河の南、母なる河からさらに四十数キロの場所に位置している。その間はすべて、黄河が絶えず流れを変えてきたことによってできた広大な砂地である。何百年何千年と、黄河が水害や氾濫を起こしてきたため、土質がきわめて悪く、多くの農民は早くによそへ移っていった。残されたのは果てしなく広がる荒地と痩せた土壌にも生育する草々、そしてまばらな村落だけで、監獄や流刑地としては恰好の場所だった。ここの監獄は明代《みんだい》から一九四九年の解放までのあいだ、たいへん賑わってきた。囚人が激増した最盛期には三万五千人以上もいたそうである。各種の死刑囚や労働改造囚の主な役務は黄河の大堤防の補強工事と、旧河道の下の泥と上の黄砂を入れ替えて耕地に戻すこと、つまり砂地を良田に変えることだった。幾千幾万畝の砂地が良田になった頃、古い国が終わり、新しい国が成立した。ここはもはや死刑囚の収容と執行を行う場所ではなく、有期懲役囚の労働改造として穀物や綿花を植える大農場となった。しかし共和国が成立して数年後には、ここは労働改造農場ですらなくなった。

更生区は昔の獄舎と配置をそのまま利用し、果てしなく広がる黄河の旧河道の上に本部と各分区があった。本部は町にあったが、まわりのそれぞれの区域と土地は、千畝のところもあれば、一万畝近くあるところもあった。更生を必要とする罪人がどのぐらいいて土地がどれほどあるのか、その全容は誰も、はっきりとは分かっていなかった。一万八千七百人以上いると言う者もいれば、二万三千三百と言う者もいた。ただ、およそ二万の要更生者のうち、九十パーセントは教授、学者、教師、作家、そして各方面の知識人たちだった。それから十パーセントほどが国家の幹部と高官。しかし、わが九十九区に限って言えば、全部で百二十七人いたが、九十五パーセントは知識人だった。

九十九区は本部から最も遠く、いちばん外れの、黄河河畔の一帯にあった。だから、逃走者が出る心配もなかった。前後左右、どの方向であれ、荒野を十里二十里行ったとして、ほかの区の罪人たち以外、人や鳥獣に出くわすことなどおよそ考えられなかった。それからまた十里二十里と歩き、荒野と雑木林を抜けると畑や農作物が見えてきて、村人だと思うのだが、それもやはり別の更生区の、土を耕し、種をまく罪人たちの群れだった。彼らもまた、更生を求められていた。規定では、罪人はほかの罪人の逃亡嫌疑を告発すると褒賞として、家族に会うための休暇を一ヶ月もらえることになっていた。さらに、逃亡しようとしている者を捕まえれば三ヶ月、逃亡者を三人捕まえれば、元いた街と職場に自由に戻れることになっていた。だからここでは誰もが、ほかの誰かを告発しようと待ち構えていた。逃亡者を捕まえて手柄を立てる機会を狙っていたのだった。

もちろん、北に向かって逃亡し、黄河を越えて向こう岸の村を目指すこともできなくはない。しかし、そのあたりは黄河が甘粛《かんしゅく》省から陝西《せんせい》省を経て河南の中部に入ったすぐのところで、雨季になると天まで届くかと思われるほどの大洪水が起こる一帯だった。泥砂が混じる河を渡ろうとした者はいまだかつてない。冬になれば岸に近い河面には氷が張り、その上を歩けるようにはなるが、数十メートルにもなる河の中央には流れが急なために氷が張らない部分があり、水は骨を刺すような冷たさなので、河を渡る手立ては事実上ないに等しい。黄河は天然の障壁であり、あたかも決死の覚悟で越えなくてはならない国境線であったのだ。私たちの九十九区はつまり人と河とに挟まれていたのだ。逃げようとした者もいるにはいたが、ほかの罪人に捕まって戻されるのがおちで、逃げた側には罪が加わり、捕まえた側は更生を終え、晴れて新しい人として家族のもとへと帰ることになった。秋の終わり冬の初めに黄河の水は少なくなるからと、河を歩いて渡ろうとする者もいたが、どれほども行かないうちに溺れ、死体が下流二十里の砂地に打ち上げられることになった。まれに逃亡に成功した者もいたが、せっかく家に戻ったというのに、妻と娘は恐れからか義務感からか、男を更生区に送り返してしまった。結果男は監獄に入れられ、妻はヒラの教師から校長に、あるいは課長から部長になった。

もう誰も逃げようとは思わなくなった。

しかも、確かにここの生活は、以前の監獄時代よりずっといい。腹いっぱい食べられるし、暖かい服もある。空気もみずみずしく、まるで六月七月に木から摘んできたばかりの桃や梨のように新鮮だった。さらに言えば一年のうち働くのは農繁期だけで、その間は休暇のようなものだった。冬には日向ぼっこをし、夏には涼しい風に吹かれながら、のんびりと過ごすこともできた。私はといえば、散歩やすがすがしい深呼吸や、おしゃべりやトランプや、惰眠をむさぼることができるだけでなく、小説まで書かせてもらえるのだ。ほかの者たちも、畝あたり六百斤などはなから無理だと言いさえしなければ、読書にいそしむこともできるし、とりとめなくもの思いに耽ることもできる。

だが、皆過ちを犯してしまった。それは、畝あたり六百斤に届かないと言ったことだ。こうして、事態は良からぬ方向に進んでいった。砂が石になり、そよ風が豪雨になる芽が育まれていったのだった。

三、『罪人録』九頁（削除あり）

十二月二十六日、午後の静けさのなか、資産階級と無産階級は陰に陽にしのぎを削っていた。表面上、労働改造は順調に進んでいるように見えたが、その静けさの下で、資産階級はひそかに無産階級を呪詛し、陰謀をめぐらしていた。たとえば若く美しい音楽家が畑に行くときポケットに『椿姫』を忍ばせていることに、私は気づいたのだった。これは娼婦を賛美する、資本主義国フランスの最も反動的な小説である。音楽はその反動的な本を自主的に差し出さなかっただけでなく、畑に持っていって休憩時間にこっそり読んでいたのだ。一心不乱に、目には熱い涙さえ浮かべて、濃い化粧をした娼婦マルグリットの挿絵をじっと凝視したまま、何十秒も目を離そうとはしなかった——音楽の思想がいかに汚染され、腐敗しているかが分かるというものだ。娼婦マルグリットは男を誘惑するためにいつも椿を挿しており、体からは椿の香りが漂っていたが、音楽の体からも椿と同じ化粧クリームの匂いがしていた。マルグリットの髪はいつも滝のように巻いて垂らされていたが、音楽の髪も同様に、肩にかかっていた。これはいったい何を意味するのか？

私は上層部に、音楽のような腐敗した資産階級の態度と行為には特に注意するよう提言するものである。千丈の堤も蟻の一穴より崩れるからだ。彼女のようなプチブルの雰囲気を濃厚に放つ女性に、我々の更生区を変質させ、腐敗させてはならない。

四、『旧河道』一七～二二頁

上層部は私に『罪人録』を書くように言った。それはつまり、彼らには見えず、聞こえぬ九十九区の者たちの言行をすべて記録するということであり、その要求に応えれば、私はすぐに更生を終え、家に帰ることができるのである。私はそこで、自分の見聞きしたあらゆることを書き記したが、原稿の一部は引き出しのなかに入れ、一部を提出した。提出した部分は私の更生中の功績と忠誠の証しだが、残した部分は出所してから書こうと思っている小説の題材と記録ということになる。ただ、どちらが私にとって重要なのかは分からない——作家の生命と作品のどちらが重要なのか分からないのと同じように。いずれにせよ、私は執筆をしていいことになった。すべての罪人たちが見ている前で、彼らにはインクの一滴もないというのに、革命小説の執筆という名誉のもと、ひそかに提出を準備している『罪人録』を書くことができる。上層部が見ている前で、将来の小説のために題材を記録し構想することもできる。私は九十九区のこどもから最も信頼されている人間だ。こどもは私を、自分の目や耳、指のように信頼している。

種まきが始まった。

もう誰も、畝あたり六百斤が無理だとは言わなくなった。誰もが知識人ぶった臭い口をつぐみ、水増しだ、誇張だ、非科学的だ等々、くだらないことは言わなくなった。それどころか、口を揃えて「科学なんてクソだ、踏むのもいまいましい、畑にでも埋めてしまえ」と言うようになった。

土地は各小隊に、一人あたり七畝があてがわれた。小隊ごとにそれぞれ二百畝あまりの粘土と砂が混じった土地となり、小さいのは数畝、大きいのは数十から百畝もあった。土地と土地のあいだには低いくぼ地に水が入ってできた沼沢や湖と、死んだように荒れ果てて、かちかちに干上がって塩をふいた、真っ白なアルカリ地があった。土地はこうした湖や沼沢や荒野に挟まれており、十里二十里行っても人っ子一人いなかった。一週間、あらゆる場所にがむしゃらに種まきをした。九十九区の四つの小隊は、

七、八人を一組として、麦の種まきができる者は種まき車を担ぎ、残りの者はその両側に分かれて綱を引っ張った。以前は畝あたり二百斤の生産だったので、畝ごとの種は袋に半分、五十斤で済んだのだが、今は六百斤になったので、種はびっしりと、畝ごとに一袋百五十斤もあった。荒野は今、暑さが過ぎ去り、しかし寒さはまだ訪れていない時節だった。泥土とアルカリ塩のにおいのする風が、黄河のほうからこちらに向かって吹いてくる。ただ、人びとの顔も頭も涼しくなっているのに、体は麦の種まきで綱を引っ張っているため暑くて背中いっぱいに汗をかいており、まるで体を洗ったあと、水気を拭かずに服を着ているようだった。

私たちの小隊は区の南から数里行き、周囲三里のアルカリの沢を過ぎた先の荒れ果てた大地で、五十数畝ばかりの三角形の畑を耕していた。土は掘り返されて、新しい土が赤や黄色に輝いていた。そのまわりは一面薄い灰色がかった塩砂がまぶされたアルカリ性の草地だったが、皆は綱を引いて種をまき、一歩一歩畑の端から端へ行っては帰ってくるを繰り返した。何度も往復し、休むことなく動いているのだが、飛んでいる鳥の群れが空の果てで停止して見えるのと同じで、まったく動いていないようでもあった。私は種まき車を支え、ふらつきながら種をまいた。まったく農民が言うところの玄人が必要だった。ただ、この作業は、小説を一編書くことほど難しいわけではない。一小隊四台の種まき車を地面に二寸の深さに挿し込んで、梶棒を上三十度に傾け、前の者が種まき車を引っ張る力を借りて均等に揺りながら、麦の種を四本に分かれた漏斗に流し込んでゆく。そうして種まき車が通り過ぎると、麦の種が植えつけられるのだった。二往復したらできるようになり、四往復したらこつを摑んだようだ。前で綱を引いている者を見ていたら、まるで目隠しをして石臼を引かされているロバのように思えた。

ロバを後ろから追い立てている者が言った。

「疲れたか?」

すると、追い立てられていた者たちからはこんな答えが返ってきた。

「まあな、でも五十斤の種で畝あたり二百斤できるなら、百五十斤だったら六百斤できるだろ」

「喉が渇いたら、畦に行って水でも飲んでこい」

「本はみんな持っていかれてしまった。夜はトランプでもやろう」

「こどもはいい奴だ。本を燃やし尽くすことはしなかった」

「聞いた話だが――何日か前、ある更生区の教授が逃げたんだが、捕まって連れ戻されたそうだ。ズボンを脱がされ頭にかぶらされ、ズボンの裾越しに空の星を数えるように言われたんだって」

日が中天を過ぎ、西の際に沈む頃まで種まきをしたので、人びとは皆疲れて、はりを失った布きれか冬を越した草のようにくたくたになった。皆は休もうと、畑の真ん中に座り、長靴を脱いで、靴のなかの土を振るい落とした。そしてその土のなかから、靴に入って踏みつぶされ、泥のようになった虫を取り出した。綱を引いてできた血まめと水疱を見て、お互いイバラの棘でつぶし、血や水を押し出した。

「いてっ、いてて」と赤く青いうめき声が天地に響く。

例の、みずから進んでこどもの代わりに本を探し出した若者はもともと、ある大学研究室の実験員だった。彼の恩師は更生の対象者に選ばれたとき、私はもう年寄りだから更生区に行くことはできん、と言った。師弟は親子とも言うじゃないか、ここは師のためだと思って、代わりに行ってくれんかね、と。そこで彼は、目に熱い涙をためて、学校の幹部のところへ赴いた。本当に恩師の身代わりになって君が行くのだね? と確認する幹部に、彼はうなずき、父のように導いてくれた師の恩に報いるにはこれしかありませんと答えた。こうして彼は九十九区に送られ、私たちの小隊に入ったのだった。休憩時間、実験は畦のイバラの茂みへ小便に行った。茂みはこちらの畑からは遠く、彼はだいぶ歩いてその茂みにたどり着いたのだが、そこで突然立ち止まった。

と、彼は別の茂みのなかに隠れた。

そしてまた急に、こちらに駆け戻ってきた。息をぜいぜい切らしながら、まるで畑のなかを駆け回る鹿のようだった。と今度は、私の手を取り、また八百メートル向こうのイバラの茂みまで走ってゆこうとした。

「どうしたんだ」私が訊くと、

「おもしろいものを見たよ」と彼は答えた。

しかも顔に真っ赤な光が差していて、もうすぐ沈もうとする夕日のようだった。速く走れるようにと彼は靴を脱ぎ、舟の模型を二艘持つように手で摑んだ。途中、転んで片方を落としてしまったので、もう片方もいっそ畑に捨て、自分自身がまるで投げ捨てた靴になったかのように突進した。種まきをしていた者たちもまた、何が起きたのか分からないまま、泥棒を追いかけるように全速力で走った。ところが実験は走っている途中で急に立ち止まり、不意に何か思い出したかのように、私を睨みつけて言った。

「一回告発をしたら、褒美として一ヶ月家に帰れるのかい?」

私は彼に向かってうなずき、訊き返した。

「誰か逃げた奴がいるのか?」

「逃亡よりもっとすごいぜ」と彼は笑って答えてから、振り返って皆に宣言した。「おーい! これは、今日俺が発見して、俺が告発するんだからな。お前ら、俺の手柄を取るなよ」

そう言いながら、彼は両手で押さえつける手振りをしながら皆を静かにさせたあと、抜き足差し足歩いていった。すでに季節は夏を過ぎ、秋にさしかかっていた。荒野のニセアカシアや楡の木や、それらのまわりに生えているイバラは、ついこのあいだまで砂地のなかから煙が上がっているかのように真っ黒だったのだが、いまや色濃い緑の野にさきがけて葉が落ち始め、その茂みも白みを帯びていた。濃厚な緑のにおいのなかに、秋の枯れたにおいも混じっていた。人一人か二人分ほどの高さがあるイバラの茂みは、まるで押し合いへし合いしながら集会に参加している人たちのようだった。皆は実験の足取りを真似て——足取りを速めたり緩めたりすることまで彼に合わせて——茂みの前までやって来た。そこで、実験はゆっくりと歩みを止め、足を上げて、靴を脱げと合図した。皆はすぐさま脱いだ靴を手に持ち、彼の後ろを付いていった。裸足で茂みに近づいてゆく。

ほんのすぐそこまで来た。

皆はまるで猫のように、部屋いくつ分もの広さがあるイバラの茂みを迂回して、そこへ歩いていった。ところがそこには何もなかった。イバラのあいだの野草が相当の面積分、人に踏まれて平らになっていた。しかも、まるでベッドに残された人の体の跡のように、ある部分だけ、引っこ抜かれた野草が敷き詰められていた。野草とイバラのあいだに青臭いにおいが漂っている。実験は野草が敷き詰められた前に立ったまま、うつろな落胆と、びっしり生い茂るような無念の色を、顔に浮かべていた。草の茂みを蹴りつけて叫んだ。

「クソッ！」

居合わせた教授や講師、ほかの知識人たちも同じ言葉を繰り返した。

「クソッ！」

そしてまた遠くを見やると、第二、第三小隊の種まき車二台と更生者が、ちょうど夕日のなかで小麦の種をまいているところで、まるでロバか牛の群れが二つ、行ったり来たりしているようだった。

五、『旧河道』二二～三二頁（削除あり）

実験は暗くなるまで落ち着かなかった。あの茂みで捕まえられるはずだった姦通犯を取り逃してしまったことで、その顔には苦悩の色がありありと浮かんでいた。まるで、城壁に使う大きな煉瓦が中空に積まれたまま放置されているようだった。それからしばらく彼は顔を曇らせ、うつむいていたが、種まき車の綱を力任せに前に引っ張るものだから、車はガタンガタンと揺れた挙げ句、畑から逸れそうになった。

翌日、また畑のなかで種まきをしていたとき、彼はしきりにあのイバラの茂みへと小便に行った。茂みの前まで来ると、例によって足音を忍ばせながら、注意深く奥まで入ってゆく。昨日見た現場を押さえようと心に期していたのだった。

けれど毎回意気込んで捜索に出かけるものの、帰ってくるときはいつも落胆していた。

そこで、ある中年教授が訊いた。

「お前さん、いったい何を見たんだ」

実験が無言だったので、中年教授はいらだち問いただした。

「私が知らないとでも思ってるのか？　あそこで姦通してる奴がいたんじゃないか」

実験は目を見開いて言った。

「だけど、あれは俺がいちばん先に見つけたんだ」

「お前さんが見つけた？　姦通犯なら二人揃って現行犯で捕まえなくちゃ。告発するだけの証拠はあるのか?」中年教授は冷やかな笑みを浮かべて言った。「お前さんがあの茂みで姦通していた二人を見つけたって言うんなら、ほかの奴らだって別の場所で見つけるさ」

そう言いながら、教授は東の茂みのほうへ歩いていった。公明正大かつ鷹揚な様子だったが、何歩か歩いてからまた振り返って叫んだ。

「私が見つけて告発してやる、今年の春節〔旧正月〕は家で年越しだ!」

人びとは不意にちりぢりになって、四方八方、イバラの茂みのほうへ歩いていった。皆突然、種まき車と種袋を私に託し、種まきを放棄してしまった。おのおのあちこちのイバラの茂みや、沢や水路に向かって歩いていった。大小便をしに行く風情だったが、言うまでもなく皆姦通犯を捕まえるためであり、自分の行った先に運よく更生中の男女があられもない姿で草地の上に横たわっているか、あるいは人目を避けて抱き合っていてくれることを誰もが心から願っていた。だがもし期待どおりその局面に出くわしたなら、二人の前にどんと立ち、口ではさも驚いたように叫ぶだろう。

「何ということだ——我々はここに思想改造に来たというのに、こんなところで隠れて乳繰り合うとは破廉恥な奴らめ!」

そして服を着るように命じたあと、付いてこさせる。それから、脅されて顔面蒼白、全身をわなわなと震わせている男女を、こどもに引き渡すのだ。

そうなれば、こどもが見ている前で大手柄。

春節の何日か前、褒美として家に帰って一家団欒、妻子と一緒に年越しをすることができる。

人びとはこうして、そこここの茂みやくぼ地を覗き込んだり、回ったりした。さらにまた、よその三小隊が種まきをしている畑の周辺まで、捜索の範囲を広げた。そのまましばらく半日ほども捜索は続けられたが、日が中天にさしかかろうとする頃、またあちこちから、続々と戻ってきた。お互い顔を見合わせても、何を見たか、見つけたのか、訊こうとはしなかった。どの顔も気落ちして、ばつの悪そうな笑みを浮かべていた。

ある教授が何も言うこともないので言った。

「出るものは出たか？」

もう一人の教授が苦笑いしながら言った。

「俺はどうも下痢気味でね」

もう一人がまた皆に言った。

「今日は水をたくさん飲んだから、何度もしょんべんに行きたくなって困る」

人びとは、ふたたび無言で綱を引っ張りながら、麦の種をまき始めた。もうさぼろうとする者も、あちこちきょろきょろ見回す者もいなかった。

そうして六日目を迎えたが、姦通犯を捕まえた者はついに出てこなかった。しかし幸い、私たちに割り振られた二百畝以上の土地は、ほかの小隊より一足早く種をまき終えることができそうだった。人びとは皆地面に積もった泥のように疲れ果てて、種まきが終わり更生区に戻るやベッドに倒れ込んだ。私も例外ではなく、種まきの作業では種まき車を絶えずがくがく揺すっていなくてはならず、おまけに均等に揺すり、かつ進まなければならなかったので、両腕がすっかり麻痺していた。自分の体の一部ではなくて、二本の薪が肩からぶらさがっているようだった。手で腕の肉をつまんでみたところ、豚か犬の足でもつまんでいるかのようで、まったく感覚がなかった。

夜、私が死んだように深く眠っているとき、実験が私を揺すり起こして、耳許で切羽詰まった調子で言った。

「早く起きろ、第四小隊の女が五人、戻ってないんだ」

驚いた私はすぐに上体を起こしてベッドの縁に座り、窓から漏れてくる月の光を頼りに靴を履いてから、実験を外に連れ出した。そして、中庭の木陰で、彼の話に耳を傾けたのだった。実験は、畑から戻ってきた更生者たちが食堂に集まる夕飯時、どの男女が一緒にご飯を食べているのか、またその二人に不自然なところはないのか、いつも観察していたのだという。そして、少なくとも十組の男女が食事のたびに隣り合わせに座ったり、近い距離で一緒にしゃがんでいたりしているのを目撃したそうなのだ。さらには、男が女におかずを箸で分け与えたり、女が食べきれないか、食べようとしないのか、饅頭《マントウ》を男のお碗に入れたりしていたとのことだった。これら十組の罪深き男女が尋常ならざる親しい関係にあることを裏づけるために、彼は今晩そそくさと夕飯を済ませたあと、女性居住区の前の物陰に潜んで、誰が部屋に戻らないか、あるいは戻ってから抜け出したか、ずっと観察していたのだと言った。

「五人いない」と実験は声を潜めて私に言った。「真夜中だというのに、全部で二十七人の女の罪人のうち、部屋にいるのは二十二人だけだ」

夜はすでに、涸れ井戸のように深くなっていた。月光は頭上に、まるで氷のように空に浮かんでいた。部屋のなかから聞こえてくる、疲れきったいびき声は、雨の日の土の道のぬかるみのように、途切れるようで途切れない。私は夜陰を通して実験の顔をまじまじと見つめていたが、それは輪郭を描き終えていない肖像画を思わせた。

「どうして捕まえに行かないんだ」

「真夜中に、一人で奴らを捕まえに行ったら、俺がありもしないことで陥れようとしていると言い張るに決まってる。あんたも来てくれ、証人になってくれないか」

私は少し考えたあとに訊いた。

「じゃあ、告発したあとの手柄は誰のものになる?」

「そのことなら、考えてある」と彼は言った。「一組捕まえたら俺たち二人の手柄だ。二組捕まえたらそれぞれ一組ずつだ。三組捕まえたら四分六で分けよう。あんたが四で、俺が六だ。今回、やっぱり俺ほどがんばった奴はいないからね」

実験の言うことは理にかなっていた。私はもうためらいも深い考えもなく、彼と一緒に区の敷地の外へ歩いていった。正門を通り過ぎようとしたとき、こどもが寝ている部屋の灯りがまだ点いているのが見えた。中からは木を鋸で挽くようなギシギシという音がしていて、こどもが何かしているようだった。私たちはもちろんこどもを驚かせるわけにはゆかなかった。つま先立ちで、こどもの宿舎の入り口と窓の下を通り抜けた。

敷地の東側の塀の下で、私たちは潜んでいる二人を発見した。忍び足で近づいてゆき、不意に灯りで照らしたところ、そこにいたのはわが小隊の、ある男の更生者だった。彼も破廉恥な連中を捕まえようと、息を潜めていたのだ。私たちが塀の裏側に歩いてゆくと、その下にも人影が揺れていた。灯りで照らすと、これまた第三小隊の男の罪人が草地に伏せていたのだった。「何してる」と問いただすと、「更生区のなかで姦通をしている奴がいるというので、自分が捕まえて、手柄を立てようと思ってね」と答えた。私たち三人は一緒に前方の林に向かって歩いていったが、そこに着く前に、灯りが四つ同時に照らしてきて、光のなかから同時に声がした。

「なんだ、また男どもだ」

その夜、月が落ちて星もまばらな時分になって、男たちは何だか冷え冷えとしてきて、もうすぐ空も明るむ頃だから帰らなくてはと思った。何の収穫もなく更生区に戻ってきたとき、姦通犯を捕まえに出た男の罪人たちが六十人以上もいたことに気がついた。九十九区の半分以上である。最年長は六十八歳で、最年少が二十代、皆ぞろぞろと長い列をなすさまは、どこか夜の野にうねる龍を思わせた。

第三章　紅の花舞う

一、『天の子』五九～六九頁

街でこどもは忘れられない一幕があった。

表彰するというのでこどもは一度、県のお上のところへ行った。県都は果たして都会で、高い建物と大通りと街灯があった。

初冬、生産量を報告する時期に、一畝あたり六百斤を超えた者は、皆県に行って表彰を受けることになった。こどもはお上に畝あたり六百斤を、とんでもない数字だと思いながら報告したのだが、なんと千六百斤と報告した者もいた。お上は大いに褒め称え、千斤なら大きな鉄の鍬が、千五百斤なら鍬と鋤が与えられるということだった。二千斤を超えると、さらに懐中電灯とゴム長靴が加わった。三千斤を超えると、百斤ごとに更紗を一尺もらえるということだった。人びとは狂ったように報告した。五千、一万、勇ましく五万斤と言う者さえ出てきた。

「愛国心があるなら、畝あたり十万斤だ！」

皆は拳を振り、高らかに叫んだ。

県長は大笑いした――講堂の壇上に座った県長の顔には赤みが差していたが、彼は両手でなだめるしぐさをしながら言った。

「一万斤以上は無理だ！　一万斤を超えるなんて！」

すると会議に参加していた一人が壇上へ突進してゆき、統計係に申し出た。

「私は十万斤です！　県の褒賞品を全部戴きますよ！」

「本当に畝あたり十万斤もできるのか？」と問いただされたが、彼はひるまず、顔を上げて言った。

「わしを愛国者にしてくれんのかね？　十万斤が収穫できなければ、来年、わしら一家と村全員の頭をかち割ってもいい」

こどもが欲しい褒賞品は、押し切りだった。押し切りをもらうためには畝あたり三千斤はなくてはならず、二台なら六千斤だ。しかしこどもが五台なら何斤だと計算する前に、報告される数字が十万斤にまで吊り上がってしまった。

こどもは恐れおののき、目を見張った。目の前でいったい何が起きているのか分からなかった。

三列目に座っていたこどもは押し合いへし合いしながら壇上に向かったが、あえなく押し戻されてしまった。いったいどうなってるんだこの世の中は、と泣きたい気持ちになった。こどもが今にも泣き出しそうになったとき、県長が壇上の机の上に飛び乗った。

「静かにしろ！」

県長は叫んだが皆はおとなしくならなかったので、今度は宙に爆竹を二つ放った。

パンパン！

銃声のように二回鳴り響いたあと、講堂はようやく静かになった。壇上の机の上に立つ県長の顔は光っていた。彼は人びとの情熱と意識の高さを褒め称える一方、誰も一万斤以上は無理だ、一万斤を超えたら嘘の報告だ、でたらめだ、と言った。一万と報告した者もいれば、八千と報告した者もいる。数百しかできないと言った者もいる。誰が多くて誰が少ないのか？　県長は人びとを壇上から戻そうとしながら、しばらくしたら紅の花が宙を舞う——その紅の花で皆の収穫量が決められると言った。人びとはそこでおとなしく元いた場所に戻って座った。

と突然、講堂の宙に赤い花が舞った——ざわざわと、ひらひらと、まるで赤い雨が降るかのように。切り紙の花や造花は、深紅、黒ずんだ赤、ピンク、紫がかった赤と、実にさまざまだった。花にはリボンが付いていて、その上に畝あたりの生産量が書かれていた。

宙から花を降らせる者がいた。赤い花がまるで雨のように降ってくる。

そして椅子の上には、立って争うように花に手を伸ばす者たちがいた。

一人一片ずつだった。

花のリボンに「５０００」と書かれていた者は、五千斤の報告と見なされた。彼は笑いをこらえながら褒賞品の鍬と鋤と、つるはしと押し切りと、さらにはたくさんの布を受け取りに行った。「１０００」と書かれている者は運がいい、賞品は天秤棒で担がなければならないほどで、キャラコの布は一家で優に五年着られる分があった。皆は赤い花を着けて台の上に賞品を受け取りに行った。けれどこどもの頭の上に落ちてきたのは、手を伸ばして奪い取ったというのに、げんこつぐらいの大きさしかない花だった。そこに書かれた数字は、みじめなみじめな「５００」。栄誉もなければ賞品もない。

こどもは泣きたい気持ちで演壇の下に立った。まるで群れを離れた羊のように人びとから離れて。

こどもは本当に泣きたくなった。

と、誰かが天秤棒にいっぱいの賞品を担いで目の前を通り過ぎたので、こどもは彼に訊いた。

「畝あたり本当に一万斤もできるのか？」

すると彼は大笑いをして、こどもの頭をなで、肩をもんだあと、手のひらで頭の後ろを軽く叩いた。

こどもは自分を連れてきてくれた本部のお上を探しに行き、あちこち探しまわった挙げ句、ようやく講堂のトイレで見つけた。トイレは灯りが付いていて新しかった。新しいセメント張りの床だったが、お上はちょうど硬くて滑らかなその床を足で蹴っているところだった。

「帰ったら、本部のトイレもセメントの床にしよう、小便がはねてもいいように」とお上は言った。

「自分も、畝あたり一万斤と報告します」

こどもが口ごもりながら言うと、お上は目を見張った。

「一万がだめだというなら、自分の頭を押し切りで切り落としてください」

幹部はさらに目を見開き、臭いトイレのなかだというのにぽかんと口を開けた。

「本当です」こどもは口を閉じたが、また開いた。「できれば、一万より大きい数を」

お上はズボンをはいて、ベルトを締めた。初体験のセメントをもう見ようとはしなかった。こどもの手にあった赤い花を見てしばし思案顔だったが、ペンを取り出し、「５００」の前に「１」を加え、さらに後ろに「０」を一つ加えた——つまりは一万五千斤ということだった。彼は顔に笑みを浮かべて、こどもの頭をまるでボールでも扱っているかのようになでた。

「急いで県長を摑まえるんだ。県長の執務室は、講堂の後ろの二階だよ」

こどもはそこで県長を探しに行った。

県長は果たして執務室にいた。

それは旧式の建物のなかにあった。こどもはこんな建物を見たのは初めてで、更生区の建物とまるで違っていた。木の床の上には赤い漆が塗られており、赤い光沢を放っていた。床板のよく踏まれるあたりは漆が剝がれて波のような木目が出ている。廊下や階段は、まるで夏の麦のような木の香りがする。こどもはその階段を上がるときに手すりを摑んで、白檀という木が本当にいい木であることを知った。こどもは執務室の前に立って、県長は本当にいい人だと思った。善良で、親しみやすい。県長はちょうど、医者が体温計を見るかのように統計表を見ているところだった。それは県長が管轄している村の人民公社のもので、さきほど「天女」が花をまいて知らせた、畝あたりの生産量だった。県長は窓越しに射し込む暖かい日のなかに座って統計を見ていたが、顔は燦然と輝き、まるで神の光が射しているようだった。

こどもは部屋に入ってゆくと赤い花を県長に見せ、口ごもりながら言った。

「自分の花に一万五千と書かれていました」

花を受け取った県長は、ひとしきり、ふたしきり思案していたが、笑いながら、こどもの頭と肩を軽く叩いた。

大きな手が、ボールを摑むようにこどもの頭を包んだ。

二、『天の子』九一〜九七頁

更生区に戻ると、こどもは県都で体験したことを真似て小さな赤い花をたくさん作った。花は五枚の花びらがあって、まるで冬梅のようだった。花を紙箱に入れ、机の下の鍵付きの引き出しのなかにしまった。

冬のあいだ、九十九区は暇になる。一人が本を持ってきて、こどもに「この本は読んでいいですか」と訊いたので、こどもはその本をリストと突き合わせた。リストにその本があったので、こどもは「読んでいい」と言った。リストになければ、本は没収になる。

人びとは皆、中庭の風がよけられるあたりに散らばって、暇つぶしの本を読んでいた。一ヶ月前の、あるいは来たばかりの新聞や本などを。

こどもは人びとが暇そうにしているのを見て、集会をすることにした。

「みんな出てこい——出てこい」とこどもは大声で呼んだ。

するとみんなが出てきて、

中庭で集会が開かれた。

人びとが暇で静かにしていると、いつも集会になるのだ。

こどもは自分の宿舎の入り口の前に腰掛けを置き、その上に立った。

「今日から、赤い花と星の制度を実施する。言うことを聞く者には、小さな赤い花を与える。褒美を与えるべき者にも、同じ大きさの花を与える。花をもらったら枕許に貼っておくこと。一ヶ月に一度評定を行って、小さいのを五つもらった者に中ぐらいの花を一つ与える。中ぐらいの花を五つもらった者には大きな星を一つ与える。大きな星を五つもらった者は更生区を離れて家に帰っていい。自分の家で子供や妻と一緒にいられるんだ。職場に、教壇に、実験室に、書斎に戻れるぞ、もうここにいなくていい。改造されて、晴れて更生したんだから」

「大きな星が五つ、これで新しく生まれ変わったということだ。罪人から新しい人間になった——自由になったということだ」

「今日の太陽はいい」とこどもは大声で言った。「いい太陽が出ているから、集会をして、赤い花と星の制度を実施する——おのおのもらった小花を枕許に貼っておけ。お互い同じ部屋の者を監視すること。花を盗んで貼りつける不埒な奴がいないか、しっかり見張ること。盗みを働いた者は、全部没収する。盗みを働いた奴を密告した者には、必ず中花を一つか二つ、褒美として与える」

教授や知識人たちは、目の前の——腰掛けに立つこどもを見上げた。こどもの顔はまじめで、重々しさがあった。日に照らされたその顔から赤い光が射しているようだった。パチパチ音をたてさえしていた。

「俺は県都に行って、一万五千斤と報告してきた」とこどもは言った。「俺たち九十九区はすべての区のなかで畝あたりの生産量がいちばん多いし、県のなかでもいちばんなんだ。元はといや、一万斤と言った奴がいて、そいつが一位だったんだが、いまや俺たちが一位だよ」

「いろいろと見てきたぞ、うちの区には、県長が赤い油紙で作った大きな花を五輪もくれたんだ」こどもは得意げに、まっすぐ立って、右手の握り拳を振り上げた。「この小さな花は——みんなその油紙を切って作ったんだ。お前らがこっそり切ろうとしても、お前らに油紙はない」

「それから」とこどもは最後に視線を巡らせて言った。「冬の農閑期、暇にしていてはだめだぞ。冬でも畑を耕し、追肥をして、水をやるんだ。水が行き渡らないところは、水を汲んでひととおりかけてやること。麦が熟する頃には、穂が指ぐらいに太くなっていないといけない。何が何でも畝あたり一万五千斤だ」

と突然、こどもが大声で叫んだ。

「みんな、畝あたり一万五千斤という覚悟はあるのか?!」

挑発的な問いかけは、山河を揺り動かすような声だった。

下の者たちは、皆驚きのまなざしをこどもに向けた。

「覚悟はあるのか？」こどもはまた叫んだ。

ひんやりとした驚きが、静かに庭中に満ちた。

こどもは腕を振りながら、叫び、かつ問いかけた。

「いったい全体、覚悟はあるのか?!」

中庭のすべての視線は、もはやこどもではなく、下に向けられていた——まるでこどもの言うことが分からないとでも言いたげに、誰かがこどもの言うことを説明してくれるのを待っているかのように。暖かな金色の日射しに照らされて、おのおのの顔にはメッキがかけられたように鷲黄色の光が差していた。雀が中庭の塀の上を飛んでいる。驚くべき天上の静けさが中庭に満ちた。まるで湖のように人びとを呑み込もうとしていた。こどもはやがて、その静けさに耐えきれなくなって腰掛けから飛び降りたが、部屋に戻り、引き出しの鍵を開け、あの紙箱を持ってきて、小さな花を手にして人びとに見せた。それから、指でつまんで掲げた。

「畝あたり一万五千斤という覚悟はある、ということでいいな？」

誰も答えなかったので、こどもは花を一片加えた。それでも誰も答えなかったので、さらに二片加えた。しまいには花を八片まで加えたが、それからはもう加えないで、顔に霜が降りたようになった。と、冷え冷えと、しかし激しい調子で言った。

「真っ先に答えた者には、花を八つやるぞ！」

一人が突然立ち上がった。

「できます――絶対、一万五千斤！」

それは、姦通犯を捕まえようとして肩すかしを食らい、それでもあきらめなかったあの若い実験員だった。彼は一度に八片も花を稼いだのだ。

こどもはまた小さな花を五片掲げて言った。

「覚悟はあるか?!」

「あります！」とまた若いのが一人、拳を振りかざしながら叫んだ。前のほうに進み出て、厳かに小花を五片受け取った。

こどもがさらに問いかけると、何人かが拳を振りかざして叫んだ。

「絶対できます、畝あたり一万五千斤の畑を作りましょう！」

そうしてみんな、分け前の二、三片の小花を受け取るために、前に進み出た。応ずる者が続出し、こどもが問いかけるたびに、あちこちで歓呼の声が上がり、中庭や畑や数十里の彼方にある母なる大河をも驚かせた。

小花をもらった者は、部屋に戻った。冬で風があったので、外は寒かった。花をもらわなかった者は、ずっと何も言わなかった。彼らは中庭に座ってこどもを見たり、こどもが自分たちのほうを見ていないときは、お互い目を見交わしたりしていた。宗教、学者と、音楽たちだ。作家はといえば、まわりの者が畝あたり一万五千斤作れますと言うのに乗じて、小花をもらって部屋に戻っていた。十数人だけが中庭に残って、寒さのなかでお互いを見合っていたのだが、どうしても「できます」という言葉を口にはできなかった。こどもも彼らをずっと睨みつけていたので、張り詰めた弓のような膠着状態が続いた。矢は弦の上にあり、今にも射られようとしている。いったん部屋に戻った者が、また出てきて、その膠着劇を見物し始めた。宗教たちの口からいつその言葉が絞り出されるのか、待っていた。

そしてまたこどもを見ていた——どうやってこの膠着状態から脱するのだろう？

風が吹いて、草を巻き上げた。大地は人を支え、草を生やし、そこに更生区の敷地と建物があった。

こどもは彼らの前に立って、冷やかな視線を投げながら詰問した。

「いったい全体、できるのか？」

声はなく、言葉もなかった。

「どうしても言わないというんなら、うなずけ！」

誰もうなずかなかったので、こどもは大声で言った。

「これが最後だぞ——畝あたり一万五千斤、覚悟はあるか？」

学者、宗教、音楽たちは、それでも頑なにうなずかず、無言を貫こうとした。空気はそこで固まってしまった。人びとは取り囲んで見ていた、芝居と、その結末を。正午近くになって太陽が雲の後ろに隠れると大地の色がくすみ、中庭の人びとの顔も陰った。こどもは口を固く結んだまま突っ立って、冷やかな目で相手が根負けするのを待っていたが、突然身を翻して、自分の宿舎へ戻っていった。こどもが何をするのか見当もつかなかったが、誰もがこどもの宿舎——ほかの建物とまったく変わらない——を注視していた。と、こどもが肩を怒らせながら、宿舎から出てきた。誰もが思ってもみなかったことに、押し切りを担ぎ出してきたのだった。褒美としてもらった、新品の押し切りだった。刃には一点の錆もない。ナツメの木でできた台座には、燕の尾のような叉が付いている。一瞬誰も、こどもが何をするつもりなのか分からなかった。と、学者、宗教、音楽たちの硬かった顔つきが、茫然となった。こどもの
その行動は、まるで薪に火を点けようとするときに突風が吹いてきたり、水が必要なときに空から鷹が

やって来たりするようなものだった。

まったく無関係で、ちぐはぐなのだ。

けれどこどもは、そういう行動に出たのだった。

事態はそういうことになってしまった。動かしようもなく。

こどもは押し切りをドンという音をたてて地面に置いたあと、口を結んで刃を引き上げ、その刃の白さを皆に見せつけながら、迷うことなく刃の下に入った。仰向けの姿勢で頭を台座の上に置き、そのまま奥のほうまで動かすと、目を思い切り、目玉が今にもこぼれ落ちそうなほどに見開いた。そして大声で叫んだ。

「ならいい――お前らが畝あたり一万五千斤と言わないなら、俺の首を押し切りで刎ねろ！」

天に向かって叫んだ。

「建国前、日本人に捕まって、尋問されても何も言わず、首を刀でバッサリ刎ねられた娘がいたんだ。建国後、そいつは国の英雄になった」

「俺はガキの頃からそうなりたいと思ってたんだ。明けても暮れてもその娘みたいに首を刎ねられたいものだ、と――お前らに頼みがある、俺の首を刎ねてくれ！――頼むから、首を刎ねてくれ！」

こどもは続けざまに叫んだ。

「俺の首を刎ねろ！」

「刎ねろってば！」

「宗教、学者――頼む、俺の首を刎ねてくれ！」

音楽は恐れおののき、色を失った。

中庭にいた者たちすべてが色を失った。

三、『旧河道』四三～五一頁

女性第四小隊は一列目の棟に住んでいた。人数が少ないため割り当てられたのは四部屋だけで、残りの四部屋は更生区の食堂になっていた。私たちは最後列である四列目の棟で、二列目、三列目は第二、第三小隊の棟になっていた。一棟につき八部屋あり、一部屋には二段ベッドが四台あって、上下に八人が寝ていた。残った部屋は倉庫として、各種の農具やその他諸々が置かれていた。

皆が受け取った赤い花はすべて枕許に貼られていたわけではない。二人で一台、柳の木でできた簡易机を共用していたため、上に寝ている者は机の前の壁に、下に寝ている者は枕許に貼っていた。こうすれば誰に何片あるか、お互い監視し合うのに便利だったということもある。十数平米に二段ベッドが四台と柳の机が四台も置かれていたので部屋は狭く、出入りするのに足の踏み場もないほどだった。掛け布団は軍隊式に四角く畳まれており、シーツは毎日、皺一つなく伸ばしておかなくてはならなかった。一人一台の腰掛けは、使わないときはベッドの通路側の脇に置かれてあった。腰掛けの上に洗面器、ベッドの横の小さな洗面台には歯磨きに使うマグカップがあり、そして歯磨き粉や歯ブラシは皆一様にブラシやキャップを上向けにして、東向きに斜めに立てかけられていた。壁は石灰をいつ塗ったのか、すでに剝がれ落ちて黄色くなっていたが、そこには上層部一人一人の肖像以外、何も飾ったり、貼ったりしてはならなかった。

それがいまや、枕許も机の前も赤い花だらけだった。何片、何列もの赤が薄暗いなかに浮かんで、部屋に生気と勢いをもたらしていた。まるで年中薄暗かった部屋に、突然一筋の光が射したようだった。

赤い紙の花は爪ほどの大きさで、初めは皆貼るのが申し訳なく感じられていたが、三つ、五つ、七つ、八つと増えるに従って、至極まじめに花をご飯粒で、枕許や机の前に貼るようになった。さらに、後ろに一歩下がって、一列に貼った花がきちんと一直線になっているかどうか、ためつすがめつして見る。こんなふうに真剣に、小花をこどもの要求する位置に貼りつけるのだった。小花が五片で中花一輪、中花五輪で大星一つに、そして大星が五つ貯まったら晴れて自由の身となり更生区から出てゆける——とは、本当のところ誰も期待などしていなかったのかもしれない。けれどやはり、自分の花を訳もなく捨てたり、ほかの者に譲ったりはしなかった。

私はすでに小花を七片もらっていた。そのうち三片は、畝あたり一万五千斤生産することにまったく問題ないという態度を表明した際、得たものだった。また一片は、わが小隊の小麦が他の三小隊より生育が良かったため、褒美として与えられたものだ。残りの三片は、こどもに『罪人録』を十数頁渡したその引き換えである。更生区での暗い日々のなか、枕許をふと見上げると、色鮮やかな七片の小花が目に入る。それはまるで尾を引いて私の頭上を横切ってゆく流星のように、明るいひと筋の光を投げかけてくれるのだった。

こどもが考えた赤い花と星の制度はまったく天才的なひらめきと発明の賜物だった。たちまち自己管理の習慣が身についたのだから。まるで牛馬が鞭で叩かれなくても進んで畑を耕しに行ったり、車を引いて走り出したりするようなものである。

水をやり、土を耕し、畦を直し、来年こそは畝あたり一万五千斤。ほかのことにかまけている暇などない。日の出とともに畑仕事をし、日の入りとともに休み、夜は戻って読んでもいいと言われた本を読み、枕許や机の前に貼った花を数える。すでに十数片も稼いだ者もいて、枕許に整然と何列も並べられたそのさまは、まるで火が燃えているかのようだった。五片を一組一組、きちんと整列させているさまはまた、赤い軍隊の行進のようだった。それを毎日、時によっては日に何度も閲兵するのだ。

四、『天の子』九八～一〇三頁

こどもは人をやって切り倒した木を、引っ張ってこさせ、鋸で挽いたり斧で割ったり何やら作っていたが、余った木は冬の焚きつけにした。こどもが焚き火をしていたとき、トントン、トントンとドアを叩く音がした。外は厳寒で、地面は凍って割れていた。死んだように硬くなった土の道や大地に、虫や蛇のような裂け目が入っている。

雪は好き放題に降った。

天は好き放題に冷え込んだ。

こどもは自分が没収した本を焚きつけにして火を起こしていた。と、ドアが開いて、宗教が立っていた。彼はこどもが焚きつけに使っているのが『復活』という分厚い小説だということに気がついた。火鉢のそばの薪の下には、ほかにも引き裂かれた紙や本の表紙の切れ端などがあった。それから、フランス人作家が書いた『赤と黒』という本も。火を焚くこどもの顔には明るい光が差していた。

「座れよ」こどもが火の前に立っている宗教を見て言った。「立ってないで」

そして宗教がじっと見ていた床の上の本の表紙を拾い、火にくべた。『赤と黒』の文字が炎に包まれた。スタンダールも、そうして焼かれてしまった。宗教はそこに立って、半分になった『復活』をじっと見ていた。

「これは読みますか?」と宗教が訊いた。

こどもは顔を上げて言った。

「読まない」

「どんな本がお好きで?」

「どんな本も嫌いだ」

「こんなに本があるのに……」

宗教は、火鉢のそばへ座ろうとした。

こどもは足で腰掛けを、宗教の目の前へ押し出した。

「こんなに本があるが」とこどもは宗教に答えて言った。「ひと冬あれば、半分以上は燃やせる。二年ですっかりなくなるさ」

そう言いながら顔を上げて、何か思い出したようだった。

「何事だ?」

宗教は言うなら今だと思いながら、ぎこちない笑みを浮かべて言った。

「すべての小隊のなかで、私が戴いた花の数がいちばん少ないんです。それで私も、花をいくつかもらえないかと」

こどもは横目で宗教をちらっと見た。

「私はほかにも本を何冊か持っています」と宗教は言った。「提出すれば、花をいくつかもらえますか?」

「厚さによるな」とこどもは言った。「二百頁で一片。千頁を超えていたら、中花を一輪やる」

宗教はしばらく沈黙したあとに言った。

「私が提出する本は、人のより価値あるものです」

「どうせ燃やすんだろう」とこどもは言った。「大事なのは厚さだけだ。薄い本は、火鉢に火を行き渡らせることもできん」

宗教は言葉を失った。

「持っていけ」とこどもは言った。「進んで申し出た褒美だ。他人に言われて提出したんなら、花も他人のものだ。逆にお前を罰しなくちゃならない。これまでやった花も含めて」

「私はこう思うんです」宗教は腰掛けから立ち上がった。「私の本には挿絵があります。ほかの誰の本とも違うのではないか、と」

こどもは目を見開いて宗教を見た、まるで宗教がその挿絵であるかのように。

「どんなにいい挿絵だって紙だろう、火を点ければ燃えちまう」

宗教は何も言わなかった。そして本を取りに行ったが、すぐに戻ってきた。最初から交渉するつもりで、外に本を置いていたのだった。提げてきた黄色い鞄のなかから、宗教は本を何冊か取り出した。一冊は旧約聖書、二冊目は新約聖書、それにもう一冊は聖書のなかの詩歌をまとめたもので、『聖歌』という書名だった。『聖歌』はA４判の本で紙はつるつるしており、数頁ごとに挿絵が添えられていた。

こどもはその本の挿絵や、天にましますの神の像や、キリスト降誕の絵、聖母像、キリスト受難、そして洗礼や天使の花園の絵を、まるで絵本のように見ていった。聖母の美しい絵を見たとき、こどもは笑った。キリストが十字架の上で血まみれになっている絵を見たとき、こどもは言葉を失った。そして、神の子の降臨の挿絵を見たあと、こどもは本を閉じた。

「この本は」とこどもは言った。「挿絵二点ごとに花を一つやろう」

宗教の目が光った。それで話は決まりだった。宗教はこどもから十五片の花をもらった。十五片の花は宗教の枕許に、長く消えない一列の灯りのように貼られたのだった。

五、『天の子』一〇五〜一一一頁

こどもはいくつかの更生区の上に位置する地区に行った。

地区は遠く離れていて、とても大きかった。高層建築、大通りや街灯、それに環状バスまであった。畝あたり一万五千斤と大きく報告したのでこどもは表彰されることになり、それで、地区で開かれる会議に参加したのだった。来てみて気づいたことなのだが、地区のホールは県の講堂の倍の大きさはあった。表彰の花も県のより大きく、しかも絹製だった。絹は紙よりずっといい。

地区では天地にとどろかせるような大製鋼運動をやっていて、大々的に製鋼を鼓吹していた。九十九区はといえば、製鋼をしていなかった。お上が麦を植えることに集中するよう要求したからである。畝あたり一万五千斤になるよう全力を尽くせ、と。さらに、だだっ広い土地に畝あたり二万斤の試験田を作って、天下の人びとが驚いてこぞって見に来るようにしろ、と。

けれど今は、天地にとどろかせる製鋼も、大々的にしなくてはならなくなった。

なのにこどもは、戻っても製鋼のことを伝えなかった。こどもは、某月某日、三十里離れた九十一区に来るよう上からお達しがあった、芝居を見せるそうだ、某月某日になったらみんな行かなくてはならない、と言っただけだった。「行かなくてもいいですか?」と訊いてきた者がいたので、こどもは「いいぞ」と答えた。「行った奴にはみんなに花を二つやろう。行かない奴は、花を二つ没収する」それで、みんな行くことになった。

その日は朝いちばんに食事をし、昼には携帯用に乾燥させた餅《ビン》（小麦粉を練って焼いたり蒸したりしたもの）を食べた。群れを成して西へ西へと歩いていった、大地を踏みしめひたすら西へ。三十里ほど歩いただろうか、日が中天に昇った頃、その更生区が日射しの向こうにうっすらと浮かんだ。建物や塀、白く見える干からびた水たまりやアルカリ地、そして地面から突き出たような砂地や小麦畑もあった。九十九区と違うのは、そこに行くまでの水たまりや畑のあいだに土で築いた舞台があり、またその横に、日干し煉瓦を積み上げて造った高炉が二基あることだった。まるで田舎の石灰炉か、農民たちが瓦や煉瓦を焼くための炉のようだった。

舞台の雨よけの上に垂れ幕がかかっていた。

「天地にとどろかせ、英米に追いつけ追い越せ！」

実に重々しく、赤地の上に目が醒めるような一行があった。雨よけは冬の日射しのなかに佇み、きらきらと眩しいほどの光が九十一区を金色に照らしていた。そのなかに何百人もがひしめいていたが、九十四区、九十七区、九十八区等、周囲の更生区からも罪人たちが集まってきており、それに九十一区の人数を合わせると、千人に達するはずだった。上から見ると黒い髪々が波打つようだった。近くの村の農民たちもいた。老人や子供も合わせて優に千人以上はいたが、それだけの数の者たちが皆演壇の下でうごめいていたのである。木の枝に、大きなラッパのようなスピーカーがかけられているのが見える。

式典が始まった。まず最初は高炉の点火式であり、お上に火を点けてもらわなければならない。爆竹が鳴り続けるなか、二つの炉に薪がくべられ、油が注がれたあと、お上が火を点けた。ボウボウと音をたてて火炎が燃え盛り、天を衝いた。と同時に、歓呼と拍手が天地にとどろいた。それから、お上の演説があったあと、プログラムの三番目の出し物として寸劇が始まった。本部が用意したもので、国家建設期の罪人、すなわち国家に恨みを持つある教授の物語だった。

ある日、区が畝あたり八百斤の麦を生産できるとお上に報告したところ、その教授は畝あたりせいぜい百八十斤だと言った。区が畝あたり五千斤だと報告すると、彼はどんなにがんばっても畝あたり二百斤、それも水田でないと無理だと言った。区が畝あたり八千斤だと迫ると、彼は生涯かけて農業、特に種子について研究してきたが、アメリカやイギリス、フランス、ドイツの最高の農場でも畝あたり八百斤には達しないと答えた。結果、区は彼に批判の矛先を向け、思想改造をして畝あたり八千斤が達成できることを認めさせようとした。その改造の最中に大製鋼運動が始まったのだった。彼は高炉を前にして、訳もなく泣いた。人びとは皆、疲れているのだと思い、彼に対する思いやりから、部屋に戻って休ませてやった。ところがその後、彼は隙を見て逃げ出したのだ。そして、何事にも積極的な、いまや新しく生まれ変わった仲間に捕まえられて戻ってきた。そこで初めて、彼が骨の髄まで反動的であるばかりでなく、実際兄弟がアメリカで教授をしているということも分かった。彼は兄弟が送ってきた手紙を隠し持っていたのだった。寸劇は、そうした実例を基に作られていた。劇の最後、うわべは悔い改めて自分の罪を認めたように見えた教授が狡猾にもアメリカの兄弟と手紙で連絡を取り合い、共和国を陥れようとしていたことが分かった。しかし教授の手強さと狡猾さを見抜いた他の更生者たちは、決して許すまじ、必ず彼を刑場に駆り出さなくては、と誓うのだった。

そういう物語だった。

そういうあらすじなのだった。

寸劇の終局、仲間が歓呼するなか、役者たちは彼を舞台の一番前にしつらえた刑場に駆り立てて、ひざまずかせた。役者のほとんどが銃を彼の後頭部に突きつけたまま、舞台の下にいる観衆たちに向かって叫んだ。

「みんな――こいつをどうする？」

舞台の下の観衆たちが狂ったように叫んだ。

「撃ち殺せ――撃ち殺せ！」

すると舞台上の者たちはさらに大きな声で問いかけた。

「本当に撃ち殺すか？」

舞台の下はどっと笑いに包まれ、狂ったようにいっせいに拳が振られた。

「いいぞ！　撃ち殺せ――撃ち殺せ！」

パン！　と音がして、教授は後頭部から白い煙を出して、まるでこねている途中の小麦粉のように、へなへなとくずおれた。演技だろうと思ってよく見てみると、壇上には本物の血が流れ出していた。とっさに逃げようとした教授は、ドンという音をたてて舞台の下に落ちたあと、ぴくぴく痙攣していたが、やがて手と足を伸ばしたまま動かなくなった。

寸劇はそこで終わった。

舞台の下は、まるで人がいないかのように静まり返った。

寸劇を見ての帰り、三十里の道すがら、九十九区の者たちは誰一人として口を利かなかった。遠くの建物から、夕食の炊煙が上がっているのが見えた。夕日のなかに立ち昇る煙の音が聞こえるのではというほどに、まわりは静かだった。タッタッタッと足音だけが大地に響いて、まるで誰かが冬の凍った大地を叩いているようだった。大地はがらんとしていた。さえぎるものが何もなく、果てしない大地は、あらゆる音を呑み込んでしまいそうだった。

「すごい演技だった。特に撃ち殺す場面は迫真だったな」とこどもが言った。

夕日が後ろに落ちていった。ようやく九十九区に帰ってきたのだ。そうして製鋼が始まった。鉄を造る者は花をもらい、造らない者は没収される。

第四章　見え隠れ

一、『罪人録』五三頁

九十一区から戻ってから、革命の情勢は急展開した。皆が浮き立つなかで、不穏な動きや動揺が見え隠れしていた。九十一区の舞台で本当に教授が銃殺されたのを目撃してからというもの、誰もほとんど口を利かなくなった。夕飯のときも、以前のように茶碗を持って話したり議論したりする者はいなくなった。山雨来らんと欲して風楼に満つ――大きな変動が起こる前には必ず前兆がある。どうして彼らは寡黙になったのか？　それはほかでもない、九十一区の革命的公演が、自分たちももっと改造しなければ、と彼らの内心と魂を揺さぶったからだろう。これこそ、彼らが更生を必要としていることを物語っている。とりわけ学者は製鋼に賛同してこどもから花を一片もらったが、そのとき彼の顔に微かに浮かんだのは、喜びではなく人をバカにしたような笑みだった。まわりからは容易に窺い知れない怪しい笑みはしかし、私の鋭い視線から逃れることはできなかった。私はついに目撃したのだ――彼がその花を、二本の指で気にもかけない紙くずのようにつまむのを。そして、こどもが立ち去ると、花を丸めて投げ捨て、足で踏みつけた。本人はばれないと思っていたのだろうが、私は気がついていた。その行動はまさに、彼の内心の不満と不安を物語っている。その後、夕飯になるまで彼はずっとうつむいたまま口も利かず、何やら考え込んでいた。しかし、だからといって、革命の情勢に対して彼が反抗していないと言えるだろうか？　以下は学者と、罪人の最長老である言語学者との会話である。

「まったく、信じられないな」

言語学者が今日の公演に対してため息をつくと、学者はフンと応じて言った。

「狂ってる！　この国は狂ってる」

「上層部に手紙を書いて、こんなことはやめさせなければ」

学者はしばらく考えてから言った。

「私が書こう。所長、署名してくれるかね？」

長老は国立言語研究所の老所長で、誰もが使っている国民的辞典は彼が主編となって編纂したものだ。しかしそのとき、彼は沈黙した。自分に意見を求める学者の目を見ながら、うつむいて一言も言葉を発さなかった。

二人の短いやりとりは夕飯が始まってまもなく、食堂前の左十五メートルほどの場所で行われた。そのとき二人は茶碗を持って食堂の外の岩の上に座っていた。ほど近くには実験とそのほかにも何人かいた。組織と上層部に注意喚起として申し上げておきたいのは、今後、祖国の情熱的運動を陥れる告訴状が送りつけられることがあるとすれば、それは学者と言語学者の仕業かもしれない、ということである。

二、『罪人録』六四頁（削除あり）

実験の花はもともと十一片しかなかったが、一晩たつと、態度や言動が良かったわけでもないのに十三片になっていた。その増えた二片の花はどこから来たのか？　他人のものを盗んだり、拾ったりしたのだろうか？　上層部におかれては、しっかり精査して真相を明らかにされたい。もし盗んだか拾ったのだとすれば、戒めとして処罰し、花をすべて没収、なおかつ数日間にわたる自己反省を行わせるべきであろう。警鐘を鳴らすのである。すべての者に、花に対して誠実で積極的になり、生まれ変わりたいという本心からの行いによって花を得るよう努力させるべきだ。上層部や大勢の者を騙し、労せずして手に入れることがあってはならない。

三、『罪人録』六六頁（削除あり）

冬がやって来る前、小麦への水やりの日、皆が畦道に座って休んでいるとき、女医は一人離れて座って、ポケットから医療用の小さなはさみを取り出し、爪を切ったあと、無造作に古い紙を切って星を一つ作った。手のひら大の星を持ったまま左右を見回していたが、結局捨ててしまった。

要注意なのは、どんな小動物でも切り開く技術を持つ彼女にとって、星を切り抜くことなど朝飯前ということだ。もしある日、突然彼女が星を五つもらって自由の身になったとしたら、それはいったいどうやって手に入れたものなのか。ほかの誰より疑わしいだろう。それに、医療用の小さなはさみだが、これもどこから手に入れたのだろう？　彼女は医者だが、仕事柄不正に入手したものか、それともほかにルートがあったのか？

四、『罪人録』七〇～七一頁

私はここに誠実に告白しなければならない。以前提出した『罪人録』のなかで二度ほど、音楽には濃厚なプチブルの雰囲気があり、まったく資産階級の音楽家で知識人であると書いたが、それはいささかおおげさであったかもしれない。私がそのように述べたのは、彼女がいつも『椿姫』を手放したがらず、そして持っているあらゆる本――一度、皆がいないときを見計らって、彼女が枕許に隠している本を調べに行ったことがあるが、多くが外国の音楽家の伝記、たとえば『ベートーヴェンの生涯』『ショパン伝』などだった――に透明のブックカバーが丁寧にかけられていたからだ。それを証拠として、彼女が資産階級思想の持ち主で、外国にかぶれ、西洋人崇拝の傾向があり、その思想に重大な過ちがあると断定した。しかし今、私は誠意をもって、上層部の前で自己批判しなければならない。私の音楽に対する判断は早すぎたし、偏見があった。今日、皆が高炉の建設に行っているとき、私は現場からハンマーを取りに戻ったが、女性用の宿舎に誰もいなかったので、また音楽の部屋に入ってみた。彼女が枕とベッドの下に隠している本を調べると、通達で読むことが許可されているリストに入っていない本もあったとはいえ、それ以外にも『黄河の雄叫び』『天に打ち克つ』など多々あって、しかもわざわざ透明なブックカバーでくるんであったのだ。特に注目に値するのは、もともと『椿姫』にかかっていたブックカバーを『唯物論』にかけ直してあったことだ。大海の一滴は衆生の心を映す――これは、無産階級が有産階級に勝利したことを物語っている。彼女のブルジョア思想も今、正しい方向に向かっているのだろう。私が下した判断は、いささか早すぎ、公平性を欠いていた。

私が上層部に対して包み隠さずこの件を報告したのは、早まって彼女を重点要更生者リストに入れたりしないでいただきたいと考えたからである。彼女は今、みずから悔い改め、変わろうとしている。ただ、私が唯一憂慮するのは、彼女がいつも学者と一緒にいるので学者の学識に惑わされて、更生の歩みがなかなか軌道に乗らないかもしれないということだ。いずれにせよ、彼女の更生がうまく行くかどうかは、大製鋼運動のなかで見極めることができるだろう。

第五章　自由への道

一、『旧河道』六九～八一頁（削除あり）

鋼鉄はこうして世界に衝撃を与え、凄まじい勢いで生産運動が沸き起こった。九十九区の情熱もまるで油と火を一緒にしたようだった。初めは製鋼と言っても、人びとは顔に無反応な笑みを浮かべるだけだった。途方もない疑いと人の不幸を喜ぶ気持ちが更生区に満ちみちていたのだ。それが嘘ではないと分かったとき、こどもが各小隊を二基もしくは三基の高炉に振り分けたとき、皆は笑わなくなった。大製鋼運動というのは大まじめなのだ、間違いなく始まったのだと思った。始まる前に隣接する更生区に見学に行って、芝居のなかで本当に撃ち殺された者を見てきただけではない。六十里離れた村にも行って、農民が村の外れに造った高炉を見学した。そして実際、家の鍋や、スプーン、お玉、たらい、古い鑿、鉄の鍬、それにあらゆる使いものにならない針金や、鉛の塊を、高炉のなかに吊るす様子も見た。炉の下から火を焚くのだ。薪や石炭を、昼夜を分かたず炉の下に入れてゆく。炎がゴウゴウと音をたてて、高炉の上から顔を出す。燃えろよ燃えろ！　天をも焦がす勢いで一、二日燃やすと、中のくず鉄は溶けて軟らかくなった。つるはしは火に焼けて泥のような塊となり、鍬の表面は赤く光る湿った紙のようになった。もともと硬かった斧とハンマーですら、よく焼けて軟らかくなった甘藷のような状態になった。火を焚き始めてから三日後、炉のなかのあらゆるものは形もなくなり、すべて液状になった。三日目の夕方、火は消えて、炉の最上部の日干し煉瓦を開けて自然に冷ますか、冬の冷たい水をかけるかすると、炉のなかから柱のように濃い白い熱気が立ち昇った。三日から五日たって、ちょうどよく冷えた頃、炉を開けると、石臼のような鉄の塊が青みを帯びて炉の底に鎮座しているのだった。

大小さまざまな鋼鉄の塊は牛車に引かれ、数十里離れた町へ届けられた。

そして町からさらに県へと。

何だ、製鋼はそれほど神秘的なものでもなかったのだ。九十九区は塀の東側に六基の高炉を建設して、更生区のなかで見つかるありとあらゆる鉄器、たとえば日常的に使う鋤やシャベル、斧や鍬、つるはし、倉庫に積まれていた古い針金などをしらみつぶしに探し出した。使える農具は残して、それ以外はすべて炉に運び込み、教えられたとおりに火を点け、三日から五日たつと、何基かでは鋼鉄ができた。

半月後、本部から馬車が来て、九十九区の鋼鉄を回収してまわった。報奨として五十斤の豚の脂肉と、三十斤の牛や羊の肉が与えられた。新しい生活はこうして幕を開けたのだった。鉄を造り、肉の入った料理を食べ、寒い冬も賑やかに、暖かくして暮らす。まるで毎日が正月のようだった。男たちは日々三手に分かれて仕事をした。一組は炉の前で火を焚き、一組は天の果て地の底、くまなく鉄器を探す。もう一組は荒野にやって来て木を切り、製鋼の薪にする。女たちは二手に分かれて交替で、食堂で食事を作るか、男たちに付いていって、木を切るか鉄を探しに行くかした。一日が終わり、何もすることがなくなっても部屋には戻らず、みんな高炉を囲んでよもやま話をしたり、トランプをしたり、あるいは石ころ碁〔四×四の升目の交点上に五個の石を並べ、相手の石を取り合うゲーム〕をしたりした。どこから持ってきたのか、布の包みのなかから赤い皮に黄色い身の長い甘藷を取り出す者がいた。それを、高炉から出る灰のなかに埋め、三十分もたつと、甘藷の強烈に良い匂いが高炉の周囲に漂った。

ちょうどそのとき、実験が突然私を、高炉の後ろ側に引っ張り込んだ。そしてずいぶん思わせぶりに言った。

「作家、見ろよ。音楽が手にした甘藷を学者に食べさせようとしてる」

私があまり相手にしないでいると、実験がまた言った。

「見ろってば」

二つの炉のあいだから見ると、夕日に照らされ、大地は一面に赤い濁水がぶちまけられたようだった。アルカリ地はもともと白いのだが、夏には水をなみなみと湛え、秋や冬には枯れてしまうくぼ地の下に育まれた黒土が、行き来する人びとに踏まれて露出し、夕日のなかで濃い灰色がかった褐色になっていた。加えて、六基の高炉の金色の炎が、大地と人の顔を、クリーム色と紫褐色が混ざり合った色に染めていた。けれど音楽の顔だけが、ほかの男女と違っていた。彼女はショートコートを着て、首にはグレーの毛織りのスカーフを巻いていた。九十九区に来たばかりの頃、黒々とした髪は、街で流行っていた、耳のあたりで切り揃えるショートカットだった。ところがいつの間にか、ポニーテールになっていた。彼女は果たして学者の後ろにいた。学者はトランプで負けたので顔に紙を貼られていたのだが、音楽の顔の白さと成熟は隠しきれなかった。まるで黄河の砂地の風や日射しに晒されたこともないかのようだった。彼女は人混みのなかにしばらく立っていたが、案の定、学者の後ろに行ってしゃがみ込み、手のなかの甘藷をこっそり彼のポケットに入れた。すると学者が何か言って、カードを隣の人に渡し、人混みから抜け、いちばん外れの炉のところへ行った。左右を見回し人がいないのを確認してから、炉と積まれた薪のあいだに入って甘藷を食べ始めた。

「見ただろ？」と実験は言い、
私はうなずいた。

「俺は、あいつらをもう何ヶ月も見張ってたんだ。種まきのとき、俺がイバラの茂みで見つけた二人というのはあいつらだよ」実験はそう言いながら私をさらに引っ張ってゆき、一緒にアルカリのくぼ地を跳び越えさせた。「今晩、学者がこの二号炉を燃やす当番だから、お前さんは十二時に起きろ。もし俺たちがあの姦通犯を捕まえられなかったときは、俺の首をへし折ってくれ」

私は実験の極度に興奮した顔をじっと見つめた。

「知ってるだろ？——俺はもう訊いてあるんだ。姦通犯を一組捕まえると、少なくとも花を二十片もらえる。二十片の小花は、中花四輪に交換できるんだ」実験はそう言いながら、腰に当てていた手を顔の前に持ってきて指折り数えていたが、気が昂ぶった彼の手は、少し震えていた。「言っておくが、今回捕まえたら、俺はお前さんと六対四にはしたくはない。七三——いや、七三よりも少し減らして、俺は十五片、お前さんはその三分の一、つまり五片はどうだい？」

実験は私をじっと見つめていた。

「お前さんは何もしなくていい。証人になってくれればそれでいいよ」

私は茫然としてどうすべきか分からなかったが、実験は私に構わず言った。

「やるのか、やらないのか。やらないんだったら、俺はすぐにほかの協力者を探しに行く。ただ、俺と一緒に夜中に外出すればいいだけじゃないか」

私は何も言わず、音楽の美しい後ろ髪を見つめていた。

「どうだ？」実験は突然立ち上がって言った。「本当にやらないのか？」

私も立ち上がり、実験の顔と、遥かに広がる荒野、そして甘藷を食べ終わって戻ってゆく学者を見たあと、実験に向き直って力強くうなずいた。

「やる！」

これで決まりだった。日が沈む頃、中庭から食事を知らせるラッパの音が、まるで満腹になった雀がくぼ地から両足を揃えてまっすぐ飛び立ってゆくように、躍動感に満ちて鳴った。更生者たちは中庭に向かってばらばらと歩き始めた。炉の前で夜勤に当たる者は皆そこで、食事が運ばれてくるのを待っていた。六人のうち、学者は予想どおり二号炉の前に残った。皆と別れるとき、彼は仕事から上がる者に手を振って、早めに食事を持ってきてくれるように頼んだ。二号炉のあたりにいた一人がそれに応えたが、ほかの者たちの後ろに付いて立ち去ってゆく音楽も、振り向いて学者にうなずいたのを、私は見逃さなかった。

そして皆いなくなった。

高炉のそばは、洪水のあとにできた湖のように急に静かになった。落日の最後の光が一筋射した。きめ細かく明るい光は、まるでこぬか雨のようだった。高炉から白煙を伴ってメラメラと立ち昇る火は、まるで炉の上にかけられた絹布のようだった。次第に遠のいてゆく人びとの足音は、塀を曲がったとたんに小さくなった。賑わいのあとに際立つ寂しさが、炉のまわりに満ちた。私は皆の後ろを歩いていたが、曲がり角を曲がったあと歩みを遅くしてから、不意に踵《きびす》を返して炉の前に戻った。まっすぐ学者のほうへ歩いていった。

学者は私をじっと見ていた。

「夜、音楽を会いに来させるな」私は学者の前で急に立ち止まると、まるで石の隙間から辛うじて生えてくるイバラの枝のように細い声で言った。「君たちの関係に気づいた者がいる。捕まったら、一生この更生区から出られなくなるぞ」

学者の顔は、とたんに青くなった。

言うべきことを言い終えた私は、ふたたび身を翻し、果てしない荒野の向こうに消えゆく夕日に向かって足早に歩いていった。

二、『罪人録』一二九〜一三〇頁（削除あり）

親愛なる組織の同志、私はここに最大の発見と記録を記す――学者と音楽の後ろ暗い関係は明らかである。密会の合図がどれほど謎めいていても、紙背に徹する私の眼光の前で隠しおおせるものではない。以前から学者と音楽は食事を一緒にとることがあり、何やらささやき合っていたものだが、いつからか、学者が右手に持った箸を左手に持ち替えると、音楽もそれに応じて箸を左手に持つようになった。二人のあいだでは以心伝心、その合図が何を意味するのか分かっているようだった。それはどうやら、日中の作業のあいだ、決まった時間に何とか抜け出し、くぼ地に行って、相手が来るのをしばらく待つようにという合図だったのだ。もし左手に持つ箸が二本ではなく一本ならば、事情があって約束の時間に行けないようになったので夜に変えてほしいということだった。晩にどこへ行くかは、食事のあとの学者の箸の置き方で分かった。お碗の上に十字に置けば晩の早めの時間に区の裏手の、イバラの茂みの前で待ち合わせようということで、箸を並べて置くときは予定どおり深夜に高炉の最東端にあるアルカリのくぼ地へ行こうということだ。

三、『天の子』一一一〜一一五頁

実験はついに姦通者たちを捕まえることができなかった。光り輝く十五片の花を手にすることはできなかった。何度か夜半にそっと起き出し、用心深く密会の場所に近づいていったが、夜は決まって真っ暗で、そよ風が大地を吹き渡るように肩透かしを食うばかりだった。

半月が過ぎたが、ただただ平穏で、異常はなかった。実験の望みは、一面の砂漠や草原のなかに落ちた針を探し出すようなものかもしれなかった。

さらにまた半月が過ぎた頃、突然お上から派遣されて、青白い顔をした男が馬車に乗ってやって来た。まずは九十九区の高炉を見に行ってから、宿舎に寄って本を何冊か押収した。それから鉄を探しに行った。人知を超えた眼力というべきか、誰が琺瑯引きのマグカップを持っており、誰がステンレス製のれんげを隠し持っているのか、すべてお見通しで、あそこにあるはずだと言われてそこに行けば、果たしてあったのだった。そのようにしてお上は鉄を集めてまわった。そしてこどもを呼び出し、何やらいろいろと言いつけていた。こどもは顔を汗だくにしながら、手を胸の前でもんでいた。そして最後に、お上は挽き臼の半分大の銑鉄だけを馬車に引かせて、行ってしまった。

一週間後、また九十九区にやって来ると、お上は馬車を敷地の正門の前に停めた。それから鉄を回収するため高炉に直行した。高炉の前で供された銑鉄は、初めは石臼ほどの大きさで、花崗岩のように丈夫でつるつるしていたが、やがて篩《ふるい》にかけられたように小さくなり、またその銑鉄の表面には、ぽつぽつと小さな穴が空いていた。そして、高炉でさらに一週間焼かれた末に出てきたのは、冬瓜のような鉄が一つか二つだけで、ほかは何もなかった。溶解した鉄の餅は、もう青みを帯びてはおらず、渋い赤や黄で、蜂の巣状の豆腐のようだった。

冬の日はまだ暖かい。風が黄河のほうから、そよそよと吹いてくる。お上は炉のなかから転がり出てきた、ゴマ団子のような鉄を踏んだ——六基の高炉からわずかに二塊の団子状の鉄しか取れなかったのだ。目の前の鉄を踏みつけながら、こどもの顔を見た。

こどもの顔は少し青白かった。

お上はしばらく黙っていたが、穏やかで親しげな表情になった。こどもを人混みから離れたところに連れていってから、いろいろと話して聞かせた。こどもの頭をよしよしと軽く叩いたり肩をもんだりしたあと、馬車の前まで連れていった。馬車には、よその更生区で没収してきた本が荷台半分ほども積まれていた。

本がわんさと積まれた馬車の前で、こどもはようやく笑みを浮かべた。

と突然、こどもは高炉の前まで走ってゆくと、点呼を始めた。そして女の罪人たちの宿舎に行き、音楽がいないのを確かめてから、今度はお上を連れて、黄河近くの伐採隊がいるほうへ向かった。どれほども行かないうちに、伐採の一群に出くわしたので何やら訊ねていたが、また次の一群にも訊いたあと、ちょうどその中間の涸れたアルカリのくぼ地のほうへ行った。初めのうちは大股だったが、そのうちに腰をかがめて抜き足差し足近づいていった。そしてついには地面に伏せた。しばらくあって、お上が突然、くぼ地のなかに突進した。人と人が入り乱れ、走り出す者あり、わめき声ありで、やがて学者と音楽がくぼ地の雑木林のなかから引きずり出されたのだった。

そうして捕らえられ、
連れてゆかれた。

こどもの顔は月のように白く、固まっていた。

門のところまで来ると、お上はこどもの頭を軽く叩き、肩をもんだ。彼はこどもの頭を、例によって無造作になでながら、笑って言った。

「荷台に積んだ本はすべて君のものだ」

こどもは荷台の上の学者と音楽に視線を留めたまま言った。

「あいつらは?」

「姦通犯は——連れてゆく」

こどもは顔を青くして、連行される音楽と学者をずっと眺めていた。

四、『旧河道』一〇〇〜一〇八頁、一三三〜一三九頁

その日実験は高炉の当直の番に当たっていた。毎夜、不届者を捕まえようとしてそのたびに肩すかしを食らうばかりだったが、彼は、ちっとも疲れを感じないどころか、気持ちは最高に昂ぶっていた。目は蜘蛛の巣か漁網のように血走っており、三月四月の肥沃な大地に開く、赤や黄や青の花のように色鮮やかに咲き誇っているようでもあった。彼の鋭い目のなかに何もかもが映り込んで、まるで二つの対称性のある公園のように色とりどりの人びとが行き交っていたのだった。その人混みのなかで、彼は四六時中、音楽と学者を観察し続けることに余念がなかった。

実験はすでに音楽と学者の行動範囲とパターンを完全に把握していた。人目を盗んで行う二人の密会の巧みさと秘密を発見していた。毎日の食事時、更生者たちは食堂に集まるが、二人は以前のようには一緒に食事をしなかった。人の目があればあるほど二人は食事を別々にとるようになっていた。お互い相手に料理を箸で分け与えたりするのは、誰もいないときだけだったのだ。

いや、食事時ばかりではなく、日中作業をするときも、音楽は多くの時間、私と行動を共にするようになり、小さいときからずっと音楽やピアノを勉強してきたことなどを話してくれた。舞台の上で西洋のピアノを使って民族音楽を演奏するようになったのは彼女が初めてであること、舞台のピアノの前にきちんと座って、「大きな花籠」「大きなジャスミン」、それから「青々と解放された空」を演奏するとき、舞台の下から澄みきった目を輝かせてもの珍しそうに見つめる観客たちのこと。ふと舞台下に目をやると、無数の目が、まるで黒い羽毛を持つ鳥のようにいっせいに彼女のほうに飛んでくるようだったこと。とりわけ「共和国革命行進曲」を演奏するとき、彼女の十本の指は鍵盤の上を自在に跳躍し、華麗に舞った。その軽やかさは、夏の山野に降りそそぐ雨のしずくのようであり、彼女の十本の指から、迫真の銃声、砲声、軍用ラッパの音、戦馬のいななきや、殺戮、勝利、そして勝利を喜び祝う情景が奏でられたあとは、万雷の拍手が鳴りやまなかった。彼女はいつも嬉しさのあまり夢なのではないかと思ったのだという。

彼女は独学で音楽を学んだ共和国第一世代の音楽家として名声を博し、音楽の情熱は彼女に七夜連続で同じ夢を見させた。夢のなかである人がこう言った。あなたは次の公演で、演奏する曲目をちょっと替えさえすれば、心から愛せる相手に出会うことができるでしょう、と。そしてまた、彼女が終生愛することになる男性の名前とその職業は学者だということを、澄んだ声ではっきりと教えられたのだった——。

次の演奏会は省長の六十歳の誕生日を祝う会だった。その記念コンサートに参加したのは赫々たる戦功をあげた軍人や革命家たち。高貴な来賓で席が埋まるホームパーティの余興として彼女はピアノを弾いた。乾杯のあと、皆が声を揃えて省長にお祝いを述べるなか、彼女は三曲弾いた。一曲目は「前線へ」、二曲目は「吼えよ、親愛なる河」、そして最後に誰もが知っている「共和国革命行進曲」。しかし彼女はこの最後の曲を弾く前に七夜連続で見た夢のことを思い出し、急遽、リストの「愛の夢」に曲を変更したのだった。聴衆の誰もがその曲を知らなかったが、川のせせらぎのように耳に心地よかった。演奏が終わるや、割れんばかりの拍手に包まれた。居合わせた革命家や軍人たちはいっせいに、目を輝かせて彼女を見た。

しかし翌日、三日以内に省都を離れ黄河河畔の更生区に出向くよう、通知があった。彼女は心から愛する「学者」を探して、更生区にやって来たのだった。別々のリンゴの木になる二つのリンゴのように、枝につながっているときは一緒にいることができず、虫に食われ地上に落ちて、初めて一緒になることができるのだ。だが、運よく同じところに落ちたと思ったのもつかの間、そこは実験の目の前であった。

実験はすでに、音楽が作家と一緒にいることはごまかしにすぎないことを見抜いていた。実験は二人が密会していることを熟知していたから、いつでも二人を捕まえて、不届者としてこどもの前に突き出し、二十片の赤い花をもらうこともできるはずだった。しかし実験のそうした準備も空しく、二週間のあいだ、学者がご飯のあとに箸をお碗の上に置くこともなければ、二人が服を脱いで横になって抱き合いながら、情欲の炎に身を焦がす場面に出くわすこともなかった。実験は、二人があられもない姿で密通する場面を渇望していた。一度だけでいい、現場を取り押さえることができれば、こどもに報告して手柄を立てることができるのだ。そうすれば、少なくとも二十片は花をもらえる。実験はこれまでの半生で恋愛を経験したことがなかった。密通する場面を渇望するのは、からからに喉の渇いた人が一杯の水を欲するようなものだ。しかしそのとき、学者と音楽は突然、こどもが連れてきたお上によって捕らえられ、連れていかれたのだ。しかも、密通の情報を報告したのは自分ではなかった。

実験は、学者と音楽が連行されたことを聞きつけると、持ち場の高炉から息せき切って走ってきて、あえぎながら、お上と学者、音楽を乗せた馬車が遠ざかってゆくのをずっと眺めていた――転がってゆく点が土の道の遥か果てに消えてゆくまで。雲がどんよりとよどむなか、午後の日射しは雲の後ろで燃え出せない火のようであった。もくもくと立ち昇る黒煙のなか、かすかに点滅する星にすぎなかった。中庭に集まっていた人びとはすでに散会し、それぞれの顔には驚きや訝り、しかしその一方ですっきりした表情も浮かんでいた。

学者と音楽は事もあろうに、自分たちの目を盗んで通じ合い、乳繰り合っていたのだ。大事件がわが九十九区でも起こったことを皆はようやく受け入れたのだった。これで当分、鉄器を探したり、木を切ったり鉄を造ったりの単調な毎日から解放される。興味津々議論し、熱中するに値する新鮮な出来事がわが九十九区でもついに起こったのであり、それはまるで、エンディングがまだ明かされていないドラマのようなものだった。実験は門の前の、馬車が停まっていたためにできた轍の上に立って、あたりをきょろきょろ見回していた。喪失感に満ちた愕然とした表情で、それはちょうど頭上の空にかかる、今にも雨や雪が降りそうな雲のように陰っていた。

「誰がちくったんだ?」実験の口から漏れた言葉は、独り言のようでもあり、また誰かに聞いてもらいたいようでもあった。「誰がこどもにちくったんだよ?」

その場に居合わせた仲間たちも、自分の部屋や持ち場に戻り始めた。

誰もいなくなったあと、私と実験は門の外から中へ戻ってきたが、西の方向にあるこどもの宿舎の入り口は鍵がかかったままだった。入り口の前には二冊の本の表紙が残っていて、壁の下に吹き寄せられた大きな葉っぱのようにも見えた。実験は私に何度も、学者と音楽の姦通をこどもやお上に告げたのは誰なのかと言った。九十九区で学者と音楽の関係を知っているのは自分以外いないはずなのに、と。

「区内には何百もの目があるじゃないか」と私は冷淡な、大きな声で言った。

「こんなことなら、もっと早く報告すればよかった」無念や後悔のあまり、実験は腰の横で手をきつく握ったりゆるめたりしていたが、それは二羽の鷹が飛び立とうとしながらまた降りてくるさまを思わせた。「少なくとも二十片の花が、畜生、持っていかれた。どう見ても俺のものだったのに、どこのいつか知らんが、持っていかれてしまった」

宿舎に戻るあいだ、実験はずっとそんなふうに独り言を言っていた。あたかも報告しなかったことが人生最大の失敗であり、彼が師匠の身代わりとなったことよりよほど重大であるかのようだった。

それからというもの実験は、誰が密告したのかを突き止めようとした。枕許や机の前に貼り出す花が突然多くなった者がいないか、あることないことかこつけて、人の部屋を調べ始めた。こどもから褒美としてもらった花は必ずヘッドボードか机の前に貼りつけ、同じ部屋の住人どうし監視し合うように言い渡されたではないか、と。誰が手柄を立てるために音楽と学者のことを密告し、本来彼のものとなるはずだった二十片の花を持っていったのか？　そいつは当然、誇らしげに花を貼り出し、大々的に学者と音楽のことを暴き立てるだろう。でなければ、密通犯たちは皆の目の前でどこまでも堕落していっただろうし、どんな恥ずべき行為をしたとも限らないから。ただ、花を貼り出しさえすれば、実験は一目瞭然、誰が彼の花を横取りしたのか分かる。それで彼は、私や宗教、さらにはほかの十数名の、手柄を立ててここを離れたいと心から望んでいる更生者たちのヘッドボードを何かと口実をつけては巡視したのだった。繕い物等、針仕事の依頼にかこつけて、女の宿舎にさえ行くようになった。ヘッドボードや机の前に何十もの花が並んでいるのは誰か？と。彼はすでに自分で何度も数えていた。五片の小花で中花一輪、五輪の中花で星一つ。五つの大星で更生区を離れられる、自由の身となって家に帰ることができる。つまり、五つの大星を得るためには、二十五輪の中花、百二十五片の小花を稼がなくてはならない。九十九区の更生者たちのなかには、百二十五という数字にたじろぎ、希望を持てなくなっている者も大勢いた。しかし実験は違った。そのことだけを考えていれば、いつの日かきっと百二十五片の花を自分のものにすることができると信じていた。彼は今、二十五片を獲得しており、九十九区では三位だった。一位は三十二片、二位は二十七片。ここ数日で、突然獲得数が小花三十、あるいは中花六を超えた者がいれば、明らかにそいつが密告し、自分の手柄をさらっていったのだ。実験はそいつを何とかして突き止めたかったが、しかし、突き止めたからといってどうしたいわけでもなく、ただ彼もしくは彼女がどうやって学者と音楽の密通を発見したのか知りたいだけだった。そして可能なら、彼もしくは彼女に、学者と音楽が素っ裸で乳繰り合っているのを見たのかどうか、訊いてみたかっただけだった。しかしついに実験は、手柄を横取りした密告者を探し出せなかった。突然花が二十片も増えた者は見つからなかったのだ。

数日後、実験は以前ほどの元気がなくなった。まるで自分の持ち物を盗まれて意気消沈しているかのようだった。農作業が始まれば野良に出たし、終われば自分もやめた。けれどほとんど口を利かなくなり、哀れなほどに打ちひしがれて、一日中でうつむいていた。

功を立てるための門戸は、実験の目の前で一瞬にして閉じ、施錠された。道を歩いていて、突然門が閉ざされてしまったようなものだった。

学者と音楽の密通を捕まえた褒美として、区には豚肉五十斤と牛肉三十斤が支給された。数日間、人びとは製鋼に励みながら、肉が入った料理を食べた。厳寒の冬ではあったけれど、賑やかに過ごし、誰の顔も喜びにほころんでいて、毎日が正月のようだった。毎日、男たちは宿舎のあらゆる場所を、鉄器を求めて探しまわったが、余った時間はストーブに当たりながら密通事件のことを語り合った。女たちは当番で炊事をしている時間以外は、ストーブのそばで密通事件のことを語り合った。密通事件は数日間、ご飯や肉入りの料理のように人びとの気持ちを昂ぶらせたが、製鋼の原料がなくなってしまうと、九十九区のあらゆる鉄器――農作業に必要な鉄の鍬や鋤、耕耘機《こううんき》、竈で薪をつつくのに使う火箸、各部屋の引き出しに取りつけられていた金具や掛け金、窓枠に打たれていた釘――一切が高炉に投げ込まれた。そして鉄を燃やすために区の周囲の樹木がすっかり切り倒されてしまった。晴れて靄がかかっていない日なら、どこに立とうと数十里先まで一望することができた。伐採されたあと、砂地に残された白い切り株が日に照らされて点々と並んでいるさまは、まるで太陽が大地に赤子を産み落としたように見えた。木くずや鉄のにおいが、晴れた日の区内の雪が残った、どこまでも一望できる砂地のあいだに満ちている。製鋼を大いに督励するために、もともと毎月四十五斤だった食糧の支給が二十五斤に減らされ、毎月鉄を二トン献上すれば減らされた分が戻ってくることになっていた。

もともと一度の食事に支給されていた、小麦粉とトウモロコシの饅頭は一人四両から三両に減らされ、半碗ほどの炒め物は、大根や白菜以外は、肉がないだけでなく、スープの表面に浮いている油さえまばらだった。

しかもお上から派遣された査察隊が、数名の年若い民兵を引き連れて、一室一室探してまわり、机の上の、メッキがかかった歯磨き用のマグカップまで没収していった。

ベッドの下の服をしまう鍵付きの木箱には金具が使われていたので、金具ごと叩き割り、背負ってきた籠にくず鉄を放り込んで、高炉へ持っていった。そして各小隊の日常生活に使う道具を入れた倉庫に行って、頭数と土地の面積を計算し、最低限必要な、二人に一本程度の鋤や鍬を残し、それ以外の鋤やシャベル、種まき車の歯の部分は取り外して、みんな高炉へ持っていった。

旧暦の十二月の初め、最後の鉄が高炉に投げ込まれると、区のすべての者たちは火が消えた炉の前で押し黙ったまま、トランプや、石ころ碁に暢気に興じる者もいなかった。食糧が充分でなかったので、新しく鉄を造って代わりに支給してもらわない限り、昼はたった二両のトウモロコシの饅頭とお碗半分のスープだけで、夜はもうご飯を炊かずに過ごさなければならなくなったからだ。人びとは高炉を取り囲んだまま身動きもせず、遥か遠くの、よその更生区や村の高炉からもうもうと立ち昇る煙や火をただ眺めるばかりで、ぐったりとしていた。日が落ち、高炉の火も落とされようという、そんな寒気が黄河のほうから寄せてくる頃、数日間、黙して語らなかった実験が、突然皆の前に立って叫んだ。

「鉄の原料を見つけた――鋼の原料を見つけたぞ！　何か褒美はもらえるよな？」

それまでしょげかえっていた実験が急に、異常なまでに興奮していた。暗闇のなかで皆を助ける光を見つけ出したかのようだった。

「俺は原料を見つけたぞ。これで、天引きされてる食糧をみんなのために取り戻せる。みんな一片ずつ花をくれてもいいんじゃないか？」と彼は言った。「一人一片、出してくれれば、食糧を取り戻してきてやるよ。みんな、どうだ？」

彼はそれから高炉のまわりで立ったりしゃがんだりしていた者たちを見渡した。だが誰も何も言わず、まるで狂った人間でも見るかのように彼を見ていた。実験は彼らをちらっと見やったあと、突然身を翻すと、区の門のほうへ帰っていった。

急いでこどもを探しに行ったのだった。

五、『旧河道』一三九～一四五頁

九十九区で、天地をひっくり返したような大事件が起こった。

実験がこどもと密談したその翌日、皆がまだ寝床のなかにいた頃、二人は突如連れだって九十九区を出ていった。一週間後、二人が戻ってきたのも、出ていったときと同じように、早朝、人びとがまだ寝ていた頃だった。お上であるこどもが不在のあいだ、公布された法令はしばし無効になったようで、人びとはだらだら気ままに過ごし、まったくたがが外れたようだった。一晩中ぐっすり眠り、日が昇ってもまだ起き出さない者がいた。実験が戻ってきたときも、寝床のなかでぐずぐず暖を取っていた者や、こっそり本を読んでいる者がいた。人に隠れて日記を書いている者もいた。日が窓からそっと射し込んでくると、冬の雀も窓台の上に止まってチュンチュン鳴いたり、飛んでいったりまた戻ってきたりしていた。厳冬の九十九区は物憂げにひっそりと静まり返り、建物は広い砂地に点在する墓室のようだった。まさにそのとき、宿舎の前のほうから、ハンマーで地を打つかのような足音が近づいてきて、ついにバンとドアが開けられると、そこには驚天動地、実験が立っていた。誰もが布団にくるまっていたが、首をひねって入り口のほうを見るとはっとして、裸のまま、あるいは寝間着姿のままで起き上がった。

実験は背筋をしゃんと伸ばして立っていた。百六十センチあまりの、痩せこけた彼が、まるで旗竿のように立っていたのだ。しかもとりわけ訝しい思いをさせたのは、立てかけられた木札に貼られた真っ白な紙に、手のひら大の五つの大きな星が目もあやに留められていたことだった——九十九区の者たちすべての枕許に貼ってある花と同じ、てかてかした油紙を切って作られた、大きな星が。

「すまない――俺はここを出ていくことになった。俺はもう新しい人間に生まれ変わったんだよ！」

実験が大きな声でそう言うと、高炉で燻されたために どす黒くなったその顔に赤みが差した。高々と掲げられた木札の、上に二つ、下に三つ貼られた大判の星々は、窓から射し込む光に照らされ、火のように赤々としていた。眩しいほどに鮮やかだった。皆は実験とその木札を眺めていたが、それはまるで製鋼時、燃える鉄を見ていたら、突然焚き口が開き、火炎に見舞われたかのようだった。

誰もが、大判の五つ星を不意に目の当たりにしてたじろいでいた。誰もが、九十九区でいったい何が起こったのか、にわかには理解できなかった。一同驚愕に包まれるなか、実験は部屋のいちばん奥にある自分のベッドまで傲然と歩いてくると、木札を立てかけ、素早く上段に這い上がり、布団をさっさと紐で縛った。それから下り、下段のベッドの下から、すでに鍵のなくなった木箱を引きずり出し、中から使えるものだけ出して大きな鞄に詰めた。もう要らなくなった、たとえば古い靴や、穴の空いた靴下、字や絵が無秩序に描かれたノートなどは、手当たり次第下段のベッドや床の上に放り投げた。荷物の整理はまたたく間に終わったが、最後に机の上にあった本数冊と万年筆を片づけようとして、突然実験の手が止まった。彼は木札の上の百二十五片の小花に等しい五つの星には含まれなかった、別の花を見た。それは机の前の壁に貼ってある、数えきれない辛苦、あるいはあらゆる苦心と労力の代価として得られた二十五片の小花だった。

実験はそれらの花を眺めながら微笑んだ。

部屋の住人たちは皆起き出してきて、彼の後ろに立っていた。ほかの三棟の男や女たちも皆聞きつけて集まってきたため、部屋に人が入りきらず、入り口の外へ溢れ出した。窓によじ登って部屋のなかを覗き込む者もいた――首を今の時節の木の枝のようにまっすぐに伸ばして。机の前に立っていた実験は、振り返りながら、壁から外した花を二片、こどもを真似して掲げながら言った。「欲しいか？」実験は笑いながら皆を見回してから続けた。「血と汗の結晶であるこの二十五片の小花は、俺にとってはもう必要がなくなった。誰か耳当たりのいい話をしてくれたら進呈しよう」

人びとは驚き、また訝しみながら彼を眺めていた、ちょうど一週間前、実験が鉄の素材を見つけたと言ったときと同じように。あのときは精神病院から出てきた者をさげすむかのように眺めていたが、今は、凱旋した将軍を仰ぎ見るまなざしだった。半信半疑と羨望が織物のように密に入り交じっていた。しかし誰も胸につかえて言葉が出てこない。

「お前たち、欲しくないのか？」実験は突然手のなかの花を一片ずたずたに引き裂き、指のあいだから時間をかけて落とした。旋回しながら落ちてゆくそれは、まるでひらひらと空中を下りてゆく蝶のようだった。「遠慮しなくていい。誰でもいいから耳当たりのいいことを一言言った者には、小花を一片やろうじゃないか。二言言った者には二片だ」

実験はそう言い終わると、また壁から花をいくつか外し、皆のほうに向き直ったが、人びとが茫然として半信半疑の表情を崩さなかったので、ふたたび手のなかの花を高く掲げ、引きちぎろうとした。と、別の宿舎の住人が人混みを押しのけ一歩前に進み出て、大声で言った。「引きちぎらないでください——あなたは我々九十九区の英雄です。あなたがみんなのために鉄の原料を探し出してくれたことは知っています。あなたは私たちの救世主ではないでしょうか」

実験は進み出た教授に笑顔を見せると、手のなかの小花一片を約束どおり手渡した。

一人出れば、必ず続く者がいる。耳当たりのいいことを一言言っただけで花をもらったのを見て、また一人、別の教授が前に進み出た。「実験、私たちはあなたがもともと潔白で無実であるのに、師匠の身代わりとしてここに来て罪に服していることを知っています。更生区に来てからというもの、あなたは苦しいことやつらいことに歯をくいしばって耐え、勤勉に学び、また辛苦も厭わず農作業や製鋼に従事されました。ご自身でお気づきか分かりませんが、あなたはまさしく私たちの模範なのですよ」

そこで実験は、花を一片、その教授に手渡した。

それからは、叫び声やらわめき声やらで収拾がつかない状態になった。人びとは乗り遅れまいと我先に、かつ、このうえなく厳かに前に進み出て言った。

「実験、私はあなたが去ったあとも、あなたのことを想い続けます——私はきっと、あなたを模範として、自分に鞭打って労働や改造や学習に取り組み続けるでしょう」

またある者はこう言った。

「あなたは九十九区の模範、手本というだけでなく、すべての黄河更生区、いや全国の更生区の模範なのです」

またある者はこう言った。

「私たちの目は本当にふし穴でした。これまで無駄に勉強してきたものです。あなたの学問、英知、有言実行、そこに至るまでの姿勢と修練、それらはおそらく、自己改造しなければならない知識人にとって、一生学び続けるべき模範です」

と、人混みのなかから、一人が腕を振って大声で叫び出した。

「実験に学ぼう！　実験に敬礼！　実験は私たち更生者の手本であり、模範だ！　実験は最も積極的で革命的で品行方正な青年だ」

歓呼の声は、数万人の集まる大会のように耳をつんざくほどではなく、熱狂的でもなかったけれど、ベッドや腰掛けの上に立ってスローガンを叫ぶ者もあれば、下には腕を振り上げて応える者もあり、というなりゆきになった。呼びかけるほうも応じるほうも明らかに声を押し殺し、全開ではない水門から水が流れ出るようだった。しかしそれでも実験は感動した。笑っていたが、その目には涙が光っていた。そして壁の花をすべて取り外したあと、二、三片を手のなかに残して、あとの二十片ほどの赤い小花の雨を、人びとの上に降らせた。

皆が腰をかがめて、あそこだここだと我先に花を拾っているあいだ、実験ははちきれそうになった鞄を提げて食堂に行った。そして最後の花を携帯食の餅に換えたあと、まるで何かの大会の盛大な入場式のときのように、五つの大判の星を貼りつけた木札を掲げながら九十九区の門のほうへ歩いていった。顔を輝かせ、はつらつとして、晴れ渡った青空の下、暖かな冬の日射しを浴びながら正門の前まで来ると、彼はドアを閉ざしたままのこどもの宿舎を振り返って深々とお辞儀をしてから出てゆこうとした。九十九区の住人たちは総出で実験を見送りに来ていた。しかし私が彼のために持っていた荷物を正門前で手渡したとき、彼は受け取りながら小さな声で私に言った。

「作家よ、お前さんは九十九区のなかで最低の奴だな、ほんとに。俺には分かってる。学者と音楽が捕まったのはお前さんが密告したからだろ？――お前さんが死ぬまでここで更生生活を送ることを、心から願ってるよ！」

私はいきなり頭をなぐられたような衝撃を受け、茫然と門口に立ち尽くしていた。

荷物を提げた実験は、五つ星の木札を掲げながら私を冷笑すると、つかつかと行ってしまった。後ろで見送る仲間たちに手を振ったり振り返ったりすることもなく、外の世界へ通じる土の道を歩いてゆく彼の姿は、あっという間に小さくなった。

実験はそうして行ってしまった。天から突然降ってきた自由を手にして、自分の家へ戻っていった。

第六章　両面

一、『罪人録』一四〇～一四一頁（削除あり）

物事にはすべて正と負の両面がある。その両面から、つまり一つを二つに分けて問題を見るあり方こそが、我々が世界を認識し、問題を分析するにあたって最も優れた道筋、方法なのである（一九六四年夏、中国の哲学界で、「一つが二つに分裂する」と「二つが一つに融合する」という命題をめぐって激しい論戦が交わされたが、同年八月、中国共産党は前者を堅持することに決定した）。実験の離脱は九十九区にいささか有利な要素をもたらした。すなわち、突発的に起こった事件により人びとは、態度が突出して良く、貢献が抜きん出てさえいれば、誰であろうと百二十五片の小さな赤い花を手に入れ五つの五芒星に換えることができるのだと、より強く信じられるようになった。五つの星はまさに新しい人に更生したことの証しであり、それさえあれば晴れて自由の身となって家に帰ることができるのだ。その一方で、不利な要素も三点あった。

一、更生の過程のなかで、乗じる隙や近道を見つけた者は、チャンスをものにできさえすれば自由を手に入れることができる。しかしその者の精神の暗黒は、真正の光によって変えられるとは限らない。

実験は多少なりともそういう人間であった。
二、実験は収容所を後にするとき、得意になって横暴極まりなく、あたかも偉大な英雄であるかのように振る舞っていた。製鋼で功を立てたとはいえ、彼にいきなり五つの星を与えたことはいささか早計ではなかったか。また多すぎたのではないか。むしろ彼に小さな花をこつこつ集めることから始めさせ、更生生活のなかでさらなる積極的な態度や積み重ねがあったのちに解放してやるべきではなかったか。そうすれば、ほかの更生者たちに、更生は地道になされなければならず、質的変化は量的変化からもたらされるのだと意識させることができただろう。
三、もし実験が社会に復帰し、果たして新しい人、善人になれたなら、あるいは覚醒した、祖国を深く愛す者になれたなら、それは九十九区の更生と改造が偉大であり、成功したことを証明している。ただもし彼が驕りや焦りを戒めず、学ぼうという姿勢も身につけなければ、彼がもう一度更生区に戻されることは避けられない。彼がふたたび更生区に戻ってくることを、九十九区の者たちはもちろん望んでいる——なぜなら、つまずいた者はまたそこから立ち上がらせればいいのだから。
私は信じている。うぬぼれ驕りたかぶる者は、いずれまた更生区に戻ってくるであろうことを。

第七章　出　発

一、『旧河道』一八七～一九七頁

実験が行ってしまうと、誰もが希望と光明を見出し、積極的かつ自発的に、そしてまた疾風迅雷の勢いで働くようになった。実際六十の者は二十に、四十、五十の者は十三、十四に戻ったかのようであった。皆は朝起きると掃除をし、自発的に台所にやって来て薪割りと飯炊きをやり、高炉の崩れた壁や炉道、薪を片づけた。宗教や更生者たちは、ほかの者たちより少しでも多く仕事をするために、わずかばかりの鉄道具――斧や鋸を使ったあとは、自分の布団やベッドの下に隠した。そうすれば、誰かが仕事をしようと思っても、道具が見つからずに庭や部屋中を探しまわらなければならない。

皆は知っていたのだ、製鋼の原料が使い果たされようとしていたとき黄河にそれが無尽蔵にあることを実験が発見したからこそ、五つの大きな星を得て自由の身となったことを。実験はこどもを黄河のほとりに連れてゆき、どこから手に入れたのかは知らないが、割れた瓦の破片のような磁石を持ってきて黒砂の上に置いたのだった。すると、あたかも長年離れ離れになっていた子供がようやく両親を見つけ出したかのように、あちこちから吸い寄せられてきた。黒砂は河原の砂地ではもともとばらばらに散らばっていたが、磁石に筋状にくっついたさまは、まるで子供たちが組体操をしているかのようだった。二人は磁石で黒砂を吸い取っては、ひとすくいずつ、広げた服の上に払い落とした。もともとそこは、夏は黄河の水が盛んなために岸辺に無数の細流支流ができるところだったが、今は冬である。水は河の中心部をわずかに流れるだけとなり、涸れたあたりには、洗い流された黒砂が黒い縄のように付着していた。その一筋一筋の縄は直接すくい取ることができたのだった。

実験とこどもはすぐに砂鉄をひと山ほども集めた。

二人は黄河のほとりの土を掘って、小さな高炉を造り上げた。炉を長い石で二層に区切り、その石の真ん中の部分を粘土で平らにしてから、黒砂をその上に積み上げる。高炉の下のほうから薪で焚きつけると同時に、周囲の隙間から抜ける火で包み焼く。そうすれば、灼熱の熱さで鉄を鋳ることができるのだ。それから四日四晩、炉のなかは烈火が勢いよく燃え盛った。そして火が消えると、果たして天地開闢、柳のように青い鉄が、巨大で黒々とした窩窩頭《ウオウオトウ》〔トウモロコシ粉や高粱《コーリャン》粉などを練って円錐形に蒸し上げたもの〕のように炉の外へ転がり出てきた。荒れ果てて一軒の人家もない黄河のほとりで、実験とこどもがそのときどれほど狂喜したのかは知らない。二人のあいだで何が話され、どんな約束があったのかも知らない。のちに更生区の人びとが知りえたのは、二人がその世界初の団子鉄を担ぎ、一昼夜をかけて更生区に帰ってきたことだけだった。こどもは実験に褒美として、小さな赤い花ではなく、五つの大きな五芒星をいきなり与えた。実験はこどもの部屋のなかの木札に花を貼り出す一方、こどもは町に鉄を献上しに行くための牛車を隣の区から引いてきて区の門を塞いだ。その牛車に積まれた鉄はどれもこれも赤い布で覆われていたが、覆いきれなかった鉄にもすべて赤い対聯《ついれん》〔両脇に対句を記した装飾〕が貼られていた。その上聯には「天地にとどろけ、速く、むだなく」、下聯には「月を摘み日を射る根性、追いつけイギリス追い越せアメリカ」と書かれてあった。こどもは、実験と一緒に発見し製錬した団子鉄を、赤い布で包んで牛車に載せ、町の本部に向けて出発した。

こどもは吉報の報告と論功行賞の要請のために本部に向かったのだった。

こどもは一晩泊まり、戻ってきたのは、実験が九十九区を後にした翌日のことであった。こどもはすべて上等な主食になる白米や小麦粉を持って帰ってきただけでなく、その胸許にはお碗ほどもある絹製の赤い花が二つ着けられていた。さらに実験のために、お碗よりも大きい赤い絹の花まで持って帰ってきていた。こどもは実験に学ぶべく表彰式を開催し、実験の胸に赤い花を挿してやりながら、彼が新しい人になったことを宣言するつもりだった。ところが実験は待っていられなかったのだろう、すでに九十九区を後にしていた。

九十九区では結局、こどもからもお上からも集会が呼びかけられることはなかったが、人びとは庭を塵一つないほどきれいに掃き、赤い巨大な対聯を区の門にかけた。そこにはもっと勇壮で肝をつぶすような言葉が並んでいた。

「天地にとどろき、米倉は海のごとく、西洋を笑え。月を殺し日を射る勢い、鋼鉄は山のごとく、天下に誇れ」

こどもは区の門の前に立って、その対聯を分かったような顔で眺めたあと、水できれいに洗われ拭かれた厚い木戸を見やった。そして、掃除され、水に濡れてまだらな地図のようになった門前――もともと凹凸のあった地面は今、鏡のように平らで、黄土のにおいと水で清められたすがすがしさに満ちていた。真昼の日射しは透き通った飴色で、天空の溶鉱炉の火のように暖かだった。

こどもが帰ってきたとき、人びとは皆自発的に門内の敷地の両側に立って、入ってくるのがまるでお上のお上であるかのように盛大に出迎えた。しかも馬車が停まると、熱烈に拍手した。

こどもは馬車の上に立ち上がった。顔に差した興奮の表情と太陽のきらめきとが渾然一体となった。

「実験は？」こどもは皆を見下ろしながら言った。

「出ていきました」と一人が答えた。「五つの星を掲げて」

こどもは意外そうな、不快な表情を浮かべた。

しかし門と中庭がすっかりきれいになっているのを見ているうちに、その意外そうな表情は薄らいでゆき、ついには消えた。

「出ていったのか。もうこの花をもらえないということだな」

実験のために惜しみながら、赤い絹布の大きな花を掲げて揺らした。こどもの笑顔の前で赤い蝶がひらひらと飛んでいるかのようだった。彼はそのまま御者と米と栗毛の馬のほうを振り返りながら、いったん自分の宿舎に戻り、小さな盆を持ってきた。そしてまた馬車の後部に立って叫んだ。

「門のまわりを掃いたのは誰だ？」

中年の教授が前に進み出たので、こどもは二片の花を与えた。

「区の中庭と俺の家の玄関を掃いた者は誰だ？」

また一人、教授が進み出たので、こどもは三片の花を与えた。

「このめでたい対聯を書いたのは誰だ？」

最年長の言語学者が進み出て、少年のように天真爛漫な笑顔でこどもの前に立ち、少し腰をかがめながら頭を下げたあと、振り返ってまわりの仲間たちを見た。思いも寄らなかったのは、皆が笑顔で彼を見返しながら、善意と励ましの拍手を送ってくれたことだった。こどもは今度は二つ三つの小さな花ではなく、赤子の手ほどの大きさの花を二輪——小花に換算すれば十片になる——をくれてやった。この中花を受け取るとき、言語学者の両手は震えていた。何か言おうとしたが、言葉が出てこず唇を噛んだ。後ろから雷のような拍手が沸き起こり、いつまでも鳴り止まなかった。

それ以来、九十九区は何もかもがひっくり返ったように沸き立った。

というのも、こどもと実験が発見した黒砂錬鉄術は、九十九区だけでなく、黄河にある更生区、ひいては全省、全国の製鋼の課題を解決することができるからだ。このうえなく優れたモデルとして全県、全省、全国に押し広めることによって、全世界からの冷やかなまなざしに対して、東方の智恵が、中国独自の方法が、世界の難題をどう解決するのか、見せつけてやらねばならない。モデル事業を見事にやり遂げ、まばゆいばかりの栄光を手にするためにまず解決しなければならないのは、お上から一刻も早く荷車一台分の磁石を確保することだ。円形、長方形、あるいはU字形……あらゆる磁石を集めたうえで、九十九区をまるごと黄河のほとりに移動させればいい。高炉、食堂、布団をひっくるめて八十里先の荒野に移し、黄河の土手を掘ってそこに新たに高炉を造り、柳、ポプラ、楡、イバラ、そして黒砂、すべては現地で調達するのである。全国、全世界を震撼させ、奮い立たせる製鋼の叙事詩の始まりである。

磁石を待ちわびる日々、九十九区の人びとは皆、決意書と建議書を書いた。斧、箒、鋸と食堂の炊事道具は自分の箱や布団のなかにしまっておくべきであること。これらの道具を揃え、床を隈なく掃き終われば、褒美に花をもらえるべきであること。洗いだらいで河辺から水を汲んできて、ならした地に水をまけば花をもらえるべきであること——。便所に溢れた糞便をすくうシャベルが見つからないというので、宗教はズボンの裾をからげて中に飛び込み、糞便を両手で甕に移したあと、担いで麦畑まで運んだ。便所をきれいに掃除してから、河辺で手と足を洗った。凍えて赤くなった両手は、中花を受け取るのにふさわしかった。

数日のあいだに、幾片かの小さい花を数十片に増やした者もいた。ヘッドボードや机の前には貼りきれず、小花を中花、あるいは一つ二つの大星に交換した者もいた。

こうして一人一人が赤い花や星の豊作にほくそ笑んでいたとき、麻袋一袋分の磁石とともに学者と音楽が馬車に引かれて送り返されてきた。馬車は夕日が落ちる頃に九十九区に到着した。遠くからぎしぎしという音が冬の日の青白い静けさを伴って聞こえてきた。門のまわりで片づけをしていた更生者たちは、遠くに見える馬車に向かって大声で叫んだ。

「私らに磁石をくれるんですか?」

「そうだ」

御者が大声で返すと、馬車の前に立って、パシッと鞭を打った。馬車は颯爽たる馬蹄の音とともに九十九区に走り込んできた。人びとは中庭や宿舎からぞろぞろと出てきて、馬車が着く頃には皆勢揃いした。

後部座席の両側に座った二人は、紙製の、先のとがった、「罪人」と書かれた帽子をかぶせられ、胸の前には一尺四方の、「姦通犯」と黒々とした字で書かれた札をかけられていた。しかも、字の横には男と女が草原でぴったりと寄り添い、みだらな行為に及ぶ情景が描かれていた。よく見ると、その男は確かに学者で、女は音楽のようだった。スケッチ風に簡素に描かれていたが、味わいがあり、筆力があった。字のほうは縦と横のバランスが良く、顔体〔唐代の名書家として知られる顔真卿の書体〕の荒々しい草書のような風格もあり、風に吹かれて一方向に倒れた旺盛な木のようだった。更生区には多くの書家や画家がいたが、彼らはスローガンやプロパガンダ絵画の優れた書き手であり、その道の玄人だった。数十年後には何物をもってしても購えないほど高価な字や絵の書かれた筒状の帽子と札を身に着けた学者と音楽は、馬車が停まると顔を上げ、よく知る人びとがぎっしりと立っているのを見つめた。音楽の手にはヨードチンキが握られており、黄を帯びた紫色の血の気のない顔には汗が流れていた。髪は垂れて、汗まみれの顔に貼りついていた。それはまるで、精神病院から逃げ出してきた患者のようだった。かつて艶やかに赤かった上着は、いまや土垢にまみれ、肩や胸許には所どころ穴が空いていた。それに比べて、学者の身なりはまだましだった。彼の服は破れていなかったからだ。しかし、学者は顔中青黒く腫れ上がり、鬱血していた。唇はまるでナイフの深い傷痕のようで、二度と開くまいと、固く閉じられていた。額には大きな瘤が二つあった。冬の凍える時期、瘤の上に霜焼けができてそのまま硬くなってしまったのだ。しかも左腕は折れて麻縄で吊るされたまま、「姦通犯」の札で隠されていた。

二人は各更生区の批判集会で吊るし上げられたのだった。同輩たちは二人が舞台上で姦通シーンを演じるように要求し、二人がそれを拒否してなぐられるのを観て喜んだ。半月前、二人はきちんとした清潔な身なりだったが、今は見る影もなかった。二人は下の群衆を見ていたが、先に音楽が馬車から飛び降りて、学者が降りるのを支えた。人びとはそのとき初めて学者の足にも瘤ができていることに気がついた。学者は足を一歩前に出すたび、ひざまずきそうに曲げた。しかし彼の目は真面目そのもので、赦しを請うような卑屈さは微塵もなかった。それはまるで、自分を裏切った学生や仲間を傲然と見つめているかのようだった。私は学者や音楽と目を合わせないようにしながら、人混みの後ろへ移動した。

馬車から降りると、学者と音楽は馬車の横に、肩を寄せ合いながら立った。音楽はうつむいていたが、学者はあろうことか、顔を上げてすべての観衆を見下しているかのようだった。学者には実験がここを後にしたときのような不遜と自負があるように見えたので、人びとは不可解な面持ちだった。そしてお互い、「密通をしたくせに、なぜこいつは俺たちをこんなふうに見てるんだ？」と目と目で問い合っていた。幸い音楽がそれに気づいて、学者の上着の裾を引っ張った。学者は私のやりたいようにやらせてくれと、体をよじって音楽の手を振り払おうとしたが、険しかったまなざしは次第に柔らかくなり、頭も下に垂れた。

こどもは馬車が停まってからようやく部屋から出てきたのだが、彼はまるで雀のように馬車の前に飛んでゆき、びしりと車上の麻袋を指差した。みずからその袋を開けると、中には棒状やU字形の磁石がいっぱいに詰め込まれていた。磁石はすべて新品で、黒光りしていた。赤く塗られた極にはA、緑に塗られた極にはBと書かれていた。磁石を見ていたこどもの顔に、喜びの光が差した。どの磁石を掲げてみても、下の吸着した磁石を引き剝がすことはできなかった。しまいにこどもは、麻袋の上に両足で踏ん張りながら、両手でU字磁石を一つ一つ引き剝がし、更生者たちに分け与えた。そして磁石を手渡すたびに、こう言った。

「明日出発するから、支度しろ」

磁石を受け取った者はうなずくか、あるいは大声で言った。

「はい！」

「今度は鉄を造るんだ。そのつもりでいろ」

「待ちきれないですよ」と一人が笑いながら言った。

すべての者に磁石が行き渡っても、彼らは馬車の前から去らなかった。何かを待っているようだった。

こどもは彼らの望みが分かったので、宿舎に戻って木の箱を持ってきた。そしてそれぞれに、赤い小花を一片ずつ与えた。それはまるで正月に、金持ちの両親が子供たちにお年玉を与えるようだった。皆が狂喜して花を宿舎に持って帰ったあと、こどもは学者と音楽のほうを見やった。二人はまだ門の前で木のように立っていた。こどもは麻袋のなかに残っていた最後の磁石を音楽に手渡した。

二、『旧河道』一九八頁

翌日、夜がまだ明けきらぬ頃、九十九区の人びとは起き出して、黄河のほとりに向かって出発した。背嚢を背負い、こまごまとした物は身に着けた。縛った荷物、調理器具と調味料、そして米と小麦は、荷車数台に積んだ。東の際が白々としてきた頃、四小隊百二十余名もの更生者たちが四列に並び門の前に集合した。しかし、いざ出発しようとしてふと、学者が隊列のなかにいないことが分かった。音楽はいるのにだ。すると学者と同室の者から報告があった。学者は昨日本部から帰ってきたあと夕飯も口にせず、自分たちと一言も話さず、服も着替えずベッドの上に座って両目を見開き、口を真一文字に結んだまま、ずっと前のほうを見ていたという。胸中何か積年の恨みでもあるかのようにヘッドボードの横に座って考え事をしていたが、同室の者たちは疲れたら寝るだろうと思っていたとのこと。

ところが今朝、部屋の皆が起きたとき、彼は昨夜の姿勢のまま、口を真一文字に結んだまま、ぼうっと座って前のほうを見ていたのだ。

「お前さんは黄河のほとりに、製鋼には行かないのかね?」と同室の教授が訊ねた。

彼は何も言わなかった。

「ここに残って留守番というつもりかな?」と教授が続けたが、

彼は相変わらず押し黙ったままヘッドボードの横に座っていた。まるで泥人形のようだった。

そのときホイッスルが鳴ったので、部屋の者たちは何も言わず、あたふたと庭に集合した。隊列が揃い、いざ出発というときになっても学者がついに現れなかったため、皆は問題の大きさに思い至った。彼は自殺しようとしているに違いない。そこで皆は急ぎこどもを連れて二棟の第三室へと向かったのだった。

三、『天の子』一八一～一八三頁（削除あり）

学者はヘッドボードの横で正座していた。背を壁に付けて、そのまなざしは、入り口と窓の明かりのほうに向けられていた。

そこにこどもが入ってきて言った。

「鉄を造りに行かないのか？」

学者は何も言わなかった。

「褒美の花を稼ぐチャンスだというのによ。このチャンスを逃したら――壊滅的な大損だぞ」

学者はやはり何も言わなかった。

「ここで留守番をしたいのか？　だけど、ここは誰もいなくなり、荒れ果てる。留守番なんかする必要はない」

学者は無言を押し通した。

「分かったぞ――お前は、俺たちが出発したあと、自殺しようとしているんじゃないか？」こどもは夢から覚めたかのようだった。「黒砂錬鉄術のことをお前は憎んでるんだろ。お前が自殺し、九十九区で事故が起こったとなれば、俺は地区や省の大会に参加できなくなる――数えきれない花や賞状がもらえなくなる」

学者は目を上げて、こどもを横目で見た。こどもを哀れむ目だった。

「なぜだ?」こどもは到底理解できず、学者のベッドのほうへ半歩にじり寄った。「鉄を造りに行こう――ほかの奴と同じように花をやるから。百二十五片必死にかき集めれば、お前だって自由に家に帰れる」

とうとう学者は、こどものほうに向けていた目を、窓のほうに背けた。口許には冷笑が浮かんでいた。

「小花を五つやる、と言ったら?」

学者は何も言わなかった。

「赤子の手ほどの中花を一つやる、と言ったら?」

学者それでも無言だった。

「中花を二つ、いや三つでもいい」

学者はついに口を開かなかった。こどものほうに顔を向けようともしなかった。こどもはドアの外の空を見やった。その顔にはどうしようもないという表情が浮かんでいた。と突然、声を張り上げて言った。

「中花四つならどうだ? いや直接星を一つやるから行かないか? どうしても行かないということは、黒砂錬鉄術や九十九区のモデルをぶちこわす魂胆だな? ならいっそ、俺の首を押し切りで刎ねろ! 頼むよ、俺をあの恐れを知らない女にあやからせてくれ――今、押し切りを取ってくるから。皆と一緒に黄河のほとりに鉄を造りに行くか、俺の首を押し切りで刎ねるかのどっちかだ」

そしてこどもは、果たして部屋を飛び出した。

取り囲んでいた者たちは、こどものために道をあけた。こどもは目にも留まらぬ速さで横町や路地を吹き抜けてゆく風のようだった。こどもが二棟の第三室から出てきたとき、東の空から美しく穢れなき氷玉のような光が降り注いた。押し切りを抱えたこどもは早足で戻ってきた、自分の首を学者に一気に刎ねさせるために。

皆が見守るなか、こどもが学者の部屋に入っていった。と、後から作家も学者の部屋に入っていった。

彼らはいろいろと話した。

しばらくして、こどもは説得のかいもなく部屋から出てきた。顔はこわばり、霜が降りたように真っ白だったが、やがてそれも淡くなっていった。棟の前で銅のホイッスルが鳴らされ、ばらばらに散らばっていた更生者たちはふたたび招集された。こどもは、壁の前でずっと頭を垂れていた音楽に向かって言った。

「お前も付いてこい。俺の言うことを聞いたら、褒美として花をやる」

それからふたたび二棟の第三室に向かった。音楽はずっとためらっていたが、結局はこどもの後に付いていった。

東のほうに赤い光があった。音楽がこどもの後に付いて二棟の第三室の前まで来ると、こどもは入り口の前に立ち、中に向かって大声で言った。

「俺に手を下す必要はない――お前にできないことは分かってる。皆と一緒に黄河のほとりに鉄を造りに行かなくてもいい。俺にも考えがある。お前がだんまりを押し通し、態度を改めないというのなら、お前の仕事は全部音楽にやらせる。何しろお前たちは熱々のカップルだからな。お前が行かなければ音楽が行けばいい。ただし一人で二人分の仕事をさせる。お前がやらせるんだからな」

こどもは言い終わると、行ってしまった。

言葉を部屋のなかに、まるで人質のように置いていった。区の門の前まで歩いてくると、こどもは空模様を少し見やってから、隊列に顔を向けた。そしてホイッスルを吹いて出発の合図をし、隊列を引き連れ北へ向けて出発した。

隊列が九十九区の塀の東の角を曲がってゆく頃、果たして学者が後から追いかけてきた。足を折られても主人を追いかける哀れな犬のように足を引きずりながら。

四、『旧河道』一九九〜二一〇頁(削除あり)

九十九区から黄河まで八十数里の距離があった。

この八十数里の道は、夏は湿地、冬は干上がり凍るアルカリの低地だった。まだ明けきらぬ頃に起き、日が出る頃にちょうどアルカリ地に足を踏み入れた。日は燦然として、まるで金色の水が東の地平線に凝結し、天地を貼りつけているように見えた。と、アルカリ地のなかから、白く冷え冷えとした鳥の声が一声、二声聞こえたあと、東の空から燃え広がるまばゆい光とともに、鳥の声はいっせいに明るく輝いた。

日もまた光り輝き、
平原に、一面白色のアルカリ地が浮かび上がった。

そして人びとの顔や体も汗だらけになった。

教授たちは布団や旅行鞄、鍋や食器を背負い、食糧と調味料を載せた数台の荷車を引きながら、黄河のほとりに向かって前進した。

こどもはといえば、最前列で鳥のように軽やかに跳びはねながら、かつて実験とともに歩いた道に沿ってまっすぐに北へ進んでいたが、時々冬の干上がったアルカリ地——夏は沼地だったあたり——を回り道しながら進んだ。つるつるのくぼ地では、ところどころ泥土の上に突き出たヌマクロボスゲのなかから雀や野鳥が飛び立ち、急に上昇したり空を飛び回ったりした。野鳥たちの甲高い鳴き声はかまびしく、唐辛子を食べて叫ぶ女のようでもあった。

果てしない荒野のなかを進む一行は、隊列を組みながらも大空を孤独に飛んでゆく雁の群れを思わせた。ヌマクロボスゲの腐ったにおい、塩とアルカリのしょっぱさ、イバラや雑木のにおい、それから朝の大地の温かさと空気の冷たさ、一切がない交ぜになって、この広漠たる荒野特有の白く黄色い、アルカリと硫黄のにおいを醸し出していた。大気中に濃く強烈に絡みついているさまは目には見えなかったけれども。

先頭の荷車には紅旗が立てられていて、風にぱたぱたと翻っていたため、隊列は河辺を進んでいるように見えた。数珠つなぎに蛇行しながら、絶えず「離れちゃだめだ」「急げ」とか「落伍した者は花を一片没収されるぞ」といった言葉が前から後ろへと伝えられていった。隊列の最後尾を歩いていたのは学者と宗教だった。学者は杖を突いて、一歩前に足を運ぶのも砂袋を引きずっているかのようだった。彼の面倒を見るよう命ぜられた宗教は、学者を落伍させるわけにはゆかなかったし、学者が歩けなくなるような突発事故も起こさせてはならなかった。

「あんたは私より学がある。『資本論』の修訂に参加したそうじゃないか」と宗教は言った。「で、ユダヤの民がエジプトを出るときモーセとともに経験した苦しみのことは知ってるよな?」

学者はもう何も言わず、ただ黙々と足を前に運んだ。

「道中、餓死、あるいは力尽きて倒れた人は数知れない。毎日昼も夜も歩いて、秋になっても冬になっても、それでもカナンの地に到達することはできなかったんだ。でも私たちは」と宗教はそこで自分の左肩にかけていた荷物を右肩にかけ直し、学者の緑の帆布製の鞄を持ってやった。「八十里だからな。急がなきゃ、日が落ちるまでには黄河のほとりにたどり着かなくては」

幸い、落伍者はついに出なかった。正午頃、未開の大地の向こうに池が見えた。水面は氷が張っている。夏に旺盛に繁茂する水草や葦は氷上に立ち枯れており、誰かのぼさぼさの髪のようだった。

一行は水際に座って少し休んだ。氷をかち割り、お湯を沸かし、皆携帯の食糧を取り出して食事にした。そしてまた北に向かって歩き出した。今度は実際歩けなくなった者が出てきたので、荷車に乗せた。ただ、乗った者は荷車を引く者に、自分の持ち分の花から一片か二片、お礼として渡さなければならなかった。

こうして、一日中前へ前へと歩いてきて、全行程の半分ほどまで来たとき、足にまめをこしらえた者が出てきた。荷物が重たくなって、要らないものを捨てる者が出てきた。あの中年の女医は、これまでどんなことがあっても手放さなかった聴診器と血圧計を道端のイバラの木にかけた。死にそうな病人が出てきても診なくなった。

あたりが黄昏ゆく頃、来た道を振り返ると、靴や靴下、破れた帽子、シャベルやハンマーの柄、さらには真新しい女教授のズボンが、点々と打ち捨てられていた。隊列は明らかに、もう歩けなくなっていた。しかし道中、嘆息の声を漏らす者などいなかった——道端に座り込んだ者たちは明らかに、もう歩きたくない風情だったが。と、突然、前のほうから伝言が回ってきた。

「見えるか？　あの夕日の向こうに地面から高く突き出ているのが黄河の大堤だよ」その伝言は、次々と後ろに回され、しまいにこういう話になった。「早く到達した者には花を五片くれるそうだ。でも、遅れた者は五片没収される。いちばん最後は花を没収されるだけじゃなく、みんなのために竈を積み上げ、飯炊きもしなければならんのだと」

隊列の足取りがにわかに速くなった。年若い者は歩いているうちに走り出し、夕日の下の黄河の大堤に向かってスパートをかけるように猛然と速度を上げた。そのため、足許の草や茂みがいっせいにがさがさと鳴り出した。紅旗を掲げていた者が、スローガンや歌声を上げながら走り出したため、紅旗が飛んでゆく火のようにはためいた。しまいには宗教までもが皆の者に遅れまじと学者を置いて走り出す始末で、学者に向かって「すまん」と叫びながら、持っていた荷物を放り出してしまった。老若男女、教授も講師も誰も彼もが、勝利に向かって走る競走馬の群れのようにすさまじい勢いで疾走した。笑い声や叫び声が砂地を覆う波のように沸き起こり、黄河の砂州の千年のしじまを破った。一人の年若い講師が黄河のほとりに一番乗りし、こどもと実験が造った高炉の上に立って、紅旗を掲げ、大きく左右に振った。叫び声は赤く烈しく、それに比べて夕日はいかにも淡く無力で、あたかも遥か彼方ののろし台から立ち昇る煙のなかの火のようであった。そして最後尾、足を引きずりながら歩いていた学者は、途中に転がっていた自分の帆布の鞄を拾ったあと、疾走する人びとやスローガン、歓呼や紅旗を遠くに見やりながら立ち尽くした。下唇を噛んだ彼の顔を茫然とした表情が、冬の日のアルカリ地に立ち込める濃霧のように覆った。

故意に隊列の最後列に下がっていた私は、ようやくそのとき、学者と言葉を交わす機会を持つことができた。学者の荷物を代わりに持ってやりながら私は言った。

「もうすぐだ。急がなくてもいい」

学者は私を見やりながら微笑んだ。とても感激した面持ちで言った。

「ありがとう」その言葉に、不愉快やあざけりの響きは聞き取れなかった。学者と音楽は、私が『罪人録』に二人のことを書いたせいで自分たちが捕まったことに、まだ気づいていないようだった。

五、『天の子』二〇〇〜二〇五頁（削除あり）

事はそのようになった。

初めに神は天と地を創造され、昼と夜に分けられた。こどもは言った。「お前たちはここ——女たちはあっちに住め」そこで男女は分けられた。黄河の大堤の下の木や雑草が生えているあたりに行って、くぼ地や池の雑草、葦やイバラを手当たり次第刈ってきて、物を見て使い道を決めながらわらぶきの小屋や庵を建て、それから持ってきたテントも建てた。これで住処ができた。石を積み上げて薪に火を点けるとご飯が炊けた。黒砂を磁石で吸引して集めると砂鉄ができた。

規則が決められた。五人の組で小さい炉を一基造ること、十人の組で大きい炉を一基造ること。

人は地を行き、大地に足を支えられながら、黒砂を探し求めた。河が流れた跡に残されているかもしれない黒い筋を探し求めた。棒磁石やU字磁石を砂地の上に置くと、黒砂が駆け足で寄ってきた。それを服やふろしきで包み、高炉まで運んだ。そして三日から五日で、団子鉄ができあがった。

神は言われた。「あなたがた、および、あなたがたと共にいるすべての生き物と、代々《よよ》とこしえに私が立てる契約のしるしはこれである。私は雲のなかに私の虹を置いた。これが私と地との契約のしるしとなる」光は虹のようで、火は光のようだった。炉のそこかしこで火は燃えていた。日夜休むことなく、この冷たく荒涼とした大地と世界を温めていた。夜の闇と寒さを照らしていた。こどもたちが入り口の前に積み上げた団子鉄は、黒いの、青いの、丸いの、餅状のと、いろいろあった。日中鉄のにおいは淡紅色をしていたが、夜になると月のように青く、星のように白く光りながら、黄河に沿って漂ってゆき、こどものテントを取り巻いた。まるで湖水の水蒸気が船のまわりを漂うように。

こどもは炉群から距離のあるくぼ地に住んだ。

くぼ地に木が生えていたので、テントは棒で支え、四隅は木や石に固定した。テントのへりは石や薪で押さえた。テントのなかには草を分厚く敷き詰めた。そうして、暖かく風もよけられる場所ができたのだった。カンテラをテントに吊るしていたので、風が吹くとカランカランと鳴り、宙で揺れた。灯りも日射しの下の水のように揺らめく。そこに作家が入ってきて、『罪人録』の原稿用紙——赤の横罫紙に青い整った字で書かれていた——をこどもの脇の木棚の上に置いた。

「まあ、座れ」とこどもは言った。

作家が灯りの下に座ったので影ができたが、あたかもそれは月光の下の団子鉄のようだった。

「何か話したいことがあるんだろ、言ってみろ」こどもはたまたま持っていた本をめくりながらそう言ったあと、手を止めた。

「ここに着いた日」と作家は言った。「音楽と学者が一緒にいるのを見ました。音楽は学者の荷物まで持ってあげていました」

「それから」と作家は続けた。「どこからくすねてきたのか、音楽は唐辛子と漬物を学者に食べさせていました」

「信じられないかもしれませんが」と作家はこどもの顔を見ながら言った。「宗教はうわべは人が良さそうに見えますからどうしても信じられないかもしれませんが——学者が上層部の命で翻訳修訂した『資本論』について、お伝えすべきことがあります。こんなに分厚い、大部の本です」作家は身振り手振りで本の大きさを示しながら、声を上ずらせた。「宗教はその『資本論』のなかに小さな方形の穴をあけてミニチュアの聖書を埋め込んでいたのです。毎日時間が空いたときに、閲覧許可リストに載った本を読むふりをして、実は聖書を読んでいたのでしょう」

こどもは愕然とした。

「聖書を埋め込んだ『資本論』は布団のなかにありました」

「女医は女医で大した盗人ですよ。彼女は毎日、保管場所に置かれた黒砂を人がいない隙を見計らって持ち去り、自分の袋にため込んでいたのですから」

こどもはやはり愕然とした面持ちだった。

「これらのことは、すべて『罪人録』に書き記しました」

こどもはしばらく茫然としていたが言った。

「今日はいくつ花をやればいい？」

作家は恥ずかしそうな顔をしながら言った。

「あなたがくれてやりたいと思った分だけ、何片でも結構です」

こどもは体の向きを変え、ヘッドボードの木箱のところへ行って、小花を三片取ってきてから、作家に差し出した。おまけに原稿用紙と青インクもあった。

褒美に与った作家が、こどものテントから出てきた。

するとこどもも、後から出てきた。事はそういうことになった。こどもは黒砂を集めている大勢の者たちに取り決めを伝えた。一人毎日、お碗十杯の黒砂を納めること。五日に一度、少なくとも柳の籠大、重さ三百斤の鉄を造ること。常に木を切り、炉の火を絶やしてはならない。こどもはテントの前に立ってそう宣言した。寒風が吹きすさんでいたが、高炉に火がともった。黄河の盛んに流れる音が聞こえていた。大堤もその音を遮ることはできなかったのだ。仕事が終わり休憩時間になったので、皆はそれぞれの庵で横になった。大堤に沿って造られた高炉の火が赤々と燃えていて、向かいの空と世界を照らしていた。こどもは団子鉄のところまで行って、遠くから庵をじっと見ていた。あたりが静まり返った頃、宗教が庵から出てきた。炉の火に照らされ、団子鉄の横に立った宗教にこどもが声を荒らげた。

「いい度胸だ——お前!」

宗教は驚いてこどもを見上げた。

「何と言おうが没収だ。お前は分厚いあの本のなかに本を隠して毎日読んでいただろう——俺が知らないとでも思っているのか?」

宗教は突然ひざまずき、わなわなと震え出した。何か言おうとしたが、言葉が出てこなかった。

「本を取ってこい」

こどもは自分のテントに戻り、伸びをしてから、椅子に座った。と、どれほどもたたないうちに、宗教が本を持ってきた。彼はこどもから一歩引いた場所で縮こまって震えており、いつでもひざまずく準備ができているようだった。こどもはそのA4判ほどの大きさの本を受け取った。煉瓦のように厚く、赤みがかった黒革のハードカバーだった。表紙には『資本論』と書かれてあり、長々と作者の名も印字されていた。閲覧許可リストのなかでは誰もが読むべき必読の書とされており、この本の存在は、こどももご飯に必要な自分のお碗のように熟知していた。けれど実際こどもがその本を読んだことはなかった——使ったことのないお碗のように。

二十頁ほど頁をめくると果たして縦横二寸×三寸、深さ一寸ほどくり抜かれている頁が見つかった。そこに小さな聖書がはめ込まれていたのだが、聖書のカバーはすっかりはぎ取られていた。中身の紙の上には、蠅の糞のように小さな字が印刷されていた。それは整然と並んで磁石に吸い寄せられる砂鉄のようでもあった。本を閉じると、こどもは宗教を横目でじろりと見た。すると宗教は慌てて、ひざまずいた。と、外を横切ってゆく者がいた。「二号炉——薪をくべるぞ！」と大きく叫ぶ声が聞こえたが、その後ふたたび静かになった。薪がぱちぱちとはぜる音と遠くで河が流れる音を除いて、あたりは静まり返っている。

「お前には二つの罪がある。一つは隠れてこっそり聖書を読んでいたこと。もう一つは本当の聖なる書をくり抜いたことだ。罪は倍、お前を本部に送ったら、学者と音楽の密通よりも重い罪に問われるだろう。銃殺されてもおかしくはない」こどもはそこで少し間を置くと、何やら思案顔でその大部の書をめくっていたが、小さな本を埋め込んである頁でパタンと本を閉じた。「俺はお前のことを気にかけてきたつもりだ。お前はもともと正直だし、お上のところへ送って罪を償うというのもな……。どう罰すればいいと思う？」

「いかようにも」宗教は大赦を請うかのように何度も頭を下げた。「あなた様がお決めになってください」

こどもは『資本論』のなかにはめ込まれていた小さな聖書を取り出した。

「立て」

宗教が立ち上がると、こどもは聖書を彼の目の前に放り投げた。

「この本にしょんべんしろ。そうすれば、すべては解決する」

宗教はまた体を強ばらせ、顔を青ざめさせた。

「私に死をお命じになっても構いません。でも、どうかそれだけはお許しください。この聖書は全国でこれ一冊しか残っていないんです。ほかはすべて、建国の際に焼かれてしまいました。これは、国立図書館の貴重書庫に蔵されていたのを、家財を売り払って作ったお金と引き換えに手に入れた本です。もしこの本をだめにしたら、この手の本は本当になくなってしまいます」宗教の唇は、風に揺れる小さな葉のように震えていた。寒い夜だというのに、宗教の顔は汗ばんでいた。

こどもはそんな宗教の顔をちらと見やると、フンと鼻を鳴らした。

「しょんべんできない？　なら帰ってお前の花を全部持ってこい、没収だ。お前は確か——五十、花があったよな？　しょんべんできないというなら、花の没収だけじゃ済まん。明日ひとりで荷車を引いて鉄を運べ。俺と一緒に本部へ届けに行くんだ」

こどもは二者択一の懲罰案を提示し、宗教に選ばせることにした。一つ、聖書にしょんべんする。二つ、すべての花を没収、加えて、献上品の団子鉄を載せた荷車をロバのように引いて、俺と一緒に本部まで行く。往復三百里、馬が休まず走っても三日はかかる距離を、団子鉄を二、三個、併せて五、六百斤を引かねばならない。

しかし宗教が選んだのは後者だった。

六、『天の子』二〇九～二一四頁

こどもは五人を引き連れ、本部のある町へ団子鉄を献上に行った。全部で三台の荷車で、一台は宗教がひとりで引き、他の二台は四人の同輩たちが引いた。宗教は罪を犯したのだから当然ひとりで引かねばならなかったが、坂やくぼ地、沼地を通るときはこどもも加勢してやった。出発した翌日には町に着いたが、本部に行ったら県へ、県に行ったら地区へ、地区へ行ったら省へと、一級一級上級の区域に行き、最後に北京へゆくということになった。

そして北京に着いたら、展覧されることになっていた。

事はそのようになった。思っていたよりよほど偉大で壮観だった。こどもの黒砂錬鉄術は史上空前の快挙というに留まらず、世界のすべての反動的国家に対する最も力強い宣戦布告と反撃となった。わが国にこの黒砂錬鉄術があれば、今後、他国から鋼鉄を輸入する必要はないのだから。

こどもは町に行ってから、五日たっても帰ってこなかった。ただ、消息が風の便りに伝わってきた。第一報、黒砂団子鉄はお上から「世界に向けて落とされた原子爆弾である」と賞賛されたそうで、これは九十九区の人びとをすっかり驚かせた。第二報、こどもは褒美を持って帰るそうだ。大輪の赤い花以外に車いっぱいの穀物と大量の肉も！　第三報、団子鉄を北京に送り届けたら、九十九区の者らは皆新しい人として、実験のように無罪放免、家に帰れるんだと。もともとは出所も定かでない消息にすぎなかったが、人びとは皆狂ったように黒砂を集め、木を切り倒し、大いに製鋼に励んだ。もはや督促する必要もなく、誰もがしゃかりきになった。冬、まだ明けきらぬ頃に皆は起き出し、水たまりを探して顔を洗い、高炉ごとに火の番をする者を置いたほかは、総がかりで大堤のまわりを掘り返して黒砂を集めた。

こどもは黄河のほとりから百五十里離れた町にいた。人口数百人ほどで、大通りが一本あり、通り沿いには商店もあった。そして町の外れ、通りが尽きたあたりに更生本部があった。本部は塀のある大きな建物で、四方を赤い瓦ぶきの棟で囲まれた造りになっていた。そのうちの、いろいろと木札がかけられている棟が本部だった。

本部の中庭にはいろんな鉄が置かれていた――長いの、方形の、楕円形の、青いの、灰色の、はたまた黒みを帯びた青や灰色の。各区の銑鉄を台ばかりにかけて記録している者がいた。記録が終わった銑鉄から貨物トラックに積み込まれ、カチャン、カチャンという音が村中に響いていた。

いや、その音は世界中に響いていた。

「銑鉄はどこに運ばれてゆくのかね?」とある人が訊ねた。

「製鋼所だよ」と銑鉄を積んでいた者が答えた。

「持っていってどうすんだ?」

「クソッ、お前さんはそんなことも知らないのかね――製鋼所で鉄筋や鋼管に精錬されるんだよ」

世間の人びとはそこでこの鉄の意義や用途を知ることとなった。最初の頃、中庭に積まれた銑鉄はまさに山々のようで、毎日二台のトラックで運び出されていった。しかしいまや、すっかり少なくなっていた。各更生区では鉄の原料がなくなってしまったのだ。半月もすると、トラックは中庭で三日停まって待ち続けていても荷がいっぱいに積まれることはなくなった。

鉄の原料が枯渇してしまったのだ。

村から鉄のにおいがしなくなった。路端や村の外れに、赤く焼け焦げた泥土の高炉が空しく立っていた。

ちょうどその頃だった、実験とこどもが黒砂や黒砂錬鉄術なるものがあることを世に知らしめたのは。実験は以前金属物理学を学んでおり、黒砂錬鉄の知識と技術があったおかげで褒美に赤い星を五つ授与され、家に帰ることができたのだ。こどもはといえば、最初の鉄を黄河のほとりから牛車を引いて二日がかりで本部まで運んできたのだった。お上が鉄をなで、こどもの頭をなでたので、こどもは顔を赤らめた。

「賞状！」とお上は皆の前でもったいぶって言ったあと、早口でこう読み上げた。「国家建設にあたり、貴殿が鋼鉄事業に対して果たされた巨大な貢献と努力に鑑み、特に本状を授与し、もって激励とするものである」

そして最後に、本部の名称と日付が読み上げられた。

拍手が起こるなか、こどもは賞状を受け取った。それからお上はこどもの胸に徽章として赤い大輪の花を着けてやった。

こどもは一躍、全国の更生区中の有名人になった。お上はこどものために宴席を設け、米や饅頭や、肉料理、鶏の煮込み、それから酒が振る舞われた。こどもが「自分と一緒に鉄を運んでくれた者たちにも食べさせていいですか？」と言い出したので、こどものテーブルの横にもう一卓設けられ、米と饅頭と肉料理が出された。けれど、鶏の煮込みと酒はなかった。

席上、お上から下問があった。

「君はまだ、省都には行ったことがないだろ？」

こどもはうなずいた。

お上は口をつぐみ、しばし考え込んでいたが、こどもに約束した。

「君は今日、三台の荷車を引いて一トンの鉄を運んできてくれた。年内に百トンを製錬してくれるなら、君を地区だけではなく、省都や北京のモデル事業表彰大会にも出席させることを保証しよう」

事はそのようにして確かなものになった。こどもは顔を赤らめて言った。

「一トンごとに賞状と小麦粉一袋、それから二輪の大きな赤い花を下さい——百トンになれば、自分はモデル事業表彰大会に参加するため、省都に行きます」

こどもはまだ省都に行ったことがなかった。朝な夕なに、行きたいものだと思い焦がれた。町には通りが一つしかないが、県都には三つある。地区には狭い路地も含めて三十はある。だけど、省都となったら、いったいどれぐらいあるんだ？

町や県、そして地区には行ったことがあった。しかし、省都がどんなものなのかは分からなかった。

こどもは省都に行くことを夢見た。

こどもは、百トンの鉄を製錬すれば百枚の賞状と二百輪の大きな花がもらえる、そのときは省都で年越しだ、と考えた。町から黄河のほとりへ帰る道すがら、こどもは宗教が引く荷車の荷台に座り、空をじっと見つめながら思案していた。

「ちょっと一緒に計算してくれ。百五十斤の黒砂から百斤の鉄が採れる。百トンの鉄を造るには、どれぐらい黒砂が必要なんだ？　俺たちには大小合わせて二十数基の高炉がある。平均五日で鉄を造るとして、いったい何日あれば百トンになる？」

宗教は荷車を広漠とした荒野に停め、杖で地面に計算を書きながら、唱えるように呟いた。百斤の鉄は百五十斤、千斤の鉄には千五百斤の黒砂が要る。一トンなら三千斤。毎回一基あたり平均三百斤の鉄を造るとして、二十基あれば六千斤の鉄が造れる。そうして、三十五回鉄を造れば、百五トンの鉄になる。一回あたり五日かかるとすれば、三十五回こなすには百七十五日かかる……つまり、まるまる半年かかります。

言い終わると宗教は立ち上がった。道端の地面一面に、まるで蟹が喧嘩した跡のような線が残されていた。大地に引き立つように、こどもの顔に茫然と失望の表情が浮かんでいた。

「じゃ、一基一回あたり二、三日、平均して五、六百斤の鉄を造れるとしたら、あと何基増設すれば、年内百トンになる?」

こどもは勘定しながら訊ねた。その顔には赤い光が差していた。

大地にも赤い光が射していた。

事はそのようにしてなった。日が高く昇っていた。前方の荷車は遥か遠くでひと休みして、こどもたちが来るのを待っていた。やがてこどもは荷車の上に乗り、宗教が車を引き始めた。こどもは光に向かって微笑んだ。

「お前の聖書は焼かないことにした。花も五片の小花を没収するだけでいい。それから聖書には、もうしょんべんをかけなくていい。俺は年末には省都に行く。お前は九十九区に帰ったら、まわりの奴らに百トンの鉄を造りさえすりゃ、きっと必ず三十から五十人の罪人が実験と同じように自由の身となって家に帰れるはずだと言っとけ」

宗教は驚いて振り返り、こどもを仰ぎ見た。

「四、五十人は無罪放免だ」とこどもは続けた。「お前が持っていたその本に書いてあったじゃないか。神が光あれと言ったら光が生まれ、水あれと言ったら水が生まれた、と」

宗教は荷車を引いて、ロバのように走った。その彼の頭上を太陽が照らしていた。大地に光が満ちていた。

第八章　天地にとどろかす

一、『旧河道』三〇〇～三〇九頁

献上の旅は五日目となった。こどもは人びとを引き連れ、町から黄河のほとりに帰ってきた。事は果たして、漏れ伝わってきた噂どおりになった。団子鉄を一級一級お上に献上してゆき北京まで到達すれば、九十九区の罪人たちも赦免され、娑婆に自由に戻れるだろう。しかし、誰が赦免されるのか？　もちろんそれは、行いが良く、獲得した紅の花が最多の者だ、と。そこで、人びとはそれまで以上にしゃかりきになって砂鉄を集め、木を切り倒し、鉄を造り始めた。最も重要なのは、黄河のほとりで黒砂を集めて鉄を造る錬鉄術はもはや九十九区の専売特許ではなく、全国すべての更生区に広まったということだった。半月もたたないうちに、黄河のほとりは黒砂を集める人で溢れ返った。春節が間近になると、更生区の幾千幾万にものぼる人びとが砂を集め、鉄を造り始めた。上流、下流の数十里から百里に及ぶ一帯で、しかも農民までもが砂州の上を、磁石を付けた紐を引いて行ったり来たりした。黄河の対岸では、初めのうちは見物人がちらほらいただけだったが、やがて炉ができて火がともった。炉の火と煙は空一面に立ち昇り、両岸を明々と照らした。

こどもたちの黒砂錬鉄術は、またたく間に黄河両岸、全国、そして世界に伝わった。春節前には、黄河両岸に高炉が次々と立ち並び、日中は木を切る音と黄河を逆巻く水の音で溢れ、夜になると幾百幾千の、高炉の燃え盛る火が堤沿いに並び、黄河はあたかも、頭も尾もない火だるまの龍のようであった。

こどもを顕彰する公文書が国都から全国津々浦々に発せられた。公文書に押された国都製鋼委員会の赤い公印は、まるで太陽のように、九十九区の人びとの心を明るく照らし出した。人びとは皆、自分の名前が最初の赦免者名簿に載る日を思い、競って赤い花を獲得しようとした。

こどもも朝な夕なに赤い花と賞状のことを想った。

ある日こどもは、本部から送られてきた大量の賞状と大花を発見した。それらはさながら三月四月の草原の、色鮮やかに咲き誇る花と濃香のようだった。こどもは賞状をテントの東側の帆布にクリップで留め、紅の大花を、テントを支えるつっかい棒や木にかけた。こどもはさらに、九十九区の者たちが花をなくしたり傷めたりしないように、そしてまた、お互い比較させ競わせるために、花を漏らさず回収した。テントの西側の帆布の上に百マスあまりの長方形の枠を書き、その枠ごとに名前を入れて、その下にそれぞれが獲得した花を貼り出した。そして、三日に一度は見に来るように義務づけた。おのずと、自分の名前の下にどれほどの花があり、それがほかの者たちよりどれだけ多いか少ないかが分かる。

こどものテントは赤い花と賞状がいっぱいに貼り出され、一日中燃えているかのように真っ赤だった。九十九区はこうして激しく揺さぶられた。上位五十名の者たちは後続から追いつかれることを恐れて、狂ったように黒砂を集め鉄を造った。一方、五十位より下の者たちは、あと三から五片あれば前方の集団に割り込むことができると思うと、製鉄にいっそう身が入った。それから最後の、数片あるいは十数片しか持っていない落伍者たちは追いつけないと思いながらも、そのまま落ちてゆくことを良しとせず、飛び抜けた行いをして第二、第三集団に残ることができれば、あるいは娑婆に戻れるかもしれないと、期待を抱くのだった。

春節前の日々、黄河はもはや腹を割かれ、穴だらけ、溝だらけになっていた。その日、こどもは黄河の大堤沿いを見回ることはせず、自分のテントのなかでまる一日を過ごした。ご飯を食べるときでさえ、そこから離れようとはしなかった。こどもはテントのなかで本当に良い気分に浸っていたのだ。昨日こどもは、五枚の賞状と十輪の大花のために、ふたたび隊を率いて鉄の献上に赴いたが、その結果、ついにテントのなかに花を留めきれなくなったのだった。帆布の空いている場所や柱に留めるしかなくなったため、賞状や花を付け替えていたのだった。

彼は東側のテントが地面に接するあたりに賞状を一枚一枚留め、紅の花をテントの天井と賞状の隙間に留めた。すると、テントは縦横に、賞状と花で埋め尽くされた。一枚一枚、一輪一輪、兵営のなかの表彰室のように整然と貼り出された。彼はすでに七十枚の賞状と百四十輪の大花を得ていたが、さらに鉄を三十トン鋳れば、賞状は百枚、大花は二百輪に上乗せされることになっていた。そうすれば、すぐにでも省都に行ける。こどもは部屋中の賞状や花を一つの世界のようにじっと見つめていたが、やがて反対側に向き直り、一つ一つの四角い枠のなかに書かれた名前と小花を見た。そしてすでに八、九十片の小花を得た者もいることに気がついた。自身の名前の下の書籍大の赤い枠に花を貼りきれずに、金色の光が溢れたように隣の枠に流れ込んで、飲み込んでしまいそうだった。それはまるである家のアブラナの花が、西隣の田んぼにまで侵食して咲いているようだった。帆布は一面真っ赤に燃えているようだった。こどもはふと、赤々とした炉の火に当たっているかのように温かい気持ちになった。

こどもはテントの四方を眺めた。薄絹や紙でできた花、大きな赤い花、ピンクの花、褐色の花、艶やかな濃い色の花、すべて好きだった。彼は心のなかでそれらに名前を付けた。お碗より大きな赤い絹の花は牡丹、それよりやや小さい花は芍薬、手提げ籠ほどの大きさの花は薔薇、赤のなかに黄のコサージュは大菊、小菊、そして九月黄《シマカンギク》、と。しかしこどもはそんなふうに眺めながらふと、右手のほうのある一つの枠だけが一つも花がないことに気づいた。それはまるで花畑の、草花のあいだに隠れていた、黒い敷石のようだった。

それは学者の枠だった。

まわりが燃えるような赤に包まれているのに、学者の枠だけが水をかけられたようだった。灼熱のほむらが一面燃え盛るなか、テントの西の角の下、学者の一角だけが寒々と沈黙していた。

こどもはそのむき出しの帆布に驚かされた。何日ものあいだ一片の花も得ていない学者の枠は、その一角だけが底知れぬ井戸のように黒々としていた。熱かったこどもの心は、次第に冷めてどんよりと曇っていった。

二、『天の子』二六一〜二六二頁（削除あり）

テントのなかの紅は、天上の虹のようだった。

赤に包まれて、こどもの顔は明るく、心は澄んでいた。学者はこどものその透徹した赤にどぎまぎしながら、やはり赤い石のように硬い顔で、こどもの前に突っ立っていた。

「いいかよく聞け、俺はお前の肩を持ってやるんだからな。お前が高帽をかぶって批判集会に引きずり出されてもいいというなら、俺は必ず、お前に気前よく赤い花をくれてやろう」とこどもは言った。

「批判集会に引きずり出されるために、いろんな罪名を帽子の上に書け。連中が見たら恐れおののくだろう。日夜手足を休めず黒砂を集め、鉄を造り続けるだろうよ」

「俺は必ず、花をたんまりくれてやる、お前の枠から花があふれ出るほどにな。そうすりゃ連中はみんなお前のことをうらやんで、しゃかりきになって黒砂を集め、鉄を造り始める」

こどもは、学者の顔に悲しみの光が差すことを期待した。学者は赤に染まったテントのなかに立って、霜が降りたような冷たい表情のままだった。こどもとは目を合わせず、赤い天地をじっと見ていた。

しばらくして、学者はぽつりと言った。

「花が一片もない、それがどうしたというのです?」

「ここで一生肉体労働をし、人生を終えることになる、それでもいいのか?」

「では、私をここで死なせてください」冷笑しながらそう言った。堂々としてまた傲然としていた。

学者は赤に染まったテントを後にした。外は夜で、河沿いに建てられた高炉から赤光がこぼれ出し、空はまるで白昼のように赤々と明るかった。河の水はざあざあと音をたてて急襲するかのような激しさで流れていた。学者は大堤の上に無言で立ったまま、流れる音と鉄を鋳る音を聞いていた。ひととき、いやふたときもたった頃、ようやく大堤から引き返してきた。

それからまたしばらくしてから、学者はこどものテントのなかに入っていった。こどもはあっけに取られていたが、その顔は仕方がないと語っていた。

学者はこどもの前に一歩進み出ると、軽くもなく重くもない調子で訊ねた。

「百トン鉄を製錬すれば、本当に自由の身になれるのですか?」

こどもはうなずいた。その顔にとたんに光が差し始めた。

「私があなたの意に沿うとして、あなたが私を更生させ、ここから出てゆかせるおつもりなら、まず音楽に五つの星を与え、解放していただけませんか」

こどもは顔を輝かせながら、重々しくうなずいた。

「お前たちに花をたんまりくれてやる。じきに百片になるだろう」

学者はまた沈黙したのち、ややあって訊ねた。

「本当ですか？」

事はそのようになった。黄河は向きを変えて西に流れ始めた。大地は夜の訪れとともに冷え込んできたが、テントのなかは暖かだった。学者はそれからテントを後にし、ほむら立つ冬の夜の闇のなかに消えていった。こどもは学者をずっと見送っていたが、その目には感激の光が宿っていた。学者がすっかり見えなくなると、こどもは大堤の上に立って、火龍が躍り出んばかりの河を眺めた。こどもの顔には、人知れず光と熱がこもっていた。河の水は千万もの高炉から溶け出た熔銑のようだった。

三、『天の子』二六三〜二六九頁（削除あり）

学者と音楽は連日吊るし上げに遭い、果たして製鋼のスピードは上がった。もはや百トンは目前だった。

師走に入ると日々は駆け足で過ぎてゆき、こどもの賞状と花も、九十八枚、百九十六輪まで積み上がった。百トンの鋼鉄がついに完成しようとしていた。今度炉から出したらちょうど百トンを超える。炉に黒砂を搬入する際、こどもは炉ごとに三、四桶多めに入れさせた。

今度は、いつもより一トン多く鉄が産出されるはずだった。

火がともされ、

炉が高温になった。

三日後、火を止めて炉から出すとき、空から小雪が舞い落ちてきた。世界は一面、白い湖になった。河の流れる音は霧に遮られてしまった。何もかもが静まり返るなか、雪花が舞い落ちる音と、霧が河面にからまり、ひそやかに交わし合う言葉が聞こえるばかりだった。

少しでも早く鉄を省都へ送るために、すべての者が木の伐採と黒砂集めの作業をやめ、雲霞のように集まってきて、炉の火が消えるのを待った。そして、炉のなかから団子鉄を取りだし、荷車に積んだ。雪が降っているうちに、ともかく鉄を送りたかった。百トンに達する最後の鉄は、炉で鋳るとき、まん丸な木の幹をすべて二尺三尺の長さに切り、縦に割って薪にした。炎は三日三晩、つまりは七十二時間燃え盛った。やがて火が消え、炉の上や胴体部分に四つもしくは二つある通風口が開けられ、一日自然冷却したあと、炉の上から冷水が中に注がれた。立ち昇る白い濃煙がまばらになれば、もう充分だ。炉口を開ければ、団子鉄が転がり出てくるというわけなのだった。

今回の鉄は今朝空が明るみ始めた頃に火を止め風を通したから、手順どおりなら翌日まで寝かせたあと水を注ぐことになっていた。しかし明け方、こどもがホイッスルを吹き、大声で叫んだ。

「雪が降ってきたぞ！　何をぐずぐずしてるんだ。とうとう百トンにこぎつけたんだ。一刻も早く炉から出して送るんだ。でないと、ほかの区のもんに先を越されるぞ！」こどもは早朝テントの前に立って叫んだ。「よその区に一番乗りされたら、お前ら五つの星なんぞ夢のまた夢だぞ。年越し前に家に帰ることなど、できるわけがない」

こどもが続けざまに三度叫ぶと、人びとは慌てふためき寝ぼけまなこをこすりながら、桶を提げ、急ぎ足で高炉へ向かった。学者もその一群のなかにいたが、彼は歩きながら、自分の罪状が書かれた札を胸の前にかけ、紙を貼り合わせて作った高帽を頭にかぶった。と、向かいからやって来た一群の後ろに、音楽が何も持たずにいた。彼女は高帽をかぶった学者を見て、慌てて自分の札と高帽を取りに戻った。高炉のあいだの空き地に集まり、こどもの指示を聞いたあと、三々五々、配置先に向かった。ある者は水を汲みに行き、ある者は炉口から、中で風の対流を妨げる土くれと石をきれいに片づけて、冷風が淀みなく吹き込むようにした。そのときだった、高帽をかぶり、札を胸にさげた学者と音楽が、こどもの前に立ったのは。

「どこにひざまずけばよろしいでしょうか？」

こどもはてきとうに指差し、自分のテントに顔を洗いに戻った。昨夜は、百トンに達し、省都に行けることを想像してずっと寝つかれなかったので、カンテラを点けて賞状や紅の花を、まるで新婚夫婦が初夜の寝室でそうするように眺め回していたのだった。空はなお明るく、雪花がはらはらと舞う音がかすかにしていた。彼はホイッスルを吹き鳴らした。

今日にもきっと百トンめの鉄を献上に行くことができる。

こどもは顔を洗うと、テントから出てきた。列をなす二十数基の高炉はすべて上の開口部を開け、担いできた黄河の水を一杯一杯上から注ぎ入れたり、横から一気に流し込んだりした。氷のように冷たい水が高温の炉に注ぎ込まれ、冷気と熱気がぶつかり合って、耳をつんざくほどの巨大な音をたてた。そして白と黒の混ざり合った煙がごうごうと立ち昇った。炉の上の開口部をくぐって茸状になった二十数本の煙は、雲のようにもくもくと空へ昇っていった。こどもはその雲が湧き立つ炉に向かって歩いていった。まるで鳥が天空の雲のなかへ飛び込んでゆくかのようだった。一号炉、二号炉、そして中間の十三番目にあたる最大の高炉の前まで来たとき、学者が高炉の上にひざまずいているのが見えた。水の注ぎ口からわずかに二尺しか離れておらず、直径一メートルもある煙柱が勢いよく立ち昇り、学者の顔をかすめ、燻していたのだった。こどもは学者の真下まで歩いていったが、白々とした雪明かりの下で、学者の円錐状の高帽に、元々書かれていたげんこつ大の「罪人」という文言に加えて、「国家叛逆罪」「反党罪」「人民叛逆罪」「民族侮辱罪」「国家指導者不敬罪」「庶民侮蔑罪」「人類文明叛逆罪」「国民富裕叛逆罪」「婦女侮蔑罪」「愛情至上罪」「老人児童虐待罪」「人倫叛逆罪」等々が書き込まれているのが見えた。さまざまな罪状は「罪人姦通犯」の上下左右、そして帽子の後ろにまで、まるで盤上に置かれた碁石のようにぎっしり書き込まれていた。炉の煙と熱い蒸気は学者の顔のすぐ前を立ち昇っていたため、帽子の黒インクが彼の顔に流れ落ちた。黄河の岸辺に水を汲みに行った者は皆黄河の堤の上から、そして水汲みから戻ってきた者は皆その炉のそばから、学者の艱難辛苦、懺悔や呵責を想った。

こどもは音楽を探した。

学者は炉の下を見下ろした。

こどもがそちらを見ると、音楽が炉の下でひざまずいていた。紙の札を胸にさげ、高帽をかぶっている。彼女も学者と同じく艱難辛苦と懺悔と呵責を味わっているのだと知れた。こどもは善良でいい奴だったから、音楽と学者を好ましく思っていた。彼は視線をしばらく音楽の顔のほうに向けていたが、振り返ると、学者に訊いた。

「お前は今、どれぐらい花がある」

「五十二です」

「今日、お前はどれだけ罪名を書き足した?」

「二十七です」

「じゃ、小花を二十七くれてやろう」

あまりに気前の良い提案に、学者は一瞬目を輝かせ、顔を上げてこどもを見つめた。感激の面持ちだった。こどもは後ろの高炉のほうへ歩いていったが、ちょうど黄河から堤沿いに風が吹いてきて、炉の煙を煽り、こどもをよろめかせた。こどもは体勢を戻してから学者のほうを振り返ったが、学者は依然、微動だにせずひざまずいていた。学者の顔には何か透明な大きなまめのようなものができていた。よくよく見ると、果たして蒸気に炙られ火傷したためにできた水ぶくれだった。大きいのは硬貨ほど、小さいのは豆粒ほどだ。こどもは心を動かされながら数えてみた。併せて十二も水ぶくれがあった。

「おお！……もう十二片やろう」とこどもは言った。

学者は頭を下げて、礼を述べた。人知れず、学者の顔から輝くような笑みがこぼれた。

四、『罪人録』一八一〜一八三頁（削除あり）

人の内心は往々にして、公明正大ではなく、無私無欲でもありません……。どうかお聞きください。学者と音楽にそんなに気前よく花を与えてはいけません。あなたは本当に純真で気前の良い方ですね。彼らを愛してもいます。けれど、どうして学者の内心を見抜くことができましょう？　九十九区のなかで、彼ほど学のある者はいません。また、彼ほど腹を割らない者もいません。彼の心は底の見えない井戸です。彼が毎日何を考えているのか誰にも分かりません。そういう彼だからこそ、音楽も罪人として彼と一緒にいることを望んだのではありませんか。学者は高帽をかぶり、紙の札を胸にさげ、それまでの傲慢さや自尊心をかなぐり捨てて、我々の黒砂製鉄の速度を上げることに貢献しているとは言えるでしょう。しかしながら、あなたは一度に十片、二十片もの花を与え、このままだとすぐに百片という勢いです。こんなことで、どうして九十九区の、腕や足を負傷したり折ったりしながら木を切り、日々黒砂を集め製鋼する人びとを、あるいは砂鉄によってただれ凍傷までこしらえた人びとを、心から敬服させることができましょう？　九十九区の者たちはすべて罪人であり、あなたの言うことを聞かない者はいないとはいえ、彼らの不服や積年の恨みが一定程度に達したあと、密かに徒党を組んで抵抗し始めたらどうするのです？　特に、わずか半月のあいだに、音楽と学者の名前の下は赤い小花でいっぱいになりました。一回目に釈放される人びとのなかにもし音楽や学者が入ったりしたらどうするのです。彼らに行き過ぎた便宜を与えたことになりはしませんか？

どうかお聞きください。いや、どうしてもお聞き入れいただかなくてはなりません。どうかここ数日のうちに、音楽と学者から十片、二十片の花を取り上げるような、徹底的に罰する機会を作ってください。ともかく、更生し、新しい人として初めて釈放されるリストのなかに、二人を入れてはいけません。二人はどのみち姦通犯です。悪事を働き、罪を犯した者なのです。また二人を徹底的に罰してこそ、皆を服従させることができます。あなたの権威に疑念を持たせないようにすることができるのです。そうすれば、あなたは神の手中に権力の象徴としてある棍棒を、これからも堅固に持ち続けられることでしょう。

第九章　不思議な坂

一、『天の子』二七〇～二七五頁

事はそのようになった。

こどもは七台の荷車を引き連れ、威風堂々出発した。隊列は砂州を離れ、果てしなく遠い目的地に向かって歩き続けた。二十里進んだところで雪は小降りになり、やがてやんだ。太陽はまだ昇っていたので、心はとても浮き立っていて、天下はもともと広々として明るく、世界はもともと光が溢れていたのだと思った。アルカリ地では塩をふいた欠片が反り返り、くぼ地一面に裂け目が走っていた。大鍋の底のおこげのようだった。小さな雀が行く手をめでたげに飛んでいた。隊列が追いつくとまた一足先に飛んでいってチュンチュンさえずりながら道案内をするのだった。荒野にたまに木が立っていたが、前回鉄を献上に行ったときと比べればそれはまるで棒くいで、天地のあいだが広がったように思われた。

急ぎ区の本部まで来ると、湯を沸かしてご飯を食べ、それからまたお上のいる町に向かった。雀はまださえずりながら道案内をしていた。まもなく町に着くと、雀は人家のほうへ飛んでいった。通りではすでに対聯の紙や赤い爆竹が売られていた。年越しの足音が正面からずんずんと近づいてくるようだった。

こどもは嬉しげで、小唄さえ歌っていた。荷車の前方で後ろを振り返って手招きしながら言った。

「もっと速く！　百トンに到達したから、晩ご飯は肉が出るぞ」

果たしてそのとおりになった。町に着くと、係の者が重さを量り、手帳に記入し、算盤をはじいた。

「ああ、お前さんたちが百トン一番乗りだな！」と係の者が言い、帳簿を抱えてお上のいる部屋に駆け込んだ。

やがて、お上が帳簿を持って入ってくると、こどもに歩み寄り、笑いながら手を取った。

「おめでとう！　やはり君たちが百トン一番乗りだったな」

「おめでとう、本当に。晩になったら君たちに、豚肉、牛肉、それから上等の酒をふるまってやろう」とこどもの手を固く握ったまま言い、食堂のほうに向かって声を上げた。「二テーブル分、料理を足してくれ。白米、饅頭、牛肉の煮込みをな。煮るときは、忘れずに蜂蜜を入れるんだぞ」

荷車を引いてきた九十九区の者たちは中庭に座って、足にできた水ぶくれや血まめをつぶしながら聞いていたが、視線はすでに食堂のほうに注がれていた。皆喜びの表情だった。世界はもともと広々として明るいものなのだ。光あれと言えば、光射す。神は光を良しとされ、光と闇を分けられた。人は疲れやすいので、日の出とともに仕事をし、日が落ちれば休ませることにした。黄昏時がやって来て、落日は早くも赤黄色に染まりながら、村の西の外れにあったナツメの木の向こうにかかろうとしていた。そして目下、ナツメの木は燃やされ、鉄が造られた。木はすべて高炉に入れられた。世界はすっかり禿げ上がり、眩しい夕日が、遮るものなく天地を覆い尽くしていた。血のように大地の上を流れていった。

お上はこどもの手を引き、自分の部屋に行って、座らせた。壁にはこどもと九十九区に関する製鋼の統計表が貼り出されていたが、お上はそこに赤いチョークで五芒星を書き入れた。九十九区の欄は赤で埋まって、まるで炎のようだった。お上は手に持っていたチョークを置くと、こどもと握手した。

「約束どおり、君を全区の代表者として省都での会議に参加してもらうことにする。君はいちばん先に百トンに達したのだから。君たちは黒砂錬鉄術を発明したのだから」お上はこどもの手を握って、まるでナツメの木から熟した実を落とそうとするかのように揺らした。「ただそのためにはもう一つだけやらなければならないことがある。それは質のいい鋼鉄に精錬することだ。君は鉄を百一トン造った。驚くべき数字だ。でも、省都の品評会に参加して表彰されるためには、純度が最も高く、質が最も良い鉄を、少なくとも二十五キロ持参しなくてはね」

お上は話しながら、部屋を出て、食堂のまな板の前まで来た。なたを持ってきてから、こどもをまた中庭に向かわせた。高炉のなかから取り出してきたばかりの団子鉄や円形の鉄の前で丸い小石を拾い、それでなたをカンカンと叩いた。その音は、冬に黄河の氷が割れるときのように澄んでいた。そして今度はその石で団子鉄を叩くと、鈍いすっからかんの音がした。まるで木で煉瓦を叩いているような音だった。

「こんな出来で、品評会に参加できると思うかい?」お上は手に持つなたをぶらぶらと揺らしながら、蜂の巣状の鉄を踏みつけた。「このなたのような鉄に精錬することができたなら、省都の品評会でも必ず国都に行く代表に選ばれるよ」

こどもは顔を上げ、お上の顔を仰ぎ見た。

「君はまだ国都に行ったことはないよね?」

こどもは顔を上げたまま、お上の顔を仰ぎ見た。

「国都に行ったことがあるのかい?」

こどもはやはりお上の顔を仰ぎ見た。

「何とかして」お上は手に付いた埃をはたくと、こどもの頭を、まるでひょうたんを摑むかのように手をあてがってなでた。それからこどもの後頭部を軽くぽんぽんと叩いた。「三、四日のうちに、このたのように硬く打てばいい音のする鉄を造る必要がある。硬い鉄を持って省都に行かなきゃ。そういういい鉄を造れなければ、もう省都に行けるなどと考えてはいかん」

太陽が行ってしまい、
黄昏が訪れた。

世界は異様に静かだった。本部の外から、ほかにも蜂の巣状の鉄を引っ張ってくる者がいたので、お上は台ばかりで重さを量っていた者に叫んだ。

「皆さんを大食堂に連れていって食べさせてやりなさい」

お上はしかし、こどもだけは自分と一緒に小さな食堂に連れていった。食堂に入るとドアを閉め、お上とこどもは同じ食卓を囲んだ。白いクロスがかけられた食卓には、料理皿やお碗が置かれていた。クロスが汚れることも構わないかのように、白飯、蒸した饅頭、それから焼酎、さらには豚のスペアリブと大根の煮込み、人参と牛肉の角煮、炒り卵、揚げ落花生、等々が大皿や大碗にわんさと盛られていた。

「好きなだけ食べてくれ」とお上は言いながら、豚肉や牛肉をこどものお碗に取り分けてやった。事はそのようになった。こどもはまた、質の良い鋼鉄を造らなくてはならなくなった。

二、『旧河道』三一七～三二七頁

旧暦十二月の八日早朝、黄河のほとりでは依然として雪がふぶいていた。茫漠とした白がこの世界を一面に覆っていた。雪空のなか、こどもは隊列を率い、本部から急ぎ戻ろうとしていた——深い雪をかき分けながら。皆は今回、まずは三トンの団子鉄をと思っていたのに、何が何でも百トンに達しなければとお上は言ったのだ。百トンに達しさえすれば、こどもは省都に行ける。そうなれば、二十人、三十人、いや四十人は実験と同じように、自由の身となって家に帰ることができる。家に帰って旧正月を迎えることができる。しかし、こどもは昨日鉄の献上に行ったとき、町から県へ、県から地区へと一路上ってゆけるものと思っていたのに、まずはお上に連れられていきなり省へ行かなければならなくなったのだ。

こどもたちはその夜のうちに道を急ぎ、明けて日が昇る頃に、あたふたと黄河のほとりに戻ってきた。凍てつくような風が、荒野をびゅうびゅう音をたてて吹いていた。雪はすでに膝下の深さに達していた。一面の銀世界で、雪のほかには何もなかった。九十九区の仲間たちは皆わらぶき小屋にもぐり込んで火に当たっていた。高炉に火は入っていなかったので、そこにあった細切れの薪を自分たちの小屋まで運び入れて燃やした。皆部屋のなかで縮こまり、だべっていた。こどもが年の暮れまでに省都に行ってくれれば、三十人、いや五十人は家に帰って年越しできるのでは、と見積もっていた。

「三十人だったら誰になる？　五十人になったら誰が加わるんだ？」

しかし、皆が期待を膨らませているとき、仲間の一人が突然、茫漠たる白のなかを雪をかきわけ、ゆらゆらとこちらに向かってくる人影を発見した。それから後ろに荷車を引く者。ぎしぎし車の輪のきしむ音や雪を踏みしめる音が、かすかに聞こえてきた。すぐさま彼は、後ろの小屋のほうに振り返って叫んだ。

「こどもたちが帰ってきたぞう」

興奮のあまりかすれてしまった彼の叫び声は、白く染まった河岸を、大堤と風雪に沿って下流のほうへ漂っていった。すると、小屋からぞろぞろと人びとが出てきて、すべての男女が出揃った。彼らは小屋の前に立って、こどもと隊列を見やっていた。こどもと隊列は雪の龍のようなありさまになって、百人の仲間たちの前に立った。頭のてっぺんからつま先まで真っ白で、眉毛と頭髪には氷の粒が貼りついていた。彼らの顔にはなぜか興奮の笑みが浮かんでいた。こどもは帰ったら一人十片ずつ赤い花をくれてやると約束していたからだ。十片あれば自分の順位は九十九区に残った者より繰り上がり、自由の身となって家に帰れるからだ。残っていた者たちはしかし、一昼夜荷車を引いて戻ってきた彼らがなぜ微笑んでいるのか分からなかった。それは三月に咲く桃の花のように艶やかに美しく、雪の日の酷寒などどこ吹く風という風情だった。残った者たちはまったく不可解な気持ちで、目の前に立つこどもと傍らに停められた七台の荷車を見ていた。

こどもは体の雪を払い、頭の雪や氷粒を取り除くと、残っていた者たちに向かって大声で言った。

「いい知らせだ、いい知らせだぞ——我々九十九区は黒砂製鉄百トン到達一番乗りだ。だが、ほかの区の者たちは、多くても七十トンをやっと完成させただけだ——お上ははっきりと言った。我々九十九区に、本部や県や地区を代表して、省都での会議に参加させる、と。はっきりと言ったんだぞ。お前らのなかから、旧正月に実験と同じように家に帰らせる者を出す、と」こどもはそう言いながら、宗教が荷車を押してきて目の前に停めるのを見ていたが、ふとその車の上に飛び乗り、立った。そしていったん途切れた話を続けた。「きのうお上は俺にも五枚の賞状と十輪の大花をくれ、俺の褒美もあっという間に賞状百三枚と大花二百六輪になった。俺がお上から褒められるために、お前らは必死に製鋼に励んでくれた。お前らに礼を言うために何ができるのか、俺は道みち考えていたんだ——お上からどれぐらい提示があるとしても、俺はその倍釈放してやる。お上が五人釈放してよいと言えば、俺は十人帰らせることにする。お上が二十人と言えば、俺は四十人帰してやる。お上が大盤振る舞いをして四十人と言やあ、お前たちを全員帰らせる。俺は一人ここに残って、建物と高炉を守る」

宗教が荷車の梶棒を握って必死に傾かないようにしていたので、荷台はまるで本当の舞台のようだった。こどもは声を張り上げ、滔々と話した。人びとはこれまでそんなこどもを見たことがなかった。家に帰り春節を過ごしていい者の数だけでなく、家に帰ったまま戻ってこなくていい者の数も倍にするという。省都に行けたなら、こどもはお上が彼にしたのと同じように、賞状やら紅の花やらを大盤振る舞いしてやるという。すでに百片を超えていた者や百片近くにのぼる者は、今まで全力で百二十五片超えを目指していたが、こどもが省都から戻ってくれれば、獲得した小花を星に換え、星を五つ持っている者はすべて新しい人として、連れだって更生区を離れていい、もう黄河のほとりに戻る必要はない。こどもの声はまるで風邪を引いたようにかすれていた。彼は両手を宙で振り回しながら話した。そのしぐさは最上層の領袖か要人を想起させたが、しかし、いったい誰を真似ているのかは分からなかった。こどもはやはり子供だったから、地区に行って世間の一端を見てきたとはいえ、こどもの話を聞いている罪人たちの経験の多さには及ぶべくもない。しかし、罪人たちは皆嬉々としてこどもの話を聞いていた。真に受けてこどもに問いただすような真似はしなかったが、だからといって、まったく期待せずにいられるわけでもなかった。

「お前らがここを去る前に、必ずやってもらわなければならないことがある」こどもの声は演説の最後、思いの丈をぶつけるかのようにふたたび高くなった。「それは何か？　お前らは少なくとも四十キロの精鋼を造らなければならない――叩けばカンカンカンカンといい音のする鉄をな。わが国で大製鋼運動が始まる前、村の外れの木にかけられ、時を知らせる鐘代わりに叩かれた鉄のレールや牛車の車輪のように澄んだ硬い音、あれだよ。お前らのなたや斧に使われているようないい鉄だよ。それは我々が黒砂から造った団子鉄の、木の杭のような音ではない」こどもはそう言いながら咳払いをした。まったくそれはある大人物が舞台の上、千軍万馬の部下たちを前にしているかのように威勢よく、美しく、またよく響く声だった。「質のいい鋼鉄を造ることは数ヶ月前なら、ちっとも難しいことではなかった。だが目下、天下に満ちる黒砂以外、鉄の材料はどこにもない。今いい鉄の材料から世界最上級の鋼鉄を造れれば、即座に省都、国都に行ける——だが、質のいい鉄の材料はどこにある?」

こどもは下々の者たちを見下ろしながら続けた。

「この荒れ果てて人気のない黄河のほとりに、斧やなた、レールや牛車の車輪のようないい鉄の材料がどこにある?」眼下の者たちを見回したあと、雪花が舞う空を見上げた。「いい鉄の材料を見つけてきた者には赤い花をやる。一斤につき一片、十斤につき十片、五十斤なら五十片の小花——これは中花十輪、星二つに換えられる。それに、これまで集めた花や星を加えたら、すぐにでも荷物をまとめて家に帰っていい。しかし、誰がその精鋼に必要ないい材料を持ってる?」

こどもは皆を睨《ね》めつけた。

「あるのかないのか?」

「あるなら、早く出せ——これを逃せば、二度と機会はないんだぞ!」

空はすでに明るくなって、大堤の上の雪には光が反射していた。午前しばらく、白一色のなかに、神秘的な青が雪面に照り返していたのである。

そこにいる者たちは立ち尽くしたまま、何も言わなかった。お互い見やったあと、視線をこどものほうへ戻した。こどもは、どうしても解けない難題があっさり解けたときのように顔を輝かせて笑った。「そうだ、あの質のいい鉄を持ってこい」こどもは振り返り、大声で言った。「質のいい鉄の用意はできた。今やるべきことは——すぐにも点火することだ、最も質のいい薪を使って最上の鋼鉄を造ることだ」

と、そのとき後ろから、押し切りが五台が荷車に載せられて運び込まれた。どれも少しも錆びておらず、刃は白々と光っていた。刀身と峰は長いこと放置されていた旧鋼のように、深い黒色をしていた。押し切りは人びとの前に整然と並べられた。こどもはその押し切りをちらっと見たあと、荷車の上から飛び降り、中の一台を取って、押し切りの、ナツメの木で作られた台座の太釘を抜いた。その指のように太く、六寸もある大きな太釘でカンカンカンと刀面を叩くと、輝く笑顔で言った。

「天下にこれほどいい精鋼の材料はない」それから、大きな声で宣言した。「いいか、いつもの決まりだ。働く者には褒美を、怠ける者には罰を与える。遅くとも二十四時間以内に、必ずこの五台の押し切りを餅状の鉄に精錬しろ。黒砂から造った餅鉄と同じようにな。お上に、黒砂を鋳って造った鉄だと思わせるんだ」

こどもはそう言いながら、ゆっくりと自分のテントのほうへ歩いていった。

「俺は疲れた。ちょっと寝てくる。お前ら今すぐ炉に火を入れるんだ」

こどもは近くの自分のテントに入っていった。

人びとはしばし茫然としていたが、ある者は五台の押し切りを運び出し、ある者は雪のなかに置いていた薪を取ってきて、炉のなかに放り込んだ。そうして鋼鉄への精錬が始まったのだった。大きな高炉は使えないので、最も小さい炉の前に雲が立ち込めるように集まってきて、争うように作業を始めた。

この押し切りから百斤にもなる鋼鉄を精錬するには最速で作業しなければならないことは明らかで、だとすれば、今までのような柔らかい薪を使った弱い火ではだめだった。ナツメや栗、楡といった最も硬い木の薪を使って火を起こさなければならない。それで皆こぞって硬い木を探し始めた。ある者は小屋の楡の木でできた腰掛けを担いできた。またある者は食堂のナツメの木でできた机やまな板台を運んできた。またある者は自分の栗材の木箱を抱えてきた。そしてまたある者は小屋の柱が炭を焼くのに使える栗の雑木であることを発見し、柱を外して、代わりに柔らかい柳や桐を骨組みの下に入れた。

こうして人びとが薪の収集と炉の火入れの準備に奔走しているとき、学者はこっそりこどものテントの前に立っていた。入り口にかかっていた木製のすだれを軽く押して中の様子を窺ってから、まくり上げて入っていった。こどものテントのなかは相変わらず賞状や花でいっぱいだった。赤が目を刺すようにまぶしく、思わず目を閉じないわけにはゆかなかった。外は冷たいのに、部屋のなかは赤に包まれて焼けるように暑かった。学者は出入り口でしばらく目を閉じていたが、目を見開いたとき、こどもが寝床の上にうつぶせになっているのが見えた。そして、宗教と鉄の運搬のために車を引いた者たち二人が、寝床の両側にひざまずいて、こどもの足や腰をマッサージしているところだった。それからもう一人、こどもの頭の前でひざまずいてこどもの両肩をつまんだり揉んだりしている者もいた。

学者が入ってきたのは宗教がこどもの太ももやふくらはぎを揉み終わり、こどもの靴下を脱がせ、土踏まずを揉み始めたときで、部屋は一瞬明るくなり、また暗くなった。学者にとっては予想外の情景だった。宗教とこどもの両側にひざまずいている二人が横目でちらと学者を見やりうなずいたあと、何も言わず手を動かし続けた。こどもは頭の前で肩を揉む教授の脇から学者のほうに目を向けて、何か用か？ と目で訊ねた。学者はそこで、こどもの頭の近くに腰を下ろし、そっと小さな声で言った。

「お訊きしてよいかどうか、分からないのですが……」

こどもは力いっぱい目を見開き、学者に話があるなら話せと促した。学者はこどもににじり寄ったが、学者は水ぶくれ――破れたものもあればまだ破れていないものもあった――をはっきりと見せつけているようだった。

「地区を代表して省都に鉄の献上に行くのは我々九十九区だけでしょうか?」と学者は訊ねた。そして、まだこどもが茫然として答えを探しているあいだに、もっと痛いところを衝いた。「たとえ地区のなかで我々だけだったとしても、全省には十数の地区があり、省都に行く地区も十は下らないでしょう。我々は押し切りを精鋼の材料にしようとしたわけですが、ほかの地区もレールやなた、斧を使わないとどうして言えるでしょうか? 我々のいる黄河河畔の荒野に精鋼の良い材料はありません。しかし、町や工場の近くのほかの地区であれば、我々の押し切りよりもっと硬い材料を探せないはずがありません。たとえば、鉄道からレールをくすねてきて精錬に使った者がいたとしたら、我々のものよりはるかに純度の高い鋼ができても不思議ではありません。もし彼らが薪を使わず、工場や炭鉱のコークスで精錬したら、我々はどうして彼らにかなうでしょうか?」

学者は分析しながら、そこにうずくまった。顔にできた水ぶくれが寒いあいだは凍っていたのだが、暑い部屋のなかで溶け出して、中の膿が流れだしたからだった。彼は痛みに耐えられず、話しては口をすぼめて空気を吸い、絶えず流れ出る膿を手で拭き続けた。

学者の分析にすっかり驚かされたこどもは、突然寝床の上に座り直すと、学者をじっと見つめた。

「地区を代表して省都に行くからには」と学者は言った。「省で一位を争わなければなりません。そうすれば、いずれ省の代表として北京に行けるでしょう」

こどもの茫然とこわばっていた顔は少し和らいだ。彼はみずから靴を履いて、そばで指示を待っていた宗教やほかの三人の教授たちに、ちょっと向こうに行ってろと指図し、自分はベッドの上の学者寄りの場所に移動した。

「どういう手がある?」

学者は腰掛けを引いてきて座った。彼の振る舞いや話したことは、宗教や教授たちに驚きや訝しさや嫉妬を覚えさせた。そして、こどもと一緒に鉄の献上に行ったことへの不安も覚えさせた。こどもが地区を代表して省都に行くことを誰よりも早く知ったのは自分たちだというのに、道みちお供をするあいだ、なぜ学者が考えていたようなことに少しも思い及ばなかったのだろうか、と。外の雪は依然として降り続いていた。しかし雪の音は聞こえず、ただ、テントのガラス窓を通して、降ってきた雪花が瞬く間に赤く温められ、水になり、曲がりくねって流れてゆくのが見えた。宗教たちは学者の顔を眺めながらも、窓外の流れゆく水滴にも度々目をやっていた。学者たちは残念な表情だったが、それは流れゆく水滴のように鮮明であり、また屈折していた。

「私は再三分析しました」学者はまた笑ったが、顔の痛みのためか、その表情には硬さと奇妙な印象があった。「省都で招集される黒砂錬鉄術体験報告会に参加するほかの区の者は、黒砂から造った団子鉄と同じような形状に鋳らなければなりません。しかし、この黒砂錬鉄術は我々九十九区が発明したものです。あなたの発明と創造なのです。ですから、我々が餅状や団子状の鉄にすることはないのです」

学者はそこで少し言葉を区切ってから、笑みを湛えていた顔をゆっくりと引き締め、尻の下の腰掛けを二寸ばかり前へ動かし、よりこどもの近くに座り直した。

「この精鋼を五芒星の形に鋳るのです」と学者は大声で、秘密を暴露するかのように言った。「たとえほかの地区からの献上品がレールを使い、コークスで硬く焼き上げられたものであったとしても、我々は大きな五芒星の形に造りましょう。その星の上に赤いペンキを塗り、赤い紙で包み、さらに赤い絹布で包むのです。品評会の場で包装を一枚一枚取ってゆくと、精鋼で造った餅鉄や団子鉄のなかに赤い五芒星の鉄が顔を覗かせ、叩いてみると硬い澄んだ音がします――敢えて申し上げましょう、そうであれば誰が相手であろうと、我々九十九区が全省一位であることは間違いなしです。あなたは全省を代表して鉄を献上するため国都に行くのです」

部屋は突然静まり返った。

話を終えた学者は口を閉じたまま、こどもの顔を見つめていた。いつもは単純で澄みきったこどもの顔に当惑と不可解の色が浮かんだ。しかしすぐに当惑の色は消え、ほのかな艶やかな赤みと、抑えきれない興奮の色が浮かんだ。こどもは自分の唇を舐めたが、視線はすでに学者ではなく、宗教と三人の教授のほうへ向けられていた。一刻の静けさのなかで、山の斜面に落ちる柳絮《りゅうじょ》のように、帆布の帳とガラス窓の上に降ってくる雪の音が聞こえるようだった。宗教はこどもの目が何を意味しているのか、すぐに悟った。出ていってほしい、ということだった。宗教は立ち上がると、しぶしぶ仲間たちのほうに目配せし、一緒に部屋を出ていった。

部屋のなかが明るくなり、冷たい風が吹き込んできたが、すぐにまた薄暗く、赤々と暖かくなった。宗教たちが出てゆくのを待って、こどもは視線を水ぶくれだらけの学者の顔へ戻した。

「大手柄だ」こどもはさらに訊ねた。「褒美の花はいくつ欲しい？」

「いくつでも構いません――いくつであっても、あなたが私と音楽に良くしてくださったことに変わりはありませんから」

「分かってる」こどもは笑った。「お前は褒美の花を音楽にやり、早く百二十五片に達して家に帰してやりたいと思ってるんだろ?」

学者はうなずいた。

「お前のためにいい考えがある。もうあと二十五片小花をやれば、お前と音楽のを合わせて百片あまりになる」

学者はふたたび意外な思いで目を大きく見開いた。額を地に付け拝礼したい気持ちに激しく駆られたが、仲間たちから見られ、学者としての自負と尊厳が失われることを恐れたようでもあった。ひざまずく瞬間、彼は入り口のほうをちらと見やり、外から足音が聞こえるや、そそくさと腰を折り、頭を下げて、そっとお礼の言葉を述べると、屋外に出ていった。

テントから出てきたとき、学者はこどものテントの裏側の地面に三尺ほどの深い穴が掘られていることに気がついた。その穴を利用して暖炉がしつらえられ、暖気を送るダクトがこどものベッドの下のほうに向かっていた。こどもの部屋がなぜあれほど暖かいのか、学者は今理解した。こどものベッドの下がオンドルになっていたのだ。ちょうど、教授の一人がオンドルに薪をくべているところだったので、学者は彼に訊ねた。

「一日火の番をして小花何片になるのですか?」

「一日何片だって?」教授は自分がからかわれていると思ったらしく、学者のほうに振り向いた。「五日焚き続けてようやく一片だよ。一度だけ、週に二片くれたことがあったけどね」そう言いながら、割った薪を炉のなかに詰め込んだ。もう学者のほうへ振り返って話をしようとはしなかった。

学者はこどものテントの前の空き地に立って、遠くの雪空を見やり、腰を伸ばしたあと、皆が忙しく立ち働いている高炉のほうではなく、自分の小屋に向かって歩いていった。

しばらくして、ふたたび出てきたとき、学者は罪名や罪状がびっしりと書き込まれた高帽と紙の札を身に着けていた。彼は心に期していた。前と同じように高帽をかぶり、首から札をさげ続けよう。炉への材料の搬入、点火、精錬、精鋼の鋳造、消火、炉内への外気導入、焼き入れ、搬出、そして五芒星の鉄は赤く塗られ、赤い絹布で包まれ、荷車に積まれる――それまではずっと、きちんと罪に向き合って炉の前にひざまずこう。彼は見積もっていた。こうして延々罪を認め続けたなら、こどもから少なくとも十片は花をもらえるだろう。音楽のために八十片を戴き、音楽がこれまでに得ている三十四片と合わせれば、百十四片になる。いや、こどもの機嫌が良ければ十片と言わず、一度に二十片ということだってあるかもしれない。そうすれば、二人で百二十四。自由に家に帰るまで、あとわずか一片だ。どこかでこどもの機嫌が良くなるような行いをすれば、一片なんてすぐだ。そうすれば、音楽はまったく自由の身になり、家に帰ることができる、と。

吹雪が強くなった。大堤のあたりから、黄河の水が流れる音も聞こえてくる。どこからか風に乗って、何かの調べを斉奏する笛の音も聞こえてくる。と突然リズムが速くなり、黄河の水が岸を打つ音がした。身を刺すような冷気のなか、期待がなせる業なのか、学者の胸のうちに温かいものがこみ上げてきた。自然と軽く、速くなった足取りで、学者は最南端にある小型の高炉へと向かった。今回精鋼を造るための、炉への材料の搬入と火入れの作業に、精錬を担当する教授以外は用なしだった。しかし、罪状が書かれた高帽と紙の札を身に着けてひざまずく学者は用なしではない。いささか得意になった学者は、風をものともせずに歩いていった。ところが、南端から四番目の大高炉のあたりまで来て、横に曲がってみると、五番目の小高炉の前で、百にものぼろうかという用なしの教授たちが、糊で貼って作った高帽と段ボールで作った札を身に着け、ひざまずいていた。高帽は白い紙を糊したもの、新聞で作られたもの、クラフト紙で作られたもの、とさまざまだった。そしてそれぞれの高帽と紙の札には、学者と同じように、さまざまな罪名や罪状が毛筆で書き込まれていた。学者もいささか驚いたが、一面ひざまずく者たちの、雪のなかに埋もれてしまいそうなさまは、雪にけぶるさなぎを思わせた。「もう、褒美の小花をもらえなくなるかもしれない」学者の脳裏にふとそんな考えが浮かんだが、すぐさま思い至った。もし自分が彼らと一緒にひざまずかなければ、褒美の小花をもらえないどころか、こどもから逆に十片、二十片の花を没収されるだろう、と。

学者は知恵者だったので、高炉東南の風が当たらないあたりを選んでひざまずいたが、そこからは高帽の林越しに、炉の番をする教授数名が炉の横の雪が積もったあたりでこどもと相談しているのが見えた。彼らは、以前積み上げた黒砂の層の上で、どうやったら砂泥の鋳型を使って五芒星の形に鋳造できるのか、相談していたのだった。押し切りを強い火で溶解させてできた熔銑を五芒星の鋳型に流し込み、冷やして凝固させ、風にさらしてから焼き入れすれば、五芒星の鉄ができるはずだった。紙にペンで書き込んだり、雪の地面に棒で何やら書いたりしていた。五つの押し切りの重量と体積、五芒星の鋳型の容積や深さ、熔銑を鋳型に流し込むとき、五芒星の厚さや直径はどれぐらいにすれば理想的か。学者は炉番の教授たちとこどもが話し込む様子を見やりながら、自分もその輪のなかに加わりたかった。五芒星を鋳造するためのアイデア、さらにはその五芒星が質の良い精鋼となるためのアイデアや方法を提案できたら、と心から願った。そして彼は、九十九区とこどもの名や日付を鋳型のなかに刻むという名案を思いついた。五芒星の正面に当たる部分は赤く塗り、裏に九十九区とこどもの名と鋳造した日付を記念として刻む。そうすれば、この精鋼製の赤い五芒星はこどもが某月某日、九十九区の者たちを率いて精錬したという事実を、省都、国都のいかなる上層部――たとえ国家の最上層部であろうとも――に、一目瞭然知らしめることができる。五芒星の鉄を見れば、黒砂錬鉄術とこどもの名を記憶に刻みつけることになる。

名案を思いついた学者は、ひざまずく大勢の仲間たちより自分はやはり一枚上手だと思った。彼は立ち上がると、高帽の林を踏み荒らしながら、炉の前のこどもと精錬担当の教授たちのほうへ歩いていった。

三、『天の子』二七五～二八一頁

事はそのようになった。

五芒星の鉄が鋳上がった。直径は一尺八寸半、厚さは二寸三分。二人でも持ち上げられそうになかった。こどもと宗教は町に運んでまず本部のお上に目を通してもらったあと、そのまますぐに市の駅に持っていった。省都に運んで鋼鉄の品評会に出品する。それからできれば省を代表して国都に持っていき、いちばんお上のそのまたお上に見てもらう。お上のお上は大いに喜び、評定してくれるはず。こどもはこの五芒星ならきっと、省を代表して国都に持っていけると信じていた。

空は異様に晴れていた。鉄を鋳っていたときは吹雪いていたが、炉から出すときにはまた晴れてきたのだった。鉄の表面は青光りして滑らかだった。赤いペンキを塗って赤々と眩しいのに、赤い紙で包んだ。紙は赤々と眩しいのに、赤い絹布で包んだ。そしてさらに輪をかけるように、赤い布団でくるんだ。綿入れの掛け布団が柔らかいので、持ち上げてみても、カチンコチンの五芒星の鉄の感触は分からないほどだった。

出発するとき、皆が見送りに来た。人が黄河の大堤の下にぎっしりと立っていた。皆手を振って祝福の言葉を口にしながら、旅路の無事と幸運を祈った。皆この鉄がきっと評定で第一等に選ばれると固く信じていた。来年の春には省を代表して国都に献上することができると信じていた。年越し前にはこどもたちも戻ってくるだろうし、そのときは自分たちも新しい人として自由の身となり、家に帰ることができるはず。皆見送りに出てきて手を振り、めでたい、めでたいと言い合った。日が昇り、大地を明々と照らした。一面、白に染まったなかで、無数の光と点がうごめいていた。

こどもと宗教は雪をかきわけながら出発した。深い雪が荷車の輪にひかれて、始終ぎゅっぎゅっと音をたてていた。あたりはひっそりと静かだった。製鋼のために木々はすっかり切り倒され、大地はまっさらな紙のようだった。雀は止まり木がないため、ずっと飛び続けながら、チュンチュンと鳴いた。疲れると、雪原のなかにぽつんと生えているイバラやヨモギの茂みに飛んでいって羽を休めたが、雀が数珠つなぎに止まったので枝は大きくしなった。二人は歩き続けた。宗教が荷車を引き、こどもが後ろに続いた。あまりに静かだったので、二人は古今東西、ありとあらゆる話をした。

「花はいくつになった」こどもがどこか決まり悪そうに言った。

「九十二です」宗教が振り向いた。額が汗まみれだった。

こどもはその汗を見て、「おお」と声を発したあと、興味深そうに言った。

「もう十片やろう、お前は俺に付き従って奔走してくれたからな」

宗教は不意を衝かれ、荷車を停めた。顔が光り輝いていた。

「車にお乗りください。雪は湿っていて、日も暖かい。靴がだめになります」

こどもは省都に行くために、靴を新調していた。千枚張りの布靴で、表は青い粗野な木綿布でできていた。足を上げて靴底を見てみると、やはり水の染みた跡があった。こどもはそこで荷車に上って、綿布団に包まれた五芒星の横に座った。綿は柔らかくて暖かく、二人は興奮していた。雀が荷車に付いて飛んでいた。空は光に溢れていた。時折鳥の声だろうか何か聞こえたが、それ以外は静かだった。ひとしきり歩くと、宗教は体中が火照ってきたので、雪で汗を洗い、口の渇きを癒した。それからまた鉄を載せた荷車を引き、雪原のなかを走り始めた、まるで喜びに満ちたロバのように。

ひとしきり走ると、こどもは空を見上げて言った。

「ほんとに静かだな……何か話でもしてくれよ」

「何をお話しすれば?」と宗教は訊き返した。

こどもはしばらく考え込んだあとに言った。

「許してやる、お前がいちばん好きなあの本のことを話せ」

宗教もしばらく思案顔だったが言った。

「前にお話しした続きでよろしいですか?」

「好きにしろ」とこどもは言った。

宗教はそこで荷車を引きながら、以前こどもと初めて二人きりで会ったとき、聖書の話をしてやったことを思い出していた。『創世記』で神が世界と人を創造したこと、人がエデンの園で罪を犯し追放されたこと、ノアの箱舟、バベルの塔、モーセの十戒、金の子牛、青銅の蛇、そしてイスラエルの初代の王の物語も話して聞かせた。宗教はこどもに聖書のなかでいちばんおもしろい物語を話してあげたい、そろそろキリスト降誕の物語をしてやらなくては、と思った。宗教は荷車を引き、雪と光のなかで進むべき方向を見極めながら言った。ヨセフはナザレの大工で彼の婚約者は、あなたが私から没収した像に描かれていた聖母マリアです。当時、マリアはまだ若かったのですが、ヨセフと結婚しようとした矢先に突然妊娠してしまいました。ヨセフはそのため、マリアが不貞を働いたのではと深く苦悩しましたが、彼女との結婚を取りやめようと決心したとき、天使が夢のなかに現れて、「心配することはない。思い悩むことはない」と言いました。「マリアが孕《はら》んだ子は神の御力と聖霊のもとに降誕してくるのだ。お前はマリアと結婚して、その子を自分の子として育てなさい」――イエスという名前が意味するのは救う者、つまりいついかなるときも、危難のなかで人を救う者という意味なのです。

宗教はこどもに得意満面でイエス降誕の話をしながら、居ても立ってもいられないほど興奮していた。

「そういう次第で」と宗教は言った。「マリアがイエスを出産しました。人びとに主キリストが、崇めるべきイエスと聖母がもたらされたのです」

イエス降誕の物語をしたあと、宗教が荷車を引いて十里の距離まで来ると、九十九区の建物がうっすらと雪のなかに見えた。白い光が射す空の下、それは模糊としていた。喉が渇いていた宗教は、また道端の雪を食べた。靴のなかに砂が入ったので靴を脱いで砂を捨てると、汗が立ち昇った。こどもはその様子を見やったあと、空にうっすらと射す白光を仰ぎ見ながらあっさり訊いた。

「それで終わりか?」

「終わりです」

二人はまた荷車を引いて歩き出した。道の積雪は薄くなって、地表の砂地が露出しているところがあった。一刻も早く町に着きたかったし、荷車は軽かったので、近道をすることにしたが、あいにく上り坂に出くわした。坂の路面は朝日の方向に面していたため、ただでさえ薄くなっていた雪が、分厚い日に照らされてすっかり解けていた。砂地の道は黄金色に輝いている。事はそのようにしてやって来た。

そのようにして成就した。こどもが荷車から降りてきて、後ろから押しながら問いただした。

「誰がマリアを妊娠させたんだ？」

「神です」と宗教は答えた。

「イエスの父親は神なのか？」

「イエスに父親はいません。でも、彼は神の子です。そしてイエス自身も神です」

「でたらめだ」こどもは不満顔で宗教を見やると、「今日はお前が迷信を信じても花を取り上げたりはしない。イエスに父親がいないのなら、どうして母親のマリアが妊娠できるんだ」と根ほり葉ほり問い詰めだした。こどもは前で荷車を引いている宗教を見ながら「納得できん。お前は今日、イエスに父親がいなくても母親が妊娠したということを、俺にきちんと納得させるんだ。さもなければお前はでたらめを言っていることになる。でたらめな考え、でたらめな話をするなら、俺はお前の花を取り上げないわけにはいかない」と言った。こどもは頑なだった。荷車を押しながら、彼の声は少し熱を帯びていた。

　宗教は説明しようとして振り返った。砂の上り坂が目の前に迫っていたので、前のめりの姿勢で勢いよく荷車を引っ張った。こどもも後ろから荷車を押した。坂の傾斜はまるで屋根のように急で、四十度はあるだろう。それが数十メートルはある。こんな坂を登りきるには、息を凝らしてすべての意識を肩や腰や手足に集中させなければならない。ところが今、荷車は二人がそれほど力も入れていないのに、平らな道のときより軽々と進んでいった。

　上り坂はまるで下り坂のようだった。

　宗教は振り返ってこどもを見た。

　こどもも宗教を見た。

二人は荷車を押すことを止めてみた。ところが荷車はゆっくりと一定の速度で坂を登っていった。こどもと宗教は驚き訝り笑いながら、荷車の梶棒を支えて付いていった。荷車は押さなくても、勝手に坂の上まで登っていった。

坂の上まで来ると、眼下に白く輝く雪原が一面に広がっていた。それは黄河の旧河道だった。坂は旧河道の砂堤によってできたもので、二人はふたたび坂の上から下に向かって荷車を押してみた――上り坂なのに力も入れず登っていけるという不思議な現象についてもう一度確認してみたいと思っていたのだ。ところが下り坂では、とんでもなく力を込めないと荷車は下っていかないことが分かった。上り坂ではそれほどの力も入れないのに車輪が回った。

何度か試した結果、この不思議な坂は、上り坂では力を入れる必要がないのに下り坂では力を入れなければならないということが分かった。坂の上に車を停めたあと、こどもが道端にあった瓶を拾い上げ、坂の下で手を離すと、瓶は勝手に坂を登っていった。次に坂の上から下に向けて力を込めて転がそうとすると、瓶は転がらずに止まった。

不思議だ。

こどもと宗教は顔を見合わせた。微笑みながら、五芒星の鉄を荷車から下ろし、坂の上の真ん中に立てた。車輪、瓶、道端に捨てられていた麦わら帽子、丸いものはどんなものでも力をかけずに、勝手に坂の下から登っていった。しかし、五芒星を道の脇に置いたところ、荷車や瓶は力をかけても登ることができなかった。こどもは五芒星の鉄を包んでいた赤布団を広げ、赤絹や赤紙を広げ、五芒星をもう一度を坂の真ん中に、朝日のほうに向けて立てた。日が赤々と輝いて、空は青く澄んでいた。大地は静かで、細い雲が動いてゆく音さえ聞こえた。五芒星は赤い光を放っていた。直径は一尺八寸半、厚さは二寸三分、鋳上がったばかりの青黒い色をした背面には、こどもの名前と鋳造した日付が刻まれている。表面は赤いペンキが塗られていた。インクと油のかすかなにおいが、赤い光と一緒にあたりに漂っている。五芒星の鉄は一塊の天下の火のように、不思議な坂の上で燃えていた。こどもは荷車、瓶、麦わら帽子を朝日に面する坂の下に持ってきた。力を入れなくとも、五芒星に向かって勝手に坂の上まで登ってゆくことを、何度も試して確認した。

こどもは笑った。

宗教も試してみた。

「不思議な、坂だ」ぼそっと言った。

「俺は坂が不思議だから笑ったわけじゃない」とこどもは言った。「なぜイエスは父親がいないのに母親が妊娠したのか、もう説明しなくてもいい」と言った。そして、こどもは五芒星の鉄を包む赤い紙や絹、布団を片づけたあと、車を引いて歩き始めた、足取りも軽く。

事はそのようになった。

第十章　省政府

一、『天の子』二八二〜三〇〇頁

省と地区を比べるなら、省都は広く、地区は狭い。地区と県を比べるなら、地区は広く、県は狭い。県と町を比べるなら、県は賑やかで、町はもの寂しい。町の会議に参加する者は、床の上に布団を敷いて寝る。県の会議に参加する者にはベッドが用意され、四〜六人部屋に泊まることができる。地区なら二〜三人部屋で、省ともなれば一人一部屋ずつ、つまり個室が用意されている。お湯が出て、たらいがあり、水洗便所もある。こどもは洋式の便器に慣れていなかったので、便が出てこなかった。彼は鍵をかけてから、便器の蓋を起こし、便座に足で乗って大便をした。水を流したあと、紙で便座の上の足跡を拭いた。

こどもが水洗便所を使えないことに気づいた者はいなかった。

鋼鉄の献上にやって来た人びとは、全員同じ階に泊まっていた。階段は木製で、手すりは赤かった。床は滑らかなコンクリートだ。ベッドのシーツも壁も真っ白だった。掛け布団にはカバーが付いており、ベッドはとても柔らかく、座ると沈み込んでしまったので、こどもは心底驚いた。それから彼は、ドアを閉めてベッドに跳び乗った。ベッドはスプリングが利いていてとても高く跳びはねることができたので、こどもは寝る前にジャンプして、朝起きるとまた裸のままジャンプした。顔を洗うとき、こどもは洗面所の白いタオルを使わずに、国都の天安門が赤く印刷された枕カバーで顔を拭いてみた。でも、赤く光る枕カバーは、柔らかくて温かかった。「ご飯ができた」と言われたらご飯を食べにゆき、「会議だ」と言われたら会議に行った。赤い代表者カードが配布され、それぞれ名前が書かれていた。一人一人に小さな赤い絹の花が配られ、その下には燕尾の形にカットされた黄色い絹のリボンが付けられていた。参加者は代表者カードを左胸に着け、赤い花をそのカードの下に留めていた。これさえあれば、バスに乗っても乗車賃を払う必要はないし、公園に入るために入場券を買う必要もない。デパートに入れば、店員が笑顔で迎えてくれる。商品にちらりと目をやるだけで、店員が商品の産地、性能、品質を問わず語りに紹介してくれるのだった。

商品は金物売り場、雑貨売り場、布地売り場、農具売り場等、カテゴリーごとに分類されている。農具売り場では農機具を、布地売り場では手織りの木綿や機械織りの木綿などさまざまな色と模様のキャラコを専門に扱っていた。雑貨売り場では、タオル、帽子、既製服、歯磨き粉、歯ブラシ、石鹼、マッチ、灯油など、ありとあらゆる日用品を扱っていた。だから、ここは百貨店と呼ばれているのだ。

こどもはデパートをぶらつくことにはまった。

デパートに行けば、必ず農具売り場を見に行った。農具売り場の商品はどれもよく知るものばかりだったが、一つだけ不思議に思うものがあった——農具売り場なのに猟銃が売られていたのだ。どう見ても本物の銃だった。銃身の長さは五尺ほど、黒色火薬の散弾が装塡でき、一発でイノシシやキツネを仕留め、木の上の鳥に向かって撃てば、一発で何羽もの鳥を落とせる代物だった。銃は農具売り場の壁に掛けられており、猟師であることを証明する書類があれば買えた。あるいは、狩猟をしていない者でも、家の近くに害獣が頻繁に出没することが証明できれば、銃を売ってくれた。

こどもは二日間会議に参加したが、会議の合間に猟銃を三回見に行った。会議では文書や新聞を読んだりし、肉料理と野菜料理の出てくる晩餐会が二回もあった。炒め物は皿の上に花の形にきれいに盛りつけられていた。全省各県から一名ずつ代表者が集い、会場は立錐の余地もないほどだった。

会議が始まった。各代表が品評会に参加するため持ってきた献上品の鉄はすべて舞台の幕の後ろに置かれ、赤い布で覆われていた。二日後、いっせいに舞台に展示されることになっていた。審査を経て、一位から三位までを決め、優勝者は省の代表として献上品の鉄を北京へ持ってゆく。二位と三位は上京する資格はないが、豪華な賞品がもらえる。

事はそのようになった。

こどもはもし自分の五芒星の鉄が賞をもらえたら、農機具コーナーの猟銃を褒美にもらおうと決心した。彼は会場にいながら心ここにあらずで、一刻も早く会議が終わり、黒砂錬鉄の品評会が始まればいいのにと思った。そして品評会での栄光を思った。会場には「全省冶鋼英雄模範代表者大会」と書かれた垂れ幕が上のほうに掛かっていた。そしてその上には、もっと大きくもっと偉大な指導者の肖像画が掛けられていた。肖像画の真下には大きな花籠がずらりと置かれ、あたりが光り輝いていた。こどもは最前列の真ん中に座った。彼の両側には、高級幹部や革命指導者たちが座っていた。指導者たちはこどもに、戦争の時代、飛び交う銃弾のなかを縫うようにして突撃したものだ、しかしそのとき君はまだ生まれてもいなかったね、と自慢げに語った。

指導者たちはこどもの頭をなで、髪をまさぐった。

さらにはこどもの頭をつかんだ。

こどもは指導者たちに敬意を抱いた。会場の天井を眺めながら、こどもはこの世界は美しいと感じた。講堂には千人以上も収容できるようだった。無数の赤い革の椅子が真っ赤に輝いていて、膠《にかわ》のにおいがした。講堂の天井には一段一段、五芒星状に灯りが重ねられたシャンデリアが取りつけられていて、まぶしかった。こどもは宗教から聞かされた、イエス降誕の際、天に白い光が満ち、無数の天使が中空に舞って、神を褒め称える歌を歌ったという故事を思い出していた。事はそのようになった。この世界に救う者が現れたのだ。

ついにそのときがやって来た。お上が品評会の開幕を宣言し、各代表が順に壇上に上がって、百にものぼる献上品の鉄を鑑賞し始めた。そこに、鉄の精錬の専門家や製鋼の研究者や指導者たちも加わり、小さなハンマーでそれぞれ叩いて鉄の純度や硬度を判別した。

舞台下では品評会に参加した代表者たちが、全員立ち上がって狂ったように拍手した。省の最高幹部が、舞台の右下から小さなハンマーを手に登壇し、鑑賞と品評を始めた。彼は番号が付けられた鉄を叩いた。あるものは餅のようで、またあるものは団子のような形をしていた。長方形や正方形、また三角形をした銑鉄もあった。こどもの鉄は最も奥の並びのテーブルの上で、壁に立てかけられていた。

五芒星の形で赤いペンキが塗られ――同じように赤く塗られ、「忠」という字が鋳抜かれたほかの代表の鋼鉄とともに、大いに人目を引いた。それはまるで鶏の群れのなかに佇む二羽の孔雀か鳳凰のようだった。

事はそのようになった。

品評者たちは一団となって、その三列の鉄の前を巡回した。ハンマーを手にそれぞれの鉄を上から叩いていったので、講堂中にカンカンカンと音が鳴り響いた。と銅鑼《どら》の音が、鳴り響いた。人びとの顔に赤い光が差し、講堂中が赤に染まった。

ほどなくしてこどもが壇上に登る番になった。胸が高鳴り、足に力が入らなかった。こどもはいざ登ろうとして、あやうくひざまずきそうになった。前に白髪の男性が立っていたが、こどもは彼がお上なのか、それとも冶金や製鋼に詳しい専門家なのかは分からなかった。彼は三つごと、あるいは五つごとに鉄を叩いたが、大半の鉄に対しては叩こうともしなかった。黒ずんで、蜂の巣状になっていたからだ。ただ、その蜂の巣状のなかでも穴が細かくて小さいものは評価の対象とすることができた。お上なのか専門家なのか、ともかく彼は蜂の巣状になっていない献上品だけを選び、カンと一度叩いただけで鉄の純度と硬度が分かった。こどもは彼らに付き従って歩いていたが、内心狂ったような動悸を感じながら、彼らが鉄を叩いたり、耳を鉄に付けたりしているのを見ていた。皆笑っていた。音の分かる者は叩き、分からない者は手で鉄をなでた。寒い冬の日で、世界は冷え込んでいたが、この講堂だけは暖かかった。あたりには火の気がないのに暖かかった。スチームが講堂の壁から出ていたからだ。省の講堂はやはり特別だった。一団の先頭は省の最高幹部だったが、一つ一つ鉄を触りながら、こどもの五芒星の鉄と忠の字が鋳抜かれた鉄の前まで来ると、見て触るだけでなく、まわりの者に鉄を裏返させて、裏のほうまで確認していた。

さらには、二つの鉄をハンマーで叩かせて、音を吟味した。

音楽のようだった。

事はそのようになった。

お上がこどもの泊まっている部屋で話をすることになった。こどもはお上が来る前に風呂に入ったあと、濡れたまま体を拭きもせずにベッドに上がったので、ベッドのシーツがびしょびしょになった。シーツは毎日汚くなくても換えることになっていたが、こどもが靴を履いたままベッドのうえで跳びはねたためにベッドは汚れてしまった。だからシーツを換えても惜しくはなかった。

「まあ、座りなさい」と来訪者は言った。「ざっくばらんに話そうじゃないか」

こどもは顔を赤らめた。

「君はまだ若いな」とお上が言った。「しかし前途洋々だ。こんなに若いのに省の代表として、国家の鋼鉄事業に貢献している」

こどもはやはり顔を赤らめた。

「黒砂錬鉄術を発明したのは君なんだって?」来訪者は何度も繰り返した。「本当に君が発明したの?誰かに助けてもらってはいないんだね?」

こどもは頷いた。

「もう少し詳しく話してくれないか」

こどもは、小さい頃から鉄を吸着する石を持っており、河原の砂地の黒砂にそれを近づけると黒砂がつま先立ちで駆け寄ってくることを知っていたと話した。ところが驚天動地、大製鋼運動が始まり、みずからも鋼鉄を造ることになった。鉄の原材料がなくなってしまったときに、ふと黒砂を使って鉄を造ることを思いついた。試してみると本当に鉄ができた。少し造ると百トンになり、さらに造ると五芒星の精鋼ができたのだ、と。

お上は笑いながらこどもの肩を軽く叩き、頭をなでた。

「君は国都に行ったことがあるの？」――こどもは首を横に振った。

「行きたい？」――こどもは頷いた。

「汽車に乗ったことはある？」――こどもは首を横に振った。

「汽車を見たことは？」――やはり首を横に振った。

お上はどこか残念そうな表情を浮かべ、こどもの顔を見ながら湯呑みに水を注いでやり、自分にもそうした。

「国都はすばらしいところだよ。故宮があり、長城があり、天安門広場は君たちの村二つ分の広さだ。ショッピングセンターは省都のデパートをいくつか併せたのより大きい。新しく建てられた駅と大きな時計台は、空に突き抜けるような偉容だ」お上は話の途中で少し考え込み、また話し始めた。「もし北京に行きたいのなら、君は二つのことを成し遂げなければならない」

こどもは飲んでいた湯呑みを口の前で止めた。

「一つ。今後君は、九十九区はこれまで百トン造りました、と言ってはだめだ。三百トン造ったと言わなければ」

こどもは目を見張った。

「二つ。君たちの五芒星の鉄は本当は黒砂錬鉄術によって造られたのではなく、鉄道のレールや農村にあるなたや鋸を鋳つぶして造ったんだろ？　しかし、誰に対しても黒砂を使って造った鉄ということにしておきなさい。たとえ偉い人が刀を君の首許に突きつけても、たとえ銃を君の後ろ頭に向けても、君は頑なに、黄河のほとりで黒砂錬鉄術を使って五芒星の鉄を造りましたと言うんだ。高炉もまだ黄河のほとりにあります、と。相手が信じないときは、彼を黄河のほとりまで連れていって、その目で確かめさせればいい。鉄を鋳つぶして造った五芒星とまったく同じ形の鉄を造ってやるんだ」

お上はこどもの肩を叩き、頭をなで、明日はみずから宋城にお供をし、名所旧跡を案内してあげよう、と言った。それから、皆に重要な指示を出したい、と。

お上は行ってしまった。こどもは部屋のなかでじっとしていた。重大な事態が起こったようだった。とても重大な事態がこどもを待っているようだった。

こどもは夕飯が喉を通らず、夜もよく寝つけなかった。

翌日は宋城に遊んだ。省長のセダンは、警護車に先導されて移動した。宋城は宋代の古都で、省都から車で半日ほどの距離だった。朝に出発して日が十一時の位置に昇る頃には宋城に着いた。鉄塔は雲にも隠れるほどの高さだった。訪れた人びとの多くは三階か四階まで登るので精一杯だったが、こどもは一気に最上階まで登った。最上階では風で塔が揺れていた。こどもは宗教が話してくれた故事をまた思い出した。――ノアとその末裔は洪水のあと、平穏に暮らし、農作物の種をまき、耕作し、葡萄を植えて、のちの子孫まで繁栄した。その後人びとが分かれ、全世界にあまねく行き渡るようになると、ある人が世に名を知らしめようと、天まで届く塔を建てたのだった。

鉄塔は実際は鉄ではなく、煉瓦を積み上げられてできていた。雲間に入るほどの高さだったが、数百年ものあいだ倒解することはなく、建てられた当初と同じように堅牢だった。人びとはそこで鉄塔と呼ぶようになったのだ。鉄塔の頂きには小さな通路があった。こどもが通路から出ると、髪が風に煽られて逆立った。天上に光が満ちていた。雲は彼の頭の上をかすめ、塔の先端にかかったまま細長く引きちぎられて、布が引き裂かれるときのような音をたてていた。遠くを眺めると、宋城のすべてが一望できた。地面に這いつくばるかのような家々は、宗教が言うところの、崩れたバベルの塔のようだった。宋城のどこを見渡しても木はなかった。すべて切り倒されて高炉にくべられたのだった。すっかり禿げ上がった宋城は、まるで廃墟だった。さらに遠くのほうでは白煙が立ち昇っており、後ろに流れながら前に進んでいた。汽車だった。汽車は大地を這う蛇のようにうねっていた。東から西に向かって、ガタンゴトンガタンゴトンと大地を揺らしながら走っていた。塔の上でも足許が揺れているような気がしたので、手に汗が滲んだ。こどもは欄干をしっかりと握りしめていた。やがて汽車は宋城の郊外へと遠ざかっていったが、水面を泳いでゆく蛇のように大地を疾走する汽車が、よりはっきりと見えた。

省都に帰ったあと、こどもはお上のところに話しに行った。お上はそこで会議を開き、寝泊まりもしていた。こどもが部屋に入ってゆくと、お上は何やら書きものをしていたが、ペンを置いて驚いたように言った。

「君か、何か用かね?」

お上はこどもに椅子を勧めたが、こどもは椅子には座らず、かしこまって言った。

「自分が黒砂を発見し、黒砂錬鉄術を発明しました。ひと冬で、九十九区の者たちと三百トンの鉄を造りました。精鋼でできた五芒星は、まさしく黄河のほとりで黒砂錬鉄術によって精製されたものであります。もし信じられないということでしたら、黄河のほとりにお連れして、九十九区の者たちにもう一度造らせます」

お上は愕然とした面持ちでこどもをじっと見つめた。

「自分は汽車に乗って国都にゆきたいです」とこどもは言った。「そして国都がどんなところか見てみたいのです」

「もう遅い」お上はこどものために惜しみながら言った。「省長はすでにあの〝忠〟の字に鋳抜いた鉄を国都に献上することに決めたんだ」

こどもはしばし思案してから言った。

「あの鉄は自分たちの鉄ほど良くありません。自分たちのは叩いてみるとカンカンカンと良く鳴る鋼鉄の音ですが、あの鉄は石で木を叩くような鈍い音でした」こどもは焦り、目じりが湿ってきた。

「忠というのがいい。君たちの五芒星もおもしろいが、意味が広すぎて漠然としている。忠は意味が具体的で明確だ。もちろん質は君たちの鉄に劣るが、献上品として北京に送るにはよりふさわしい」

「忠とはいったい、どういう意味ですか？」

お上は立ち上がると、こどもの手を取り、こどもの頭をなでた。

「九十九区に帰ったら、罪人たちに訊くといい。彼らは皆、忠ではなかったために改造を命ぜられたわけだから」

こどもはそこで省長に会いに行くことにした。お上が言うには、事務所で会議をし、そこに寝泊まりもする省長はすばらしい、善良な方だ。君のことも好ましく思っている、と。お上はそれから、省長の事務所への行き方や注意事項を教えてくれた。

こどもはすぐさま省長に会いに行った。第一楼の八階、東から六番目の部屋だった。ドアを叩くとき、内心狂おしいほど動悸がした。

「誰だ？」部屋のなかから声がした。

「自分は五芒星の鉄を造った者です――」

省長の事務室は思ったほど広くもなければ、立派でもなかった。大きめの部屋が二間あり、その一間に古い紅木の事務机があった。机上には新聞、書類、それからこまごましたものが雑然と置かれていた。電話機は窓台の上にあった。壁は白みがかったグレーで、中国の地図と世界地図、それから国家の最高指導者の肖像画がかけられていた。ソファがあり、ベッドもあった。思ったほど豪奢でもなく清潔でもなかった。その様子から、省長はそんなに豪奢を好むわけではなく、また清潔を好むわけでもない、しかしそうしたいと思えばきっとできるのだろうということが分かった。省長は省のお上のお上だから、一言指令を発すれば、省全域で鉄鋼増産運動が始まる。また一言あれば、省全域の木が切り倒される。であれば、自分の寓居がそれほど清潔でなく豪奢でなかったからといって何を憂えることがあるだろう。

「まあ、座りなさい――何か用かね?」

こどもは部屋のなかに目をやりながら、やはり座った。ソファは彼のベッドと同じように柔らかかったが、すでに経験済みだったので驚きもせず、意外でもなかった。

「自分は汽車に乗って北京にゆき、国都を見て回りたいんです」こどもは両手を両膝のあいだに挟んだまま、率直かつ誠意を込めて言った。「黒砂は自分が発見し、黒砂錬鉄術は自分が発明したものです。自分は九十九区の者たちを引き連れ、ひと冬三百トンの鉄を造り、さらにあの五芒星の精鋼を造りました。打てばカンカンカンといい音がしますし。でも、あの忠の字の鉄は、叩くと石で木を叩くときのような鈍い音しかしません。中は蜂の巣状で本当にすかすかです。まるでひと冬越えた大根みたいに」

こどもは省長を仰ぎ見ながら話した。情に訴えるようであり、人の哀れみを誘うようであり、いかにも無辜《むこ》だった。省長はすばらしい人物で、善良で、こどもを熱愛していたので、その熱い視線を受けながら、こどもを傷つけるには忍びなかった。彼は微笑んだ。温和で慈愛に満ちており、その鷹揚な表情は夕日の下の海のようでもあった。

「国都を見て回りたいんだね」省長はこどもの手を取り、頭をなで、肩を軽く叩いた。

「それはそんなに難しいことではない——国都に行きたければ、行けばいいじゃないか。天安門や頤《い》和園《わえん》を見て回れば？」省長はみずから、こどもの湯呑みにお湯を注いで手渡した。慈悲深く優しげな顔に、人の良さそうな微笑みがこぼれた。「北京に行く件は、私に任せてくれ。今回は省を代表して献上品の鉄を持ってゆくことはできないが、次回はきっと、今回の一位よりもっと大きな栄誉を君に与えよう。北京の、中央の幹部みずからが赤い花と賞状を君に授与するようにする」

こどもは満足し、一転して部屋中、いや満天に光が溢れているように感じた。省長の部屋を辞すとき、こどもは心に温めていたことをついに口にした。

「猟銃を自分に下さい。自分たちが今いる黄河のほとりは荒野で野獣もいるんです。それに罪人たちも。彼らを管理するためにもやはり銃がなくては」とこどもは言った。「それに猟銃があれば、彼らを脅すこともできます——生産量をもっと多く報告しろ！　片っ端から木を切り、鉄を造るんだ！　って」

省長は笑いながらこどもを見つめた。

「君たちは小麦を一畝につきどれぐらい生産したと報告したんだい？」

「一万五千斤です」とこどもは答えた。

省長はあっけに取られ、無言でこどもを見つめていた。しばらくして、棟の下で車が通り過ぎる音がしてから、彼の顔はようやく重々しく、厳粛になった。こどもに訊ねた。

「君の区は皆教授たちだよね？」そしてこどもの答えを待たずに言った。「教授たちは皆教養があり、能力がある。猟銃をあげるから、一万五千斤も小麦の増産に励まなくてもいい。彼ら知識人に、試験田で一万斤の増産をやらせるんだ。麦の穂を粟の穂のように太く、麦の実をトウモロコシの実のように大きく育てさせるんだ。それが叶えば、君を連れて北京へ献上品を持ってゆき、天安門や長安街、万里の長城、頤和園を見て回るだけでなく、中南海にも連れていってあげよう——君は知ってるかな？　国家の最高指導者は皆、中南海に住んでるんだ。中南海で仕事をし、生活してるんだ。外国の大統領だって来たからといって、誰もが中南海に入れるわけじゃない。でも君が試験田で一畝につき一万斤、粟より大きな麦穂を育ててくれるなら、私は君を国都に連れてゆき、中南海に泊まらせてあげよう。それから国家の最高指導者たちと記念撮影をしよう」

こどもは目を激しく輝かせた。こどもの目には、部屋中に溢れる光が見えた。無数の天使が空中に浮かんで、妙なる調べの頌歌を歌っているのが見えた。

第十一章　火

一、『天の子』三〇五〜三一一頁（削除あり）

空が白い光に包まれるなか、こどもは帰ってきた。

もともと宗教が、その日こどもを迎えに県都に来ることになっていたが、宗教はそこにいなかった。こどもは県都の駅で降りて半日あたりを探しまわったが、宗教の姿はどこにも見当たらなかったのだ。

こどもはおもしろくなかった。彼は県都から町まで一人で歩いてきて、本部のお上に省であったことを話した。省長は接見してくれたが、最終的にほかの区の「忠」の字に鋳抜いた鉄を、省を代表して北京に献ずることになった。省長は、自分が試験田で一万斤を生産することができたら、次は省を代表して北京に献ずるだけでなく、中南海にも泊まらせてあげようと言ってくれた。また、国家中枢の、いちばん偉い人が接見し、自分と一緒に記念撮影できるよう約束してくれたのだ、と。

こどもは興奮していたが、町の本部のお上たちは喜ばなかった。

こどもの頭をなでる者はいなかった。こどもの肩を叩く者もいなかった。ただ、こどもに本部で食事をしていくか？　と訊ねただけだった。こどもは首を横に振った。お上は、ほかの区の製鋼の視察に行かなければならないから君はもう帰っていい、と言った。

こどもはそこで本部を後にした。

釈然としない気持ちで町を離れた。

こどもはおもしろくなかったが、空は白く輝いていた。宗教はもし県都に行けなかったら町に迎えに行きますと約束していたのに、やはり来ていなかった。空はだだっ広かった。こどもは大地を踏みしめ、半月もの時間と労力をかけて省都に行き、帰ってきたのだった。県都の駅には省都に運ばれなかった銑鉄、鉄塊、蜂の巣状の鉄くずが山のように積み上げられていた。しかし町の本部の敷地には、以前はあった団子鉄と餅鉄の山がすっかりなくなっていた。遠くのほうでは、まだ鉄を製錬していることを示す煙が立ち昇っていた。町の外のほかの村では、煙が光に包まれ、白く光っていた。こどもはもと来た道を引き返した。広々としたなかを、足を棒のようにして歩いた。おもしろくないだけに、空はいっそう広々としていた。木々がすべて伐採されたあとの世界は、むき出しで眩しい。日射しが空からぶちまけられたように降り注いでいた。冬なのに、火傷しそうに暑い。

雪はとっくに消え、大地は滑らかで静かだった。銀色や黄金色に輝いていた。

大地に足を支えられながら、こどもは帰ってきた。

平らになった大地は、黄金色と白のまざった光で覆われていた。そこにぽつんと人影が見え、次第に大きくなってきた。九十九区では広々とした大地に天地開闢、高炉がそびえ立ち、煙が立ち昇っていた。こどもが相変わらずの足の運びで、すぐ近くまでやって来た。こどもにとって、この半月のことはまるで隔世の感だった。省都で起きたこと、省都の幹部に頭をなでられたこと、すべてがこどもの脳裏に浮かんだ。正午になると、日が真上から射してきて、まともにこどもの体に当たった。全身汗だくだった。

とても喉が渇いていたが、何とか荒野のくぼ地で雪を見つけた。雪を食べて喉の渇きを癒してから、近道をした。肩に斜《はす》にかけた鞄は省都で授与された旅行鞄だったが、黄色い帆布でできたそれは、市や首都から来た教授や、専門家が持っていた鞄と同じものだった。ただそれらと違うのは、こどもの旅行鞄にはお碗大の赤い五芒星が印刷されていることだった。反対側には、赤い字で三日月状に「全省冶鋼英雄模範代表者大会」の一行が、またその月の下には大きく真っ赤な字で「忠」とあった。偶然にも、五芒星はこどもが献上した鋼の形であり、「忠」の字はほかの区の代表者が献上した鋼の形だった。忠の字に鋳抜かれた鉄は省を代表して北京に献上され、五芒星は省の記念館に残された。

こどもは旅行鞄を手に持ちながら、省都での出来事を遠い日のことのように思い返していた。近道をして、こどもと宗教が半月前に見つけた不思議な坂まで来た。空はまだ白くまた黄金色に輝いていた。暖かかったが、広々とした冬の大地に風はなく、ただ静かで寂しくやるせなかった。こどもはその不思議な坂で休んだ。今、空に白い光はなかった。きれいな渓流のせせらぎのような、天使の歌声もなかった。

こどもは午後の、日がまさに暮れようとしているときに黄河のほとりに到着した。はるか向こう、九十九区の大堤の下に、河岸に並ぶ高炉と、大堤の前に立つ人びとが見えた。空に白い光はなく、誰もが沈黙したまま、帰ってきたこどもをただ見ていた。

誰もこどもを出迎えようとはしなかったし、手を振ろうとはしなかった。

空に白い光はなかった。こどもは何かが起きようとしていることを感じていた。内心不安を覚えながらも表情を引き締め、鞄を別の手に持ち替え、沈黙に向かって歩いていった。

沈黙もこどもに、抗いようもない力で向かってきた。

二、『旧河道』三四〇～三四七頁（削除あり）

九十九区の人びとは、よどんで流れのない湖水のように静かだった。

こどものテントが焼けたのだ。昨日火事が起こったとき、テントはぱちぱちと燃え、火柱が空に向かって上がった。皆桶を持って黄河に水を汲みに行った。しかし、テントから黄河までの数百メートルを往復するあいだ、最初の桶が火事現場に達したときにはすでに、テントとそのなかにある赤い花、赤い星、賞状、こどもの五芒星が入った木箱と布団はすべて火に包まれて灰燼に帰していた。テントは新しいオイルクロスだったから、火が着けば、まるで恋人に出会ったかのように包み込み、離そうとしない。オイルクロスは黄黒い灼熱の油臭を放ち、テントのなかの布団は綿が燃える黒いにおいを放ち、賞状、星と花は紙が燃える赤いにおいを放つ前に、火炎のなかで跡形もなく消えた。

どのようにして火事が起きたのかは分からない。誰かが故意に火を着けたのかもしれない。あるいは、誰かが無意識にたばこの吸い殻を捨て、テントのそばの草や薪に燃え広がり、こどものテントに燃え移った可能性もある。こどもはまもなく省から帰ってくることになっていた。予定どおり一日か二日で黄河に戻ってくれれば、成績の良い者たちは自由に家に帰れるはずだった。特に百十片、百二十片の小花をすでに獲得した者たちは、こどもが戻ってくれれば、表彰されて百二十五片に達する予定だった。小花五片は中花一輪、中花五輪は手のひら大の五芒星一つ、つまりは赤い小花百二十五片は五芒星五つ。五つの大きな星さえあれば、人びとは自由の身となり、世界中どこへでも行ける。小花百片を積み立ててきた者たちも、百二十五片まではまだ遠かった。しかし、こどもの機嫌が良く、省を代表して北京に鉄を献上するという慶事があれば、こどもは気前がいいから十片、いや二十片の小花が褒賞として出されることも夢ではない。そうすれば、自分たちは年越しのために家に帰ることができるし、どこへでも行ける。また、当分釈放されそうにない者たちだって、小花百片、いや九十片あれば、休みを取って年越しのために家に帰ることができると、こどもは黄河のほとりを出発するとき言ったではないか。

人びとは希望に激しく揺さぶられた。百二十片に達した者は、こどもが出発するや、釈放されることを見越して旅行鞄に荷物を詰め始めた。百片に達した者も、服や箱を整理しだして、年越しのために家に帰る準備を始めた。皆、こどもが一刻も早く省から戻ってきて、年が明けた春には願いどおり全省を代表して国都に鉄の献上に行き、模範代表者として国都を回り、見聞を広めることができるよう、切に願っていた。しかしこどもが帰ってくる前日、彼のテントは焼失したのだった。テントの帆布、柱、賞状、紅の花、そしてすべての更生者たちの、テントに貼り出した、赤々ときらめく小花はすべて灰燼に帰した。火は昨日の黄昏時に出た。ここ数日、人びとは自分の小屋や庵に戻って、寝たりトランプをしたり将棋をしたり、怠惰と悠々自適の日々を送っていた。持って帰るべきもののなかに詰め忘れたものはないか、詰めたはいいが持って帰るに及ばないものはないか、と旅行鞄をためつすがめつ検査した。ベッドの上で荷物を何度も縛ったりほどいたりした。まさにそのときだった、黄河上流に沈む落日が西の空を一面赤い光で染めていたとき、突然黄河の堤に立って、叫ぶ者がいた。

「火事だ、火事だ。早く火を消すんだ！——」

叫び声はまるで真夜中の黄河堤防沿いに吹いてくる竜巻のようだった。人びとはいっせいに飛び出してきたが、しばらく茫然としていた。そしてこどものテントが一面濃い煙と炎に包まれ、らせん状にねじれながら中空へ昇っていくのが見えた。濃煙に入り交じって赤い火が見えた。漆黒の煙があちこちから噴き出したので、皆わめき叫びながら、高炉やテントのそばに桶を取りに行き、それから黄河に水を汲みに走った。人びとがばらばらに桶を提げて戻ってきたとき、テントのあたりの煙はすでにまばらになり、火柱が空に向けて昇っていた。からまり合っていた煙は今では勢いよく立ち昇る火となっていたのだった。そこで人びとは恐る恐る火に近づき、各自勝手に水をかけたり、叫んだりした。慌てふためき往復しながら、燃え盛る火のそばで消火に加わったり、河に水を汲みに行ったりした。二時間以上の混乱を経て、火は止んだ。テントのあたりは、一面の黒い灰で、燃え残った帆布と柱、それから水でびしょびしょになったこどものシャツや解放靴以外は、灰燼と泥水ばかりだった。

そのとき、人びとは雷に打たれたように思い出した——燃えたのはこどものテントだけではなく、テントに貼り出されていた彼らの一つ一つの赤い花と星も一緒だ、ということを。人びとは黒い泥を前にして言葉もなかった。沈黙が天地を覆い尽くした。

夜になっても、誰も食事をしなかった。食堂では相変わらず黄色い蒸し饅頭、大根炒めとお粥が出されたが、すでに百片もの花を獲得していた者は、一人も食べに行こうとしなかった。花の数が少ない者は食べたかったが、数の多い者から睨まれ、心のうちで悪く言われるのを恐れた。他人の災禍を喜ぶ気持ちを押し隠し、苦楽を共にする態度を示すために食べなかった。夜のあいだ、もう以前のようにトランプや将棋をしたり、騒がしくしたりする者はいなかった。九十九区はまるで全員が死んでしまったかのように静かだった。

翌早朝、道沿いに外を眺めている者がいた——というのも、こどもが今日区に帰ってくることは誰もが知っていたからだ。しかし一向に人影が見えなかったので、彼はテントに戻ってじっとしていた。午前中、昼食後、そして午後の夕暮れ時、さらには昨日こどものテントで火事があったのと同じ時刻になっても、こどもの帰還を叫んで知らせる者はいなかった。

外を見張っていた者がまた堤防の上に立ち、小屋越しに外の世界の道のほうへ首を伸ばして見つめていた。彼はしばらくして突然堤防から駆け下り、小さな声で「見ろ、見ろ——」と言って、外の世界へ通じる道を指差した。こちらにゆっくりと向かってくる人影らしきものが見えたのだ——最初は日射しのなかで地面にさまようひとひらの葉のような黒い点にすぎなかったが、それはやがて人影になった。こどもが期日どおりに戻ってきたのだった。

区に残ったすべての者が各自の小屋から出てきた。知らせがあったわけではないが、こどもがそろそろ戻ってくることを皆知っていたため、期せずして一緒に出てきたのだった。燃えてしまったこどものテントの前に大勢が沈黙して立ち、こどもが夕日から出て近づいてくるのを見ていた。沈黙はいっそう重くなり、不安がますます大きくなった。皆の顔色は夕日のなかで、あたかも初冬の木々にぶらさがる、灰黄色の混じった白い葉のように、沈鬱な黄色と枯れた白に染まっていた。

「お前ら何ぼうっと突っ立てるんだ？　迎えに出るのを忘れたのか！」近くまで来たこどもは、興奮と怒り、そして不可解から来る恨みがましい声で叫んだ。

いちばん前に立っていたのは宗教、学者と女医たちだった。宗教はこどもを迎えに行こうとしたが、ふと顔を上げると学者や他の者たちが動かなかったので、数歩歩いただけで立ち止まった。なぜなのかは分からないが、皆が見ている前で進み出て、こどもに歓迎の意を表す者はいなかった。自分たちの背後で起こった火事や事故を報告する者もいなかった。皆静まり返って、不安そうにこどもの顔を、こどもの足許や荷物を見ていた。まるでいつ雷が落ちるかずっと待っているかのようだった。

こどもは人混みのなかに尋常ではない事態を察知した。彼は歩を緩めると、人混みの隙間から背後の灰や黒い泥のほうを見て、一瞬蒼白になったあとに駆け出した。死んだような静寂に突き進んだ。口から鋭く、くぐもった叫びや疑問を発しながら、墓場のような死地を突き破ろうとしていた。

三、『天の子』三一二〜三二〇頁

事はそのようになった。

こどもの新しいテントは、日が暮れる前に建てられた。

新しいテントは元の場所に建てられ、堤防寄りに数メートル拡張された。月が昇る頃、柱数本が埋め込まれ、食堂のテントの帆布が新しいテントに移された。月明かりのなかで設営されたのだった。月の光は鏡のように明るかった。火事のあと、灰や泥だらけになっていたところに砂が運び込まれて地面に敷かれ、こどもの住まいは一新された。

テントにはベッドが置かれ、カンテラがさげられていた。暖炉では堅い薪が燃やされ、ぱちぱち音をたて、灯火がこどもの顔を照らしている。こどもはテントにぎっしりと詰めかけた人びとを見ている。誰が花、星をどれほど獲得していたかを改めて計算し直して、釈放すべき者、家に帰すべき者を選定しようとした。しかし、こどもの記憶では百二十片に達した者は数人だけのはずだったが、計算し直すと十数人もいた。百十片に達した者は十数人のはずだったが、計算し直すと数十人もいた。百片あまりは二十四人のはずだったが、計算し直すと四十三人だった。こどもは、自分が赤い花と賞状をどれほど獲得したかはしっかりと憶えていたが、他の者がどれほどなのかはいちいち憶えていなかった。憶えているのは、テントのなかの一面の紅の花が赤い海のようで、小さな紅の花が晩秋の田野の赤い柿のようだったことだけだ——しかしこどもは、いったい誰が百二十片に達し、誰が百片まで獲得し、あるいは誰がまだ百片に達していないのか、そんなことまで憶えていない。

再計算の結果、百片に達した者が七十八人にものぼった。もともとは三十人あまりだったはずなのに。こどもはテントのなかで火に当たっており、宗教は椅子に座って、もともとどれほどだったのか、報告に来る人びとに対応していた。

来た者たちは皆過大に報告した。人びとがテントを出入りするなか、こどもはベッドに腰掛けて火に当たっていた。褒美にもらった黄色い帆布製の旅行鞄は、ベッド下の、彼の足許に置かれている。再計算の結果が出てから、こどもは口許に笑みを浮かべ、横目で皆をじろりと見た。それからこどもは、ゆっくりとテントから出ていった。人びともテントの外に付いていった。

静かなテントのなかと打って変わって、外はにぎやかだった。花が百片に達していない者も見に来ていた。月の下に雲がかかっていた。もともと百片あまり花を獲得していた者たちは、過大報告によって百片に達した者たちを大声で罵っていた。皆黙らずに、罵っていた。もともと百片に達していなかったのに達していたと過大報告した者は、自分の誓いは誠実で信用できると装って、虚偽報告をしたのはいったい誰だと罵っていた。こどものテントと花を故意にあるいは不注意で焼いたのは誰なのか、皆そのことを忘れていた。月光は水のように澄んでいた。夜は更け、あたりは静かだった。まもなく年越しという時節、下弦の月は雲を引き、人には分からぬほどの遅々としたスピードで空を移動していた。遥か向こう、黄河の上流、下流、対岸に並ぶ高炉に火がともっていた。かすかに製鋼の音や、人の話し声が伝わってくる。こどもは空を見上げ、両岸に立ち並ぶ高炉の火を見やったあと、ひとりテントに帰って、花の数を記したリストを椅子の上に置いた。灯りのなかで、彼はなぜか、突然鞄のなかから軍服を取り出して着た。古い軍服だったが、こどもが五つのボタンをかけ、襟を正して端座するさまは、威厳があった。緑色の軍服は色褪せ黄色に変色していたが、軍服の大きなボタンは暗紅色の光を放っていた。威厳をもって、こどもは次に入ってくる者に問いただした。

「お前は本当にそんなにたくさんの花を獲得したのか？」

入ってきたのは中年の准教授で、彼はめざましい論著をものしてきた。そうした論著と同じぐらい真面目な顔で、彼は獲得していたはずの花の数を無念そうに言った。

「もともとすべての花はテントに貼られており、私がこれだけの花を獲得していたことを知らない者はいません」

彼が出てゆくと、別の教授が入室し、椅子の前に立って、新しいリストと数字を見た。

「本当にそんなにたくさんの花を獲得したのか」とこどもは同じことを訊ねた。

教授は泣きそうになりながら言った。

「私は百十八片の花を獲得しました。このことは誰もが知っています。私はまた、毎回花を獲得するために費やした時間と数を計算することができます。紙とペンを下さい。私がどのようにして百十八片の花を獲得したのか、計算してご覧に入れます」

そして、計算するための紙とペンを要求した。彼は北京の名門校に勤める数学者で、それまでの半生をかけて、1＋1が2になる理由を明らかにした。多くの公式、方法を使って計算し、彼は最終的に1＋1が確かに2であることを証明したのである。彼が成果を上司に報告したあと、上司は彼の論文に「どうしてこの者を更生区に行かせて更生させないのですか」と一行を書き加えたのだった。

こどもは彼に計算させなかった。こどもは優しく善良だったから、この数学者の言葉を信じたのだ。こどもは彼を下がらせた。その後二人入ってきて、さらにまた二人入ってきた。最後に入ってきたのは学者だった。学者は重い足取りで歩み寄り、やや硬い表情をしていた。額にはやけどがそのまま凍傷になった痕が青黒く、硬くなっており、頬にも凍傷の痕が黒く残っていた。傷だらけの、青と黒だらけの顔で入ってきた彼は、一新された部屋の様子と地面に敷かれた新しい砂を見やった。そして視線を、こどもが着ている古いが威厳のある軍服の上に落とした。学者はこどもを見下ろし、その目はどこか冷たかったが、驕らず卑屈でもない態度だった。その顔には、一ヶ月前、無数の罪状を書き加えた帽子をかぶって、高炉のそばにひざまずいていたときの表情——顔色一つ変えず謙虚に罪を認める態度——はなかった。彼はこどもをじっと見つめていたが、こどもが訊ねるのを待たずに、驕らず卑屈でもない態度で言った。

「私が百二十一片の花を獲得していたかどうか、問いただされる必要はありません。音楽と私を家に帰してくれなくても構いません。ただし、あなたは私が百二十一片を獲得していなかったと疑うべきではありません」

部屋の空気が突然張り詰めた。背が高い学者は立った姿勢で、痩せて小さいこどもは座っていた。学者の顔はまるで苔むした石板のように青く硬かった。こどもの軍服を着たことによる威厳は影をひそめた。背筋を伸ばし、平然として真面目だった表情は、まるで服をかけていたハンガーが落下したかのように形が崩れた。こどもが学者をちらっと見た。沈黙が数分間続いたあと、口ごもりながら訊ねた。

「じゃあ、誰が嘘をつき、自分の花の数を多く報告したというんだ?」

学者は答えなかった。

「嘘をついた者を一人挙げてくれたら、俺はお前に花を一片やろう。二人挙げたら二片、四人挙げたらお前は総計百二十五片に達する。お前でもいい音楽でもいい、どっちかに五つの大きな星をやろう。そうすれば、一人は自由の身になる。明日にも家に帰れる」

学者はやはり答えなかった。

「言ってくれ！」とこどもは言った。

「言えよ！」

「知ってるのなら言うんだ！」

学者はそれでも答えなかった。

学者は新しいテントの真ん中に立っていた。背が高いので、端に立てば頭を低くしなければならないからだ。真ん中に立った彼は、頭を高く上げ、胸を張っていた。口を閉じて何も言わなかった。冷たく厳しい目をしていた。学者が無言を通したので、こどもはしかるべき威厳を取り戻し、さきほどまでの硬い表情をいくぶん解いた。胸を突き出し、着ていた軍服も引っ張られた。

「言わないか！」とこどもは迫った。「お前が嘘をついた者を四人挙げたら、百二十一片の花を数に入れてやろう。そうすれば百二十五片に達し、五つの星に換えられる。お前か音楽かどちらか一人、家に帰ることができる。もう更生区に戻ってくることはない」

学者はついに口を開いた。彼は口許に笑みを浮かべた。しかしそれはただの笑みだった。顔を引き締めると、学者は高すぎず、低すぎない声で言った。

「百片に達していなかったのに、偽って百片だったと報告した者が誰であるのか、私は知っています。少なくとも二十人は挙げられますが、言いません」

「音楽を家に帰してやりたくはないのか？」

「燃えてしまった私の百二十一片の花はまだ有効なのでしょうか？　私がそれだけの花を持っていたことをお分かりでしたら、燃えたとしても百二十一片の花を下さい」

「嘘をついた罪人が誰かを言えば、お前の花は有効だ」

「言わないと有効だと認めていただけないのですか？」学者は前に半歩歩み寄り、岩が重なり合う険しい山のようにこどもの前に立ちはだかった。冷笑しながらこどもに訊いた。「今回は花の少ない者があなたのテントを焼いたのかもしれません。次は花の多い者が、あなたが眠っているあいだにテントごと焼き殺すかもしれないのです。あなたは怖くないのですか？」学者はこどもの顔を見つめながら言ったが、それは脅すようでもあり、気づかせようとしているようでもあった。「必死に稼いだ花が有効だと認められなければ、誰も明日から製鋼しなくなりますよ。それでもいいのですか？」

「お前はどうなんだ？」とこどもは訊ねた。「俺をこのテントごと焼き殺したいと思ってるのか？」

「私はそんなことはしません」学者は歯ぎしりして言った。「私なら有効だと認められなければ、明日死を迎えたっていい。一生を罪人として終えるとしても、もう製鋼に従事したくはありません」

「本当に従事したくはないのか？」

学者は力いっぱい頷いた。

こどもはしばらく沈黙していた。一言も話さず、学者の顔を見ていた。宗教はずっとこどものそばに座って、集計し直した花の数のリストを管理していた。作家もやはりこどものそばに座っていた。こどもからここから出ていけとは言われなかったからだ。入ってきた者たちのなかには、作家と宗教を羨望のまなざしで見る者もいた。しかし別の来訪者は、彼らを冷やかに見下すような目で見た。学者はといえば、主人に付き従って離れられない犬を憐れむような目で二人を見ていた。こどもは静かに沈黙を守っていたが、何か胸に成算があるようだった。彼は学者の顔を見て言った。

「お前は本当に、明日から黒砂を集めたり、鉄を造ったりしには行かないんだな？」

学者は口をつぐんだままうなずいた。確かに揺るぎなく、決意はすでに固まったようだった。

こどもは身をよじり、そばにあった黄色い旅行鞄を無言で引き寄せた。ファスナーを開けて、中をまさぐった。と、驚天動地、とんでもない代物が出てきた。それは黒光りのする本物の銃だった。省長がくれたあの銃だ。革命時に使ったモーゼル連発銃を、省長がなぜこどもに気前よくくれたのかは分からなかった――こどもは実際、デパートに置かれていた旧式の猟銃がほしいと言っただけなのに。

とにもかくにも、舞台で演じられる劇のようにまさに劇的に、そして感情を昂ぶらせながら、こどもは黒光りのする銃を取り出し、近くの腰掛けの上に置くと、また鞄のなかから紙に包まれたものを取り出した。包みを開けると、それは銃弾だった。もともとは黄金色をしていたが、何度もなでられたために一部鉛色になっていた。こどもはその銃弾を銃のそばに置いた。と、物音がした。屋内の空気がとたんに張り詰めた。テントにかけられた無数の縄がきつく引かれたようだった。暖炉の外のまだ燃えていない薪が地面に落ちたのだった。誰も、銃が出てくるとは思ってもみなかった。そしてそのときようやく人びとは、こどもがなぜ軍服を突然取り出してきてわざわざ着たのか、その理由を理解した。こどもは落ち着いた様子で沈黙を守っていたが、とっくに心づもりはできているようだった。銃と銃弾を入れていた鞄を脇にやると、振り返って学者の顔を見た。銃弾は黄金色で、銃は艶やかに黒かった。やがて銃弾が転がってきて、銃口のすぐそばで止まった。学者は茫然として、その顔から血の気が引いていた。しかし彼は冷静に、目でそんなことはやっても意味がないと訴えようとした。

「一発撃ってくだされば、私はもう鉄を造りに行かなくて済みます。あなたが百二十一片を有効だと認めてくださるなら話は別ですが」と学者は言った。

学者を見つめるこどものまなざしは、温和で善良だった。か細い声を少し震えさせながら、学者に請うように言った。

「お前は本当に、嘘をついた者たちの名前を言わず、明日から製鋼にも行かないというんだな？　なら俺をこの銃で撃ち殺せ。そうすりゃ、お前はちくらなくても済む。鉄を造りに行かなくてもいい」

こどもはそう言いながら銃を手に取り、たどたどしい手つきで弾倉を押し込んで、力を込めて銃弾を装塡した。それから銃把を学者のほうに、銃口を自分のほうに向けて言った。

「この銃を取って、俺に向けて一発撃ってくれ。そうすりゃ、お前も明日から鉄を造りに行かなくて済む」

「ただ頼みがある。みぞおちのあたりに撃ち込んでくれ。倒れるときは後ろ向きじゃなく、前向きに倒れさせてくれ」

「この俺が頼んでるんだ。撃ち込んでくれ――弾が俺の胸を貫通しさえすればいい」とこどもは続けた。

「頼むよ」こどもは頭を上げたまま、哀願するような目で学者を見た。それはまるで泣いて乳をねだる生後半年ほどの嬰児のようだった。「一発撃ってくれってば。俺を銃殺すれば、もう鉄を造りに行かなくてもよくなるじゃないか――弾が俺の胸を貫通しさえすればいいんだよ」

学者はこんなに間近で銃を見たことがなかった。こどもは銃口を自分のほうに向けたまま銃を学者のほうに差し出したが、学者は本能的に後ずさった。こどもは優しく、恨みがましく、学者に自分を撃ち、前に倒れさせるようにと迫った。学者の顔は蒼白になり、口のなかでぶつぶつ何か言っていたが、後ずさってゆくうちにとうとうテントの外に出てしまった。

続けてこどもは、改めて一人一人を呼び出し、自分のテントに入らせた。入ってくる者一人一人に銃を差し出して言った。

「この銃には銃弾がもう入ってる。明日はもう鉄を造りに行かなくてもいいから、俺に向けて一発撃ってくれ。弾が俺の胸を貫通し、俺が前向きに倒れるようにしてくれるだけでいい」取っ替え引っ替え同じことを言った。「明日からまた製鋼が始まるんだろ？ でも、もう造らなくてもいい。この銃には弾が込めてある。頼むから、俺を銃殺してくれ——弾が俺の胸を貫通し、俺が前向きに倒れるようにしてくれるだけでいいんだ」

東の空が白み始めていた。新しい一日が始まろうとしていた。黄河下流から日が昇り、赤い光が射した。大地が目覚め、黄河の水は日の出の方向に向かって激しく逆巻きながら流れていた。九十九区の者たちも起き出した。一晩一睡もできなかった者もいたが、皆磁石と袋を提げて黄河のほとりに黒砂を集めに向かった。斧や鋸を手に、遠いかなたへ木を切りに向かった。

彼らはとっくに黒砂錬鉄術をマスターした錬鉄の匠と教授たちだった。高炉を掃除し、黒砂を盛ろうとしていた。新たな回の製鋼の準備が始まったのだった。

世界はまたせわしなく動き始めた。空に光が溢れ、黄河の水が滔々と流れていた。

四、『旧河道』三五〇〜三五九頁

私は九十九区の者たちに申し訳ない。

私はついに、小さな花百二十五片を大きな星五つと交換した。私はまもなく黄河のほとりを離れる。

黄河旧流域の、果てしないアルカリ地と小さな池が点在する場所から離れる。私は完全に自由の身となり、新しい人として生まれ変わろうとしている。私は家に帰って、これからは永遠に妻と子供たちのそばから離れない。更生区を離れる二日前、私は何も言わず黙々と、指示どおりに木を伐採し、黒砂を集めた。しかし、ほかの者たちが猫の手も借りたいほど忙しくしていたとき、私はこっそり小屋に戻って荷物と服を整理した。

先に釈放されることを悟られないように、私は布団、枕、枕許に置いた木箱、柱にかけたグレーのラシャ製の着古した中山服、それらすべてを小屋に置いていくことにした。持っていくのは、五つの五芒星と、大きな布袋だけだ。布袋のなかには、こどもの名を借りて、多めにもらった饅頭が入っている。それは帰りの食糧だ。また、こどもに隠れて毎日書いていた、黄河のほとりで罪人たちと一緒に受けた思想改造に関する日記や記録も入れた。家に帰ったあと、条件が許すなら、いずれ私は更生、改造に関する本を書きたいと思っている——それは半月に一度、こどもにこっそり渡した『罪人録』ではなく、正真正銘嘘偽りのないことが記された本だ。私は真に純粋で悪意のない本を書きたいのだ——こどものためではなく、国家のためではなく、わが民族と読者のためでもなく、ただ私自身のために。この本の断片は、私がこどもに報告する罪人の言動を記録していた合間に原稿用紙に書き留められ、枕許に隠してあった。私が持ってゆくのは、この原稿と食糧だけで、ほかはすべて小屋に置いてゆく。

私がやり遂げなければならないのは、去る前後で何の変化もなかったかのように、ひっそりと立ち去ることだ。こども以外、宗教を含めてすべての者は、小花が一片も残らずに焼失したあと、私がついに花を百二十五片獲得し、それを五芒星五つに交換したことを知らなかった。

昨日深夜、私はこどもから五つの大きな星を授与されたのだった。

私はさっそく、今夜の夜更け、あたりが寝静まっている頃に、高炉の立ち並ぶ黄河のほとりを離れ、県の方向に向かうことにした。というのも今夜は、私が四号、五号、六号の高炉の火の番に当たることになっていたからだ。ここを離れる絶好の機会だった。

午後、私はこっそり小屋に戻り、持っていくものを整理した。夕暮れどき、私は食堂に行って、きれいに飾られた饅頭と、こどものために用意された焼いた餅《ビン》を手に入れた。夕食後、皆が部屋に戻って休んでいるとき、私はいつものように同じ部屋の住人たちととりとめのない話をした。

「今日はどれだけ黒砂を集めたのかね？」

「木を切るために、どこまで行ってきたんだい？　今日は堅くて質のいい木に出会えたかい？」

私は恨みがましいふりをして、

「クソッ、今夜は高炉の火の番だ。ろくに眠れやしない」と言った。ひどく気落ちしたふりをして、同室の住人に無理やり話題をこしらえ話しかけながら、手提げ袋を綿入れの上着で包み、わきの下に挟んで部屋を出た。

高炉のほうへ歩いていった。春節は駆け足で近づいてきていた。しかし黄河のほとりの仲間たちは、時間を忘れ、春節が来たことも知らないかのように、いつもどおり火を点け、製鋼していた。はるか遠くでは、黄河の上流と下流に、よその更生区の高炉の火が、咲き乱れる花のように広がっていた。火は、広い河原と河床の中央で狭くなって流れる水を明るく照らしていた。遼遠で広々とした静かな夜、月明かりはなく、頭上の星は、笠のごとき夜空に、ある場所では密に、またある場所ではまばらに、青く輝いていた。流れる水の音は冷たく湿っていて、堤防をすっかり浸して、雨滴のように岸辺の砂地に落ちた。長いあいだここに住んでいたので、干潟特有の塩とアルカリのにおいを感じなかった。ただ、はらわたをえぐるように黒砂が掘り返され、水と砂が入り交じったにおいは、春先に柳が芽吹くときの湿っぽく生臭いそれのように、黄河の河原に立ち込めている。

私は大堤に沿って第二組の四号、五号、六号の高炉に向かった。そのなかで最良最大の六号炉は、一列の高炉の真ん中に塔のように立っている。私は堤防から下りて、上着に包んだ袋を高炉の後ろの岩のあいだに隠した。上着を着て、高炉の正面に向かって歩いていった。私と交代したのは国家工事設計院の建築家で、解放前、彼がデザインしたビルと橋は海外で受賞したことがあった。西洋人から表彰されたわけだから、彼はもちろん思想改造されなければならない。彼が罪人でないなら誰が罪人だというのか。しかし、彼は罪人として九十九区に送り込まれたあと、黒砂錬鉄術の専門家になった。こどもが省都に運んだ五芒星の精鋼は、彼の主導のもと精錬されたものなのだ。彼の目の前まで来ると、私はいつものように淡々と言った。

「帰って寝てくれ」

「夜半までは火力を強くするために楡の木を焼いてください」と彼はそばの薪を指差しながら私に言った。「夜半から夜明けまでは、柳やポプラ、桐などを薪に使い、火力を落としてください」そのほかのことも私に言い含めると、小屋の方向へ立ち去った。

高炉のまわりには、火の番をする教授たち以外は誰もいなかった。彼らは遠くから私を呼んでトランプに誘ったが、私は断った。

「私はいい――私はここで黒砂をたんまり詰めて、強火で絶えず燃やさなければ」

彼らはトランプをし、私は一人静かにここで火の番をした。高炉のなかで薪がぱちぱち燃える音は時に大きく時に小さくなった。誰かが広場を走っているように、時に足が速く時に遅く、気ままだった。今回はこどもが帰ってきてから最初の製鉄だ。炉口のそばにまだ投入されていない黒砂が、小粒の石炭のように積み上げられている。私は四号、五号、六号の炉に楡の木を追加した。六号炉は炉口が大きかったので、柴や薪をいっぱい入れた。その後さらに、離れた場所から薪を一束一束、六号炉に抱えてきた。薪の木の香りが漂い、まるで精油所に入ったようだった。薪から赤い木の油が一滴炎の上に落ち、高温のため一気に燃え上がると、木汁の香りが炎のなかからにおい立つ。思わずその香りを何度も鼻から吸い込み、胃袋に収めようとした。

これから離れようというとき、自分でも意外なことに、ここを離れがたい気持ちが芽生えた。薪を加えたあと、改めて黄河の堤防に登り、夜の炉火と夜を徹した製鋼の様子を高いところから眺めた。黄河の上流下流の堤防沿いに築かれた、百にも千にものぼる高炉はあたかも火龍のようだった。燃え盛る火で、夜は白昼のように明るかった。黄河は西から蛇行して流れている。すべての高炉は、河にさげられた灯籠か黄金色の鎧のようだ。空気中には、湿った焦げ臭いにおいが漂っている。あと三日もすれば春節だ。明日の昼頃までに町に着き、昼夜ぶっ通しで歩き、その翌朝に県都に到達することができれば、始発のバスに間に合う。大晦日の夜、省都の家に着くことができる。妻や子供たちと一緒に新年を迎えることができる。

突然私が家に帰ってきたら、妻はきっと驚きのあまり叫ぶだろう。息子と娘は茫然としたあと、子供の頃に戻ったように飛びかかってきて、私の首にぶら下がろうとするかもしれない。まず湯を沸かし、私にシャワーを浴びさせるだろう。着替えさせようと、しまっていた私の服を探すが、すぐには見つからないので、息子の服を着る破目になるかもしれない。息子はきっと背丈が私と同じぐらいになっただろう。更生区に送られてから今まで、五年ものあいだ家に帰っていない。五年か――息子と娘はきっと、誰か分からないほど容貌が変わっていることだろう。堤防の上に立つ顔に真正面から冷水のような風が吹いてくるが、私は息子と娘の顔を熱く懐かしく思い返していた。この五年、妻はどんな暮らしをしてきたのか。私も妻、あるいは女性と体を触れ合わせたことは一度たりともなかったから、服を脱いで妻と同じベッドで寝る勇気があるかどうか。

私は堤防のいちばん高いところで高炉を背に立ち、黄河に向かって声を張り上げ歌ったり叫んだりしたかった。しかし、余計なことは何一つできない。できるのは、何事もないかのように、いつもどおり火加減を見、鉄を製錬することだけだ。

内心狂喜せんばかりだったが、私は何食わぬ顔で堤防の上に長く立っていた。やがて小便をしてから、ゆっくりと下に下りた。現場に戻ったあと、星の光を借りて、岩のあいだに隠した袋が確かにあることを触って確認した。鼻歌を歌いながら、炉の前に立った。とそのとき、四号炉と五号炉のあいだに人影がよぎった。誰かがあたりをきょろきょろ見回しながら、私を探しているようだった。彼はやがて私を見つけると、数歩足早に駆け寄ってきたが、急に止まって左右を見回し、小さな声で驚きの一言を言い放った。

「あんたは本当に星を五つ獲得したのか?」

宗教だった。彼の声は少し震え、かすれていて、どこか切羽詰まった様子だった。まるでその手で喉から言葉を引っ張り出そうとするかのように。

「なぜお前さんが知ってる?」

「そんなことはどうでもいい」宗教は焦ってじりじりとしていた。「本当に五つあるのなら、早くここを離れるんだ。高炉の番は私が代わってやる。もたもたしてるとここから離れられなくなるぞ」

私は炉の火の明かりを借りて宗教の顔を見つめていた。その顔は切実で焦りの色が浮かんでいた。私を催促しながら、緊張のためだろう、手は綿入れの襟を強く摑んでいた。

「どうしたんだ」

「あんたが五つ獲得したことが、ほかの者に知られた」

私はふたたびあっけに取られたが、気を取り直して体の向きを変え、高炉の横の岩のほうへ引き返した。手提げ袋を取り出してから言った。

「ありがとう」

そして炉に背を向けて、急ぎ足で大道に向かった。ところが宗教があたふたと追いかけてきて言った。

「河原の小道を行ったほうがいい。大道には、もう誰かが待ち伏せている恐れがある」

私はうなずき、右に曲がって、干上がったアルカリのくぼ地のなかに小走りで入っていった。すぐにくぼ地と同色の夜闇に紛れることができるはずだ。

風を切らんばかりに全速力で歩いた。手提げ袋は前後に揺れ、絶えずズボンに当たっていた。二里あまり歩いたあと、私は振り返って高炉のほうを見た。宗教に対する感謝の気持ちが、まるで水を一気に飲み干したときのように喉許から湧き上がってくる。あまりに慌ただしく出てきたため、別れ際に宗教と握手できなかったことが悔やまれる。戻って宗教としっかりと握手し、思いのこもった別れの言葉をかけたかった。しかし私自身、それはただの個人的な感傷にすぎない、向きを変えて戻ることは決してできないと分かっていた。そんなことを考えながら歩いているうちに、小道が分かれている場所に来た。左に曲がれば大道とつながっており、もう一つは、伐採隊の薪割り場に通じる道だった。どちらに行こうか迷っていると、突然二本の強烈な光が私の顔を刺した。あっと驚く間に、額と目だけを残してタオルで顔を隠した男たちが四人飛びかかってきて、私は取り囲まれた。私はまぶしい光を避けようと、腕を目の前に上げ、半身に構えた。彼らが誰なのか、もう少しで分かりそうだと思った瞬間、彼らの一人の口から強い言葉が投げかけられた。

「裏切者！」

と、誰かが後ろからひかがみを思い切り蹴ってきたので、私は足の力が抜けてひざまずいた。さらに後ろから背中を蹴られ、前から張り手を食らった。彼らは無言のまま、一方的に私を殴り、蹴った。そして、両手で私の目を覆ってから、私の服のポケットのなかをまさぐり、手提げ袋を裏返して中のものをぶちまけた。私の下着の内ポケットからいとも簡単に財布を取り出し、「見つけたぞ」と声を上げた。ほかの一人の「燃やしてしまおう！」という声と同時にマッチを擦る音が聞こえた。目隠しの指の隙間から、わずかに黄色い火が見えた。小さな火がやがて炎になると目隠しの手がほどかれたが、すぐにまた殴ったり蹴ったりされ、私は炎のそばにひざまずかされた。四人は一緒に私の前に来て、手提げ袋のなかから原稿の一部を取り出し火を点けた。私の財布から白い原稿用紙に包まれた油紙製の手のひら大の赤い五芒星五つを取り出し、一つ一つ焚き火のなかに投げ込んだ。五芒星を焼き尽くしたあと、残った数十頁の私の原稿のすべてを、燃え上がる炎のなかに投げ込んだ。間を置かず、さきほど「裏切者！」と言葉を投げつけてきた若者が私の前にやって来てズボンを下ろすと、私の顔に向かって放尿した。彼を見ていたほかの三人もやって来て私を取り囲むと、同じようにズボンを下ろし、焚き火の明かりを借りて、私の顔にめがけて放尿した。

尿は雨のように後ろ首から私の背中に流れ込み、前からは額、目尻、鼻に沿って唇を浸し、顎を伝って胸に流れ込んだ。放尿を終えると、そのうちの一人が舞台で朗誦するかのように大きな声で言った。

「いいか――。これが人民の下した審判だ。裏切者の結末だ！」

続けてほかの男が後ろから男根で私の頭を叩き、尿をぬぐってから訊ねた。

「罰せられて当然だと思うか？」

私はずっと閉じていた目を開けてうなずいた。

「声に出せ！」と一人がどなり、また私を蹴った。

私はずっと閉じていた口を開けて言った。

「自業自得です。本当に」

「物分かりがいいな」

彼らは私をそう評したあと、顔を見合わせて笑った。「ふん」と鼻を鳴らすと、ズボンの腰紐を締め、私を置き去りにしたまま黄河ほとりの高炉の火がともるほうへ歩いていった。

私は砂地にしゃがみ込み、静かな夜、遥か遠くで寂しく瞬く星を見上げた。四人の体つきから見て、そのうちの二人が九十九区の誰であるのか何となく分かっていたが、しかし私は少しも彼らを憎んではいなかった。ただ、私の代わりに火の番をし、この小道から早く私を行かせようとしてくれた宗教の心遣いは果たして本物だったのか、私の胸のうちに疑念が芽生えた。四人の若者が遠ざかり、そばの火が燃え尽きようとしている頃、私は財布を拾って中を覗いた。十数元は手も付けられずに残っていた。そばにうち捨てられた空っぽの手提げ袋を拾って顔を拭き、びしょ濡れになった首のまわりもしっかりと拭いた。黄色い尿のにおいがふたたび鼻を突いた。

手提げ袋を残り火のなかに投げ、炎がまた燃え上がるのを見ながら、私は立ち上がった。腰、足、腕を少し動かしてみた。右足のすねが少し痛かったが、それ以外は大したことはない。彼らの殴打は思ったほどひどいものではなかったのだと思った。百二十五片の小花で交換した五つの五芒星がなくなってしまった以上、私はまた更生区に戻るしかない。夜の荒野のなかにしばらく茫然と佇み、長い息を吐いたあと、私は宗教の心遣いの真意、真偽を確かめるために小屋のほうへ向かった。小屋と外の世界を結ぶ道のほうへ引き返した。もうすぐ大道に出ようというとき、道の曲がり角を、さっき私を殴り、私に放尿した四人がちょうど曲がろうとしているのが見えた。

「任務は成功だ!」彼らは曲がった道のほうに向かって叫んだ。「革命の勝利だ——」

声が落ちたあと、大道の曲がり角のどこかから、五、六人が出てきた。三本の懐中電灯の灯りで照らしながら、持っていた棒や縄を捨て、皆一緒になって大声でしゃべったり笑ったりしている。誰と誰が問答しているのかは遠かったのでよく聞こえなかったが、一人の予想が当たったのをまわりが褒めているようだった。彼らは連れ立って、黄河のほとりの小屋のほうへ帰っていった。

私はもう、宗教に対して疑ったり文句を言ったりする気は失せていた。一面のアルカリのくぼ地に戻ると、地面に座って、前方のますます遠くなる足音を聞きながら夜空を見上げた。体を濡らした尿が、肌に氷結したように固まっていた。心にぽっかり穴が空いたような寂寥感がこみ上げてきた。私は住処を失った犬のように、人に蹴られ、荒野に捨てられたのだ。くぼ地の斜面に力なく寄りかかって倒れ込んだ私は、高炉の火のそばに戻って尿で濡れた服を乾かしてから、小屋に戻るべきだと思った。私はどうしようもなく悲しく泣いていると思っていたが、自分の目尻を触ってみると、乾いて涙の跡がないことに気がついた。しかも尿の跡さえどこかに消えていた。

五芒星を焼かれ、こっぴどく殴られた。若い罪人四人から揃って顔に放尿され、男の一物で頭を叩かれ、尿の滴をぬぐわれた。私の目は尿に洗われ、小便臭さとしょっぱさを味わわされた。しかし私は今、少しも悲しみや恨みを抱いていなかった。かえって全身楽になり、心底息苦しさから解放されたようだった。そのことを不思議に思った。

この解放感はどこから来たのか。返す返す不思議だった。

第十二章　作付け

一、『旧河道』三八一～三八六頁

春になると、九十九区の者たちは黄河のほとりから更生区に引き揚げた。小麦畑を鋤き起こし、肥料を施さなければならないからだ。その後こどもは本部の会議に参加して、昨年報告した一畝あたりの予定生産高は必ず夏までに達成しなければならない、とお上から命令されたのだった。本部から九十九区に戻ったあと、こどもは銃を取り出して油を差し、日に当てた。弾倉に銃弾が入った銃を、布を敷いたトレイに載せ、宗教に持たせた。そしてこどもは、そのトレイを恭しく捧げ持つ宗教を従えて一室一室訪ねてまわった。中から誰かが出てくるたびに、こどもはこう問いただした。

「一畝あたり一万斤は生産しなければならない。この目標に自信はあるか?」

問いただされたほうは、愕然とした表情だ。

「自信がないなら俺を撃ち殺すんだ。銃弾が胸許を貫通し、前に倒れさせてくれればそれでいい」

トレイの上の本物の艶やかなモーゼル連発銃を見せつけられたほうは、目を丸くしながらうなずくしかない。

「ほかの者はできると言ってるんでしょう？　なら、私にもできますよ」

するとこどもは満足そうに笑って、トレイの布の下から手のひら大の、油紙製の五芒星を褒美として授けるのだった。もはや、赤い小花が貯まってからなどと、ちまちましたことは言わず、星を直接授けるようになった。そのうえ、星が五つ揃えば、誰でも自由に家に帰ることができるようになった。人びとはもはや、黄河のほとりで鉄を造っていたときのように、花や星を狂ったように求めはしない。とはいえ、星を要らないと言ったり、受け取ったあとに勝手に引き裂いたり、捨てたりもしない。人びとは恭しく星を受け取り、平静を装いながらも実際は、公に読むことが許された本のあいだに大事に挟み込むのだった。学者、女医、黒砂錬鉄術を身につけた焼きの匠たちは、皆の前ではさも何でもないかのように星を授かり、てきとうに机の上や枕許に置いた。しかし、まわりに誰もいなくなると、自分以外の者が探し出せない場所にこっそり隠すのだった。

「試験田で一畝あたり一万斤の麦を収穫できると思うか？――もしできないなら、俺を銃殺するんだ。銃弾が胸許を貫通し、前に倒れることができれば、それでいい」

誰もが、できます、あなたと一緒にがんばれば一畝あたり一万斤どころか一・五万斤だって、と言った。一人ずつ五芒星を受け取っては、畑に出て耕し、水をやって肥料を施し始めた。私はしかし、九十九区が必ず一畝あたり一万斤も収穫できると約束はしなかった。以前一度は手にした手のひら大の星も、授かることはなかった。こどもが銃を載せたトレイを宗教に捧げ持たせ、一室一室を回り私たちの番になったとき、私は外へ逃れ、頃合いを見計らって部屋に戻った。

夜になると私はまた外に出た。春三月の夜、黄河旧河道の荒野には、まだ冷たい風が吹いていたが、草木の萌え出ようとする気配が感じられる。それは病院のソーダ水のにおいのように、嗅覚だけでなく精神にも刺激を与えつつ、広く果てしない四方へ拡散してゆく。どこを見ても明らかに木がないのに、柳絮が例年どおりに飛んできて、私は鼻から吸い込みそうになった。あたりは寝静まっていた。何列か並んでいる棟のなかで、学者の部屋だけは灯りが点いている――紫色の水薬をインク代わりに、ものを書いているのだろう――以外、ほかの部屋はすべて消灯しており、月光の下に溶け込んでいた。更生区の庭の外から、草木が萌え出づるときの夜虫の鳴くような音が聞こえてくる。私はその音を踏みしだきながら、更生区の入り口まで行って外を見やった。地上に注がれる月光は凪いだ水面のように穏やかだったが、それはわずかに揺れたり、さざ波を立てたりした。遠くの麦畑で冬眠から目覚めたばかりの小麦の苗が、銀色の月光の下で、かすかに白く光っていた。

私はこどもの部屋のドアをノックした。こどもは部屋のなかで連環画――描かれていたのは革命時のゲリラ戦の物語だった――を読んでいた。昼間、宗教が捧げ持っていた、トレイに置かれた銃が、そのままの状態でテーブルの上にあった。どうやら銃は、屋外から帰ってきて、そのままテーブルの上に置かれたようだった。ただ、銃弾はすでに銃から取り出され、蚕のさなぎのように銃身のそばに転がっていた。褒美として渡されることのなかった五芒星は、銃の上にかぶさったり、角が銃把の下敷きになったりしていた。その光景は、建国時、ある画家が祖国と国家の幹部のために精魂を傾けて描き、献上した大きな油絵のことを私に思い起こさせた。部屋は元のままで、ベッド、テーブル、腰掛けと、こどもがみずから壁に釘を打ち固定した洗面台があった。ヘッドボードの横の、奥の部屋に通じるドアは閉まっていたが、そのドアのいくつかの木のフックには、こどもの服や袋がかけられていた。部屋は以前より雑然としているようだったが、何を運び入れたためなのかは分からない。私はこどもの部屋のドアの前で少しためらいながら立っていた。こどもは横目でちらっと私を見てから言った。

「何か用か？　そういやあ、お前はもう二ヶ月、宿題を提出していない。町の本部のお上から、お前に催促するよう言われたよ」

こどもは視線を連環画の上に戻した。私はこどもに向かって笑いながら言った。

「ほかの連中が私に書かせてくれないんですよ。彼らは私を裏切者だと罵り、私が書けば書いただけ、どこに隠しても原稿を見つけ出して、焼いたり放尿したりするのです」

こどもはふたたびめくっていた手を止めて、私のほうを振り向いた。疑念と邪推がありありと顔に浮かんでいた。

「本当か？」

「私は粟穂より大きい、トウモロコシの穂ほどもある麦穂を育てることができます。しかし、あなたにはまず、私のことを信じていただく必要があります。私をここから遠く離れた場所に一人で住まわせていただけませんか。私は一人で畑を耕し、肥料を施し、飯を炊く生活を送りたいのです。そうしなければ、私が小麦を植えたとたんに、嫉妬した罪人たちから麦を抜かれたり焼かれたり、またひどい目に遭うでしょう」

こどもは大きく目を見張った。その瞳はカンテラの下で、戸外の月に劣らず水のように澄んでいた。

「昨日皆が総出で畑を耕しているあいだに、誰かが私のベッドに小便だけでなく、糞便を垂らしていきました」と私はこどもに言った。「ご安心ください。私を連中から離れさせてくだされば、粟穂より大きい麦穂を三十株から五十株は育ててさしあげます。その麦穂を持って北京に献上に行けば、あなたは列車に乗ることも、国都を見て回ることも、中南海に泊まることも、いや国家の最高指導者たちと記念写真を撮ることだってできます。大きい星を獲得できていない以上、私は足が十本あってもこの更生区から逃げることはできません。たとえ外へ逃げられたとしても、五芒星がない以上、私は更生区に戻されるどころか、刑務所に送られるでしょう」

「私の植えた麦が粟穂のように大きい麦穂数十株に育たなかったときは、私に三日三晩、六日六夜、九日九夜、いや毎日毎晩、学者が製鋼のときにかぶっていたのと同じような高帽をかぶせて、胸に罪状が書かれた札をかけ、ひざまずかせてください。九十九区の男と女、すべての者たちに私の頭と顔へ小便や糞便を垂らしてもらって構いません」

屋内の空気は昂ぶった雰囲気のせいか、希薄になった。こどもの顔は興奮のあまり少しひきつっているように見えた。彼は手にしていた連環画をテーブルの上に置くと、すっくと立ち上がって、奇妙に明るい表情で私に迫った。

「本当に粟穂より大きい麦穂を育てることができるのか?」こどもは切羽詰まったように言った。「ならいいだろう。お前は九十九区から離れ、半径二十里以内ならどこへ行ってもいい。もし粟穂より大きい麦穂を育てることができたら、油紙とはさみをお前にやろう。お前は好きな大きさの五芒星を好きなだけ切って作ればいい。星さえあれば、お前は世界中どこへでも行ける。しかし、もし粟穂より大きい麦穂を育てることができなかったら」こどもはそこで、テーブル上のトレイに置いてある銃を見やったあと、また私のほうに、冷たさの入り交じるまなざしを向けた。「お前は俺を銃殺しなければならない。銃弾を俺の胸許に貫通させ、前に倒れさせなければならない。そして、俺をこの九十九区のどこか高くて日当たりのいい場所に埋めるんだ。埋葬するときは、墓のなかで東向きに横たわらせろ」

こどもは唇を噛んで私を見ていた。私の承諾を待っていた。私はしばらく考えて、重々しくうなずいた。

「いいでしょう!」

二、『旧河道』三八六〜三九一頁

私は一人で更生区とほかの罪人たちから離れた。九十九区の西北にある小高い丘に庵を建てて住んだ。その砂地の丘は二階建ての建物の高さがあり、面積は一畝を超える広さがあった。古代の帝王の陵墓のようにも見えた。いや、本当にそうなのかもしれない。その丘には直径二尺の柏の杭が十数本も立っていたからだ。自然の丘陵なら、どうして立ち枯れた柏があるだろうか? ただ、今全国で製鋼運動が繰り広げられているので柏は炉を燃やす燃料として切り倒され、丘陵には畑に格好の場所が残された。

丘は日当たりが良く、高くそびえる木が長年生えていたので、毎年枯れ落ちた葉が木の下で腐り、日に日に土を改良して、灰色の薄い砂の土壌は、ふかふかの黒い沃土になった。私は三日をかけて九十九区の小麦畑のまわりを歩き、最終的に、王陵の丘に住むことにした。東南数里の外には区の天地をつなげるように横たわる小麦畑があり、西南には小麦畑が少しばかりとアルカリのくぼ地、そして東北や西北のほうに行くと、アルカリのくぼ地以外、見渡す限り果てしない荒野だった。春になると荒れ果てたアルカリ地では、アルカリに耐性のあるヨモギやヌマクロボスゲがもえぎ色や濃い緑に色づく。もともとアルカリ地には硫黄臭を帯びた、アルカリと塩のにおいが濃厚だったが、今は野草の新鮮なにおいに次第に取って代わられようとしていた。丘の上に立って東南の麦畑を見ると、まるで絹のような光沢があった。西北部の荒野は凹凸入り乱れて、まだ緑に覆われていない白く荒れたあたりは、まるでひと冬洗っていない布団をかぶっているようであった。私は丘の東南の斜面で荒地を切り拓いた。十分の一畝の大きさで正方形の土地だった。

この十分の一畝の土地を平らにし、四段の段々畑——鏡面のように平らな畑を八枚作った。そして丘に長年積もった枯れ葉と土を掘り起こし、八枚の畑に集めて敷いた。それは天然の堆肥のようなものだった。畑一枚一枚をまっすぐな畦で仕切り、雨が降ったときに水を集めやすいようにした。またアルカリのくぼ地から大小さまざまな小石を拾ってきて、畑と畑の段差の法面《のりめん》を石で補強した。畦が崩壊してすべての畑がだめになることを防ぐためだ。そうしてようやく、私はこの四段の段々畑に小麦の苗を植え替えることにした。

小麦の種まきの季節は何ヶ月も前にとうに過ぎていたので、もちろん今はできない。私は東南方向に数里離れた区の小麦畑に行って、葉の色が濃くて盛んな苗を選んで掘り起こし、私の畑に植え替えた。苗が植え替えの途中で痛まないように、すべての苗の根に土が付いたままにする。一本植え替えるたびに、水を何杯もやる。一枚の畑が植え替えられた苗でいっぱいになると、さらに水を運んで全体に注ぐ。二日後、畑八枚すべてに小麦の苗が植え替えられ、水がまかれた。丘の東南、一面の黒い土のあいだに、緑が一列一列並んでいた。その緑は移植された一日目に頭をだらりと垂れて萎れていたが、二日目、三日目になると、根が黒土のなかに張り、水分と養分を吸収し始めた。目覚めた苗は、いつの間にか弓なりに反り返った。土の中から出たばかりのニラのように、自分の葉で日光と微風に向かって意気揚々と生長し、風に揺られながらささやき始めた。

一週間後、畑は一面、深い緑に鬱蒼と覆われていた。

私の庵は東南の日当たりの良い斜面には建てなかった。私は決して、野良仕事をしている九十九区の者たちに、遠い丘の上に庵があり、私がそこで麦を栽培していることを見つかってはならない。だから私は庵を斜面とは反対の北西の側に、遼遠なアルカリのくぼ地に向かって建てたのだ。

私の一生のなかで最も悠々自適で静かな生活がこうして始まった。毎日畑の世話をし、草を刈り、水をやる。日当たりの良い斜面に座って麦の苗の、肉眼では見えない生長と変化に目を凝らす。暇なときは丘のまわりを散歩する。朝、丘の上で日の出を拝み、黄昏時には斜面に座って沈みゆく日を眺める。時には日当たりの良い斜面に横たわって日光浴をする。額に汗をかいたら、寝返りを打って日を背にする。荒野を吹き渡る風が心地よい。そして空の雲の変幻をまばたきもせずに見つめ、夜になれば月と星の移りゆく音に耳を澄ます。そんなとき、私はものを書きたいと思う。麦畑のそばで横になっていると、私はいつもペンを握ってものを書きたいという衝動が湧き起こってきて、両手に汗が滲む。衝動を鎮めるために、そして苛立ちのあまり熱く震えている手を、人に捕らえられたウサギのようにおとなしくさせるために、私は地面のひんやりとした土をしっかりと握っていなければならない。

何を書こうとしているのかは分からないが、ともかく書き始めなければ、私はいつも、座っていても寝ていても落ち着かず、夜に一睡もできない。いやすでにその症状が現れている。九十九区から離れるとき、こどもは私に青色のインク半本と赤い罫線の入った白い原稿用紙を贈ってくれた。こどもは私に毎日の行動を記録させ、七日ごとに更生区に帰って提出しろ、お上に渡すから、と言った。私はこのわずかなインクを、大福帳に毎日の食事、睡眠や畑仕事のことを記録するように使いたくはない。たった半頁、たった数行さえも、こどもやお上のために書きたくはない。この原稿用紙とインクを使って、私が本当に書きたいものを書く。私はこのひとり畑を耕す日々に、正真正銘の本を書く。それがどんな本なのかは分からないが、どうしても書かなくてはならない。

九十九区から十数里離れた丘でひとり畑を耕す生活を始めて半月後のある日、こどもが突然現れた。そのとき私はちょうど麦畑で、針の先のように小さく、肉眼で見えるか見えないほどの草の芽を鋤いたり、手で抜いたりしていた。そのときにふと、遠くからこどもがゆらりゆらりと近づいてくるのが目に入ったのだった。九十九区ではこども以外、私がここにひとり住んで、こどものために粟穂より大きな麦穂を育てていることを知らない。彼らは、こどもが私を九十九区から離れさせたのは、もうベッドに糞便や小便をされたり、「ばか野郎」と落書きされたくないからだと思っていた。私がここに来た理由は、こどもの了承のもと、九十九区の人びとから離れたいからだと信じていた。本当に粟穂より大きな麦穂を育てられるのかといえば、それはまるで砂から饅頭を作るようなもので、私を信じてくれる人は誰もいないだろうが、こどもだけは私を信じていた。

こどもがこの肥沃な畑にやって来るのは初めてだった。彼は近くまで歩いてくると、丘の前で方向を転換し、私のほうに向き直った。私は慌てて笑顔を作って麦畑から出てこどもを迎えに行ったが、彼はまわりを見回し、そして地面にしゃがんでまだまばらで揃っていない麦の苗を見ながら、手で葉を軽くつまんだ。それからまっすぐ立ち上がって、疑念の目で私を見つめた。

「お前に言っただろ？　お前がもし粟穂より大きな麦穂を育てられなかったときは俺を銃殺して埋めろと」彼はふたたびあたりを見回しながらそう言ったが、興奮のあまり声が少し震えていた。「お前が平らにしたこの麦畑に俺を埋めてくれ。墓を東に向けてな」

私は東のほうを振り向いた。太陽は頭上に昇り、東には白い光が溢れていた。

「ご安心ください。私は約束したとおりの大きな麦を育てることができます」私はきっぱりと言いきったあと、こどもの表情を観察した。

こどもの顔は日射しの下で輝き、柔和だったが、奇妙な硬さもあった。それは、時間がたって硬くなってしまった小麦粉の生地を思わせた。上唇の上には乳白色のうぶ毛が光っていたが、額には終日揺れる水の波紋のような明らかな跡がいくつかあった。彼の容貌は年より老けて見えた。まるで年若いのに苦労が絶えない農村の子供のようだった。しかし、彼の目にはやはり、ある種の執着と単純な光があった。彼はその目で私を見つめ、目の前の麦畑を見た。麦畑には五寸おきに苗が一株ずつぽつんと植わっているだけだった。長い沈黙ののち、こどもは言った。

「苗の間隔が空きすぎじゃないか?」

「大きな穂の麦がお要りでしたら、過密に植えてはいけません」

「本当に粟穂より大きな麦穂が育つのか?」

「麦の実が熟す季節になったら分かります。保証しますよ。麦が熟したら、この麦穂を持って省長のところに会いに行けます。省長は麦穂の献上に、あなたを連れて北京へ行ってくれるでしょう。そうすればあなたは、北京を回って見聞を広めることも、紫禁城に泊まることも、国家の中枢の方々と一緒に記念写真を撮ることも、すべてが叶います」

正午の太陽の下で私を見つめるこどもの顔は、次第に透明な黄金色に輝き始め、あたかも金メッキの神仏像が降臨したかのように神々しかった。自分の話を認めさせるために、私は唇を嚙んで、低い声で付け加えた。

「もし大きな穂の麦を育てられなかったら、私の頭に年中高帽をかぶせ、首に罪状が書かれた札をかけて、九十九区の者たち全員に毎日私の頭の上から糞便と小便をさせてください。でももし育てられたら、私にもう一度、大きい星を五つを贈ってくださいますか。こっそり私をここから離れさせてください。この罪人の巣から離れさせてください」

こどもは私の話が信じられないようだった。ふたたびしゃがんで麦の苗を見て、立ち上がったあともまだ疑うような表情だった。しかし結局のところ、私の話は彼に希望を抱かせ、可能性を感じさせたのかもしれない。更生区のほかの者たちは、こどもがトレイに星と銃を載せて迫っても、「ほかの者が試験田一畝あたり一万斤ということでしたら、私もできると信じます」としか言わない。私が唯一、粟穂より大きい麦穂を育てると自発的に保証し、みずからを呪うかのように、むごい誓いを立てた者だったからだ。こどもが私を疑うことは許されない。しかしこどもは私をまだ多少疑っている――。

こどもは頭を上げて半信半疑で私を長いあいだ見ていたが、ここを離れる前に、一つの条件を付け加えて言った。

「育てられなかったら、俺を前から銃で撃って、前向きに倒れさせてくれ。俺が死んだら、ここに埋めてくれ。俺の墓は東向きに建てるんだ――それから、お前はものを書く作家だ。俺が死んだら、俺の物語を本にしてくれ」

三、『旧河道』三九二～四〇〇頁

その後、こどもは私の丘にめったに来なくなった。往復三十里ほどもあるからだ。初春はひっそりとやって来て、瞬く間に過ぎ去った。麦畑が緑に色づき、アルカリの荒地に芽吹きのにおいが漂い始めたことに気づいた二、三日後の夜中、ふと目が覚めると、俺は旧暦二月のすがすがしさと湿り気に包まれていた――本当に何の予兆もなかった。外の空気も湿っており、眼前は緑に染まっていた。

鼻の通りが突然良くなったので、私は寝床の上で何度もくしゃみをし、しばらく怠惰に過ごしたあとに起き出した。俺のそばの砂地に立って、素っ裸で小便をしていたとき、もともと禿げ上がっていた丘が一面の緑に覆われており、しかも緑のなかに黄色、白、青、紫の小さな花が咲き乱れていることに気がついた。頭を上げて遠くを見やると、アルカリのくぼ地に枯れた灰色とアルカリの白はなく、厚い緑が敷かれていた。荒野には木が一本もなかったが、大小の柏の杭は皆小枝を宙に掲げていた。

日が昇り、東の際が赤く染まった。冬を越した黄河の岸辺に、野火が燃え立っているように見えた。黄河の旧河道はどこまでも砂原と平野だったが、日射しの下で、緑の草や野生の花がまばゆくも柔らかくきらめいていた。日の出のなか、私は平野に流れ込んだ金色の水のなかへ矢のような速さで走っていけたら、と渇望した。口から「ああ、ああ、ああ」と野性的な声が飛び出し、荒野にとどろいた。私は一気に数十歩の距離を走り、庵の東南にある、毎日水を汲む泉のそばまで来て初めて、自分が裸のままであったことに気づいた。

私は気恥ずかしい思いで自分の下半身を見てから、広々とした無人の田野の向こうを見た。高麗鶯《こうらいうぐいす》が数羽美しい声で鳴きながら空を飛んでゆく。投げかけられた黒石のような影は一瞬にして消えた。泉のそばでは、湿った冷気が濡れた布のように私の前半身を覆った。私はものを書きたい。私は書かなければならない。その真正の本の名前と冒頭は決まった。昨夜は本の名前と冒頭が最終的に決定するまで一睡もできなかったのだが、決まったからこそ春に花が咲き始め、大地が濃緑になったと言うべきなのかもしれない。

私の本の名前は『旧河道』と決まった。

私は泉のほとりに裸で伏せて、水をすくって顔を洗ったあと、踵をめぐらして庵のほうへ帰った。旧暦二月だが、朝はまだ冬の終わりの寒さだった。荒野のなかを素っ裸で走り、泉のそばに長く立っていたので、紫と緑の入り混じった鳥肌が立った。寒かったが、あたり一面花が咲いた今朝の、目覚めたあとの興奮をできるだけ長く味わうために、私は慌てずゆっくりと歩いた。しかしもうすぐ庵に着くというとき、私は急に足取りを速めた。庵に入るとすぐシャツとズボン下を着た。私は突然、『旧河道』の冒頭をできるだけ早く書かなければならない――時がたってインスピレーションが消えてしまわないように、と思った。板を釘打ち作った背丈半分ぐらいの高さの机を、庵の入り口の明るいところに置き、腰掛けを持ってきて、寝床の枕許にあった、上層部が私に読むように要求した古い新聞を持ってきた。新聞を机の上に敷いてから、その前に座って口を閉じ、自分の動悸を鎮め、気持ちが落ち着いたあと、私はその荘厳で厳粛な瞬間が到来したことを意識した。

私は震える手で、原稿用紙にこんなふうに冒頭を書き出した。

更生区はこの国の最も独特な景観と歴史を有しており、一本の老木の瘡のように、最後には世界を見守る目となった。

『旧河道』の冒頭はこうして成った。私はもう一度冒頭の濃厚で強烈な情緒の漂う文章を黙読し、長い息を吐き、両手を広げたあと、服を着て、靴下をはき、靴を突っかけてから、丘の頂きまでやって来た。

そのとき私は自分を巨人のように感じていた。苦難に満ちた戦役の緒戦で勝利を飾ったように思った。東の空から日が昇ってしまうと、荒野にぶちまけられた赤は消えた。代わって砂地の平野には、まばゆい黄金色の光が溢れていた。日はすでに木の高さまで昇っていた。一晩のうちに緑に染まり、花が咲いた荒野に、何とも言えない、しっとりとした、かそけき音が、まるで小雨が降るように伝わってきて私を包んだ。どこからか雀が飛んできて、斜面の上に降りた。けたたましいさえずりが、さきほどのかそけき音を押しのけた。雀たちが降りたほうを見て初めて、それが私の麦畑だったのだと気づいた。私はそこで、あたふたと麦畑のほうに歩いていった。私が近づくと、雀たちはいっせいに飛び立ち、どこまでも広大な空のなかに消えていった。私は麦畑の端に立って、私の麦たちを眺めた。麦はすでにこの土地に馴染んだようだった。どれもわずかだが、緑が濃くなっていた。麦たちは五寸の間隔に植えられ、肥沃な土と光を充分に享受している。ふつう、大きな麦畑では麦の列は一本の線のように連なり、土を鋤く際の足場がわずかに残るだけだが、私の麦畑では、麦と麦は貴重な苗木のようにお互いの間隔が空けられている。

畑のなかに立って仔細に観察しているうちに、二段目の畑の麦が二株黄ばんでいることに気がついた。慎重に深く分け入ると、その二株は黄ばんでいるだけでなく、根と葉の接するあたりが乾いていることが分かった。根っこが虫にやられているのだろうと思い、地面に這いつくばって、根の周囲の土を掘り返したところ、植物の棘が手に刺さり、血が泉のように湧き出てきた。私は慌てて指を押さえて止血し、左手で根のまわりの土を掘り返した。土のなかに虫はいなかった。しかし、地中深くに根が入ってゆこうとしているあたりで土がなくなり、もともとあった灰黄色の砂の層が顔を出していた。これでは発芽と生育に必要な湿り気を保つことができない。この二株の麦だけ別に水をやらなくてはならない。私はそこで庵に戻って台所から桶半分ほどの水を運んできて、ご飯のお碗ですくって水をやった。水をやっているあいだに、右手の人差し指の傷口を押さえていた親指の力が弱まった。すると傷口が開いて、固まったばかりの血がまた流れ出し、お碗の水のなかに落ちた。そのためお碗で水をすくうたびに血が二、三滴入り、葉の干からびた麦一株につき血の混ざったお碗二杯の水がまかれることになった。血の滴がお碗の水に落ちるとき赤黒いその一滴が、糸のように伸び、また広がっていった。ただ、わずかに沈み、拡散した赤みは、ほんの少し血なまぐさかった。私はその血の水を、麦の周囲に細い棒で開けた小穴から注ぎ、水が染み込むのを待ってからまたその穴の上に土をかぶせた。そしてまた手で、浮いた土をしっかりと叩き、荒野を渡ってきた風が直接麦の根に吹き込まないようにしながらも、麦が土の隙間から呼吸できるようにした。

翌日もその二株の麦を見に行った。葉は黄ばんでおらず、干からびてもいなかった。その二株の麦はほかの土質のいい場所で育った麦よりもふっくらと肉付きが良く、濃い緑色でがっしりとしていた。いやそれどころか、その麦の葉は狂ったように大きく育ち、硬くなっていた。ほかの麦の葉はうっすらと黒ずんで地面のほうに弓なりに垂れていたが、その二株の麦の葉だけは倒れようとしない鉄片のように土に突き刺さっていた。私には麦が血を吸って生き返ったのだということが分かった。私はこのようにして麦に仕え、面倒を見た。休む間もなく草を刈り、水をやった。旧暦の二月、追肥すべき時分になっても、私の麦畑ではその必要がなかった。私は木を切り出して作った札に1から120まで番号を振り、その木札を西から順に麦の横の土に挿し、どの麦が黄ばんで痩せて地力が衰えたのかがすぐ分かるようにした。そして私は早朝私の血が最も多いときに指を刺し、血の滴をお碗の水に垂らした。少し痩せた麦には数滴、ずいぶんと痩せた麦には十数滴を垂らし、その血水を麦の根の最も深いところにやった。すると痩せていた麦は一夜のうちに、色濃く肉付きが良くなるのだった。

九十九区に自分の分の食糧を取りに戻ったとき、こどもは私に、麦の記録簿は付けていないのかと訊いてきた。お上から催促されているのだという。そこで私は、百二十株の麦の作柄を毎日原稿に書き留めることにした。そしてこどもがもうこれ以上待ちきれなくなると、帳簿として提出するようにした。その一方で、熟慮して書き溜めた『旧河道』の原稿は枕許に隠した。日々はそうして一日一日と過ぎ、私は二日あるいは三日ごとにナイフで指を切り、お碗に血を垂らしてから、追肥すべき麦に水をやりに行った。今日人差し指を切ったら明日は中指といった具合に順繰りに指を切ってゆき、二十日、三十日ほどして治った頃に、人差し指をまた切った。

そうして四月末になり、寒さは大いに緩み、朝晩を除いて、日中はシャツ一枚で過ごせるようになった。私の小麦も穂や株が分岐する時節になった。ある夜、私は寝床に横たわっていて、地面から低い途絶えがちな音がするのを聞きつけた。私はそれを大地や田野が夜になって必ず発する音やささやきだと思っていた。とりわけ、星や月が天空にかかり、あたりが静まり返っている真夜中に、地に射す月光や星の光が移りゆくときの、河の流れるような音、そして荒野の草花が夜に発する神秘的な音やささやきだと思っていた。これらの音が夜ごともたらされたため、小麦の茎が伸びたり枝分かれしたりする音への注意が疎かになった。私には小麦の茎が伸びる音と春夜の大地からもたらされる音の違いを聞き分けることは難しかった。寝床で寝返りを打ちながら、『旧河道』の明日書こうとする筋や細部を頭のなかで熟成させたのち、私はようやく安心して眠りに就くことができた。私は『旧河道』をすでに二万字近く書き進めてきた。原稿は整然と枕許に置かれている。インクのにおいが血のにおいや寝床の下の砂土の泥のにおいとない交ぜになって漂っていた。この本を何万字、何十万字書けるのかは分からなかった。しかし、すでに六十数頁を書いてきたので、私の脳裏では物語の輪郭が明確になっていた。何もかもがはっきりしたとき、私があの夜耳にした、それまでとは違う地の音や月の息づかいを確かに聞き取ることができるのかもしれない。今が月の前半なのか後半なのか、私には分からなかった。庵の外の月が上弦の月なのか下弦の月なのかも分からなかった。私が眠りに就こうとしていたとき、何かくぐもった、枕許になめくじが這い上がってくるような小さな音が聞こえた。ところが頭を上げると、その音は聞こえなくなった。枕に頭を沈めると、その音は遠くから流れてくる水の音のように耳許に戻ってくるのだ。私は枕をどけ、寝床の上に敷いていた草をめくり、直接地面に耳を付けた。すると、麦畑の麦や草の根が地中で跳ね回っているような音が聞こえてきた。何かと何かを引っ張り合っており、まるで麦と草の根が喧嘩しているようだった。服を着て庵を出ると、抜き足差し足で音のする麦畑のところに行った。腰をかがめてあたりを見回したが、何も見えず何も聞こえなかった。ところがもう一度、地面に耳を付けてみると、麦の根が地中で身をくねらせたり、引っ張り合ったりしているような音が聞こえてきた。それは何かが地上に顔を出そうともがきながら小競り合いをしているような音だった。静かな夜に筍が岩の隙間から押し合いへし合いしながら出てくるあの音のようでもあった。

小麦がなぜこのような音を出すのか、私には分からなかった。私は畑のなかに座って、いろんな思いをめぐらしながら麦をじっと見ていた。やがて空が白み始めると、荒野がまず朦朧と白く浮かび上がり、次には音もなく暗黒が訪れたあと、田野が突然明るくなった。黄昏が訪れる前によく見られる、一瞬の静寂と真昼じみた白い輝きのようだった。薄暗い何かが雲影のようによぎったあとに私が目にしたものは、私が血水を注いだ麦の、すべて分岐し茎が伸びて元の株が分からないほどになっている姿だった。それはあたかも、主な茎が分からないひとむらのイバラのようだった。しかし私の血水が充分には注がれなかった麦は一株のままで地に立っていた。痩せて黄ばんでいるということはなかったものの、両者を比較すれば、明らかに勢いがなかった。

私は、分岐せずにいる麦たちに申し訳なく思った。私の彼らに対する待遇は公平とは言えない。その日、私はナイフで一度に四本の指を切り、大量の血を滴らせた血水を半碗、あるいは一碗、そしてまだ分岐していない麦には一気に二碗三碗も注いだ。夜になり、あたりが寝静まっている頃、私はふたたび麦の番号から、十数株を選んだ。日中私の血水を半碗、あるいは一碗、あるいは二碗も三碗も飲んだ麦たちだった。私はその十数株の麦に古新聞をかぶせ、四方を砂や石で押さえた。真夜中にまた来てみた。麦畑の畦に立つと、かぶせた古新聞の下から虫か小鳥が飛び出そうとして鳴いているような音がしていた。翌日、あたりが明るくなってからまた来てみると、麦の上にかぶせていた古新聞は傘のような形に、下から突き上げられていた。二、三碗も血水を飲んだ麦は古新聞を傘状に突き上げているだけではなく、葉や茎の先で古新聞を突き破り、竹の葉のように青いそれは、硬く厚く、日射しの下に傲然と立っていた。古新聞をめくり上げて中を見ると、もはや分岐のない麦ではなかった。勢いのいい麦と同じように茎を伸ばし、分岐して、ひとむらのイバラのようになっていた。

四、『旧河道』四〇一〜四一九頁

私の麦たちは狂暴に粗野に大きくなった。九十九区の大きな麦は地面からようやく首をもたげたばかりだったが、ここの麦はすでに分岐し、茎を伸ばしていた。九十九区の麦が茎を伸ばそうとしているとき、ここの麦はすでに箸ほどの丈があった。百二十むらの麦は、その葉が畑にかぶさり、青々と地面を覆っていた。一度九十九区に戻ったが、人びとが野良仕事に出るのを待って、食堂に自分の食糧と油と塩を取りに行ったところ、入り口で、日に当たりながら連環画を見ていたこどもと鉢合わせた。私に気づいても、視線を連環画からこちらに移したくはなさそうだった。

「二人で話したことは憶えてるよな、お前が植えた麦が粟穂より大きく育たなかったらどうすべきか」

そう言うと、すぐに視線を連環画の新しい頁の上に落とした。

私は食糧を背負って彼の面前に立った。ふと覗き込むと、こどもが見ていたのは『聖書物語』で、聖母マリアが大樹の下で子供たちと涼をとって遊んでいる場面が描かれていた。

「ご安心ください」私はきっぱりと言った。「私は必ず、粟穂より大きい麦穂を育ててみせます。しかも三、四株ではなく百株です」

こどもは連環画をゆっくりと閉じてから立ち上がり、猜疑の目で私を見つめた。

「最近、麦の生育具合はどうだ?」

「ニラか芹菜《チンツァイ》かと見まがうほどです」

「顔色が良くない、黄ばんでるぞ」とこどもは突然驚いて言ったが、

「こんなもんですよ」と私は笑いながら答えた。

「食堂から毎月半斤多めに油を配給させよう。養生するんだ」

その後ほどなくして、こどもが突然私の庵へ、食堂のラード一瓶を持って訪ねてきた。畑に行って、麦がすでに膝の高さに育ち、鬱蒼と地面を覆っているのを見て、こどもは口をあんぐりと開けて、しばらくは声も出ないようだった。私が庵から出てくると、こどもは畑のなかで、驚喜した雀のように跳び上がり、私のほうへ飛んできた。

「いったいどうしたんだ? ここはもともと砂地なのに、どうして肥えた麦ができたんだ?」

しまいにこどもは麦の前に立って、麦の葉をしごきながら、私が口を開くのも待たず、ここの小麦が狂ったように大きく育ったのは、畑が南向きで風通しのいい場所にあるからだけではなく、開墾するまでの数百年間、もともと樹齢何百年もの柏の木が数十株植わっていたからだと結論づけた。毎年柏の葉が落ちて枯れて腐って堆肥となり、地力が蓄えられ、そしてまた柏は油が多かったので、数百年にわたって柏の木が生えていたこの土地に油も蓄えられていたのだ、と。私の麦畑の視察を終えると、こども

はこれまで見せたことのないような心の底からの笑みを浮かべ、畑のなかに座って、私にいろいろ話してくれた。九十九区の試験田の麦は勢いもきわめて良く、麦の苗がびっしりと生育している。ある教授がこどもに代わって計算してくれたそうだ。もともと畝あたり数十斤の麦を育てればよかったが、今、区の東側には水をやることのできる一畝あまりの土地がある。春に追加して八百斤分の種をまけば、もともとの麦と併せて千斤の麦を育てられる。そしてこどもは言った。

「一畝の土地に麦をびっしりとまこう、まるで並べて干すようにな。そうすりゃ、ここの麦のように枝分かれして株が分かれるということはなくても、びっしりと麦が実るはずだ。収穫時、少なくとも種一粒につき三十粒だとして、千斤の種なら三万斤の麦になるはずだ。その半分の十五粒だとしても一畝につき一万五千斤になる。ふつうにやれば、二、三十粒は実る小麦を育てることができるんじゃないか？」そんなことを言いながら、こどもは満面の笑みを湛えた顔を私のほうに向けながらも、絶えず私の畑のふっくらと良く育った麦の苗のほうを向いた。こども顔には頬紅を塗ったように赤い光が差していた。

「試験田で畝あたり一万斤の麦を生産できたら、粟穂より大きな麦穂を育てることができたら、今年の後半、俺はどうしたって国都に献上に行かねばならない」こどもはそう言いながら、地面に仰向けになり、天空に相対した。顔に差していた赤い光は、待っていられないほどの期待と明るさと、わだかまりのなさを湛えた表情に変わった。

しかし半月後、私の畑の麦が真っ先に竿のように育ったとき、麦に、一夜にして地力不足を示す黄ばみが現れた。私の血をかき集めてすべての麦に与えなければならないことは分かっていた。一本ずつその状態を見ながら血水をやるだけでは足りない。雨の日を待って、私は十本の指を全部切って、麦畑の畦に立って血をまかなくてはならない。そうすれば、血の滴と雨の滴が一緒になって麦の葉、麦の茎、麦と麦のあいだの土のなかに満遍なく行き渡る。私はそこで雨を待ち、果たして自分の十本の指を切り、麦畑に立って、降ってくる雨と一緒に自分の血をまいた。三日後雨が上がり空が晴れ渡ると、私の麦はすべて緑に染まっていた。麦の茎は一日一節ずつ、にょきにょきと伸びていった。数日後には、まるで春に萌え出づる竹のように、わずかなうちに二倍の太さになった。麦の味を確かめるため、私は勢いがあまり良くない麦を切ってみて、わが畑の麦の茎はほかの場所のそれと違っていることに気がついた。ほかの畑の麦は伸びると中は空洞だった。しかし、私の畑の麦は中身が詰まっていた。硬い外皮のなかにはやがて実になる、豆腐泥《トウフニー》〔すりつぶした豆腐の料理〕のような白いペースト状のものがある。爪でほじくり出して口に放り込むと、口中に濃厚な香りと甘さが広がった。

その日、私はぜいたくにも、三株の麦の豆腐泥を食した。それからスープも作ってみた。中身の詰まった麦の茎を引き抜き、切って鍋に入れて煮込んだ。その麦を煮つめたスープは、塩や油を一切必要としなかった。鍋にいっぱいの肉や茸を煮込んだスープのように濃い味がした。しかも茸を煮込んだ場合多少泥臭いものだが、麦を煮込んだスープは少しも土のにおいや臭みがなく、まるで白雲で煮込んだかのように純粋だった。

残念なことにこのような美味の享受は長続きしなかった。二十日後夏が到来し、太陽の苛烈な日射しが照りつけるようになって三、四日すると、茎のなかの豆腐泥は消え失せてしまった。強烈な日射しのために溶けてしまったのか、それとも狂ったように伸びる茎に吸収されてしまったのか。五月末になると、麦の茎のなかの豆腐泥はなくなり、茎は人の腰の高さになった。まだ穂も出ていないのに、私の畑の麦は収穫直前のふつうの小麦と同じ高さになった。麦はまるでくぼ地の池の水面に生える葦のようだった。私は麦が葦の半分の高さほどに育つことも想定すべきだった——私の麦が粟穂より大きな穂に育つと確信しているならば。私はまったくうかつだった。すっかり平和な日常に油断していたのかもしれない。麦の生長が速く、多くの地力を必要としていたので、私は雨が降るたびに自分の指という指を切って、畑にまいた。あるいは雨が半月降らないと、私は水を担いできて、桶一杯に少なくともお碗一杯半の血を垂らし、畑にやった。失血が度を超していたため、始終めまいがするようになった。血を採ったあとはいつも天地がひっくり返ったようで、すぐにしゃがまないと、そのまま倒れてしまいそうだった。実際、突然倒れたことも一度や二度ではない。栄養を補給するために、私は遠くの湖沼に魚や蟹を捕りにゆくようになった。

ある日、魚を捕らえようとして、水を湛えた大きな池の水草や葦が生えているあたりで漁をしていたとき、突風が起こった。風は北から南に吹いてきた。初めはさわやかな微風だったが、やがてそれは強風となり、雨雲が垂れ込めてきた。続けて、水を湛えた池の水草や葦はすべて、櫛でといたように水のなかに倒れた。そのとき私は葦のようなわが麦のことが頭に浮かんだ。私は捕えた魚が入った桶を投げ捨て、はだしで麦畑のほうへ駆け出した。帰路の途中で豪雨が降り出し、雷が頭上で鳴った。とたんに空が夜空のように暗くなり、雷鳴とともに稲妻が炸裂した。爆弾が落ちたかと思われるほど地面が揺れた。私は無我夢中で雨のなかを駆けた。数里を駆け抜け、丘を登り畑の前まで戻ってきた。丘から一段低い畑の畦に立つと、茫然と立ち尽くした。状況は果たして道中慌てふためき駆け抜けながら予想したとおりだった。私の麦に葦ほどのしなやかさと強靭さはなく、すべて雨の畑のなかで、引きちぎられた緑のフェルトのように散乱していた。きらめく水面に、引きちぎられた麦の茎や葉が漂っていた。丘の下の砂地のあたりに堆積していた。私はぼんやりとそこに立ち続けていた。半時ほどもそうしていただろうか、やおら唇を噛んで雨水のなかにしゃがみ込んだ。まるで盆の水をひっくり返したように雨が頭に降り注ぐなか、私は声を上げて泣いた。荒野に遺棄された子供のように。

空が晴れたあと、完全に折れてしまった麦の茎を全部抜き、腰が曲がった麦を助け起こすと、拾ってきたイバラの枝を麦のすぐ横に挿し、紐できつすぎない程度に縛った。さらに、麦のまわりを、さやいんげんやきゅうり用の木枠で囲った。数日後にもう一度、折れずに生き残った麦の数を数えてみたが、百十七株のうちのわずかに五十二株だった。もともと鬱蒼と茂っていた麦たちは、まばらになり、ばらばらだった。それからというもの、私は小麦畑を離れられなくなった。泉に水を汲みに行くか、どうしてもしなければならない仕事を除いて、この八枚の段々畑を守った。更生区に食糧と油と塩を取りに行かなくてはならないときも、天気のいい日を選んで、急いで行って戻った。子供を家に独り残したまま外出する母親のような不安な気持ちで、ずっと小走りだった。『旧河道』の執筆もやめ、私の五十二株の小麦を守ることに専念した。つまるところ、私にはまだ五十二株の麦が残っていたが、血を注ぐだけでなく、食堂から持ち帰ったラード、なたね油も麦の根に埋めた。天気がいい日に捕ってきた魚、蟹、蛙やオタマジャクシを煮込んでスープにし、あるいは残酷なことだが、無理矢理つき砕きペースト状にして麦の根元に埋めた。蛙スープや蟹ペーストは私の血ほどに地力を改善し麦を肥え太らせることはなかったが、それでも支えられた小麦たちに与えるたびに、ふつうは一週間かかるところを三日から五日でみるみる生長した。六月初め、ふつうは膝の高さぐらいのところ、私の五十二株の小麦たちはすでに小木のように育っていた。麦の葉は指ほどに幅広く、箸一本半もの長さがあった。麦の茎は最も太いもので私の指ほどもあり、最も高い麦は肩までもあった。

それは麦ではなく麦の木だ。

麦の木は六月に穂を付け始めた。ある日の黄昏時、私は思いがけず、二段目の二番目の麦の先端に、黄色に透きとおった柔らかな穂が寝そべっているのを発見した。触ると、柔らかい緑の藻のような麦の香りがぽたりぽたりと落ちてきた。ほかの麦を見てみると、十数株の麦の先端に、緑の葉に包まれた今にもはち切れんばかりの、小指ほどの実が付いていた。

私はついに、麦の穂が通常より早く出ようとしているのだと分かった。真夏、太陽は火のように頭上から照りつけ、麦も焼いたので、私は三、四日に一度は水をやった。私の八枚の小麦畑は砂地で、保湿できず、地力もないため、私の血がなければ、早晩孤独に死に絶えていただろう。小麦が穂を付けているあいだ、充分に生育できるように、それまでの高さに欠け、また丈夫ではない支えを、太い棒で作った支えに替え、紐で麦の首の高さまで縛り、それから毎朝必ず水をまき、三日に一度は水を根に充分に染み込ませるように注いだ。水をまくとき、穂を付けた麦が偏食していないかチェックし、偏食している場合はそのたびにお碗半分の血水を注いだ。水をたくさん注ぐときは、少なくとも五、六本の指を切り、すべての小麦に十滴から二十滴の血の入った水を飲ませた。今、切り傷は指先や指の腹に留まらなかった。毎日切り傷ができ、古傷が癒えないうちにまたそこを切らなくてはならなかったから、私の十本の指は瘡蓋かまだ血の痕の滲む傷だらけになった。また、指を切る前後に塩水で傷口を消毒していたとはいえ、いつも右手で左手の指を切っていたので、左手の指は十数ヶ所が膿んだ。その後、左手で右手の指を切るようになった。右手の指も傷だらけになり、切る場所がなくなると、手のひらを切って、水を張った桶に血を落とすよりほかなくなった。しかし、手のひらを切ると、ほかの仕事ができない。たとえば鋤や鍬の柄を握ることや、ご飯を作る際に包丁を握ることさえできない。結局私は、手のひら、特に右の手のひらだけは切らないことにした。小麦に血をやる必要が出てきたときは、左の腕を下から上に切ってゆき、切るところがなくなったら、足を水の張った桶にかけ、ふくらはぎを切って、そのまま血を垂らした。そうすれば、小麦のために血を流しても、ほかの仕事や家事には影響しなかった。畑を鋤き返したり、草を抜いたり、水の張った桶を担いだりするたびに、できかかった瘡蓋が取れそうになって痛かったが、仕事に集中するうちに痛みは軽くなった。

六月中旬になると、私の五十二株の小麦はすべて穂を付け、芒《のぎ》が出た。麦の先端は指のように太く、先は丸く根元は方形の形をしていたが、数日後、きちんとした、段々の角柱のようになった。しかしつまんでみると麦穂は柔らかく、角柱のなかも水をたっぷりと含んだようだった。一枚一枚むいてみると、そのなかにまだ硬くなっていない麦の実があった。どの粒にも緑と白の混ざり合った水が湛えられていた。この小麦にはもっと栄養が必要で胚乳を粘液状にしなければならないと思った。私はもう血水を小麦にやらないことにした。五十二株の麦を丹念に手入れしなくてはならない——五十二本の花や果樹のように。私は一株一株世話をした。周囲の草を抜き、土を寄せ、水を注いだ。実の成熟期には、もう血を垂らすだけでは足りない。まだ癒えていない傷口を切り開いてお碗半分の血を採り——血が半分より多くなるように——水に混ぜて麦に注がなくてはならない。空はめったに見ないほどに晴れていた。ほかの農作物や樹木にも、苛烈な太陽が毎日射し、日照りにしようとしていた。だが、麦に毎日充分な日射しと温度をもたらしてくれる苛烈な太陽を、私は必要としていた。

いつの日の高温のせいなのか、午後、泉のほとりの水草以外の緑は、すべて灰白色になっていた。あらゆる草とイバラは頭を垂れて萎れていた。黒砂錬鉄術は黄河の木をすべて切り倒した。黄河旧河道の全域、幅数十里、長さ数百里にわたる砂道の平原に、人の腕ほどの太さがある木はなかった。午後、丘の頂きに立って四方を見渡していると、すべての世界が焼き尽くされてしまったように感じた。どこにも隠れる木陰がないので、鳥たちは空をひとしきり飛んだあとは、地上のヨモギとイバラの枝のあいだにもぐるしかなかった。数里先の葦が生えている池では、いつもイタチや狐たちが飲み水や水浴びを目当てにやって来ていた。野鳥の群れは熱い日射しを避けるために、ヨモギのあいだにもぐり込んだまま出てこなかった。肉が食べたくなったら、葦が生えている池に行けば、多くの鳥を捕まえることができた。しかし私は一歩も麦畑を離れたくなかった。五十二株の麦が、二度ここを離れたあいだに四十八株に減っていたからだが、その四株は、降りてきた鳥に折られてしまっていた。私は片時も目を離さず麦畑を守らなければならなくなった。雀は私の麦穂とその涼しい陰を求めて、いつも五十から百羽は群れを成して飛んできた。私はそこで麦畑のなかに案山子を四体置いた。

しかし数日後、雀は案山子に慣れて懇意の者と見なし、頭に平気で止まり、肩の上で嬉しそうにさえずるようになった。麦穂は期待どおり養分が穀粒に注がれ、胚乳が粘液状になった。指の太さほどだった穂が、翌日にはもっと太くなった。大柄な人間の親指ほどだったが、二日経つと粟穂の大きさになった。一株が私の背丈より高くなった。風と鳥を恐れた私は、腰掛けの上に立って麦穂を細い紐で添え木にしばった。麦穂をしばるとき、新麦の良い香りがした。油の混じった砂糖水のようにさわやかな匂いが鼻を打った。私はそんなふうにして、毎日私の麦を守った。野草やイバラで編んだ蓆《むしろ》の日覆いを麦にかけた。庵から腰掛けを持ち出し、日覆いの影の動きに合わせて、腰掛けを移動させ、昼寝さえする気にはなれなかった。

ついに、麦の葉が垂れて枯れ始めた。それまで艶やかだった芒は色が薄くなり、イバラの枝ほどの太さに、また二、三寸の長さにもなった。麦穂が花をつける時期、麦畑の日覆いの下に座って雀を追い払っていると、麦穂のまわりを紅点が踊っているように見えた。日の光に目が眩んだのかと思い、高い腰掛けを麦のあいだに持ってきて、芒を上から仔細に見たところ、どこから飛んできたのか、霧のような微細な紅点がまわりを漂っていたのだ。濃厚で強烈な草いきれと鼻を突く麦の香り、そして受粉するときの、鼻の通りが良くなるような、新鮮でなまめかしい匂いも漂っていた。

私は腰掛けから下りた。

私は麦のそばでしばらくためらっていたが、畑のなかでいちばん大きい穂をむいた。それは確かに粟穂より一回り大きい穂だった。穂のなかから小さな麦の実を一粒一粒取り出した――トウモロコシの穂をむいて実を取り出すようにして。手の上の、外は青く中は褐色の黄色い粒を見ながら、麦の実はエンドウ豆よりも大きいけれどふっくらとはしていないことに気がついた。陽光が麦の実のなかまで射し込んでいたが、麦の実のなかにはぽつんと、カラメル色の、どろりとして粘り気がある液体があった。それは日に照らされて、今にもなくなってしまいそうだった――水分が蒸発してしまって、薄く小さな皮袋だけになるかのように。

麦の実を噛むと、液体が口のなかに広がった。麦の味に混ざって血の濃い味がした。麦の下に立って、頭上の小麦の赤く染まった花粉を見ながら、私は小麦たちに対してまだまだけちだったのだと分かった。麦は見上げるほど高く、茎は葦のようで、広々とした麦の葉が春の木のように茂っていた。私が注いだ血はその実、麦の葉や茎に吸い取られただけだったのだ。地下の根から先端の穂へと吸い上げられた血は決して多くはなかったのだろう。風も光も充分だというのに、血だけは不足している。これまでの何倍もの血を注がなければならない。そうしなければ、先端の麦の実にまで血の養分を届けることはできない。もう、自分の指や腕やふくらはぎをいたわるのはやめよう。血の滴をかき集めることにけちけちしてはいけない。気前よく麦たちに与えようではないか。夜は小麦が養分を吸収するのにちょうどよい時間で、昼間は小麦が光を吸収し、風を浴びるのにちょうどよい。私はいささかもためらわず、その日の黄昏時に、桶と鍋、お碗、洗面器を持ってきて、すべてに水を張り、麦のあいだに置いた。日が西の地平線に落ち、日射しが和らぐのを待って、包丁を石で研ぎ、塩水で一煮立ちさせた。鋤で注意深く麦の根のまわりを掘り、根が密集しているあたりに白光りする刃を立てたまま、指、腕、ふくらはぎを刃に当てて切った――切り口や傷がどれほどあろうと目をつぶって歯を食いしばり、容赦なく、特に古傷の上では力を入れて。赤い血はすぐにどくどくと傷口から麦の根のほうに流れた。血がどれだけ流れるか、また麦がどれだけ血を必要としているかは考えず、湯呑み一、二杯分あるいはお碗半分ぐらいだろうか、傷口の感覚がなくなり、血が流れ出さなくなってから、塩水で煮た布きれで傷口をしばった。麦穂のための血の通り道に水を何杯か注ぎ、濃厚な血水が小麦の根に浸透するのを待って、この麦の木の血の通り道を埋め、また次の麦のために血の通り道を掘り、根が密集しているあたりを探し、指や腕から、お碗半杯あるいは一杯の血を採った。

四十八株の麦のために、指、手のひら、手首、腕とふくらはぎへ、一息に四十二ヶ所切り傷を入れた。併せてどれだけの血を流したのかは分からないが、ついには十数株の小麦に血を注いだところで、腕から血が出なくなってきた。私は包丁を腕の傷口に押しつけ血をしぼりだした。手、腕、ふくらはき、肘は布きれでぐるぐる巻きの状態になった。手や腕から一滴も血が出なくなると、左手で右手首の動脈を切り、湯呑みやご飯茶碗、洗面器に血を流した。まわりの景色が回るほどにめまいがひどくなってようやく、私は細い紐で右手首の動脈をしばり、ぶくぶくと泡を出しながら流れる血を止めたのだった。そして最後に、この動脈からの血を数株の麦の根の血の通り道に流し込んだ。四十数ヶ所と右手首の動脈の傷口に、私はもはや痛みを覚えることもなく、体の感覚が分からず、姿勢を保つことさえできなかった。気力も残っていなかった。最後の血の通り道のいくつかを埋め戻すとき、手で鋤をつかめなかったため、仕方なく、しゃがんだ姿勢のまま足で穴をふさいだ。

日が沈みゆき、西の地平線のあたりの艶やかな赤光のほかは見えなくなった。広々とした砂土の平原の静謐のなか、よく通る不思議な音が丘に向かって迫ってきた。西の旧河道の平原には最後の一抹の残照があったが、大地の虫の鳴き声以外、どんな音も聞こえなかった。昼間の灼熱は弱まったが、地下に蓄えられた熱気が地上に放出され、それとともに、私がすべての麦にまいた血のにおいが広がり、麦畑やあたりの丘に充満した。と、コオロギが麦のあいだから飛び出してきて、私の足の上に止まり、コロコロと鳴いた。激しいめまいに襲われた私は体中の力が抜けて、立っていられなくなった。多量の流血から来るめまいと体力の消耗を防ぐために、私は丘の坂で頭を下に、足を上に向けて横たわった。こうすれば、下半身の血を多少なりとも上半身に集めることができる。

月が昇った。飢えが無慈悲に襲ってきたが、私は動きたくなかった。私は坂に逆さに横たわったまま、眠りたいと思った。私は果たして眠ったようだった。目が覚めると、月光が水のように、私の顔にこぼれていた。寂寥の荒野の夜、麦がキューキューという音をたてていた。すべての麦が細い管を通して水や養分を吸い上げているのだ。私はしかし、その音を聞いても嬉しくはなかった。それどころかうんざりしていた。地面で寝返りを打つと、葦か高粱のような麦たちをいまいましく見やった。私は這いながら、坂を庵のほうへ登っていった。立ち上がって庵に帰ることもできたが、歩きたくなかった。私が小麦たちのためにどれだけのものを背負っているのか、見せつけてやりたかったのだ——あたかも娘の同情を引くために病の痛みを敢えて大きく見せる両親のように。私は庵に帰ると水を飲み、鍋のなかから残り物のご飯を茶碗半分食べてから寝床に横たわった。翌日は雀たちのかまびすしいさえずりに目を覚まされた。雀たちのさえずりは初めはかすかだったが、やがてはっきりと聞こえ、さらには驟雨のように庵のなかに入り込んできた。起き上がった私は寝床の上で目をこすり、すぐにイバラの枝を手に取ると、庵を飛び出し、叫びながら麦畑に突進した。麦畑に着くと、何百羽もの雀たちがいっせいに飛び立った。しかし、まるまる三十株の小麦が地上に穂を落とすか、斬られて皮一枚でぶら下がった首のように、宙に揺れていた。

四十八株あった私の麦は、いまや十八株が残るだけとなった。

私は驚きあきれ、心の底から悔やんだ。麦畑の畦に茫然と立っていた。日が高く昇ってから、ようやく麦畑に入って、私の動脈の血を吸った二株の麦を拾い、むいて実をもみ出した。麦の実はたった一夜、動脈の血の養分を補給されただけで、中身が詰まってぱんぱんになっていた。通常より大粒の実は旺盛でしっかりとしていた。カラメル色をしており、熟したエンドウ豆のようでもあった。無意識に実を口のなかに放って噛んでみると、口中に麦の香りと血の味が広がり、一日中留まったまま消えなかった。

私は三十穂のまだ柔らかい麦を炒めて食べたあと、庵から運んできた布団を麦畑の横の日覆いの下に敷き、日夜、残った十八株の麦に付き添うことにした。七日間の烈日に晒されたあと、私の麦は熟した。麦の葉は三分の二がまだ緑色だったし、ある麦は芒がまだ枯れずちりちりになってはいなかった。しかし、麦の穂をつまんでみると、それらはすべて硬く、しっかりと実っていた。まるで小ぶりな棍棒のようだった。十八株の巨大な麦の木の下に立ちながら、私は最小のものでさえ粟穂ほどもある麦穂をこどもに渡したら、どんなに大喜びし、優しくしてくれるだろうと思った。

十八株のなかでいちばん大きい麦穂をなでたときは手のひらに砕石のようにごつごつした実を感じ、心が大きく躍った。二番目、三番目に大きい麦穂をつまんだときは、その硬さに腰を抜かしてしまった。

高い腰掛けを持ってきて、背丈のいちばんある二株の小麦――私の動脈の血を飲んだ――をなでたときは、思わず涙がこぼれた。

二段目の麦畑の最も出来の良い二株の小麦の茎はすべて乾燥しており、まるで竹竿のように太く堅かった。三本の添え木に縛った麦穂は、七日のあいだに粟穂どころかトウモロコシの穂ほどに大きくなった。六、七寸はあるだろう。麦の外皮から露出した実はまったくエンドウ豆や落花生ほどの大きさで、しかもよりふっくらとして硬かった。日射しの下で暗紅色の光を放っている。麦は四角い麦畑に整然と四行四列に並んでいた。巨大な麦穂がみずからの重みでたわんだり、添え木にもたれかかったりしているさまは、伸びすぎて湾曲してしまったヘチマを思わせた。

その棍棒のように硬い麦穂を見ながら、私はなぜか涙が溢れてきた。涸れるまで涙を流したあとに腰掛けから下りたが、その場にしゃがみ込んで、今度は涙もなく泣いた。初めは小声でむせび泣いていたが、しまいには地面に座り込み、身も世もなく、声を張り上げ、泣き叫んだ。臆することなく思いきり声を出した。やがてさすがに泣き続けることができなくなり、喉がかれた。私は異常に晴れやかな気分で丘を登ると、頂上から放尿した。九十九区のほうに向かって思い切り叫んだ。

「俺は家に帰るぞ、家に帰れるようになったんだ――」

「俺は正々堂々家に帰れるんだ、驕らず、へりくだりもしなかった。俺は自由の身だ――」

四方八方、何度声を張り上げただろう。最後に私は庵の台所に行って麺をすべて取り出し、自分のために、ニンニク油をたんまりかけた、お碗いっぱいの汁なし麺を作った。腹がふくらむと、ある気がかりが頭をもたげてきた。こどもをここに呼んで巨大な小麦を献ずるためには、まず私から九十九区に出向かねばならないのだが、ここを留守にしているあいだ雀たちからどうやって麦畑を守るのか、ということだった。私は、麦の穂をさらに一両日烈日にさらし、麦穂を刈り取ってから、包んでこどもに見せに行ってもいいと思った。そうすれば、こども手ずから百二十五片の赤い花もしくは五つの五芒星を授けてくれるだろう。そのとき、九十九区や旧河道での仲間たちはぐうの音も出ず、私を見守るはずだ。しかし私は、やはりこどもを、すべての仲間たち共々ここに呼んできて、私がどのようにして粟穂より大きい——いくつかはトウモロコシの穂ほどもある——麦穂を育てたのか、みんなに見せたかった。

私は自分がどうやって五つの大判の星を獲得するに至ったのか、彼らに見せつけたかった。彼らが啞然として見守るなか、一片の曇りもない心で正々堂々と家に帰りたかった。その日の午後、留守にしているあいだ雀や野鳥から私の麦を守るために、麦穂を一株一株新聞紙で包んだ。やがて新聞紙が足りなくなると、服やシーツも持ってきて、十八株全部をしっかり包んだ。すべての麦穂が、負傷して包帯を巻かれた腕のようになったあと、私はようやく安心して出発できると思った。私は麦穂から枝豆大の十数粒を揉み出し、持ってゆくことにした。こどもに見せたらどれほど喜ぶことか。仲間たちに見せたら絶句して、九十九区から十数里離れたこの丘に私の麦を見に来ないわけにゆかないだろう。すべて考えていたように事は運んでいて、私はエンドウ豆か落花生かと見まがうほどの麦の実を握りしめ、日が高い位置にあるあいだに急ぎ出発した。人びとが昼寝をする時間だったので、途中鳥やイナゴには出くわしたが、人影は皆無だった。黄河旧河道のくぼ地は水気が多かったため、野外の小麦は穂を付けたばかりで、茎が乾いて実が熟すまでは少なくとも半月かかるはずだ。荒野には、緑と無数の小さな湖沼が果てしなく広がっており、膝の高さの草木が生えていた。去年の株の根の上に新しい枝が伸び、私の麦の茎と同じ高さほどに、勢いよく伸びていた。

区に戻るとがらんとして人影が見あたらなかったが、宗教がズボンの紐を締めながら便所から出てくるところだったので、私は彼がこちらに来るのを待った。宗教は近づいてきて私を見ると、突然足を止め、私の顔を覗き込んだ。驚きのあまり、訳の分からないことを言った。

「おいおい、いったい何の病気にかかったんだ？　その黄ばんで血の気のない顔は何だ」

私は宗教に笑いかけながら言った。

「粟穂より大きい麦穂ができたんだ」

彼は依然私の顔を凝視していた。

「その手と腕は、いったいどうしたんだ？　見違えるほどに細くなっちまって」

「この麦を見てくれ」私は歩み寄ると、宗教の前に、握っていた手を差し出した。手を広げると、エンドウ豆の色と落花生の形をした麦の粒が、汗に湿ってひと塊になっていた。宗教はズボンの紐を締める手を止め、驚きのあまり口を半開きにし、何か言おうとしながら言葉にならなかった——永遠に口を閉じることができないかのようだった。

「私は家に帰れる」私は手を引っ込めながら言った。「私は堂々と、星を五つ貼った木札を掲げて家に帰るんだ。去年実験がここを離れたときと同じようにね」

そう言いながら、宗教を後に残し、こどもの宿舎のほうに向かった。入り口のドアをノックもせずにずかずかと入っていった。こどもはちょうど昼寝をしており、ガマの葉のうちわがベッドの下に落ちていた。顔に汗をかき、よだれが石の枕の上まで垂れていた。しかしこどもは誰かが入ってきた物音を聞きつけて、突然体を起こした。こどもが目をすっかり覚ますのも待たず、私は巨大な麦の実を差し出し、大声でがなりたてた。

「私の植えた麦が、粟穂より大きい、トウモロコシのような穂を付けました。ほら、この実を見てください！」

こどもは目をこすったあと、私の手の上の麦の実をつまんでは私の顔を見上げ、下を向いてはまたつまんだ。こどもの顔はもう寝起きのぼんやりとした表情ではなく、純朴な光が差していた。すぐにベッドの枕許の服を手に取り、着替えると、私と一緒に丘の麦の木を見にゆこうとした。粟穂より大きくトウモロコシの穂ほどもある麦穂を刈り取りにだ。こどもの宿舎から出てきたとき、私が予想していたとおり、宗教が同じ部屋の住人たちに大声でわめき散らしたおかげで音楽や女医や数人の女性たちまで目を覚ましてしまい、外に出てきていた。併せて十数名が、元来た小道に沿って、丘へ向かうこどもと私に付いてきた。それぞれ、私が配った大豆、いや大豆よりもっと大きい落花生ほどの麦の実を手に握りしめ、べちゃくちゃ話しながら一路急ぎ、日が沈む頃には丘に着いた。

しかし、私は麦畑の前で、しばし愕然と立ち尽くした。私が丘を留守にする前に新聞紙や服で包んでいた十八株の麦穂は、何者かによって、すべて刈り取られていたのだ。矢のように麦畑に走ってゆくと、麦の茎のあいだやまわりの添え木の上に、包むために使った新聞紙や服が雑然と打ち捨てられていた。先端を切り取られた木のように立っている麦もあれば、添え木と一緒にぐちゃぐちゃに踏み倒されている麦もあった。私は麦畑のなかに入って、「ああ……ああ……」と驚きと悲しみの声を上げながら、切り取られた麦の首をさすった。麦を一株一株見て回り、二段目の麦畑のいちばん大きな麦が生えていたところまで来たとき、麦の添え木の上に紙のメモが残されていることに気がついた。震える手でそれを取り、見てみると、こんなことが書かれていた。

すまない。血の麦穂は国都に持っていって、お上に献上する。来年黒砂錬鉄術と同じように、全国津々浦々、血で小麦が育てられることになるだろう。

それだけだった。ノートを引きちぎった紙の上に、ぞんざいに殴り書きされていた。誰の筆跡なのかは皆目見当もつかない。メモと、首を切られた葦か竹の茎のような麦の木を見たとたん、骨も筋肉も抜き取られたように全身の力が抜けて、私はその場にへたり込んでしまった。こどもや付き従って来た者たちは夕日の下で、皆版画に彫られた人物のように身じろぎもせず、愕然とした表情で立っていた。今度という今度は、さすがの私も心の底から嘆き悲しみ、おいおいと泣いた。

第十三章　大飢饉（一）

一、『天の子』三四〇～三五〇頁

事はそのようになった。

こどもはお碗や皿を投げつけ、食堂の釜を壊してから叫んだ。

「誰か、麦穂を差し出す者はいないのか。そうすれば、星を五つやる」

差し出す者がいないことが分かると、こどもは銃を取り、自分のこめかみに当てて言った。

「差し出せないなら、もう俺は生きていても仕方がない。お前たちに命を取られたんだからな！」

やはり差し出す者はいなかった。

こどもは大勢の前で、憚ることなく号泣した。連日空に白い光は射さず、こどもの顔は陰ったままだった。麦が熟れて収穫したあと、また本部で会議があったため町に行ってきたのだが、こどもに赤い花や賞状が授与されることはなかった。去年報告した、一万五千斤というノルマが達成されることもなかった。一畝あたり一万斤を生産できる試験田に、一粒の種から三十粒の実がなるとすれば、千斤の種をまいただけでも三万斤になる。二十粒なら二万斤。十粒しか実がならないとしても一万斤だ。だが、十粒しか実がならない麦などあるだろうか？　たとえ痩せた麦の種でも二十粒は付くだろうから、一万斤以上だ。ふつうに育てれば、一畝あたり一万斤は容易なはずである。ところが、九十九区の畑の麦は膝の高さまで伸びたある晩、風雨が一晩中吹きつけたため、全部倒れてしまったのだ。

九十九区の麦畑では麦と麦のあいだの間隔を極端に詰めて植えたため水が行き渡らないこともあったが、風雨で倒されるとは――。

三日ほどして麦は黄ばんで痩せてしまい、全部が全部枯れてしまった。

赤い花も賞状もなく、こどもは深く傷ついた。三日間食事もとらなかったため、試験田の麦の茎のように痩せてしまった。視察したほかの区や村では、それぞれ千斤、二千斤、五千斤、八千斤と目標が設定されていたが、いずれも目標は達成された。よその村では麦倉がどんどん建てられ、麦を詰めた麻袋が梁まで届くほどに積み上げられた。収穫量の検査にきたお上が、入り口を塞ぐように積まれた麻袋を、先をするどく切った竹筒で突くと、小麦の実がさらさらと流れ出した。町の本部、県、地区、省、あらゆる行政レベルのお上たちは、九十九区を重点区と見なし、畝あたり一万五千斤、あとになって少し下げて、一万斤は堅いと報告を上げていた――何しろ黒砂錬鉄術を発明し、五芒星の精鋼を鋳造し、もう少しで省の代表として国都に献上に行くところだったのですから、と。そういうわけで、お上たちは遠路はるばる大挙して九十九区の視察に訪れたのだった。

視察の前、町の本部からお上がやって来て、九十九区の者たちを移動させて作った空き部屋を麦倉にして、そこに空の麻袋を運び込み、砂を詰めた。そして砂袋を梁に達するまで積み上げた。一方夜を徹して、ほかの区の麦倉から小麦が運び込まれた。そして穀物を小麦の麻袋に詰め、砂袋の上やまわりに積み上げ、戸や窓やその他の外に通じるスペースが埋められた。そこにお上たちが視察にやって来た。

小型の車には省や地区のお上が、大型の車には地区や県のお上たちが乗ってやって来た。麦倉の入り口の戸が開けられると、お上たちは山と積まれた穀物を、口をあんぐりと開けて見上げた。入り口付近の麻袋に竹筒を突き刺すと、麦がさらさらと流れ出た。窓から麻袋に突き刺すと、麦がさらさらと流れ出た。麻袋のあいだをよじ登り、梁の上の麻袋を突き刺すと、やはり麦がさらさらと流れ出た。

「何たることだ！——何ということだ！」お上たちは感慨深げに大きな声を上げた。

こどもと九十九区のすべての者たちがお上たちから賞賛された。空には光が射していた。

麦倉の外に整列した大勢の九十九区の者たちは、麦が流れ出すたび盛大に拍手した。梁の上までよじ登って調べたお上もついには疑念を解き、心から笑って言った。

「大したものだ！——いやいや、本当に大したものだ！」

事はそのようになった。

お上たちは九十九区で肉料理を食し、焼酎で乾杯した。こどもが畝あたり一万斤の生産高を達成したこと、祖国に多大な貢献をしたことを祝した。食事のあと、横三列に整列した区の者たちを前にして、お上がこどもに賞状を授与し、赤い花を胸に留めてやり、国家のために成し遂げた顕著な業績を表彰した。

こどもは笑みを浮かべ、空には白い光が射していた。

表彰式はお昼が済んだ炎熱のなかで行われたが、陽光は高炉の火のようだった。

お上は建物のなかの涼しい場所に立っていたが、九十九区の人びとは照りつける太陽の下で、汗まみれの顔で立っていた。

「暑いか？」お上が叫ぶと、

「暑くありません――風がありますから」人びとは声を揃えて、張り上げた。

「トウモロコシを畝あたり五万斤生産する覚悟はあるか？――」

人びとはいっせいに沈黙した。

「覚悟がないのか？」と九十九区の者たちを見渡しながら言った。「祖国のために貢献したいと思わないのか？　祖国のトウモロコシを洗濯棒の太さに育てたいとは思わないのか？」

九十九区の者たちはお上の口許を見ていたのだが、お上は口を大きく開け、目をかっと見開いていた。お上はこどもの顔を見やった。こどもは、もの哀しげなまなざしで九十九区の者たちを見やった。と、整列して立っていた一人が横の者に、お上に応えるように目配せした。お上がふたたび畝あたり五万斤を生産できるか？　トウモロコシの穂を洗濯棒より太く育てることができるか？　トウモロコシの実を紅ナツメほどに大きく育てることができるか？　と問いかけたとき、一人が右の拳を高く振り上げて叫んだ。

「できる！――絶対にできる！」

すると皆がいっせいに叫んだ。

「できる！――絶対にできる！」

学者、宗教、女医と音楽、そしてすべての者たちが、腕を振り上げて高らかに叫んだ。

「できる！――絶対にできる！」

あまりに大きい叫び声だったので、建物の上に止まっていた鳥が落ちてきた。

お上は満足し、笑みを浮かべた。

こどもも満足し、微笑んだ。

その結果、こどもの首にお碗大の赤い絹の花がかけられた。あらかじめ用意されていた印章と表彰内容を印刷した賞状が、テーブルの上に置かれた。あらかじめ用意された携帯のペンと額縁が取り出され、達筆の部下によって、賞状にこどもの名前が記された。拍手と陽光と熱狂に包まれるなか、省のお上はこどもに花をかけ、額縁に入った賞状を授与した。

お上が去り、

こどもは笑った。

九十九区の人びとは整列して、拍手しながらお上を見送った。お上が敷地の門からいざ出てゆこうとしたとき、こどもは急いで家に駆け戻り、あの葦のような麦の茎を持ってきた。茎から生え出た麦の葉は干からびてはいたが、やはり葦の葉のように大きかった。こどもは言った。

「今年我々が育てた、粟穂より大きい麦穂です。しかし麦は何者かに盗まれてしまいました」

こどもは葦のように太い麦の茎を確かに育てた証拠として、また記念として、お上に一本一本手渡した。なおかつ約束した。この秋には必ず、大根や洗濯棒より大きいトウモロコシを育ててみせます。太っちょのすねより太く、痩せぎすの太ももより重いトウモロコシを育てます。トウモロコシの実は、葡萄か紅ナツメに見紛うほどに大きく、茎は本当の木のようにがっしりと太いはずです、と。そして信じてもらうための証拠として、また記念として、麦の茎を献上した。お上たちは皆一様に麦の茎を手に取り、鼻を茎に近づけて嗅いでから、こどもに笑いかけ、頭や肩を軽く叩いた。

「君が足の太さほどもあるトウモロコシの穂を育てたら、我々はそれを赤い絹の繻子十枚に包んで、国都に献上に行こう」

そしてすぐに行ってしまった。

車が列を成し、轟音と煤塵を上げて走り去った。陽光は赤く輝き、車は大地の上を飛ぶように走った。お上たちが去ったあと、途中の道端や草原に麦の茎が打ち捨てられていた。こどもはもちろんそのことを知らなかったが――麦の茎は雨に打たれ、枯れ果てて、野の草木の枯れ枝と区別がつかなくなった。ただ、微かに麦の香りと血のにおいが漂っていた。

お上たちが去ったあと、麦倉の前でぼんやりと座っている者がいた。学者だった。地面に打ち捨てられた竹筒を拾い上げ、入り口のあたりに積まれた麻袋を突き刺すと、赤い砂が流れ落ちた。しょんぼりと座り込んで、しばらくぼんやりとしていた。と突然、自分の頰を張った。彼もまた、麻袋のなかに砂を詰め、お上たちの前で拍手し、秋にはトウモロコシを畝あたり五万斤収穫してみせます！　洗濯棒より太い、人の足ほどに太いトウモロコシの穂を収穫してみせます！　と大声で叫んだのだった。

「くそっ、お前はそれでも知識人か？」学者はおのれを罵った。

それから茫然と麦倉と天を仰いだあと、そっとひとりごちた。

「この国に、厄災が訪れようとしている。早晩この国に大災害が起こるにちがいない」

宗教、音楽と女医、その他大勢の者たちが麦倉の前にやって来て、あるいは立ったまま、あるいは座り込んで、茫然と押し黙ったまま、口を開こうともしなかった。学者を取り囲みながら、ある者は笑い、ある者は長いため息をつき、またある者は口笛を吹きながら帰っていった。

こどもはそこにいなかった。額縁に入った賞状と紅の花をかけに、宿舎に戻ったのだった。

二、『天の子』三九一～三九六頁

秋になっても、洗濯棒や人の足のように太いトウモロコシは育たなかった。たまにできたトウモロコシも、葡萄や紅ナツメほどの大きさにはならなかった。区の空き地では処女地が開墾され、トウモロコシの種がまかれ、試験田となった。トウモロコシの苗が箸ほどの丈に育つと、苗の前に区の者たちの名前が書かれた木札が挿し込まれた。それぞれが責任をもってトウモロコシの苗を育てるためだったが、三日から五日に一度、おのおの指や手首を切って、トウモロコシの根に血を垂らすことが求められた。

こどもはあらかじめ言いおいた。秋に洗濯棒のような穂を、葡萄か紅ナツメのような実を育てた者には星を五つ与える、家に帰っていい、と。すると皆は、俄然血を注ぎに行くようになった。トウモロコシの苗はたちまち茎になった。皆は見ていたのだ、作家が自分の血で育てた麦の実は大豆やトウモロコシより大きく、落花生ほどもあったことを。麦の茎は竹のようだったことを。皆は信じていた、血によって異様に大きな穀物が育てられるということを。秋のあいだ、区ではずっと血なまぐさいにおいが漂っていた。トウモロコシの試験田は半畝の大きさで長方形だったが、その長辺は五軒分ほどの長さがあった。どの畑も土質は良く、人糞の肥料も充分だった。草木灰も追肥したので、芽が出るや、日夜音をたてて生長した。それはまるで赤子が一日も早く大人になりたがっているようであった。八月になると、ふつうの畑ではまだ箸ほどの丈のところ、区ではすでに人の膝ほどもあった。九月になると、ふつうは人の腰の高さのところ、区では肩の高さほどもあった。トウモロコシの茎は青々と太く良く育っていた。最も太い茎は子供の腕ほどもあり、その色濃い葉は、人の影が映せるほど艶やかだった。だが、神はトウモロコシに目をかけて木のように育つようにしたが、人の不遜にひどく腹を立てていたのでトウモロコシに穂を付けさせなかった。ふつうの畑では九月には房を出すが、区のトウモロコシは大きくなるだけで穂を付けなかった。どのトウモロコシも、まるでイバラのように葉をこんもりと茂らせるだけだった。神は「善き行いの者がいる」と言われたが、作家や学者のようにトウモロコシに血を注がない者もいた。作家はこどもから、もう血を注がなくていいと認められていたのだ。今まで血をやりすぎたせいで、いつも血の気のない顔をしていた。学者は、お上が検査に来たときに砂を詰めてごまかして以来、めったに人と話さないようになっていた。ご飯のときも歩くときも押し黙っていた。音楽が話しかけてもそれは同じだった。様子を見にきたこどもが彼に話しかけたときだけは、うなずくか首を横に振るか、あるいはほんの一言二言、口を開いた。

「何か不服なことでもあるのか?」

学者は首を横に振った。

「じゃ、なぜトウモロコシに血をやらない」

学者は口を閉ざしたままだった。

「なぜだ」とこどもは言った。「本当に、ここで一生を終えたいのか?」

学者は苦笑しながら答えた。

「キリストが目を見開いて私たちを見ておられます」

宗教はキリストのことを口にしなかったが、作家は、神は何が正しく何が正しくないか知っておられます、と言った。神は「人間は思い上がっている。いたずらに血を流して働かせてやろう」と言われた。区の敷地には西寄りの土地も、南向きの土地も、肥えた土地もあったが、毎日誰かが指を切ってトウモロコシに血を垂らした。毎夜誰かが、真夜中になるとトウモロコシの根元に尿や糞便を垂らしに行った。動脈を切って血を注いだトウモロコシは、林のように茂ったが、秋になっても穂を付けず、ただ、腰のあたりに青々とした瘤が、青虫でも這っているかのようにぽつんとできた。

数ヶ月が過ぎ、人びとの手は傷だらけ、包帯だらけになった。太陽も風も雨も相変わらずだったが、九月になると万象は打って変わって、長雨がこれでもかというほどに続いた。世界に水が溢れた。黄河上流から、滔々と波が押し寄せた。

こどももトウモロコシを一株、区の外の高炉と高炉のあいだに植え、血をやった。高炉は停止していたからだ。作家は高炉の番をし、こどもは体を休めていた。こどもはそこにトウモロコシを植え、三日から五日に一度訪れては、作家にならって指を切って血をやり、区のなかのトウモロコシが秋に実を付けたときに、誰かから悪さをされてもいいように備えていた。もし高炉のあいだで育てたトウモロコシが人の足ほどに太くなったら、前と同じように赤絹に包んで北京に献上に行くつもりだった。作家は空《から》の高炉を見守りながら、農閑期にふたたび製鋼の指令が下りてくるときのために備えていた。こどもがいないときなど、おのずとトウモロコシのまわりの草を刈り取ったりして面倒を見ることになった。たまに葉が黄ばんでいたりすると、こどものために、痛みをこらえて血をやった。トウモロコシは区の畑のそれと同じように高く、丈夫に、青々と良く育った。秋になると同じように、穂が膨らみ熟れることはなく、腰のあたりが青虫でも這っているように膨らんだ。

作家が食事のために区に戻ると、縦に傷が入って、白い布切れでぐるぐる巻きにされた指で皆、作家の顔を差しながら、訊いてきた。

「どうして穂を付けないんだ?」

作家はすぐにトウモロコシを見に行ったが、血で育てられた蚊は蝿より大きかった。そして蝿は小鳥のようだった。誰もが傷だらけの指で作家の鼻先を指差しながら、問いただした。「なぜだ?」ある者はつばを吐いた。「なぜだ」またある者は痰を作家の顔や体に吐きかけ、後ろから石を投げた。

その様子を見ていたこどもが、作家に問いただした。

「説明してくれ――トウモロコシは人の血を吸って木のようになったというのに、なぜ指の太さの穂さえ付けないんだ?」

作家は答えられず、人びとは彼に向かってつばを吐いた。

そのさまを見ていた神は、人の不遜を不満に思われた。大雨が降り、洪水が起こった。一夜雨が降り続いたその翌日、区の者たち全員が自分のトウモロコシの前に走ったが、人の腕のように太かったトウモロコシの木は雨水のなかに倒れ、漂っていた。おのおの自分の名前を記し、トウモロコシにかけられていた紙の札は小舟のようにぷかぷかと浮かんでいた。人びとはそれほど悲しくはなかった。どのみち、人の足の太さほどの穂をトウモロコシが付けることはなかったからだ。ただ、数ヶ月、絶えず自分の指を切り、血を採り続けたことが無駄になった、そのことが残念だった。こどもだけは、あられもなく嘆き悲しんだ。深い悲しみが雲のように心を覆い、こどもは泣き叫んだ。

「どうやったら国都に行ける?」

「国都に行ける方法はあるのか、ないのか」

部屋から出てくる者はほとんどいなかった。出てきた者もこどものまわりに突っ立って、こどもがわんわん泣くのをただ眺めていた。こどもは長いこと悲嘆にくれていたが、突然泣き止んだ。何か思いついたようで、雨のなかを区の外へ駆け出していった。ひとり、区の南の高炉のそばに植えていたトウモロコシの前まで走ってくると、こどもはそのトウモロコシ――人の腕ほどにも太く、バナナの葉ほどにも大きい葉を茂らせ、高さ三メートルにもなる、まさに木のような、しかしやはり穂は付けていない――を折ってしまった。トウモロコシは青黒い鳥のように水面を漂っていた。作家は雨が顔から首に流れ込むままにして立っていた。雨水のなかを漂っていたトウモロコシの木を拾い上げ、高炉のそばでふと振り返ると、こどもが走ってくるのが見えた。こどもは作家の後ろに立って何か言おうとして、雨に打たれながら、またわんわん泣き出した。

どこまでも悲嘆にくれて、いつまでも泣き続けていた。

「なぜ九十九区のトウモロコシに穂が付かないのか、私は知っています。それは、ここが王陵ではないからです」と作家は言った。「私の丘は王陵というだけでなく、古代の皇帝の墓である可能性もあります。ご安心ください。秋が過ぎれば、大根、白菜、甘藷を植える時期です。私は丘陵に戻って、あなたのために人の太ももより太い大根や甘藷を育ててみせますよ。どれだけ実を付けるかは分かりませんが、バスケットボールか、ちょっとした岩ぐらいの大きさに育てることを約束します」

こどもは泣きやんだ。作家を見ながら何も言わなかったが、顔に光が差した。

「冬になる前に、私は今言った野菜を植えますので、大きい星を五つ下さい」と作家は言った。「私は家に帰りますが、あなたは収穫された野菜を持って上京してください。でも私が九十九区を離れるときは、私のことをちゃんと守ってください。私を町まで送ってください」

こどもの目に光るものがあった。雨水に洗われたガラス片のようだった。どしゃぶりの雨は幾日も降り続き、黄河両岸だけでなく、天下は見渡す限り水が溢れていた。

三、『天の子』三九七～四〇六頁

雨は四十日間降り続き、天下は見渡す限り水で溢れた。

ノアは箱舟を造り続け、ようやく人と動物たちを救うことができた。

黄河は氾濫し、昨年冬、製鋼の際に掘った穴から水が湧き出し、堤防が決壊した。黄河旧河道とアルカリ地は水害に見舞われ、農作物はだめになった。トウモロコシは倒れ、豆類、果物、野菜が水面を漂っていた。各更生区の建物はすべて浸水した。靴や本が水面を漂っていた。人びとは水のなかに閉じ込められた。やがて雨がやみ、太陽が東から昇ると、水面が金色に輝いた。その上を、麦わらロール、家の梁、家畜の死体が舟のように漂っていた。

七日たち、水が引いたあと、炎熱の日が射してきた。河原は七日七晩引き続けた水に洗われ、その上を歩けるようになっていた。その後烈日がまた七日間照りつけ、堆積した泥がひび割れた。指一本ほどの割れ目もあれば、二本ほどの割れ目もあった。一寸ほどの割れ目もあった。人びとの食糧がなくなってしまった。もともとお上から配給される食糧は主穀と雑穀半々で、一人あたり毎日一斤二両、月三十六斤だったが、洪水が起こってからは、毎日一人あたり八両、すなわち主穀小麦粉二両と雑穀甘藷六両に減らされてしまった。更生区では一日三度の食事が二度になった。

三ヶ月後、状況はますます厳しくなった。冬が到来すると、ついに主穀が底をついたのだ。食糧不足から、天地は騒擾し、飢饉が起こった。

お上は節約を心がけるように言った。冬だから家でじっとしていればいい、毎日一人あたり食事は一回だ、と。一日一回の食事は、トウモロコシの団子二両と、トウモロコシの碾き割りスープのみとなったが、スープにトウモロコシ粉はどれほどもなく、顔が映せるほどだった。誰もが壁に手をつきながら歩くようになり、顔や足がむくんでいた。冬の日が昇ると、むくみが光った。日射しの下で日向ぼっこをしていると、顔が光った。一日中、人びとは日向ぼっこをし、一面の水袋が日に当てられているようだった。そこに、こどもがやって来た。こどもの顔にむくみはなかったが、目が落ちくぼみ、青い顔をしていた。

「お上からお達しだ」とこどもは言った。「来月から食糧の配給は、一日一人あたり二両だけになった。食糧は俺が管理し、食堂は閉める。各自何とかして食えるものを探せ」

人びとは日向ぼっこをしていたが、その目は蒼白で絶望に満ちていた。学者は日向ぼっこをしておらず、どこから持ってきたのか、地図を見ていた。地図は本二冊分の大きさで、赤、緑や黄色で彩られていた。彼は地図をしばし眺めたあと、やって来て、こどもの前に立った。

「みんなに本当のところを言っていただけませんか――今回の飢饉は黄河両岸だけなのですか？ それとも全省全国にわたって起こったのですか？」

こどもは首を横に振った。

「どっちみちお上から言われている、餓死しても今いる場所を守れ、ほかの場所に行ってはならん、行った場合は国家叛逆罪だ、とな」

宗教、作家やほかの者たちが集まってきた。こどもの姿がここ二日ほど見えなかったので、会議に出席し、多くのことを聞き及んでいるにちがいない、と皆思っていたのだ。

「どれほどの範囲で洪水が起こったのですか？ ほかの地方でも旱魃が起こったのですか？」

こどもは首を横に振った。

「去年の冬、どれだけの省で製鋼していたかは知っておられますよね？」

「いまや全国津々浦々で製鋼が行われてます。中南海にも天安門にも高炉が据えられたそうです」

学者は持っていた地図を広げて言った。

「天地を揺るがす大製鋼ですから、全国的な、挙国一致で行われた運動です。鉄鋼大生産運動に従事する者たちは、山や河辺や村の外れの木をすべて切り倒しました。すべての木を切り倒してしまえば、洪水や旱魃が起こらないはずがありません。また、いったんそれらが起これば、飢饉から逃れることはできません。今、一人一日あたり、二両の食糧しかありません。しかし冬になれば、二両の配給さえ難しくなるでしょう。私たちが生き延びようと飢え死にしようと、誰も構ってはくれなくなるでしょう。一人一日二両の食糧で今後どうやって食いつないでいくか、各自計画的に按配しなければ」学者はそう言いながら、皆を眺め回した。しかし同輩たちは学者の言うことを信じようとはせず、こどもの言うことなら信じていたので、視線をふたたびこどものほうに戻した。こどもは背丈が伸びて、口のまわりには髭も生えていた。髪は長かったが、枯れ草のように乾燥して細かった。どこかの村から避難してきた少年のようだった。皆が一心に見守るなか、こどもは言った。「昔、俺はひもじいときはよく山菜を採ってきて冬をしのいだもんだ」

「山菜を採ってきて食いつなごう」とこどもは言った。九十九区の者たちを見回した。

そのようになった。

事はなり、配給が減らされたのだった。

人びとは宿舎のなかでごろごろ過ごし、外に出ないようになった。野良仕事もほかの仕事も一切しなくなった。体力の消耗を防ぐために、多くの者がベッドに横たわっていた。食堂がなくなったので、食糧はこどものところに取りに行き、自分で調理して食べた。何人分かの食材を集めて一緒に調理する者たちもいたが、自分の琺瑯引きのお碗、さらには歯磨き用のマグカップで調理する者もいた。どこから持ってきたのかは分からないが、皆琺瑯引きの湯呑みや磁器製のお碗を揃えていた。

もうひさしく歯を磨かなくなっていた。歯など磨かなくても困らない。

誰も服を洗わなくなっていた。服など洗わなくても困らない。

ひと冬足や靴下を洗わない者もいた。洗わなくても構わない。

日が昇ると、皆いっせいに枯れた草地に押し寄せ、山菜を探した。どうにかこうにか生きていた。お互いほとんど言葉を交わすこともなくなり、ある者は一日に一回、またある者は二日に一回しか食事にありつけなくなった。山菜を拾ってきて、歯磨き用のマグカップや磁器製のお碗を、積み上げた石の上に置き、下から火を起こした。水と甘藷の粉を一つまみ入れ、さらに、洗った干し山菜を投げ込んでから一煮立ちさせて食べるのだ。

死人は出なかった。

ひと冬をそんなふうにして越えた。

しかし冬の寒さは飢えより耐えがたい。製鋼のために木という木は燃やされ、この世界には飯を炊く薪さえ残っていなかった。野草や木の枝を燃やすしかなかった。冷え込んだが、誰も火に当たろうとはしなかった。自分が拾ってきた枝をベッドの下に大切にしまい込んだ。さらに、ベッドの足側の部分に置いて、寝るときに暖を取る者もいた。配給された食糧は、お互いどこにしまい込んだのか分からなかった——赤い花や星がそうであったように。

一日一日が過ぎていった。

隣どうしに住んでいる者がたまに出会うと、一方が驚いて立ち止まり、相手の顔を指差して言う。

「おやまあ——黄ばんだ、蠟燭みたいな顔色じゃないか。配給された食糧を食べずに貯め込んでんだろ?」

するともう一方も相手を指差しながらこう返す。

「お前さんこそ――貯め込んでないのなら、くるぶしの上がなんでそんなにむくんでるんだ？」

餓死者が出ていないことは、このうえない幸運だった。中には干からびた山菜や木の枝を拾いに行くついでに、ほかの更生区や荒野の村まで足を延ばして、餓死者の末路を目にしてくる者もいた。戸に載せて運ばれてきて埋められたが、掘った墓穴が浅いのですぐに野犬や狼に食い荒らされてしまったのだという。

このうえなく幸運なことに、九十九区では死人が出ていなかった。

しかしお上から下達があった。国家は今まさに危難のときにある。外国人や西洋人によって、国家の首を絞められ、大飢饉に陥った。すべての国民、人民は、すべからく碧眼大鼻の者どもを敵と思い、国家のために難局を乗り越え、褌を締め直すべし。更生区ではこうして一日二両の配給が一両になった。こどもが食糧を管理し、週に一度、一人につき歯磨きのマグカップ一杯分の甘藷の粉六、七両ほどが配られた。一人一日一、二両があれば餓死することはないが、生き長らえるのも容易ではない。異様に寒く、屋内も荒野のようだった。冷たい風が骨髄や心のなかに吹き込んできた。寒くひもじかったので外に出てくる者もいたが、空に光はなく、ただ雲が垂れ込めていた。陰気で寒く、ある限りの服を身にまとっていた。どこへゆくときも、布団をかぶったまま移動する者もいた。寒さが人をひもじくさせ、ひもじさが人にことのほか寒さを覚えさせた。寒さひもじさが極限に達すると、人は今日の生死だけ気にして、明日のことはどうでも良くなる。明日死ぬとしても、今日一日寒さとひもじさから逃れられればいいのだ。歯磨きのマグカップ半杯の甘藷の粉を持ち出し、風がよけられ、なおかつ人目に触れない場所に行くと、全部煮て粥を作った。一気に飲み干したあと、マグカップに残った粥の残りを指でぬぐい、さらに舐め回した。食べ終わると、体も暖かくなってきた。しかし翌日には、誰かが粥を作るのを、ただ指をくわえて見守ることになる。

「教授、一口食べさせてくださらんか？　いずれまた借りを返すから」

こうして切々と哀願するはめになるのだった。しかし粥を煮ていた教授は、振り返った首とまなざしを元に戻しただけで、何も言わず、訴えが聞こえなかったかと思いきや、がつがつと粥を掻き込むのだった。横から奪われるのを恐れてのことだった。

そうしてまた一日が過ぎた。

さらにまた一日が過ぎた。

皆の飢えが極限に達してから三、四日たった頃、ある部屋から何かを捧げ持って出てくる者がいた。きょろきょろと左右を見回しながら、区の敷地の門の前まで来ると、こどもの宿舎のドアを叩いた。こどもは中で火を焚いており、粥を煮るいい匂いもしていた。入ってきた者は突然ひざまずくと、額を地につけて拝礼した。

「本を差し上げますので、甘藷の粉と交換していただけませんか？」と言いながら、懐から本を取り出した。黄ばんでしかも脆い状態の線装本だった。「これは先祖代々、五百五十年にわたって受け継いできた『文献大成』です。どこに行くときも肌身離さず隠し持っていました」

そう言いながら、彼は本を差し出した。見ると、毛筆の細字の楷書で文言が綴られていた。紙は柔らかく、吹けば飛びそうなほどに軽かった。こどもは『文献大成』がどんな本であるのかを知らなかった。しかし、貴重な本であることは分かった。こどもは本を受け取ると、彼に甘藷の粉をお碗半分ほど与えた——二両どころか、三両はあろうかという量を。入ってきた男は齢六十になる国立歴史研究所に勤めていた歴史学者だったが、彼は粉を、まるで宝物を戴くように重々しく、細心の注意を払って受け取った。そしてまた叩頭して礼を述べると、粉を懐に入れてこどもの部屋を辞した。

その日の晩、また何人かやって来た。月は天空に凍りついていた。乾いた風がひゅーひゅーと吹いていた。こどもは薪を焚いて暖を取っていた。五、六人が皆ひざまずいて謁見していた。引き裂いて焚きつけに使われていたのは『神曲』だったが、まだ火にくべられていない頁が机の下に置かれていた。彼らは一様に本を捧げ持ち、まず自分の非を認めた。今まで提出しなかったのは、反動的な本だとは思っていなかったからです。しかし、お上からのお達しでこの手の本がだめだと分かりました。たとえばそれは、五十年前に外国からもたらされた『物理学』であり、さらに早くにイギリスからもたらされた『天体論』だった。ほかに、中国の古典、たとえば線装本の『史記』や『三国志』もあった。これは絶版で、現在中国国内で一冊、あるいは数冊しか残っていません、と皆差し出しながら言った。こどもはそれらの本がどれだけ貴重なものなのか分からなかったが、ともかく一人につき一、二両の甘藷の粉を与えた。

その後も、次々と本の提出に訪れた。初めのうちは引き換えに、一冊につき一両か二両を渡していたが、終わりのほうにはほんの一つかみだけになった。そうして半月後、誰も来なくなった。ついに底をついたのだった。しかし、その分多くの本が、人びとが入ったことのない奥の部屋に運び込まれた。こどもは焚きつけが必要なとき、その部屋に行って本を何冊か取ってきた。

その日、こどもがいつものように暖を取っていると、宗教が入ってきた。外では雪が降り、人びとが皆部屋のなかで布団にもぐり込んでいる頃一人やって来たのだが、何も持っておらず、入るなりひざまずくこともなく、部屋の中央に突っ立っていた。こどもは灯りの下で、焼いた餅を片手に連環画を見ているところだった。餅は紙のように薄く、脆く、噛むとかりかりと音がした。小麦のふすまの粉で作った餅とはいえ、小麦の匂いが部屋中に漂っていた。

餅を見つめながら、宗教はつばを呑み込んだ。外では雪が降り続き、曇ってはいたが、雪明かりで少し明るかった。こどもは右手で連環画を机の上に、そして左手で餅を積み重ねた紙の上に置いてから、宗教のほうに顔を向けた。宗教の顔はまるまるとむくんで濡れたように光っていた。そして足は水袋のように腫れていた。

「これはひどい」とこどもは声を上げた。

「私はもうすぐ餓死するでしょう」と宗教は言った。「もう四日、水以外、何も口にしていません。ここに来るときも、壁に手をつきながら、何とか足を運んできたのです」

「小麦粉を一両やろう」とこどもは言った。「でも、何も持ってこないのに小麦粉をマグカップ半分やったなんて、ほかの者には言うなよ」

こどもは奥の部屋に行くと、両手ですくい取れるだけの小麦粉を紙に包んで持ってきた。宗教は生の小麦粉をそのまま呑み込もうとして喉を詰まらせた。こどもは宗教のために水を注いでやった。宗教は水と一緒に何とか飲み下すと、人心地がつき、元気も戻ってきた。宗教は食べ残した小麦粉を包むと、机の隅に置き、口のまわりを舌で舐めてから、顔を上げて言った。

「何もないわけではありません」

そして袋のなかから以前に提出したものと同じような聖母マリアが描かれた絵を取り出し、足許に置くと、その頭を何度も踏みつけた。それどころか、つま先でマリア像の目をほじくったので、眼球がえぐられ、穴が空いてしまった。絵をめちゃくちゃに踏みつけ、引き裂いたあと、手で拾い上げ、まるでゴミのように丸めた。それから改めてひざまずき、こどもに叩頭してから立ち上がると、机の上の小麦粉を手に取り、壁に手をつきながら部屋を出ていった。

こどもはそのとき、はっとして、何が起こったのかを理解した。そして丸められた絵を伸ばした。そこには、目に穴が空いたマリア像があった。こどもはしばらく愕然としていたが、出ていった宗教の後を追って外に出た。外では牡丹雪が降っていた。こどもがドアを閉めようとしたとき、その陰に作家がしゃがんでいたことに気がついた。宗教が出てゆくとき紙包みを持っているのを見た作家の目に光が差したが、立ち上がってこどもの部屋に入ろうとしたとたん、立ちくらみがして目の前が真っ暗になった。作家はまたしゃがみ込み、そのままにじり寄ってこどもの部屋に入った。ドアを閉め、天を仰ぎ、あえぎながら言った。

「どうか私を生かしてください。私はやはり『罪人録』を書こうと思います。この冬には九十九区の更生者たちすべての言行録を書き上げることができるはずです。来年の春にはまた砂地の丘に行って、あなたのために粟穂より大きい麦を育ててみせますよ。私は検証してみたいんです。あの丘の下に果たして古代の皇帝が埋葬されているのなら、墓の真上に小麦を植え、私の動脈の血を注げば、畑のすべての麦穂はきっとトウモロコシの穂の大きさに、また小麦の種は落花生より大きく育つのではないかと考えています。あなたはその小麦を持って北京に行けば、中南海に滞在できます。私はもう、五つの星は要りません。一生ここであなたに付き従います。あなたにやれと言われたなら、何でもやります――でも、そのためにも私にこの冬を越させてください」

こどもは感動し、まずは机の上に置かれた小麦のふすまの餅を作家に与えた。作家がそれを食べているあいだに、こどもは奥の部屋に行って、磁器のお碗いっぱいの小麦粉を少なくとも一斤二両取ってきた。作家の黄ばんだ顔に笑みが浮かび、目に光が差した。

「今こんなときだからこそ」とこどもは言った。「更生区の者たちが何を考え、どんなことを話し、何をしたのか、記録しなくては。これはお上の考えだ。お前を飢え死にさせるわけにはいかない。いいか、すべての更生者の言行を記録するんだ。来年には必ず俺のために粟穂より大きい麦を育ててくれ」

作家はうなずいた。彼はその日からまた『罪人録』を書き始めた。

第十四章　大飢饉（二）

一、『旧河道』四二五〜四三一頁

果てしない荒野に降っていた雪はやんだ。黄河両岸の世界は一望限りなく清冽な白に染まっていた。去年は大雪のなか、人びとは製鋼に励み、猫の手も借りたいほどに忙しかったが、今年は皆部屋のなかでごろごろしたり、布団にくるまったりしていた。力を使えばひもじさが増すだけなので、誰も敢えて動こうとも、口を開こうともしなかった。

ただ一人学者だけは、絶えず、壁に手をつきながら動き回っていた。布団にくるまっている者の枕許に来ると、軽く揺り動かしながら「生きてるか？」と声をかけ、相手が体を動かすか、目を見開くかすると、「歯を食いしばって生きるんだ。お上も我々をむざむざと餓死させることはあるまい。知識人がみんな死んでしまったら国家も餓死することになる」相手が聞いていようがいまいが、聞きたがっていようがいまいが、一人一人に声をかけて回った。頭から布団をかぶっている者がいると布団をはがし、目をつぶったままの鼻先に手を当てて生存の確認をしながら、相手の肩に手を置いて揺り動かしながら言うのだった。

「生きてるか？――とにかく生き延びるんだ。生き延びて、お上に私たちをここに送り込んだことを後悔させるんだ」

学者はまるで九十九区のお上であるかのように、仲間たちに生きるんだ、どんなことがあっても生き続けるんだ、と呼びかけた。九十九区のなかで学者が最も学識があり、最も重い責任を持つのかどうか、それは分からない。しかし、彼がここで最年長でないことは確かである。仲間を励ます世話役として誰かに推されたわけではなく、こどもと同じようにお上の役回りを頼まれたわけでもなかったが、彼は一つ一つのベッド、一つ一つの部屋を回って励まし続けた。彼は以前北京中枢の指導者の最も重要な哲学の演説原稿を起草し、翻訳し、添削したことがある。そこで九十九区の仲間たちは、こどもを除けば、誰よりも学者の言うことを聞いた。

皆彼の顔を見上げ、疑わしそうに訊いた。

「お上が私たちのことを見捨てるはずはないよな？」

「絶対に見捨てるはずがない」と学者は言った。「半月もすれば、お上はきっと私たちの面倒を見るために人をよこすだろう」

今度は女性の宿舎に行くと、「生きてるか？」と声をかけ、部屋のなかに横たわっている女たちがいっせいに彼のほうに振り返ると、学者は見回しながら、ポケットから紙包みを取り出した。「野草の種だ。小麦粉に混ぜて一緒に煮るといい」と言って、一人一人に野菜の種を配った。そして最後に音楽の前に来ると、紙包みを彼女の枕許に置き、顔をなで、手を握ってやりながら、耳許に口を近づけ、「起きて食べに行くんだ。ほら、小麦粉と小麦の実だ」それから体の向きを変えて、壁に手をつきながら、大声で言った。

「みんな生きるんだ——お上が我々を見捨てるはずがない。雪が解ければ道ができる。お上はきっと食糧を送り届けてくれる——なんであれ、国家は知識人を必要としているのだから！」

皆は素直に学者の言うことを信じた。一人一日一両ほど配給される小麦のふすまの粉に野草や葉、そしてアルカリ土壌の田畑に溜まった泥を少量混ぜてこね、餅を焼いた。ひもじくてどうしようもなくなるとそれを何口か口に入れ、白湯や生水で飲み下した。大便が出ない者がいれば、学者は二人一組にグループ分けし、お互い尻の穴から箸を使って掻き出させた。一人が力んでいる下からもう一人が肛門を見上げ、箸で掻き出すのだ。女たちもそうした。学者は外に便所に行けば厳しい冷え込みと飢えから、きっと敷地や路上で死んでしまうと思い、皆に部屋のなかで用便するよう通知した。小便は部屋の入り口で済ますか、余ったお碗や瓶のなかに出し、部屋の外に持っていってまけばいい。しかし、すべての者たちが学者の言うとおりに部屋のなかで用便した結果、どの部屋も糞尿のにおいや、狐か何かの野生動物のようなにおいが充満することとなった。

そんなふうにしのいで十日後、雪が解け、区外に通じる道も一部乾いた状態になると、果たしてお上の使いがやって来た——人びとは皆それぞれの入り口で日向ぼっこをしながら、虱を取っていた。男のために服を繕ってやっている女もいた。昼になり、綿入れを着なくてもいいほど暖かくなってきた頃、一人が門の外のがらんとして人気のない大道の方向を指差して叫んだ。

「見ろ！　見ろ！」

グレーと白のまだら模様の荒野をジープが一台、風波激しい水面に揺れる小舟のようにこちらに向かってくるのが見えた。やがてジープが九十九区の入り口に着くと、車から数名が降りてきたが、グレーの制服を着て、白髪を真ん中から分けた、背の高い痩せぎすの男が、先頭に立って歩いてきた。刀のようにほっそりとした顔で、歯は白かったがやや出っ歯だった。男は部下たちを引き連れてこどもの部屋の前まで来ると、ドアを開けて中に入っていった。

皆はもう一週間もこどもと会っていなかったので、こどもは会議に参加するため町に行き、飲み食いしているとばかり思っていた。こどもが部屋にいたとは思ってもみなかった。来訪者たちは半時間後、こどもの部屋から出てくると、日向ぼっこをしている人びとに向かってゆっくりと歩いてきた。こどももその後ろから歩いてきたが、それは羊の群れの最後尾に付いてくる子羊を思わせた。最上層部の制服を着た痩せた男の顔は、日に照らされた前列の棟に来るまではいささか興奮して高揚していたが、人びとの一様に腫れた顔と水でむくんだ足を見たとたんに灰白色に陰った。そばの部下に振り返り何か話していたが、部下が頭を下げて何か伝えると、男の目が赤くなった。男はこどもに九十九区のすべての者たちを一棟の前の日射しの下に集めるように言った。こどもは部屋という部屋に走ってゆき、大声で叫んだ。

「集合しろ――上層部の方々がお前たちの見舞いに来られたんだ！」

一通り声をかけて、こどもが少し息をついていると、九十九区の者たちすべてが部屋から出て、壁に手をついたり支え合ったりしながら、一棟の前の空き地にやって来た。爽やかな黄金色の陽光が、透明な流れの瀬のようにあたりを覆っていた。何百もの腫れた顔は、陽光の下で宙に吊るされた一面の水袋のようだった。冬とはいえ、正午過ぎの区の敷地には風がなかったので暖かみが感じられる。区外の荒野では、解け残った雪が陽光に反射して眩しい。人びとは空腹のためにめまいがしていたので遠くを見やることができず、足許の半ば乾いた砂地をうつむき加減に眺めていたのだが、その目に映ったのは、最上層部の男の、とがった黒い布靴と、手針で何層にも刺し縫いされた雪のように白い靴底、そしてその縁についた、皆に踏みつぶされた虱の血かと見紛うような赤い砂粒だった。彼はグレーのウールの、まっすぐな折り目のついたスラックスをはいていた。区の人びとは彼の前で、一様に押し黙っていた。幹部の男と区の人びとがお互い見合うなかで、私も学者も音楽も最前列に立ってじろじろと見ていたが、彼が地方のトップなのか省のトップなのかは分からなかった。静まり返るなか、九十九区の者たちは過度の飢えのためにぶんぶんと軽い耳鳴りがしていた。陽光が地の砂に触れるかすかな音、人びととお上たちの視線がこすれ合うかすかな音が聞こえた。皆はお上の口が開くのを待っていたが、最上層部の幹部は突然、目から涙が流しながら、皆に向かってすっとひざまずき、学者の予想したとおりのことを言った。

「国家は君たちを必要としている。君たちが餓死すれば、国家も死んでしまう。何とかして生き延びてくれ」そして、ひざまずいたまま人びとに向かって三回叩頭したあとこう続けた。「国として君たちに申し訳ない！」

それから起き上がって涙をぬぐった。最後に、陽光の下に吊るされた一面の水袋を一瞥したあと、涙を拭きながら区の門のほうに向かって歩いていった。

付き従ってきた者たちも、後を追って出ていった。

幹部の男に続いて敷地の門の前に戻った部下たちは、ジープの上から二袋の穀粉を下ろした。幹部がこどもの肩を軽く叩くと、穀粉を部屋に運ぶように言い含め、二言三言何か言ったあと、一行は車に乗って、大きな音をたてて更生区を出ていった。雪が解け始めていたので、ジープは雪解けの泥水を大量に撥ね上げた。幹部とその一行が去ったあと、更生区の人びとの顔は興奮に赤らんでいた。穀粉が二袋、こどもの部屋に運び込まれているあいだに皆集まってきて、こどもを取り囲んで見ていた。皆がそうして穀粉の配給を待っているあいだ、学者は何かをはたと思い出したようで、人混みのなかに入ってゆくと皆に向かって、少し訝しげな、しかし朗らかな様子で声高に問いかけた。

「さっき来られた方が誰だと思う？——私はふと思い出したのだが、あの方はわざわざ北京から、私たちに会いに来られたんだよ」

すべての更生者たちが学者を取り囲み、じっと見つめながら、話の続きを待った。

「あの方は国家の指導者だ——一国のすべてをあの方が司っているんだよ！」

皆愕然たる表情で、半信半疑だった。しかし、北京から更生区に送られた者は皆はたと悟った——髪をきちんと分け、制服と中国靴を身に着けているさまからして、その痩せた男は確かに国都の最上層部の指導者であり、国家の執政者であると。あるいは彼より序列の高い幹部が数名いるかもしれないが、だとしても、彼が最上層部であることは間違いない。それで皆は、更生区の外へ続く道に慌てて目をやったが、そこには雪泥のなかに残った二本の轍以外何もなかった。嬉しさと残念な気持ちが入り混じった表情でふたたび目を戻すと、こどもが手に小麦粉の入った歯磨き用のマグカップを持って、学者の顔を見つめていた。半ば恨みがましく半ば怒ったように言った。

「あの方が国都最上層部の幹部だと知っていたのなら、どうして言ってくれなかったんだ？　赤い花を付けた賞状を戴けるところだったのに。赤い花を胸に着けていただけるところだったのに」

こどもは落ち込んでいた。悔やんでも悔やみきれない様子で目から涙を溢れさせた。

二、『旧河道』四三一～四三八頁

最上層部の指導者が更生区に視察に訪れたのだから、万事解決、もつれた麻糸もほどけると思っていた。少なくとも飢えから解放され、食糧も毎月配給されていた量に戻るはずだった。しかし、その幹部が去ったのちも、彼が残していった二袋——小麦粉一袋とトウモロコシ粉一袋、それぞれ百斤ずつ——を除けば、何も変わらなかった。更生区の者たちは相変わらず、いかんともしがたい絶望的な状況にあった。

雪はほとんど解け、低地と堤防の日陰に、白い凍死した土があるばかりだった。二百斤の穀粉は一人あたり歯磨き用マグカップほどの量、すなわち二両にも満たなかったが、数日後、それも尽き、人びとはまた飢えに苛まれるようになった。さらに恐ろしいことには、一人一日一両配給されていた雑穀も尽きてしまった。しかしお上は、人民にはもう食べるものがない、そんなときに更生区の者たちだけに構っていられるだろうか、ということだった。荒野に行って自分で食べるものを探してきてくれ、そうして命をつないでもらうよりほかない、と。

師走に入って、仲間が一人餓死した。昨夜は確かにベッドの上で寝返りを打っていたのに、翌日には布団のなかで冷たくなっていたのだ。彼は省都の農業科学院で食用種の穀物の栽培を専門に研究していた研究員だったが、更生区では率先して一万斤の試験田の栽培にも関わっていた——その彼が死ぬとは何という皮肉だろう。学者は仲間と一緒に、更生区の敷地の裏の空き地に彼を埋めた。遺品を片づけていたとき、枕の下の封筒のなかに、こどものテント焼失後にふたたび獲得した赤い花、合わせて七十数片が隠されていた。五芒星に交換すれば三つになる数だった。

同室の者が彼の墓前で、封筒に入っていた小花を焼いた。ある者が焼くのは惜しいと言い出したが、学者はにらみつけ、花も焼いてあの世へ一緒に持たせてやりたいじゃないか、とやはり焼くことになった。九十九区でもついに餓死者が出たので、皆今までにないほどうろたえ、とりわけ彼と同室だった者は、別の部屋に行って寝るようになった。学者はまた、壁に手をつき、一室一室を回りながら言った。

「寝るんじゃない。もともとどこも悪くなかった人間が餓死するなんて、くやしいじゃないか。皆、食べられるものを探しに野に出ようじゃないか」

前年の秋に枯れずに残ったトウモロコシを目当てに、あちらこちらを掘り返した。荒れた草地のなかを、しらみつぶしに野生の実や草の種を探しまわった。午前に日が昇って暖かくなると、皆更生区から外に出ていった。歩けない者は犬のように地面を這っていった。広漠たる荒野のなかで、人びとはしゃがんだり這ったり、野生の実や草の種を探しまわった。それは荒野に放牧された羊の群れのようであった。日が落ちる頃になると、人びとはまた緩慢に歩いたり這ったりしながら、更生区に帰ってきたが、それはやはり、柵のなかに戻る羊を思わせた。しかし、その日の黄昏時、人びとが荒野から帰ってくると、敷地の裏の農業科学院研究員の墓が掘り返され、布団に包まれた死体の太ももや腹の肉が切り取られていた。それはまるで黒土の泥を鋤や鍬で掘り返したようだった。

人びとはもはや人肉まで盗み食いするようになっていた。

夕日が冬の寒さの残る荒野を少し暖めたあと、赤光は雨雲に覆われ、北のほうから埃を含んだ風がぴゅうぴゅうと吹いてきた。掘り返された墓の前まで、学者や宗教が遅れてたどり着いたとき、墓の大きな穴を取り囲んでいた者たちは、雪のように白い驚愕の面持ちで、奇異な恐ろしい出来事を見ていた。更生区の仲間が仲間の人肉を食らったのだという事実を、にわかには信じられない様子だった。音楽、女医たち何人かが、掘り返された墓穴と切断された死体を見て、地面にしゃがみ込んでげーげーと吐いた。学者は後ろから木の枝を杖にして急ぎ足でやって来たのだが、掘り返された墓を前にして、杖を不意に放り投げた。深く落ち込んだ眼窩に黒い陰のある顔は、噴き出した血のような暗紅色と鉄のような青が混ざり合っていた。

「畜生め、人肉を食べるとはそれでも知識人か!」

学者はそう罵って後ろを振り返ると、取り囲む者たちのなかから研究員の屍を食らった犯人を探し出すかのように見回した。しかし、人びとがそのまなざしにおののいているあいだに学者は視線を戻して、更生区に向かってすたすたと歩き始めた。風を切るかのように速い足の運びで、飢えていることが嘘のようだったが、しかし数歩も進まないうちに立ち止まり、区の黒煉瓦の塀に手を置いて荒い息をしながら、青白い顔から流れ落ちる汗をぬぐった。

宗教は皆を引き連れ、学者の歩調に合わせながら後を付いていった。ここまで地面を這ってきた者も、すでに這うことをやめていた。これから何が起ころうとしているのか知っているのだろう、足に力をみなぎらせ、学者や宗教の後を追いかけてきた。

一息つくと、学者はまた歩き始め、南に曲がって区の門のなかへ入り、そこで少し休んでから、最後列の宿舎に向かってまっすぐに歩いていった。すでに見当をつけていたようで、学者は迷わずその棟の真ん中の部屋のドアを開けた。皆もどっとそこに集まる。真ん中の部屋には、同輩の二人が野に出ずに残っていたのだった。一人は省の文化部長で、もう一人は国家教育部の副局長だ。本来、彼らは人を管理する幹部だが、人を管理しているうちにみずから更生区に送られ、罪人になった。人肉を食べて飢えが収まったので、肩を並べてロープで自分を部屋の梁にくくる力が湧いてきたのだ。彼らは身なりをきちんと整え、髪を櫛できれいに梳いた状態で梁にぶら下がって、部屋に入ってきた学者と付いてきた人びとを見つめていた。そばの窓の下には、錆びてふちのかけた金属製の洗面器が火にかけられており、中には肉を煮たお湯が半分残っていた。洗面器の下の薪はまだ完全には消えずにくすぶっていた。学者は中に入って、その錆びた鉄の洗面器を蹴った。窓の近くの机の上には、折り畳まれた紙が置いてあった。手に取って開けると、そのなかには彼ら二人が稼いだ赤い小花と五芒星二つが入っていた。そしてその白い包み紙に、鉛筆で書かれた書き置きがあった。

申し訳ない。農業科学院の研究員を食べたのは私たちだ。腹がいっぱいになり、動けるほどに力が湧いてきたので、私たちは先に行く。私たちの命の灯は消えようとしているが、もう二度と更生労働をする必要はない。あなたたちがもっと生き長らえたいなら、私たちを食べてもらって構わない。ただ一つ切にお願いしたいのは、私たちを食べたあと、骨をどこに埋めるにせよ、将来、私たちの家族に埋めた場所を知らせてほしいということだ。どうか家族に骨を持ち帰らせてください。

みんなありがとう。私たちが貯めた赤い花と星をみんなに残していきます。

人の上に立ったことのあるその元幹部の置き手紙を読むうちに、青紫に染まっていた学者の顔色はもとの色に戻っていった。学者が穏やかな様子で立っていたので、宗教は何が書かれていたのかと訊いた。学者はそこでその書き置きを宗教に渡した。宗教はそれを読んだあと、また他の者に渡した。書き置きは部屋のなかから外へ回されていったが、最後の一人が読んだあと、「二人を下ろしてあげましょう」と言った。死ぬ前に腹いっぱいになったこの二人の仲間を下に下ろしてやった。

「こどもに一目見てもらうべきだ」埋めに行こうとしたとき、私は学者に言った。「でなければ、彼らがいなくなったことをこどもは逃げたのだと思うだろう」

学者は少しためらっていたが、二人の遺体をベッドの上に置き、こどもの部屋に事の次第を伝えに行った。日射しはすっかり消え、最後の一抹の赤光は大地を浸す血のようだった。夕日の光を踏みしだいてゆく学者は、血の海の上をひらひらと揺れながら舞う飢えた蛾のようだった。腹が飢えのためにグーグーと鳴るのが聞こえた。腹のなかを、胃腸を洗い流そうとするように水が流れてゆく気がした。飢えているだけでなく、腸が引っ張られて痛かった。彼は腹に手を当て、強く下に押した。そうすることで体の力を両足に集め、力を入れて前に進むことができた。雀が一羽こどもの宿舎の入り口の地面に降りて餌を探していたが、学者はその雀を見て、ひと呑みにしてしまいたい衝動に駆られた。つばを呑み込んでから、立ち止まり、石を拾って雀に向かって投げたが、クルミのようなその石は雀からずいぶん手前で落ちた。学者は石を投げる力もなくなっていたのだ。雀は学者をちらりと見ると、嘲るような声をあげて飛び立っていった。学者は注意深く、雀が足で穴を掘っていたところまでたどっていった。すると果たしてその少しえぐれた地面の上に乾いた雀の糞が二粒あった。その米粒のような雀の糞を学者はためらわずに口に放り込んだ。しっかり噛んだのかどうか分からないが、奇怪な表情で首を伸ばしたあと、ようやく飲み下した。

「食べられるのか?」宗教と音楽、女医が近づいてきて訊ねた。

「食べられるさ」と学者は言った。「雀は草の種を食べて冬を越す。草の種は汚くない」

彼らはこどもの宿舎の前まで来ると、まず窓の下に身をかがめて中の様子に耳をそばだてていたが、何も聞こえなかった。そこでまたドアの前に行ってノックし続け、部屋から物音が聞こえてきたあと、ドアを開けた。二人の仲間が吊るされた部屋のドアを開けたときと同じように、学者、宗教、音楽たちは、ドアの前で茫然と立ち尽くした。ただそれは、仲間が首を吊っていたからではなく、部屋中が真っ赤に光っていたからだ。こどもはほかの者たちのように腹が減って息だけしているというほどではなく、目は落ちくぼんでいたが、顔にはまだ光があった。部屋も光に満ちていた。黄昏前の日がこどもの部屋に射していたからだ。こどもはベッドの上に横たわっていた。ヘッドボードやベッドが接する壁には、火事のあとに授与された賞状と赤い花がびっしりとかかっていた。賞状は四方に光り輝き、大小の花――絹製や紙製の、真っ赤な、深紅の、艶やかなピンクの――は、ベッドの上の四角いフレームを一周するかたちで通された紐にかけられていた。赤い花がヘッドボードからベッドサイド、そしてフッドボードにわたって咲き誇っていた。ベッドには艶やかな赤が巻きついていただけでなく、赤いシーツが敷かれ、暗い紫を帯びた赤い布団がかけられていた。こどもはすっぽり赤に包まれ、ベッドは燃えているようだった。こどもは火のなかから生まれてきた聖なる嬰児だった。枕許に近い椅子の上には煎り豆と湯冷ましがそれぞれお碗半分ほどあった。煎り豆の香りは、飢えもあって、太く、猛烈な勢いで部屋のなかを渦巻いているように感じられた。こどもはベッドの上で上半身を起こした姿勢で子供向けの本を読み、その姿勢のまま椅子の大豆に手を伸ばしていたが、豆を食べすぎたので、椅子のほうに向き直って、上半身を折ってお碗の水を飲んだ。学者、宗教と何人かが入ってきたのはそんなときだった。部屋中赤に染まった様子に唖然としたあと、皆の視線は煎り豆に釘付けになった。

「また二人、餓死者が出ました」と学者は言った。「皆飢えているので、餓死者の肉を食べる者まで出てきました」

本を枕許に置くと、こどもは座り直した。

「おととい お上のところへ行ってきた。九十九区の餓死者が最も少なかったので、褒美に煎り豆を何斤かくれた――お前たちも食べろ」

そう言ってから、そのお碗半分ほどの煎り豆に目をやった。

「こっそり人肉を食べた者がいます」と学者は続けた。

「お上からは」とこどもは宗教の顔を見ながら言った。「最も肝心なことは区から脱走者を出さないことだということだった」

「このまま食糧の配給がなければ、皆餓死します」

「分かってる――腹が減ってどうしようもなくなったら逃げる者も出てくるだろう。でもどこに逃げる？　お上は国中が飢饉だと言っていたが、天下を見渡してみても俺たちの区ほど広くて人が少ないところはない。どんなことをしてでも、飢饉の冬を乗り越えなければならない」

学者はこどもの顔を見つめて言った。

「でも、人に人を食べさせてはいけないのでは？」

こどもは手に持っていた絵本の後ろのほうの頁をめくった。

「その昔、世界に大飢饉が起こり、天下は死者で溢れた。さらに大水害があり、ほとんどが溺死した――ノアの一族を除いて」

学者は何か言おうとしたが、ほどなくして、茫然とした表情で出ていった。ドアを出てから振り返って、私や宗教、音楽に、一緒にこどもの赤い部屋から出てくるように目配せした。

皆付いていった。

しかし、部屋の出口まで来たとき、宗教は音楽を行かせ、自分は足を緩めながら振り返った。ベッドの前の椅子のそばに戻って、煎り豆の入ったお碗を見やり、豆の香りを鼻から深く吸い込んだあと、こどもの手のなかにある児童書に目をやった。こどもが見ていたのが『聖書故事集』の絵本だったので宗教は作り笑いをし、懐に手を伸ばしてしばらくまさぐったあと、中身のふくれあがった封筒を取り出し、そのなかから長方形に畳んだ色紙を取り出した。そしてそれを広げると、聖母の色彩画がこどもの部屋の赤に、鮮やかに照り映えた。

「最後の一枚です」宗教は少し決まり悪そうに笑った。「本当に最後の一枚です。煎り豆を戴けますか。私は聖母の像を足で踏みつけることができます。それだけでなく、聖母の目をほじくり出し、聖母の鼻と口を引き裂いて食ってやります。そうすれば、聖母は糞になります。それから私は、あなたの言うとおり、聖母の顔にしょんべんだってできます」

宗教はそう言うと、こどもの顔を見ながら、右手で聖母の美しい目をほじくり出して穴を開けた。しかし、もう一つの目をほじくり出して丸めて捨てようとしたとき、赤く黄色いこどもの顔は青黒くなった。こどもは上体をねじってお碗のなかの大豆をつかむと、宗教に向かって投げつけた。煎り豆は宗教の顔と体に当たって、部屋いっぱいに散らばった。

こどもは口も利かず、宗教の手をじっと見つめていた。

宗教は茫然として手を止めた。こどもの顔をちらっと見て逡巡したあと、慌ててしゃがむと大豆を拾いながら口に詰め込んだ。豆を噛む、石畳を叩くハンマーのような音がした。

三、『旧河道』四三九～四五七頁

九十九区で八人目の餓死者が出たとき、区の敷地の周囲四、五里の草の根、草の種と数少ない小木の皮は、すっかりなくなっていた。さらに草の根を掘り返し、種をしごいて食べるには、数里離れた先に行かなければならない。料理用の磁器製の甕とお碗と火打ち金を持って、日の出とともに外に出て、日の入り前に帰ってきて寝る毎日だった。彼らは誰にも自分の行く先を告げず、起きるやいなや出発した。

遥か遠くの荒野に散らばって、茅やエノコログサを探した。茅は根を噛み、エノコログサは穂のなかの種を紙か服の前に包んで揉み、一つかみか半つかみの量になったら水を持ってきて、火打ち金を白い石の上で叩いた。綿を撚り合わせた火縄の先に火花を散らし、吹いて火を起こしてから、草の種のスープを煮た。それは黄緑の粘液状で、飲むと草と粘土の生臭いにおいがした。濃い草の臭みを消すために、地表の白いアルカリの欠片を剝がしてきて、スープに入れて煮ると、渋い塩味もあって、何とか飲めたがしかし、飲みすぎると腹を下す。いったん腹を下すともう歩けなくなり、便を垂れ流しながらその冬のうちには餓死することになる。下痢をしないためにはアルカリの欠片をたくさん入れなければならないが、そうすると、今度は腹や胸が火のように熱くなって夜寝つけなくなる。翌日はふらふらとした足取りで草の根と種を探しに行くが、その途上で、突然倒れて二度と起き上がれなくなる。

所構わず穴を掘って餓死者を埋めた。将来遺族に遺体を返すために、墓の上に石を置くか棒を挿し込むかして、どこに埋めたのか印を付けておいた。しかし翌日には、墓の上の石や棒もなくなり、埋めた場所がどこなのか、誰にも分からなくなっていた。

九十九区で十八人目の餓死者が出た師走のある日、皆が草の種を探しに野に出る前、スープにアルカリをどれぐらい入れるべきかを庭で議論していたとき、私は音楽の顔色が皆とは違うことに気づいた。九十九区の者たちは蠟のように黄ばんだ顔か、死期が近いなら鉄のように青い顔色をしていたが、音楽の顔はほのかに赤く艶やかだったのだ。死は風が吹けばことりと倒れるもののように、突然にあっさりと訪れたから、男も女も、洗濯したり、毎日の身だしなみに気を遣ったりはしなくなっていた。ところが音楽の髪だけはきれいに梳かれ、三つ編みを一本にまとめた髪の先に花のような髪紐が留められていた。淡紅色の制服の上着もさっぱりときれいで、服の畳んだ跡が縦にも横にもきちんと残っていた。

私は音楽に疑念を抱き始めた。彼女は人混みの外に立っていて、私は人混み越しに彼女の向かいに立っていた。乾いた薪のように痩せた人びとの首越しに、私は注意深く音楽を観察したあと、彼女の背後に、気づかれないように移動した。すると、彼女の体からほのかなクリームのようないい香りがした。私は驚き訝りつつも、内心ひそかにほくそ笑んでいた。飢饉になってから、私が人びとの言動の記録を提出するたびに、こどもは一頁につき一つかみの小麦粉をくれた。その後、本部からの食糧の配給は途絶えたが、それでも五頁につき一つかみの小麦粉をこどもはくれた。さらにこどもの小麦粉が底をついたあとも、私が記録を提出に行くたびに、こどもは煎り豆を両手一すくいか、半碗はくれた。九十九区の人びとは皆むくんで力なく、いつ死んでもおかしくなかったが、私はほぼ食糧を切らしたことがなかった。

私も腹を空かせてはいたが、餓死はしないはずだった——私が毎日こっそり人びとの言動を記録することができさえすれば。しかしここ数日は、人びとが方々遠い荒野に散らばりおのおの草の種のスープを煮る毎日だったので、私は彼らの言動を探りにくくなっていた。私はもう五日ばかり『罪人録』を提出しておらず、煎り豆のご褒美にも与っていなかった。そこで、その日から私は音楽の言動を細大漏らさず——彼女が何を食べたために顔の色艶が良くなっているのか記録するべく、彼女に付いてゆくことにした。またご褒美に与れるかもしれないし、そうすれば彼女と同様、生者の顔色が戻るかもしれない。九十九区で十八人の餓死者が出るなか、きちんと身ぎれいにして、体からはほのかないい香りまで漂わせる音楽は、どう考えても怪しかった。

草の種のスープにどれだけアルカリを入れるべきかを議論したあと、人びとはいつものように、杖を突いたり壁に手をついたりしながら区を出ていった。空が明るむと柵の留木が外され草原に放たれる羊たちのように、人びとは散っていった――東に西に、二、三人で連れ立ってゆく者たちもあれば、一人でわが道を行く孤影もあった。

日は頭上の最も高い位置まで昇っていた。荒野は明るみ、薄黄色の光でメッキされていった。歩いてゆく人影は次第に小さく、ついに黒点となって荒涼とした野に消えていった。私は区の門の外に立って音楽が出てくるのを待っていた。音楽はやがて部屋から草の種をもむための袋を持って、女医と一緒に出てきた。区の門の前で何を言ったのか、女医は東、音楽は東南に向かって歩き出した。速くもなく遅くもなく、確固とした目的を持って向かっているように見えた。私は彼女と数十メートルの距離を保ちながら尾行した――もし見つかったときに怪しまれないよう、草の種と草の根を入れた袋を手に持ち、草を探しに来ているふりができるようにして。そのまま付いてゆく私の左側に、枯れた木のような影もふわふわと移動してゆく。しばらく歩くと、飢えのために、十数里走ったかのように息が切れたが、小道に沿ってまっすぐ歩いてゆく音楽の足取りはますます速くなっていった。次の十字路まで来て、私がしゃがんで息をついていたとき、音楽は後ろを振り返り、まわりを確認しているようだったが、四方の荒野に誰もいないことを確認すると足を緩め、十字路を南に曲がって九十八区の前まで歩いていった。

音楽は舗装されていない土の道を歩き、私は野の荒地のなかを追跡した。七、八里離れた九十八区の、建ち並ぶ宿舎の南側まで来ると、音楽は道端で人の背丈ほどもある枝を拾って突き刺し、九十八区から西へ一里離れた高炉の並びに向かって歩き出した。

あらかじめ示し合わせていたのか、音楽が枝を九十八区の道端に挿してからほどなく、区のなかから古い白――やや黄ばんだ――の軍服を着た中年の男が出てきて、枝を抜いて畦に放り、古い高炉が並んでいるほうへ歩いていった。ほどなくして、音楽が高炉のあいだから出てくると、男に笑いかけた。

「持ってきた?」――すると男は腰から拳よりやや大きい袋を取り出し、掲げた。それから二人は高炉のなかに入っていった。

私は高炉からさほど遠くない穴に身を潜め、茂みのあいだから頭を出して、二人の様子を窺っていた。そのうちに、おぼろげながら事の次第と曲直が分かってきた。黄河旧河道から吹いてきた風は、熱量を増した陽光に暖められて、空をなでる絹糸のように穏やかである。

冬の寒さは正午になると和らぎ、荒野の大気はほのかに暖まっていた。まだ凍っている土の穴から私は這い出し、立ち並ぶ高炉の横を、音をたてないように注意しながら歩いていった。その高炉は去年の冬、九十八区での製鋼に使われていたのだが、今は音楽と古い軍服を着た男の密通場所になっていたのだ。炉群からいったいどれだけの鉄くずができたのだろう、炉壁の土が剝がれ落ちて風に飛ばされた一年後の今、赤黒く焦げた鉄くずは、覆うものもなく、無残な姿をさらけ出していた。それはまるで錆びた鉄でふかれた塀のようだった。

二人はその二番目の高炉にもぐり込んでいた。私は炉の前の入り口でうずくまって耳をそばだてていたが、少しも物音がしなかったので、炉の後ろに回り込んだ。炉の上には、消火や注水のための口が井戸のように天に向かって開いていた。私は息を殺して一歩一歩よじ登り、その井戸から炉の内を見やったが、慌てて目をそむけた。炉の先端に腰を下ろしたまま遠くを眺めやると、誰かが草地に座って草の種をしごいていた。すでに草の種を煮るために火を点けたようだ。高炉の先端で、遠くに立ち昇る煙を見ながら、しばし茫然と座っていたが、自分の激しい鼓動を少し落ち着かせてから、ふたたび伏せて、井戸から中をそっと覗き込んだ。そこには部屋半分ほどの空間があり、北側の地面に乾かした野草が厚く敷き詰められていた。そしてその上には薄汚れた古い、目の粗い綿の布団が敷かれていた。布団はところどころ破れて、古い綿が露出しており、土のなかに埋めて数年経った、腐ったざら紙のようだった。音楽と男の服は布団の横に脱ぎ捨てられていた。二人は頭と肩だけ出して布団にくるまっていた。男はまさに音楽の上で豚のように息を切らして忙しく動いていたが、音楽はその男の下から頭を出し、半ば仰向けになって斜め上を見つめていた。音楽の視線のわずか二尺先には小さな窯があり、黒い団子が置かれていた。それはまるで、音楽の顔と目を引き寄せるランプのようだった。男は音楽を情事に集中させようとしていたが、音楽の黒団子を見る目は今にも飛び出しそうに大きく見開かれていた。しばらくして、男は音楽の体のなかで動かなくなった。それから少し横たわって休んでいたが、上体を起こし、ズボンのポケットのなかから白い饅頭半切れを取り出した。そして黒団子を脇に置き、ランプの灯りをともすかのように、白い饅頭を窯の真ん中に置いて、音楽に重々しく言った。

「混ぜものなしだ」

それから、音楽の肩に手をかけて起こした。音楽は慌てて布団から起き上がると、地面に犬のように這いつくばり、男に後ろから入れさせてやりながら、顔を上げ、痩せた首を伸ばして白い饅頭をじっと見つめていた。

男はますます猛り狂った。音楽の後ろから出し入れしながら、かすれた、甲高い快楽の声を上げた。一糸まとわない姿で四つん這いになっていた音楽は、一方の手を炉の赤く焼けた壁にかけ、上体を弓なりにしながら、もう一方の手をその半切れの饅頭に伸ばそうとした。

「ちょっと待って！」

男に怒鳴られた音楽は慌てて手を引っ込めたが、すぐにまた目の前の白い饅頭を瞬きもせずにじっと見つめていた。それはまるで、真っ暗な部屋に閉じ込められた者が一筋の光を見つめているかのようだった。一方、男は何かわめきながらさらに速く動いた。狂ったように夢中で猛烈だった。高炉の上から覗き見ていた私は、目が硬直し、目尻がひりひりと痛かった。二人はどれほどの時間、その炉のなかで情事に耽っていただろうか、男が狂乱のいななきを上げ、音楽から体を離すと、布団の上に座り込んだまま動けなくなった。そして独り言を言った。

「最高だ。飢饉に感謝しなければ」

一方音楽は、目の前の黒団子と白い饅頭を両手でつかみ、交互に呑み込んだ。

音楽が食べ終わると、男は少し決まり悪そうに言った。

「俺もあまり食糧がない。これからは一日おきにここに来ようじゃないか」

音楽はしばらくぼうっとしていたが、突然男ににじりよると、抱きしめて口づけした。

「あなたは幹部なのだから、上層部に一言頼めばいいじゃない。明日は白い饅頭じゃなくても構わない。黒団子だけで結構よ」

「君たち都会の知識人は、やはり田舎者よりセックスがうまいね」男は最後に笑いながらそう言うと、自分の服を取って着始めた。

ようやくすべてが静かになった。私は井戸の口からそろりと頭を引っ込め、高炉の上で日に照らされながら座っていたが、頭のなかではぶんぶんと音が鳴っていた。音楽の雪のように白い肉体を思い返し、男の下で黒団子をじっと見つめていた彼女の目と、白い饅頭半切れを獣のように噛まずに呑み込むさまを思い返していた。空は広く澄みきっていた。浮き雲の、陽光の下を流れる音が聞こえるようだった。前後左右、至るところで草の種のスープを煮る煙が立ち昇っていた。麻縄のように立ち昇る煙は上空まで達すると固まって動かなくなったように見えたが、やがてゆっくりと天空のあいだに消えていった。

やはり今は師走、空中には厚い冷気が瀰漫していた。今日はただ、昼の日射しが地表に近い空気をほのかに暖めたにすぎない。砂地と草の根は、寒暖が入り交じるなか、灰黄の光を放っていた。乾いた砂と枯れ草のにおいは陽光と混ざり合い、水草が日に晒されて乾燥したような自然のにおいを発していた。さまざまなにおいが入り混じっていたとはいえ、私は高炉から立ち昇る白い香りと輝くような香ばしい大豆の香りを嗅ぎ分けることができた。高く立ち昇る煙のうちのその芳しい香りを私は首を伸ばしてむさぼるように吸っていたが、突然後ろの高炉の窯から足音がしたので、本能的に炉の背に身を潜めた。と、音楽と男が高炉の横の開口部から出てきて、左右を見回しながら、何かを分け合っていた。

二人が遠ざかるのを待って高炉の上から下りてくると、炉の窯のなかへ入った。雨を避けられるくぼみに、二人が入っていた布団が四角に折り畳まれ、上に草がかぶせられていた。干し草を払い落として、布団を広げると、布団にこもった汚らしく生臭いにおいが鼻を突いた。布団を両手で振って広げると、煎り豆と饅頭のくずが下に落ちたので、慌てて拾い、口に入れた。広げた布団を畳んだあと、改めて干し草を布団にかぶせ、高炉から出てくると、軍服を着たあの男が九十八区に向かって歩いてゆくのが見えた。一方、音楽も九十九区のほうに向かっており、彼女のピンクの襟が、柔らかな火のように見えた。

私も九十九区に向かった。

九十九区に戻ると、草の種を採りに出た人びとはまだ帰っておらず、町の荒廃した霊園のように静かだった。こどもの宿舎のドアはまだ鍵がかかっていた。こどもがまた町の本部に行ったのは明らかだった。私は今すぐこどもに会って、自分が今日見たことを話したいと思った。話せば煎り豆を半つかみくれることは分かっている。『罪人録』に記録して提出すれば、一つかみくれることは分かっている。私は誰かに今日見たことを話したくてうずうずしていた。なぜ音楽の顔に人間らしい顔色、赤みが差しているのかを教えたくてたまらなかった。いいだろう、私の年齢と経験からすれば、音楽と九十八区の男の関係がこれで終わりでないことは明白だった。私が見た音楽とあの男の一幕は前座にすぎない。今は序幕、物語はまだ始まったばかりなのだ。手がかりをたぐって、気づかれないように付いてゆけば、私も音楽と同じように黒団子、饅頭や煎り豆にありつけるに違いない。

日はすでに西に傾いていた。野に出ていた区の者たちがもうすぐ帰ってくる頃だ。私は区の敷地に立ったまま、しばらく心を落ち着かせていたが、その後無意識に音楽の宿舎に向かって歩いていった。宿舎の壁の角を曲がったとき、音楽が学者の宿舎のほうから戻ってくるのが見えたので、急いで角の手前の陰に隠れた。そして音楽が自分の宿舎に入るのを見ているうちに、私は学者の宿舎に行ってみようと思い立った。区の敷地に入ってくる者はほぼ皆無だったし、草や人肉を食べるしかないほど飢えている者たちの宿舎に盗む価値のあるものはなかったから、こども以外は皆外出時も部屋のドアを開けっぱなしにしていた。私は学者の宿舎にまっすぐに入っていった。そのまま学者のベッドの前まで行くと、ほかとは違って、学者のベッドの布団だけがきちんと畳んだばかりの状態で枕許に置かれていた。まだ空気を含んだふっくらとした状態だった。さっき音楽が入ってきて学者の布団を畳んだのだろう。その畳まれた青いキャラコの布団に目を留めると、布団のなかをまさぐった。案の定そこには細く長い布袋があり、口のひもを緩めると中に両手で一すくいできるほどの煎り豆が入っていた。私は一つかみを口に入れ、もう一つかみはポケットに入れたあと、学者の布団を他のベッドと同じように、朝のまだ畳んでいない状態にした。

私は学者の部屋を出て、足早に自分の宿舎に歩いていった。

翌日も、私は音楽の後を付けて七、八里離れた九十八区まで来た。音楽は昨日と同じように枝を道端の畦に突き刺し、しばらくすると軍服を着た男がまた区のなかから出てきた。二人が高炉のなかで事を終えたあと、私はやはり音楽の後を追って九十九区まで帰り、果たして学者の部屋で音楽が畳んだ布団のなかから白い饅頭を半分見つけた。私はもう半年も雑穀しか口にしておらず、饅頭の味をすっかり忘れていた。その饅頭をつかむと、よく見もせずに急いで口に押し込んだため、乾いた硬い塊が喉に詰まりそうになった。それからつばで湿らせて饅頭をふやかそうとした。ゴマを炒めた匂いのする灰白色の塊が口のなかで転がされ、歯茎にぶつかったあと、舌や全身の胃腸を震えさせながら、一切れ一切れ、じっくり味わう間もなく飲み込まれていった。饅頭を全部飲み込むと、歯の隙間に残ったくずによって、それがゴマの香りではなく、小麦粉の澱粉とピーナッツ油が混じった濃厚で強烈な香りであることが分かった。その味を充分に味わいながら、私はしばらく学者のベッドの前で呆けていた。貴重なものを失くしたような思いに駆られながら、学者の布団を朝起きたままのまだ畳んでいない状態にして、私はベッドのそばから離れた。

がらんとした寂しい庭に立って、私は饅頭の香りを思い返しながら、私が植えた、粟の穂よりも大きい十八株の血の麦のことを思い出していた。あの麦の穂があれば、麦の香りを嗅ぐだけでこの飢饉を乗り切ることができるだろう。

五日目、すべての罪人たちが草の種をしごきに野に出るとき、私も一緒に出かけた。皆は西北に向かって歩いていったが、私はひとり東南に向かって歩き、アルカリのくぼ地にしゃがみ、音楽がやって来て、木の枝を九十八区の道端の畦に立てるのを待っていた。しかし日が高く昇っても、音楽は九十九区の宿舎から出てこなかった。私の手抜かりで、音楽は私が気づかないうちに行ってしまったのだろうか。私は心配になって、草の種を探すふりをしながら、音楽が軍服の男との不義密通に使う高炉を覗いてみた。二番目のその高炉には、草と布団が日光の当たる側に移されていたが、布団はきちんと草の上に畳まれ、上に干し草や枝がかかっていた。今日動かした形跡はなかった。

その日、音楽も中年の男も高炉に来ることはなかった。

私は九十九区に戻ると、女性用宿舎の二つ目のドアにまっすぐ歩いていった。中に入ってゆくと、音楽は私も見覚えのある機械織りのピンクのショーツを洗っているところだった。

「針を貸してくれないか？」

私がドアの前で訊ねると、音楽は慌てて手を振って水を飛ばしながら引き出しの前に行って、紙製の小さな裁縫箱を取ってきた。

「どこが破れたの？　私が縫ってあげましょうか？」

薬箱から転用した裁縫箱を渡してくれたが、私は音楽の顔に赤みが差しているのをはっきりと認めた。三月の桃ほどの赤みと艶はないが、確かに健康な女性の色艶があった。

「草の種を採りに行かなかったのかい？」

「今日は体の具合が良くなくて」

「少し採ってきて、煮てあげようか？」

音楽は私に向かって首を横に振り、感謝の口ぶりで、先日採ってきた草の種がまだ充分余っているので、と言った。事はそのままうやむやになってしまった。音楽はなぜこんなに早く帰ってきたのか訊かなかったし、私ももちろん、なぜ高炉に密会に行かなかったのかを訊かなかった。しかし六日七日たっても、音楽が九十八区の男に会い行くことはなかった。彼女は皆と一緒に草の種を煮るため荒野に出るようになった。樹皮とアルカリ地の欠片を入れた黄緑の草のスープを何口か飲んだが、突然くぼ地に向かい、そこで人目を避けながら、飲んだものを全部吐いた。妊娠しているのではない、あの男が毎日食糧を提供しているからだと思うが、音楽はもう、大飢饉のなかで人びとを救ってきた草のスープを飲めなくなっていたのだ。葦のそばで草のスープを煮ている者たちの目を避けて、ひとり嘔吐している音楽を――地面で這うように、海老のように背中を丸めた音楽を――遠目に見やりながら、私は彼女の背中をさすってやりたいと思った。しかし結局、私はそうしなかった。

嘔吐したあと、音楽は地面にしばらく座り込み、かつて無数の火龍のごとき高炉が立ち並んでいた黄河堤防沿いのほうを眺めながら、しばらく考え込んでいた。しかし、大きな湯呑みのなかに入っていた草のスープを捨てると、九十九区へ帰っていった。今日死ぬか明日死ぬかというほど飢えた人びとは、自分のことに精一杯で、他人のことにはもう関心がなくなっていた。草のスープを捨てて帰ってゆく音楽は見えていたが、誰も気に留めなかった。私だけが、音楽がなぜ急にあの男に会いに行かなくなったのかを明らかにするために、彼女の行く先と秘密を記録するために、そして食糧という褒美に与るために、音楽が去ったあと、喉を切り裂くような草の種のスープを慌ただしく飲み下し、理由をつけて区に帰った。

区に戻ると、私は意外な出来事に遭遇することになった。それはちょうど、最もあるはずのない筋書きの大芝居を見ているような気持ちだった。しかし大芝居はそのようにして始まり、そのまま上演されたのだった――。こどもはその日、町の本部から帰ってきた。宿舎のドアに数日かけられていた鉄の鍵がなくなり、ドアの掛け金と鎖はいつものようにドアの上にかかっていた。旧暦師走の末頃、新暦では一月か二月だったか、その日の日射しはとりわけすばらしかった。それは雪の少ない冬で、毎日太陽が時間どおりにやって来て空にかかっていた。全国津々浦々で製鋼が行われたために木はすべて切り倒され、飢饉のなかで食糧を得ようにも得られず、草の根までも食べ尽くした。地上の砂土はむき出しになり、少し風が吹くだけで埃が満天に舞い上がり、日を遮光して厚い黄砂の綿のように空にかかっていた。しかし天気が良く、風もない日、空は透き通り、宙を舞う草の葉と羽毛を見ることができた。その日はそんないい天気で、区の天頂からこぼれた光は、清らかな温水池のように庭に溜まっていた。人は皆出てゆき、ただ暖かさと寂しさだけが区の庭に満ちていた。こどもの宿舎のドアに鍵がかかっていないことに気づいた私は、足取りも軽く、中に入ってゆこうとした。ここ数日、九十九区で起こったことを伝えなくては。言うまでもなく、こどもが本部に行って帰ってくるときは食糧も携えているはずだ、こどもは結局お上だから。区で起こったことを話しさえすれば、こどもはきっと私に食糧を分けてくれるだろう。音楽とあの九十八区の男の不義密通を記録した数頁を渡しさえすれば、こどもはきっともっと多くの、二日三日は草の種のスープを飲まなくても餓死しないほどの食糧や煎り豆を分けてくれるだろう。しかし私が角を曲がり、こどもの部屋に入っていこうとしたとき、驚きの光景がよぎった。

こどもの部屋のドアが音をきしませながら開き、音楽がまるで舞踏会で舞台の袖から出てくる踊り手のように出てきたのだった。私より先に区に戻ってから何があったのかは分からないが、荒れ果てた野から帰ってゆくとき、音楽はいつもの紺色の古い服を着ていて、袖口は破れて緑色の継ぎが当てられていた。しかし、音楽はいつの間にか、九十八区の高炉に密会に行くときに着ていたピンクの襟付きの、ウエストを絞った上着と、ストライプの入った洋織布のスラックスに着替えていたのだ。そして足の甲を紐で留める黒いビロードの靴を履いていた。音楽が通り過ぎたあと、八月の木犀が咲いたときのようなクリームのいい匂いが漂っていた。音楽がこどもの部屋で何を話し、何をしたのかは分からないが、彼女は出てきたとき、ハンカチに包んだものを手に持っていて、そこから漂う饅頭の香りが、離れた場所にいる私の鼻でも嗅ぎ取ることができた。

愕然とした表情でドアの前に立つ音楽は、私を一瞥したあと、ハンカチで包まれた饅頭を提げ、ドアを閉めて出ていこうとした。私は首をひねって、開いたドアから中を覗き込んでいたので、火のように赤いベッドの上に、紙で切った大きな赤い花が山ほど積まれているのが見えた。そして、ベッドの上でこどもの痩せた背中が揺れた瞬間、ドアがパタンと閉まった。私の視線も刀で切られたように遮断された。ふたたび、歩いてゆく音楽のほっそりとした後ろ姿に目をやった。陽光の下で赤く照らされた水面をすべってゆく柳のようだった。

私はこどもの部屋に入らなかった。こどもが以前のこどもではないと疑っていたからだ。彼は成長したのだ。口のまわりの髭はもう柔らかいうぶ毛ではなく、黒々と硬い毛だった。女狐音楽の手によって、彼は男になったのかもしれない。音楽への恨みなのか、若い妖精への妬みなのか自分にも分からなかったが、いずれにせよ、音楽は饅頭や食糧にありつけたのだ。前方の壁の陰に音楽の後ろ影が消えてゆくのを見送りながら、私の胸のうちには、真夏に発酵した便壺のように酸っぱくも強烈なにおいが漂っていた。

突然、私は音楽を宿舎まで追いかけていって、こどもがくれた蒸し饅頭を半分食べさせてくれないなら、彼女と九十八区の男が高炉でいちゃついていたことをこどもだけでなく、九十九区の者たちすべてに言いふらすぞと言ってやりたい衝動に駆られた。しかし悪い了見が私の脳裏でひらめいたちょうどそのとき、背後で足音が聞こえた。区の仲間たちが荒野から帰ってきたのだった。その足音を聞いて私は、音楽に付いていったり、こどもに密告したりすることを思いとどまった。私はさらに音楽だけをじっと見続けることを止めた。音楽をこのまま泳がせれば、彼女が体と引き替えに得た食糧の半分は、遅かれ早かれ私のものになるはずだった。

その夜、皆が部屋で布団にもぐり込んで寝ている頃、私は寒い中庭にいた。私は頃合いを見計らって、何度もこどもと音楽の宿舎の前を通った。音楽はきっと夜、こどもに会いに行くに違いないと予測していたのだ。果たして真夜中、上弦の月が空にかかり、黄河旧河道から来る冷気が、氷の棘のように骨の隙間に突き刺さる時分、音楽が宿舎から出てきた。彼女はまず便所に行くようなふりをしながらそちらに向かって歩き、前も後ろも――区の全体が眠りにつき海のように静まり返っているのを確かめてから、しばらく便所の前に立っていたが、咳払いをしたあと、体の向きを変えてこどもの宿舎のほうへ歩いていった。

私は区の門の外で身を潜めていた。音楽は夢にも思わなかっただろう――その夜、『罪人録』を密かに書き継ぐ作家が、門の外に隠れて自分を見つめていたとは。塀に沿って吹いてくる風に足が痺れ、凍えるような寒さに両耳が頭から落ちそうになった。私は絶えず足踏みしながら、両手をこすって耳に当て、凍死しないように努めた。月が灰白色から真夜中過ぎの氷青色に変わったとき、足音がした。私はあたりを見回し、ついに音楽が区の敷地をこそこそ移動している姿を捉えた。彼女はこどもの宿舎の入り口の前まで行くと窓を軽く叩いたが、反応がなかったので、今度は少し強く叩いた。彼女はどれだけ叩いただろうか、こどもが部屋のなかで何を言っているのかはよく聞こえなかったが、音楽が窓の前で「ドアを開けて」と言うのがはっきり聞こえた。部屋のなかからこどもが何と答えたのか、やはり分からなかったが、音楽は執拗に「ドアを開けてください。急ぎお話ししたいことがあります。大事なお話です」と言った。

短い静寂ののち、こどもの部屋の灯りが点いた。続けてこどもがドアを開けると、音楽はドアの隙間から部屋に押し入った。

私は急いで門の外からこどもの宿舎のドアの前に忍び寄った。一言でも音楽とこどもの話を聞き逃すことを恐れたからだ。しかしこどもの宿舎の前に着いたとき、私はまた躊躇した。こどもが急にドアを開けたら見つかるかもしれないと恐れたからだ。そこで私はまた戻って、しばらくそこで、こどもがドアを開けて外の様子や物音を窺ったりはしないことを確認したのち、ふたたびこどもの宿舎の前に近づいていった。すぐにこどもの宿舎の壁の角に身を隠せるよう、私はドアの前に行って中の様子を聞くことはせず、角に近い部屋の窓格子の下で伏せた。窓格子は建物の角から二歩の距離しかなく、いつでも身を隠すことができるので、私は大胆になれた。私は顎を窓台の上に置き、クラフト紙が貼られた窓に耳を当てた。窓台は煉瓦を焼いて作られており、顎の皮膚にたくさんの砂が食い込んだ。硬い窓格子は何の木でできているのか、滑らかで冷たく、氷のように私の耳を冷やした。私はそのまま盗み聞きしていたが、ついに私の心を踊らせる音楽の言葉を聞いた。

「あなたは私が年を取っているのが気に入らないのですか？　それとも私をそれほど美しくはないとお思いなのですか？」音楽はしばらく間を置いてから、はっきりとした大きな声で続けた。「あなたの煎り豆を何の引き替えもなしに戴くわけにはゆきません。九十九区で私より若くてきれいな女性はいますか？　お願いですから、私を抱いてくれませんか？」

こどもがどんな反応をしているのかは分からなかった。こどもが何を言っているのかも聞こえず、ただ部屋のなかを歩き回るこどもの足音が聞こえただけだった。音楽はまた話し始めた。

「あなたが私を求めてくださるなら、歯磨きのマグカップ一杯の大豆を下さい。それだけあれば三日から五日は食いつなぐことができます。数日をしのげば、あとはあてがあります。もうここには来ません」

それからしばらくして、ベッドのきしむ音がした。柳の木か楡の木か、斧で薪を割るような乾いた音がしたあと、急に静かになって、部屋のなかでも外でも、何の物音もしなくなった。長い静寂ののち、突然何か、こどものかすれた哀願するような声が聞こえてきた。それはまるで十代の男の子が母親に向かってつらそうに頼んでいるようだった。

「お願いだ。どうかこのままでいてくれ」

「お願いだ。ずっと夢見てきたんだ」

私は二人の話の流れを想像することはできなかったが、その言葉の魅力的な熱が私の体を温かいお湯のように浸した。私はもう寒さを感じなくなり、手にはねっとりと汗さえ滲んできた。私は舌の先を伸ばして、壁越しによその家の話を盗み聞きするのが好きな田舎者のように、ついに障子を舌先で舐めてナツメ大の穴を開け、そこから覗き見した。部屋の様子を見て、道に横たわる蛇に出くわしたかのように驚かされた。こどものカンテラはテーブルの角に置かれており、黄色い光を放っていたが、ベッドの脚のそばには火鉢も置かれており、多くの薪が灰のなかで黄金色の光を放っていた。こどものベッドのそばやベッドが接する壁は以前、花がまばらに留められていただけだったが、今はこどもが上層部の機関から持ち帰ったさまざまな赤い紙の花で埋め尽くされていた。そして、ベッド用の小さな天蓋にも大きな赤い花が一輪かかっていて、天地は赤に染まっていた。こどものベッドは赤い波間を漂う舟だった。この赤い舟のようなベッドに横になっているのはしかし、こどもではなく、一糸まとわぬ姿の若い音楽家だった。全身上から下まで、何も着ていなかった。丸みを帯びた肩と乳房が赤い背景のなかに浮かび上がっていて、流れる水のような黒い髪の多くが背後に、そして一部が耳許から顔の前の左肩に流れていた。部屋には火鉢があり、灯りがともり、いっぱいの花があったので、音楽はそれほど寒くないようだった。音楽はこどものベッドの中央に寝そべり、こどもの布団で下半身を覆い、乳白色の上半身をさらけ出していた。部屋中赤いので、彼女の顔や体は真っ赤な水に染まり、上半身全体がアンズ色に浸されていた。しかも、目の前の、こどもの意外な表情や挙動が、彼女の顔に決まり悪さと戸惑いを色濃く与えていた。こどもはあろうことか、いつものズボンと綿入れを着たまま、音楽が横たわるベッドの下にひざまずいていたのだ。窓の小さな穴から覗ける角度は限られていたためこどもの顔や表情は見えなかったが、こどもの前にあるベッドの布団の角、いくつかの大きな赤い花のあいだに、去年こどもが省都へ五芒星の精鋼を献上に行った折に持ち帰った銃がはっきりと見えた。黒光りのする拳銃のグリップは枕許のほうに、銃口はこどもの胸のほうに斜めに向けられていた。こどもは銃と裸の女の前にひざまずき、半ば哀願し、半ばはっきりと言った。

「頼むよ、本当に。こういうふうに死なせてくれ」こどもは音楽の顔や胸のほうに向いていたが、そんなものは見ていないかのような口調だった。またその声は声変わりのときのように滑らかさに欠けたもので、人に哀願するときの悲しみや痛みもあった。「俺はいろんなところに行った。世の中のいろんなことも見てきたし、お上にもたくさん会ってきた。こんなことになればいいなといつも思っていた――ベッドから下りて、俺をベッドの上の赤い花の山のなかに座らせてくれ。それから、俺の胸に向かって銃を撃ってくれ。花の山に倒れることを俺はずっと夢見てたんだ。俺に向かって一発撃ってくれれば、小麦粉の一袋、煎り豆の一袋は、すべてお前のものだ」こどもはそう言い、音楽のそばと頭上にある赤い花を見やった。「そのほかに大きい星を五つやろう。五芒星と食糧がありさえすれば、ここで飢えなくても済む。自由に家に帰れる。誰かと結婚したけりゃ、すればいい」

そこまで言い終えると、こどもの顔は穏やかになった。音楽の顔に目を向け、拳銃を前に押し出して、音楽の決断と行動を待った。しかしそのとき、音楽がさきほどまでの気まずさから脱した。音楽はこどもをしばらく見つめると、下唇を噛んで、迫る目でこどもに訊ねた。

「本当に私を抱きたくないの？　あれが正常にできないいんじゃないでしょうね？」音楽がこどもの顔から何を読み取ったのか、それは分からなかったが、しばらくたってもこどもが口を利かないので、彼女は突然布団の端から自分の上着を引き寄せ、スラックスをはいたあと、ベッドの上に立ち上がった。そそくさと上着を着て、スラックスの腰紐を締めると、ベッドの上から赤い花を巻きつけながら下りた。こどものそばに立ち、やや見下すような顔で言った。

「起きて。まさかあなたが不能だなんて」

それから音楽は、ひざまずいているこどもを助け起こそうともせず、首の下のボタンをかけてドアに向かって歩いてきた。

ドアが開く音がした瞬間、私はさっと、こどもの宿舎の壁の向こうに隠れた。

四、『旧河道』四五七～四六三頁

数日後、寒気がやって来て強風が吹いた。零下三十度にまで冷え込み、地上のすべての水が凍結した。敷地の井戸から水を汲んできても、間髪入れずに鍋に入れて火にかけなければ桶のなかで凍った。また、ある者は前日まで確かに布団のなかで寝ていたのに、翌日には息絶えていた。餓死か凍死かは分からなかった。人びとはすっかり歩く気力もなくなった。死人が出ても、区の裏手の荒地に穴を掘って埋めることはなくなった。誰も凍土に墓穴を作る力はなかった。生者はもはや死者を恐れなくなった。死人が出たら、決められた宿舎に運んでベッドの上に置いた。最初は死者一人につき、ベッド一台があてがわれたが、そのうち死者二人につき一台になった。さらには死体を二部屋に集め、三人から五人の死体をベッド一台に積み上げた。人が死ぬと、氷柱になった遺体を杭のように持ち上げ、ベッドまで運んだ。ベッドに積み上げると鈍い音がしたが、他の死体に触れたときも、氷と氷がぶつかるようなカチンという音がした。

寒いので、人びとはもう、草の種を探しに荒野に出なくなった。野に出て風に吹かれて倒れるのを恐れたからだ。荒野で行き倒れて、二度と起き上がれなくなることを恐れた。黄河のほとりから吹いてくる風は、昼間は男が我にもなく悲しげに泣き叫ぶような声を上げ、夜は女が墓場で金切り声を立てているような声を上げた。こどもは宿舎の入り口に中からかんぬきをかけ、窓には鉄の釘を打ちつけ、三日三晩こもったまま、顔を見せなかった。学者は私のところにやって来て言った。

「このまま部屋で、飢えて凍え死ぬわけにはいかないよ」

そこで私は言った。

「使っていない余分なベッドを焼こう」

学者は、昼過ぎ暖かくなってきた頃に部屋から出てきて、各部屋の前に立って叫んだ。

「夜寝るとき、男は男を、女は女を抱いて寝るんだ――空いたベッドに夜のあいだ火を点けよう」

学者はまた私に相談を持ちかけた。

「部屋の土は食べられると思うか?」

私が訝しげな目を向けると、学者は苦笑しながら、各部屋の前に行って叫んだ。

「革靴を持っている者は革靴を、ベルトを持っている者はベルトを食べるんだ――だが、くれぐれも人の肉を食べるんじゃない」

風は地表の木をなぎ倒し引き抜くほどに強かったが、すでに木はすっかり切り倒されていた。地上の草の根を吹き散らすこともできたが、そもそも周囲数里の草の根はすべて食い尽くされていた。そこで強風に巻き上げられた砂土が巨大な布団のように空を舞うことになった。太陽は見えず、月も見えない。人びとの口のなかはいつも砂だらけで、始終水で口をすすぎ、ぺっぺっと吐いた。それぞれ部屋を移ってきて、男どうし抱き合ったり、二人で一台のベッドで寝たりした。お互い相手に足をからませて温め合い、最も近しく、心を通わせるカップルになっていた。私はといえば、学者、宗教、法学の専門家と一緒に、何もせずに部屋で寝ていた。死んだ仲間の布団を抱えてきて、自分のベッドの上に敷き、使われなくなった余分なベッドを持ってきて脚や床板を外して、夜にはこれらを薪にして火を点け、燃やし続けた。法学の専門家は豚の革靴を献上し、学者はすでに少し食べた牛革のベルトを腰から外し、この靴とベルトを細く切って煮込んだ。腹が空いてだめになりそうなときは、一、二切れ取って噛んでは首を長く伸ばして何とか飲み込み、飢えを押さえ込んだ。それから布団にもぐり込んで動かず、話もせず、力を抜いて暖かくした——こうして皆、寒波と砂嵐に耐えた。

ある真夜中、部屋のなかの薪が燃え尽きたが、誰も起きて別のベッドを分解しようとはしなかった。ベッドの分解に力を使い果たし、倒れて二度と起き上がれなくなることを恐れたからだった。布団を取られないよう体の下に挟んだまま、窓外の北風が戸や軒下をがたがたと鳴らす音や、砂が壁や窓に打ちつけられる音を聞いていた。寝つかれないまま横たわっていると、宗教が向かいのベッドで寝返りを打っているのが聞こえた。宗教は私たちのほうに向かって言った。

「おい——もう寝てるのか?」

学者は宗教に一言答えた。

「寝ていない」

「神は人をお召しになろうとしているような気がする」と宗教は言った。「人が初めてこの世に現れた時代の大洪水のように」

宗教は自分の結論と判断の正しさを証明するために何か言おうとしたが、学者が咳をしたので、押し黙った。部屋は風砂の音を除けば、墓地の棺桶のなかのように静かになった。学者が私に向かって咳をしたことは分かっていた。私への不信感だ。そこで私は学者の両足を抱えていた腕を離した。そうすれば、彼の足と接する胸から体温が学者に伝わることはないと思ったからだ。そして、寝返りを打ち、寝入っているふりをしたが、学者も私の両足を抱えて寝ていることを、私はすっかり忘れていた。学者の体温が彼の胸から私の両足に伝わってきたのだ。しかし、もう取り返しがつかない。私は学者の胸から自分の両足を抜いた。今さらまた寝返りを打ち、彼の両足を抱くことはできないのだ。そんなことをすれば、私が寝入っていないことを証明するようなものだ。さきほどの寝返りは嘘だったと言っているに等しい。両足を学者の胸から離したあとは、布団の隙間から両足に冷気がまともに襲ってきた。私が両足を使って布団を足の下に挟むかどうかためらっていたとき、学者は急にまた体を私の両足のそばにずらし、私の足の下に布団を押し込み、両足を懐に抱いてくれた。

彼の胸許の温かみが両足にすぐに伝わってきた。目を開けると、窓から射し込む薄暗い泥色の光が見えた。光が明るくなり、やがて暗くなる頃、私は突然上体を起こし、布団を体に巻きつけたまま学者の側へ這ってゆくと、彼と抱き合い、耳許で声をひそめて言った。

「話したいことがある」

そのとき初めて、背の高い学者がすっかり痩せ細って骨と皮ばかりになっていることに気がついた。パジャマ代わりに着ている肌着とズボン下越しに、彼の骨が棒のように胸許と足に突き刺さる。

「音楽の顔がなぜ血色がいいのか知ってるか？　彼女はよその区の男とできてるんだ。男が彼女に食糧を与えてやっている」

学者は突然ベッドから起き上がった。

「見たことがあるのか？」

「私は何度も彼女の後を付けた。二人は九十八区の二番目の高炉のなかで密通していたんだ。男は会うたびに、彼女に食糧と団子を与えていた」

学者は黙って窓のほうを見やっていた。

「男は兵隊上がりで、九十八区の上層部の者だ」

学者は依然として口を開かず、黒い布のような顔色で沈黙していた。

「何度か音楽はあんたのところに食糧を持っていって布団のなかに隠したんだが、私がこっそり食べてしまった。一つ残らず」

学者が私のほうに振り向いた。暗がりのなかでその顔はぼやけ、宙にぶら下がった白い板のようにも見えた。

「返すよ」私もベッドから体を起こすと、はっきりと言った。「ここ数日のあいだに、私はあんたの饅頭半切れを横取りした。あんたに饅頭一つ、あるいは煎り豆半斤をやるよ――九十八区の上層部から手に入れる方法がある」

「その必要はない」と学者はゆっくりと横になってから、淡泊な調子で言った。「今のご時世、誰だって餓死したくなければ何でもやるさ。理解できる」

そう言いながら、この二ヶ月着替えも洗いもしていない私のパジャマを引っ張って、横になるよう促した。

「一緒に寝よう。抱き合って寝れば、きっと凍え死ぬことはあるまい」

私はふたたび横になり、学者と抱き合った。学者より一歳半年上の私は、彼を息子のように抱いた。私より頭一つ背が高い学者は、私を弟のように抱いた。枯れ枝のように痩せ衰え骨ばかりになっていた学者と私は、骨を相手に突き立て、温水を循環させるようにお互い体を温め合った。向かいのベッドの宗教と法学の専門家は寒さのあまり頭から布団をかぶっていたが、二人の乱れた鼻息は、まるで岩の隙間から流れ出る濁った水のようだった。彼らはすでに眠っていたが、荒く、間隔の長い寝息を聞いているうちに、私と学者も次第に眠りに落ちていった。

その夜火は消えていたが、私と学者は暖かくしてぐっすり眠ることができた。翌日窓から日が射し込んでくる頃、私たちはようやく目覚めたのだが、それは法学の専門家に揺り動かされたからだった。

「まだ寝てるのか。宗教が死んだよ」

「そろそろ起きないか。宗教が死んだんだよ」

茫然として上着を羽織り靴を引っかけ、向かいのベッドまで行って宗教を揺らしたが、石柱のように重かった。学者が宗教の鼻の下に手を当てると、法学の専門家はやりきれない顔で言った。

「手は尽くしたよ、もう息もしていない。宗教は夜明け前に亡くなったんだ。夜が明ける頃、私は布団を足でたぐろうとして、彼が寝返りの際に布団を床に落としていたことに気がついたんだ。それで彼は凍死したんだろう」

私と学者は宗教のベッドのそばに立っていた。宗教の顔色は深い池の凍った氷のように青い。

「どうしよう」

学者が私を見つめていた。私は宗教を見ながら言った。

「死体部屋に運ぼう」

それから宗教を布団に包んで死体部屋に運んだ。各棟の最も西の部屋は日が当たらず、いつも北西の風が壁に吹きつけていたため、死体部屋に定められた。私も学者も思ってもみなかったのは、中背の宗教が生きているときは一本の薪のように痩せ細っていたのに、死後は青い墓石のように重いことだった。私が足を、学者が肩を持ち上げた。二十数歩の道のりだったが、私たちはとても疲れていたので途中で一休みした。宗教を死体部屋に運び込むと、突然冷凍庫に入ったかのように、骨を刺す冷気が襲ってきた。凍てつく死体部屋のなか、宗教の遺体は窓際のベッドに、布団で覆われたほかの遺体と並べて置かれた。学者はベッド一台につき何体も置かれた遺体を数え始め、十三体まで数えたあと、頭を上げて私を見て言った。

「まあ、思ったほど多くはない」

それから法学の専門家は、宗教の歯磨き用のマグカップと歯ブラシ、古い靴二足と国家最高指導者の赤い革の手帳を持ってきて、宗教の布団のなかに入れた。そして私たちの前で笑って手を差し出し、小さな赤い花を見せた。

「全部で二十七片あるから、三人で九片ずつ分けよう」

法学の専門家がこちらを見ていた。

「お前さんに全部やるよ」と私は気前よく言った。「私はこの飢饉を乗り切ることができないと思う」

法学の専門家は微笑んで一握りの小さな花をポケットに入れた。そしてポケットからまた手を出すと、封筒の形に折った紙を取り出した。

「宗教の枕の下から見つけたんだ」

法学の専門家がそう言いながら紙を掲げると、それは彩色を施した聖母マリアの像だった。絵は色が褪せていたが、全体的に温かみがあり、四隅も無傷だった。しかし、聖母の目はすでに宗教にくり貫かれて、底の見えない黒い穴のようになっていた。そしてその目のまわりには、宗教の筆跡による鉛筆書きで、「私はあなたを憎んでいます――あなたが私を罪人にしたのです」とあった。法学の専門家はその絵を私と学者に見せながら言った。

「これは宗教と一緒に持っていかせたほうがいいかな？」

学者は少し考え込んでいたが、絵を受け取るとビリビリと引き裂き、紙くずを宗教の頭の上のほうに捨てた。また、宗教の布団から赤い革の手帳を取り出し、宗教の凍った指を広げて握らせ、永遠の眠りにつかせた。

それから私たちは死体部屋から出てきたが、奥の並びの宿舎のほうから、女医の甲高い、しかし力の限りを尽くしてもそれほど大きくはない声が聞こえた。

「男の人たち――誰か遺体を運んでくれませんか。私たちには運びきれません」

私と学者はお互い顔を見合わせ、声のするほうへ歩いていった。二人とも糸に引かれて飛ぶ凧のように地に足が着いてはいなかった。

五、『旧河道』四六四～四七五頁

寒波による低温の日が七日続いたあと、太陽が突然顔を出し、泥水の向こうから射すかのように弱々しくぼやけた光を放った。気温がふたたび上昇し、九十九区の敷地で人びとの足音が聞こえ始めた。鍋で煮た靴やベルトはとっくに食べ尽くし、黒い煮汁も私と学者と法学の専門家でほとんど飲んでしまっていた。幸いそんなときに太陽が顔を出したのだった。これで外に出て、草を探し根を掘ることができる。太陽が東に昇ると、九十九区の敷地の後方からのそのそと歩く足音が聞こえてきた。

私は鍋のなかの煮汁を二口飲んでから、足音を追って宿舎を出た。外に出たとたんに布団の上を歩いているような気がした。飛来した砂土が半尺ほどの厚さに積もっていたためだった。部屋の前に立って太陽を仰ぎ見たとき、めまいがした。目をこすり、額に手をかざすと、誰よりも早く九十九区の門のほうへ向かっている者がいた。意外なことにそれは音楽だった。彼女はあの淡紅色の綿入れを着ていたが、九十九区の門に到達すると、四方を見回した。前の道端に、指ほどの太さで背丈半分ほどの高さの竹竿が挿されていた。音楽はそれを見て、足を少し緩めた。彼女はまた四方を見回してから、急いでその竹竿に向かって歩いていった。道を渡り道端に立てられた竹竿を引き抜くと、ちらっと見てから地面に投げ捨てた。約束をしていたのだろう、それから九十八区のほうへ向かった。

事は舞台の筋書きのように劇的で、静かな荒野は深遠で果てしなく広かった。数日間の強風のあと、空には鳥が一羽も見当たらなかった。田野も道路もふわふわとした砂塵に覆われていた。九十八区への道は平らで荒涼としていたが、歩いたあとには二寸ほどの深さの足跡が付けられ、大地には鮮明な足跡の線が残った。一瞬、以前より足に力が入るような気がした。九十九区の門の前に立てられた竹竿が、九十八区の上層部の男からの音楽への合図だと分かったからかもしれない。九十九区の敷地を出て、延々と後を付けてゆきながら、私は音楽が広々とした無人の荒野を移動する火のように思えた。音楽はもう、後ろを付けている者がいるかどうか気にしておらず、ひたすら前を向いて足早に歩いていた。疲れて立ち止まっているときでさえ、後ろを振り向かなかった。

すべては私が予想したとおりだった。音楽は道の形をわずかに残した小道を歩き、途中三、四回ほど休んだ。九十八区でいつも枝を挿していた畦に行き、例の枝を探していたが、見つからなかったので、今度は灰色の砂地のなかを探し始めた。挿した枝をできるだけ早く九十八区の男に見せたいのだろう、彼女は畦のなかから胸の高さほどある枝を三本見つけてくると、ポケットからハンカチを取り出した。歯で細長く引き裂いたあと、その布切れで三本の枝をつなぎ合わせて畦に力いっぱい挿し込み、一丈あまりの枝を旗竿のように立てた。それから音楽は、立っている枝を揺らして倒れないと確信したあと、あたりを見回し、高炉のほうへ歩いていった。

音楽は歩きながら髪を手でなでつけ、服の前や襟を直した。さきほどまでとは打って変わってゆっくりと歩きながら、立てた枝と九十八区のほうを何度も振り返っていた。枝が倒れやしないか、男が出てこないのではないかと、ひどく心配しているようだった。しかしそれは杞憂だった。彼女が高炉に入ってほどなくして、男が九十八区から出てきたのだ。男はどこかに隠れて、畦に枝が立つのを見ていたのだろう。私は慌てて、畦から遠くない穴——風砂で埋め尽くされそうになっていた——に飛び込み、砂の上に腹ばいになった。そしてその穴から顔だけ出し、監視を続けた。九十八区から出てきた男は、相変わらず着古した軍服を着ていて、手に袋を提げていた。煎り豆のいい匂いが中からふわふわと漂ってきたので、私の鼻や喉仏は絶えず震えた。男が一歩踏み出すたびに、半分ほど煎り豆が入った袋は揺れて男の足にぶつかったが、男はやはり足早で、大飢饉に見舞われているとは思えなかった。挿した枝の前まで来ると、男は待ちきれないようにそれを抜き、畦に投げ捨てた。

男が続けて高炉のほうへ向かおうとしたとき、私は畦の下の穴からさっと立ち上がり、歩み寄って、男の前に立った。私の突然の出現に男は不意を衝かれたようで、一瞬茫然として、顔に深い驚愕の色を浮かべた。そのとき私は男から二歩ほど離れて立っていたが、男は私より少なくとも頭半分大きく、肩幅はドアの板ほどもあるのではと思われるほどで、胸も分厚かった。顔は赤紫色で、十数個のあばたが目についた。大きい口には前歯がなく、金歯が陽光の下で金色に光っている。音楽の相手がこんなに醜いとは思ってもみず、私は急に彼女に対して吐き気を催した。音楽はこんなに醜い男と密通しているのだ——心のうちで腐った酸っぱい発酵物が蠅の群れを生み出した。金歯の古い軍服の肘と膝には大きな継ぎが当てられていた。私は彼を睥睨《へいげい》しながら、半ば嘲笑しつつ言った。

「あんた、高炉で彼女と密通してただろ。誰にも知られたくないなら、その煎り豆を半分よこせ」

金歯は目を細めて私を見つめながら返した。

「お前は誰だ?」

「音楽と同じ九十九区の者だ」

「お前も罪人だな」金歯は突然笑い、煎り豆の入った袋を宙に掲げると、落ち着き払った雰囲気を漂わせ始めた。

「食べたいか。なら、こっちに来い。蹴り上げてやる。俺がお前を一蹴りで殺すことができなかったら、煎り豆を半分やろう。もし一蹴りで死んだらお前は天寿を全うできる。もう飢えなくていい」そう言いながら男はまた煎り豆を私の前で振った。香ばしい豆の匂いがゆらゆらと鼻先に漂ってくる。「いい匂いがしたか。一握り食べれば、お前は命をつなぐことができる。さあ、俺が蹴ってやるよ。一蹴りで死なさなければ、煎り豆の半分はお前のものだ」

こっちに来いと言ったのに、男は私に向かって歩いてきた。その顔には怒気と殺気がみなぎっていた。壁のような男が向かってきて、押し潰されそうな気がしたので、私は慌てて後退せざるを得なかった。

「ちょっと言ってみただけだ。あんたらのことを口外できるわけないだろう」

私はそう言いながら、ますます後退した。相手に背を向けて早足に歩こうとしたとき、男は笑って立ち止まった。

「おじけづいたか?」

私は何も答えず、立ったまま男を見ていた。

「俺が誰だか知ってるのか?」男は軽蔑したように私を一瞥したあと九十八区の宿舎のほうを振り返りながら言った。「俺は九十八区の幹部だ。兵士をしていたとき、人を殺すことは蟻を踏み殺すようなものだった。死にたくないなら、とっとと九十九区に帰れ!」

男の声は大きく尊大で、そのまなざしはあたかも批判闘争で罪人に対する指導者のそれであった。男は口許にかすかに笑みを浮かべ、嘲るように痰を吐いた。私は痰が地面に落ちる間もなく身を翻して逃げ出した——まるでひとり頭を下げて歩いていて壁にぶつかったときのように。数歩歩いたあとで後ろを振り返ると、男は高炉で待っている音楽のほうへ歩いてゆくところだったので、私はようやく足を緩めて長い息を吐いた。しかしそのとき後ろから男が叫んだ。

「おい——ちょっと待て」

私はふたたび縮こまって立ち止まり、振り返った。

「俺がどんなふうに都会のインテリ女をもてあそぶのか、もう一度高炉で見たくはないか」荒地に立つ男は顔を上げ、声を張り上げた。「都会の学問のある知識人を——若くてべっぴんの女教師はピアニストだそうだが、俺はピアノを弾くようにもてあそんでやった。女はやけに気持ちよさそうに、下の水を太ももに流し続けたぞ」

私は何も返さなかった。もう、少しでも立っていたくはなかった。ぶちのめされた犬のように、男の悪びれない荒っぽい笑い声を浴びながら、九十九区に向かう道を帰っていった。

九十九区に戻ると、門の前の砂土に残された足跡は私と音楽のものだけではなかった。多くの入り乱れた足跡が残されており、庭から門の外の田野に向かって延びていた。生き残った人びとが、荒野に草の根や種を探しに出たのだと知れた。こどもの部屋のドアは相変わらず閉まったままで、二列の足跡がドアと窓の下のほうへ延びていた。食べ物を探していた者たちがドアの前と窓から覗き見していたのかもしれない。あるいはこどもとのあいだに何かしらの行き来があったのかもしれない。私はもう十数日、こどもに『罪人録』を提出していない。ここのところ、私は本当に腹が空いてペンを握る力さえなくなり、こどもはますますけちになったからだ。十数頁びっしり書いた原稿用紙を提出したこともあったが、それでも煎り豆十数粒しかくれなかった。全力を尽くして一頁に数百字を書いても、わずか数粒と交換できるにすぎない。これでは私も執筆に身が入らない。もう一年も閉まっているように思えるこどもの宿舎のドアを一目見やると、私は黙って自分の宿舎に向かって歩いていった。区内の静けさは、暴風に襲われたあとの墓地のようだった。四方八方から絶望に取り囲まれて、心を絞れば死体の腐水が流れ出てくるような気がした。宿舎の入り口の前でしばらくぼうっと外を眺めていた。

中に入ると、野に草の根や種を探しに行かなかった学者が静かにベッドに座っており、私を認めたあと、少し腰を上げて会釈した。

「お帰り」

学者は私がどこに行っていたのか分かっているようだった。私は気まずい思いでうなずくしかなかった。

「あんたから盗んだ食糧を返すことができなくなった」と私は苦笑しながら言った。

「音楽はまた高炉に行ったのかい」学者は暗い顔で私を見つめていた。

私はうなずき、死んだ宗教のベッドに座った。学者はもう何も訊かず、私も音楽を付け始めてから経験したこと、見たことを説明しなかった。すでに太陽は真上に昇っていた。ここ七日間なかった暖かさが黄河旧河道に訪れた。外では太陽が顔を出していたから、部屋は暗く寒かったとはいえ、火に当たらず、布団もかぶらずに座ることができた。私も学者も上着の袖に両手を差し込み、破れた綿靴のなかで凍える足を始終足踏みした。二人ともしばらくそのまま無言だったが、学者が顔を上げ、横目でちらっと私を見た。

「音楽が食べ物を持って帰ってくるというんだな?」

学者の表情はぼんやりしていたが誠実で、皮肉や愚弄は見出せなかった。そこで私はきっぱりと言った。

「そうだ。今日男が音楽に持ってきた煎り豆は一握りではなく、袋半分ほどもあった」

学者の顔が明るんだ。曲げた両足のあいだに頭を埋めて考え込んでいたが、やがて顔を上げた。

「彼女が私たちに煎り豆を半碗でも持ってきてくれて、今後運よく自由に家に帰れることになったら、私は妻と離婚して、彼女と結婚するつもりだ」

私はいささか意外な思いで学者を見た。

「音楽を売春婦だと思ってるのか?」

私は首を横に振った。

「そうだろ?」と学者は言った。「去年の鉄鋼大生産運動で彼女のために星を稼いだとき、彼女は私と結婚したいと言ってくれたが、私はその想いに応えなかった」

私は学者の話にどう続ければいいのか分からなかったので、凍える足を足踏みさせながらまるで学生のようにただ聞いていた。度々区の外を見やり、音楽が一刻も早くあの男から代価を受け取り、まっすぐ私たちの許に帰ってきて、学者に煎り豆を一碗か二碗、分けてくれることばかり考えていた。そのときは、学者がおすそ分けしてくれるに違いない。私はふたたび煎り豆の油の香りを嗅いだ気がした。それは、胃腸から喉や口に立ち上ってきた。喉が渇き、胃腸がグーグー鳴った。外から視線を戻すと、ベッドの横に、ベルトや革靴を煮た洗面器が斜めに立てかけられていた。洗面器の底に黒い煮汁が凍っていたので、洗面器を持って床に何度かぶつけると黒い氷が取れた。私はその黒氷を拾って口に入れて溶かした。学者は熱くもなく冷たくもない口ぶりで私に訊いた。

「あなたの経験からいって、この飢饉は局地的なのか、それとも全国的なのか、どちらだと思う?」

私はしばらく考えてから答えた。

「少なくとも国の半分で起こっているはずだ。食糧が一粒たりとも配給されないのだから」

学者はまたしばらくうつむいていたが、

「私たちは本当に、この国にとって余計な存在なのかもしれない」と言いながら顔を上げた。その表情はいかにも訝しげだった。「誰かを犠牲にする必要が出てきたとき、お上は真っ先に私たちのことを思い浮かべたのではないだろうか」

それ以上、話は続かなかった。私も学者も起きてからずっと足踏みして暖を取っていた。しばらくして、学者は枕許から草の種を入れる布袋を手に取って出かけようとした。

「音楽を待たなくていいのか?」私は学者に訊いた。

学者はベッドのそばに立って苦笑しつつ言った。

「彼女が本当に食糧を届けに来てくれたら、私の分を少し残しておいてくれ」

彼は腰をかがめ腹に手を当てながら、区の門のほうへ歩いていった。

学者にならって草を探しに野に出るべきかどうか、部屋のなかで迷っていた。立ったり座ったり落ち着かなかった。何か良くないことが自分を待っているような気がした。

それからしばらくして、宿舎の入り口のほうに目をやると、誰かが門をくぐって区の敷地に入ってくるのが見えた。九十九区の仲間ではないようだった。彼は何かを探しているかのように敷地を見回していた。私は慌ててベッドから跳び上がり、数歩で外に出た。そして宿舎の入り口の前で死んだように硬直して突っ立っていた。やって来たのは音楽と密通していたあの男だったのだ。手には例の、十数斤はある煎り豆の袋が握られていた。私を認めると、区の門からまっすぐ私のほうに向かって歩いてきた。煎り豆の香ばしい匂いが、日射しが降り注ぐ海上の祥雲のように漂ってくる。表情や足取りがはっきりと分かるほどまで男が近づいたとき、私の目は突然彼の胸許に吸い寄せられた。以前と同じ継ぎを当てた古い軍服を着ていたが、男が音楽と密会していたとき、その軍服には垢や塵以外は何もなかった。ところが今、その胸許には最低でも十数個の戦功章が着けられていたのだ。黄金色の徽章は一律に五芒星の形をしていたが、太陽の円盤の上にあるものもあれば、円盤がないものもあった。いずれにせよ、金色の五芒星の内側は赤く輝いていた。それらは男の胸の上でガチャガチャと音をたてて、まるで音楽のように彼の足取りと表情にまとわりついていた。私の前まで来ると、男は私をちらりと見てから、トンと足を踏み直して立ち止まった。手に持っていた煎り豆袋を私の前に放ったあと、口許を歪めた。

「俺はまったくお人好しだよ。彼女にこれを食わせるべきではなかった――飢え死にしたくなかったら、彼女を埋めに行け」そう言って、胸一面に着けられた戦功章を手で叩いた。「俺が誰か分かっただろう。俺を訴えたいなら訴えればいい。明日にでも紙とペンを送ってやる」

それ以上無駄話はなく、男は話を終えるとそのまま区の外に出ていった。男の影が区の門の外壁の角に消えるのを待って、私は地面の上の煎り豆袋を拾い、部屋に戻った。袋の口をほどき、煎り豆を手づかみで口に入れて噛み締めた。それから何つかみかポケットに入れ、九十九区の南八里にある高炉に急ぎ向かった。

道中、私は歩きながら大豆を呑み込んだ。息を切らしていたので、数歩歩くたびに休まなければならなかった。さらには煎り豆が乾燥しすぎていて水もなかったので、呑み込むたびに足を止め、首を斜め四十五度に突き出して、何とか大豆を胃のなかに送るしかなかった。炉群の二番目の高炉に入ると、真南のいちばん高い位置に昇った日の光が炉頂からまっすぐに射し込んでいたので、中は眩しいほどに明るく広々としていた。一陣の風もなく、適度な湿度と暖気がこもって、あたかも布団に包まれているようだった。そんな高炉の東の炉壁の下に、音楽は草と布団の上にひざまずいたまま死んでいた。スラックスは足首の位置まで脱げ、後ろに突き出された臀部が丸出しで、陰部からは血が太ももの内側に沿ってスラックスや足首のあたりまで流れ落ちていた。突っ伏した顔はわずかに横を向き、その顔半分から見える口のなかには、死ぬ直前に頬張っていた煎り豆が、咀嚼されていないものも含めて詰まっていた。しかも肘を地面に付け、掲げられた両手にも、二つかみの煎り豆がしっかりと握られていた。

彼女は生理になっていて、男の前にひざまずき奉仕しながら、大豆を喉に詰まらせて死んだのだった。

その惨めな最期は、眉目秀麗で、上品な美しさに満ちていたピアニストとはどうしても結びつかなかった。高炉の陽光の下に立っていた私は、無意識に音楽の鼻の下に手を伸ばして確かめたあと、彼女のスラックスを引っ張り上げ、土埃にまみれた布団の上に横たわらせたうえで、喉に詰まった大豆を指で少しずつ取り出した。長いこと、私は彼女の口から大豆をほじくり続けた——口を合わせることができるまで。喉に大豆を詰まらせたために見開かれた目は、わずかに閉じてきたが、音楽が少しは楽になれるよう体を伸ばしてやった。

外では微かに風が吹いていたが、高炉のなかは蒸籠《せいろ》のように静かで暖かかった。私は音楽のそばで、地中に隠れて冬眠している虫のように炉壁によりかかって座っていた。炉頂の開口部から風が吹き込み、風を切る音がしている。ますます幽遠な雰囲気になってくる。高炉の搬入口の前を雀が二羽飛び過ぎていったが、しばらくすると、雀たちは炉のなかの豆の匂いを嗅ぎつけたようで、上の開口部から入ってきて、音楽の口から取り出した大豆に飛びつこうとしていた。冬中人と餌を争っている雀たちを見上げたところ、例年より野草の種が少なくなったためだろう、彼らも空腹のために嗉嚢《そのう》が飛び出ており、毛も薄くなった胸には骨が二本浮き上がっていた。彼らは私が音楽と同じように死んだと思っているのかもしれない、だからこそ好き勝手に大豆をつついていたが、私は自分が生きていることを証明するために、一羽の雀が足に飛び乗ってきたとき足を動かした。すると、二羽とも高炉の上の開口部から飛び出していった。しかししばらくして、また一群の雀がどこからか飛んできて、高炉の上の開口部のあたりに降りてきて、高炉の底の大豆を狙い始めた。チュンチュンと、さえずりが雨のように上から降ってきたが、私がいるので降りてこようとせず、外で旋回しながらさえずるしかなかった。

私は高炉の上の開口部から空と、腹が空いて狂ったようにさえずり旋回している雀たちをしばらく見上げていた。それから音楽のそばに座り、彼女の頭を足の上に置き、髪を手の甲から水のように流した。男と女が身を寄せ合うある種の温もりが、音楽の死体から私の太ももを通って全身に伝わってゆくように感じた。次第に空が暗くなってきて、高炉も黄昏に包まれる頃、雀が大胆になって飛んできたので、私は足のつま先を動かして雀を追い払ってから、手で音楽の顔を優しくなでた。黄昏のわずかな光のなか、青みを帯びた黄土色の顔は、水に濡れて凍った絹のようだった。私はひとしきり彼女の顔をなでたあと、彼女を抱き寄せ、彼女の上半身を足に乗せ、静かに女の死体との愛に耽った。日がまさに暮れようとするとき、私は音楽を背負って高炉を出た。

六、『旧河道』四七六〜四八七頁

音楽が死後に愛を与えてくれ、十数斤の煎り豆半袋を与えてくれた以上、彼女を区の宿舎の死体部屋に、まるで木の杭のように積むべきではないだろう。たとえ煎り豆半袋のためであっても、私は彼女を区の裏手の荒地に丁重に葬るべきだった。

そこで私は音楽の死体を背負い、途中八、九回ほど休みながら、日がすっかり西に沈む頃、ようやく区の裏手にたどり着いた。すでに十数人が埋葬された荒地には、ある教授の墓のそばに鉄のシャベルとつるはしが放置されていた。その十数基の墓はここ数日の砂塵のために、今はただの盛り土にしか見えなかった。音楽をそこで下ろして、仲間の墓に寄りかかってもらってから、座ってポケットの最後の豆を食べ、近くの水たまりに行って泥土をかき分け、汚れた氷を割って口のなかで溶かしたあと、音楽のために墓穴を掘り始めた。ここで音楽のために墓を掘るべきは本来学者である。そのことは私にも分かっていた。彼女が愛していたのは学者だからだ。しかし私は学者の前で、気後れすることなく煎り豆を食べるために、音楽の死を急いで知らせはしなかった。私は二つの墓のあいだの土が柔らかい場所で表面の土を払い、地表の凍っている層をつるはしで砕き、その下の土をシャベルで掘った。墓の穴の深さが二尺になり、掘った土を穴の外に出そうと体をひねるたび、仲間の墓に寄りかかっている音楽に相対することになった。音楽の顔は硬く青かったが、当惑し、光を失った目で、何かもの言いたげに私を見つめていた。そこで私は、土を穴の外に捨てるたびに音楽に二言三言話しかけた。

「これで許してくれるか？」

それからまた腰をかがめて一掘りしたあと、彼女を見ながら言った。

「そう急がせるなよ。すぐに学者を呼びに行ってやるから」そしてまた腰をかがめて一掘りしたあと彼女に向かって続けた。「あんたは本当に学者を愛してるのか？」

ゆっくりと独り言のように、自分でも何を言っているのか分からないようなあれやこれやを音楽に話した。穴の深さが三尺になる頃、私は精も根も尽き果て穴の底で横になってしばし休んだ。それから穴の長さを自分の体で確かめると、起き上がって穴の側面を少し削り、底の真ん中に柔らかい土を敷いたあと、私は穴から出てきた。日は西の地平線に沈みつつあったが、濃密な雲は黄金色に染め上げられ、空の半分は焼けるような赤に染まっていた。それはまた去年の冬、黄河の岸で火龍のように高炉に火がともっていたさまを思い出させた。私はしばらく西のほうを眺めていたが、身を切るような凍てつく風が足首に吹きつけてきた。旧河道の平原にはまだ陽光の暖かさが残っていたが、地表は日没とともに少しずつ冷え始めていたので、音楽がこの冷え込みに見舞われ遺体が凍りついたりしないように、まずは彼女を穴に寝かせてしばし暖を取らせたいと思った。しかし、いざ運ぶために抱きかかえようとしたところ、音楽は重くなっていて、とても抱きかかえられそうになかった。片方の手で彼女の肩を支え、もう片方の手で彼女の腰を支えながら、三度腰をかがめてみたが、私はやはり持ち上げることができなかった。私は八、九里の距離、彼女を背負って帰ってきて、豆を食べたあとには彼女のために墓を掘ることさえできた。それが今、彼女を墓のなかに運ぼうとして、抱きかかえることもできないのだ。心のうちに恐怖と疑念が芽生えてくるのを感じながら、私は音楽の氷のように青い顔を見つめていたが、彼女は歯を食いしばって、歯ぎしりするような音さえ発していた。しかも彼女はもともと卵形の美しい顔立ちをしていたが、今はまるで凍った白瓜のように面長になっていた。その顔には、彼女にとって多くのことが解せなかったとでもいうように、あまたの恨みや悲しみがこもっていた。生きているときは何も語らず、死んだ今、すべてはその顔に書かれていた。私は寒気に襲われ、言葉にできない奇妙な緊張を覚えた。彼女は私に疑問を投げかけているようだった。彼女の歪んだ顔と、当惑し光を失った、その半ば閉じた目を見ていると、何とも言えず足に震えが来た。

「あんたを埋めようとしているわけじゃない」と私は音楽に言った。「あんたが学者とまだ会えていないことは分かってる。私はあんたに穴のなかで横になって暖かくしてもらいたいだけなんだ」

音楽にそんなふうに言ったあと、私は少し落ち着いた。

その実、私は死を恐れていない。死体を見てもどうということはない。九十九区で生き残った者たちは皆飢えを恐れているが、死や死体を恐れてはいない。しかし墓場の土饅頭の上で、音楽を抱きかかえられなかった瞬間、そして彼女の顔が青くなるのを見た瞬間、私はなぜか恐怖に打ち震えた。私は音楽の遺体の前で茫然として、彼女をなだめる言葉を継ぎながら、日が西に沈みゆくなか黄昏時の冬の寒さを感じていた。ふたたび考えたくないことを考えていた。無意識にポケットのなかの大豆に手を伸ばした。大豆を一握り食べれば音楽を抱きかかえられるのではと思ったが、大豆に一粒も触れることができなかった。ひとり落日の静寂のなかで音楽を眺めながら、風に巻き上げられた彼女の黒髪や服を押さえようとして必死になっていた。しかしそのとき——彼女の氷柱のような手首と指が自分の手首に触れたとき、私は反射的に立ち上がり、半歩以上後ずさりした。

たまたま触れただけだということは明らかだったのに、彼女から急に手首をつかまれたような気がしたのだ。

「もう力が出ないんだ」と私は音楽に言った。「帰って煎り豆を食べなきゃ。それから遺品を取ってきて、学者と一緒にあんたを埋めてあげるよ」

そう言いながら、私は身を翻して、宿舎のほうへ戻っていった。自分では確かに力が尽きたと思い、区の塀で体を支えて歩こうとした。しかし実際には、帰り道は息を切らしながらも、一度も塀に手をつくことなく区に戻ることができた。こどもの宿舎の入り口は一年中そうであるかのように閉まっていた。敷地の地面には相変わらず砂土が積もったままで、入り乱れた足跡があった。と、私のすぐそばを、氷の寒さと静寂が、まるで音楽の青い滑らかな顔のようによぎっていった。私はふたたび音楽の顔を見たのだ。私はひとまず自分の部屋に戻って大豆を食べ、学者が帰ってきたら、彼と一緒に音楽の遺品を片づけに行くつもりだった。しかし結局部屋には戻らず、まっすぐ女性用宿舎に向かって歩いていった。

すべては事前に分かっていた。音楽の持ち物の何がどこに置かれているのか、私はたなごころを指すようによく把握していたのだ。ベッドの下の木箱のなかに彼女がよく着ていた服を数着見つけた。引き出しの紙製の化粧箱のなかに、まだ使いきっていないクリームの瓶を見つけた。服数着を畳んで枕代わりにカバーに入れたなかに音楽家の伝記数冊と、何度も読み返したと思われる『椿姫』を見つけた。そしてその『椿姫』のなかに、まったく私は予感していたのだが、私が書いた『罪人録』の十数頁を突然見つけたのだった。その十数頁は、すべて私がこどもに渡した部分で、音楽や彼女に関わる人物や状況が記されていた。たとえば、初めて鉄鋼を生産した際私が発見した、彼女が学者とデートした場所やその規則性、二人のあいだで交わされた暗号などである。まさにその一頁半の報告のために、音楽と学者は上層部に連行されたのだ。またある日、音楽がこどもの年齢について学者と議論していて、こどもは年齢的には大人とは言えないが精神的には大人だと言ったこと。こどもの生理は正常だが精神的には間違いなく正常でない、と。そしてまた、音楽と学者が連行され処罰されたあと、黄河に戻って大製鋼運動に参加したとき、彼女はいつも、どこからか漬物と唐辛子を調達し、こっそりと学者に渡していたこと——。

音楽のベッドはドアの横の壁の前に置かれており、窓から黄土色の淡い光が射していたが、枕許には慌ててめくられ、散乱した『罪人録』があった。その『罪人録』を見つめていると、私が抱きかかえようとしたときなぜ音楽が急に重くなったのかをはたと理解した。音楽が冷たい目で私を見て、私の手首を引っ張るわけが分かった。私はこどもから贈られた赤の横罫紙の原稿上の、自分の整った扁魏体の筆跡を見ていた。もともと青色だった字は、今では深緑色に変色しており、さながら供述書に押された拇印のようだった。じっと見つめていると、頭のなかでぶーんぶーんと、強風が吹いてきて木が倒れるような音が大きくなったり小さくなったりした。音楽は私が九十九区の密告者であることを完全に知っていたのだ！　彼女が知っているなら学者も当然知っている。音楽と学者は私がしていたことをすべて知っていたのだ。これまで毎日、二人の言動をこっそり記録してきたと思っていたのに、私は突然二人から服を剥ぎ取られ裸にされたような気分だった。これから音楽と学者に向き合わなければならないことに思い至ったとき、その考えが草のなかに隠れていた棘のように頭に刺さり、激痛が走るとともに全身に震えが来て、足も痙攣し始め、ベッドの前にまっすぐ立っていられなくなった。──何ということだ！　私はかつて自分が十本の指、両手首、両腕、両足と動脈を切って麦に血を注いでやったことを思い出し、今こそおのれの体から肉を二塊切り取って、一塊を音楽の墓前に捧げ、もう一塊を誰かに食べてもらうべきときだと思った。私は彼が私の肉を一回一回噛む様子を眺めるのだ。

私は心の底からそうしたかった。そうすれば快感がもたらされることを私は知っている。

その瞬間、音楽のベッドの前で、十数枚の原稿用紙の前でひざまずくこともできると思った。ひざまずけばすべては解決する。しかし、みずからの肉を二塊切り取って煮たいという考えが芽生えると、棘のように脳裏に突き刺さった。ひざまずくという考えはそれに取って代わることができず、それを引き抜くこともできなかった。音楽のベッドや机の上の遺品にひざまずいて弁明や釈明すべきことは分かっていたが、私はそうしなかった。みずからの肉を切り取るという考えは揺るぎないものとなっていったが、私はそのことで何とか自分を保つことができた。私は茫然とするなかで、みずから肉を切る激痛と、それによってもたらされる何とも言えない快感が体のなかを勢いよく流れ、広がってゆくのを感じた。突然脳裏に浮かんだ血の想念に従う必要がないことは分かっていた。その想念と絡み合って足に破裂しそうな膨張と震えがあったとはいえ、あとに訪れる快感と解放感もまた、冬の暖かい日射しのように自分の心のなかに溶け込んでいった。心も体も言いようのない渇望と慕わしさを覚えた。血の想念は私を悲痛な深い苦しみのほうへ導いていった。ついに十数頁の『罪人録』の原稿用紙を手に取って音楽の部屋を出てゆこうとしたとき、頭痛と足の震えのために、ドアの枠に手をつかなければならなかった。そして血の想念によってもたらされた奇妙な心地よさに、私の足許には空腹が満たされたときのような力と切迫感がみなぎった。

区の西から射す白い光は東の敷地に斜めに落ちて、どちらが土の色でどちらが陽光の色なのか分からないほど地上の砂土と混ざり合っていた。若い男──黄河のほとりで私を殴り、率先して私の顔に放尿し、性器をなすりつけた体育学院の准教授と思われた──が前の棟のあたりでぶらぶらしていた。その後、男は他の講師と一緒に急いで区の外へ出ていったが、まるでご飯を食べたあとのように足早だった。彼らが去ったあと、あたりには深い静寂が戻った。砂埃のなかを移ろう陽光の音が聞こえるほどだった。私はその静けさを踏みしだきながら前の棟にある自分の宿舎に戻った。黄昏前に音楽と学者に向き合わなければならないという状況からもたらされた血の想念は一向に後退しないどころか、頭上からナイフのように突き刺さり、絶え間なく脳内をかき回し、破裂しそうな頭痛を引き起こしただけでなく、足にも及んで、まるで空中を浮遊しているように力が入らなかった。ふくらはぎが痙攣し硬直もあったため、壁に手をつかないと本当に前に進むことができなかった。しかし、その想念によってもたらされた解放の軽快さと切迫感に、私の手には熱くねばりつくような汗が滲んだ。

部屋に入り、宗教が残していったベッドに座ると、向かいの自分のベッドの下に隠していた大豆が匂ってきた。しかしそのときは、煎り豆を一つかみでも食べる気持ちはなかった。私の肉を二塊切り取るという悲痛と切迫感についてずっと考えていたからだ。豆の香りが漂っているという暖かみを除けば、この部屋は各棟の西側の死体部屋のようにひんやりと静寂に包まれていた。私は学者と一緒に寝ていたベッドに相対していた。ベッドには畳んでいない灰色の綿布団二枚が敷かれたままで、ベッドの下には学者の靴が置かれていた。机の前には、火にくべられるために壊された腰掛けの半分、壁の前の煉瓦の上にはベルトと革靴を煮る際に使った黒い磁器製の鍋があり、その下には薪と黒い灰が燃え残り、そして法学の専門家が薪割りのため食堂から探し出してきた古い包丁が打ち捨てられていた。そのときにも、自分の肉を切り取って彼らに戻すべきだという悲痛な思いが脳裏を占めていた。私の足はふたたびこわばり、全身に軽く熱い液体が流れた。じっと動かずにそこに座ったまま、無意識に両手で、綿のズボンの下の足を押した。しばらく押しているうちに、足の冷たさや硬さが取れ、温かみが体全体に流れてゆき、目の前にある手にも、まるで日射しのようにピンクが差した。

ふと半年前、十五里離れた丘でひとり小麦を栽培していたときのことを思い出した。あのときあたりは灼熱だったが、私の丘は農作物にほどよい天気で、周囲の乾いた割れ目に天気雨が降り注いでいた。穏やかでしなやかな雨のなか、私は十本の指と手首を切り、雨の勢いを借りて麦畑に血をまいた。動脈と静脈を開いたり、空中に腕をかざして揺らしたりしたのだった。あのとき、遠くの日射しは明るく金色で、白と青のビーズのような雨が降り注いでいた。太陽が透明な粒を照らし、液体がさまざまに変化流動した波紋や曲線が見えた。私は畑の畦を舞い歩きながら血をまいたが、最初の数筋数十筋は二つの噴水口から赤い水となって左へ右へ、あるいは上下に振りかけられていた。落ちていった血は滴となり、玉石と瑪瑙《めのう》の珠が散るようだった。雨の滴と混ざり合い、赤い液体状になって落ちてゆく血。雨の滴の合間に飛び散り、そのまま落ちてゆく血。すべて粒は赤く、太陽に近づくときは、まるで朝日から落ちてくる火の粉のようだった。一方、地面に落ちる瞬間は、月明かりの下の赤い真珠のようにきらめいた。私は血の雨のなかにいて、顔をそらし空と平行にしたときは、血の雨が空を舞い、半ば銀色半ば赤の細い透明な柱のように麦畑のあいだをねじれて飛んでゆくのが見えた。顔が地面と垂直なときは、赤と白の雨の帳を通して、向こうが晴れているのや、さらに遠くの大地で黄金色の太陽が赤々と燃えているのが見えた。それはまさしく大地を呑み込む火炎のようであった。頭を下げると、小麦の葉から垂れる赤いビーズが雨滴と混ざり合い、畑の血水が雨水と合流し、淡い赤や深紅に染められたスープのように流れてゆくのが見えた。頭を上げると、小麦の粒の、嬰児が母乳を飲むようなチュッチュッという音が聞こえた。小麦の葉が赤い雨に打たれてぱらぱらと音をたてていた。甘く潤いのある雨水によって濃厚な血のにおいは薄まり、小麦のにおいもほのかに孕む、あでやかな香りを漂わせた。

私はついにみずから手を下した。

やがて血が流れ尽くし、私はもはや体を自分で支えられなくなった。力なく座ったまましばらく目を閉じていたが、ふたたび開くと、赤い雨が降り注ぐように、夕日が半分閉じた宿舎の窓の下側から射し込んでいた。窓の前に積まれた煉瓦の上の、革靴とベルトを煮た磁器の鍋で私は肉をコトコトと煮た。夏になると塩壺に塩が溶けて染み込むので、前もって区の食堂から持ち帰った空の壺を砕き、鍋に入れて一緒に煮込んだのだが、塩壺の破片が塩と肉のにおいとともに音をたてた。私は火のそばに半身不随になったように座ったまま、薪を休みなく足していたが、顔からは大粒の汗が吹き出し、顔や首に沿って流れ落ちた。太陽と火の明かりの下で改めて部屋を見回すと、墓のような雰囲気はなくなっていた。脳に刺さった棘も、ちょうど鍋のなかで煮られている血まみれの肉と同じように、ほぐれて取れようとしていた。体が軽く温かくなり、墓のような寒さもなかった。虚脱の汗だけが体から大量に流れ続けた。脳内に刺さった棘が取れようとしていることで、全身心地よく、くつろぐことができた。血まみれの古い包丁は、まるでへまをして隅にしゃがみ込んだ老人のように、やむなく壁際で沈黙していた。ベッドの下に隠していた半袋の大豆は腹が空いた者が好き勝手につまめるように、気前よく口を開けたままベッドの上に置かれていた。煎り豆をもう一度食べ、肉の茹で汁を飲んだので、飢えはそれほど感じなくなった。夕日と火の光が部屋のなかで溶け込んでいるのを眺めながら、私が望んでいた落ち着きと温かさが胸のうちからじんわりと溢れ出て、部屋と九十九区の敷地に広がっていった。磁器の鍋を覆っていた木製の蓋を開けてみると、私の二塊のふくらはぎの肉は湯のなかで跳ねたりひっくり返ったりしていた。それはまるで、首を絞めようとしていた相手が私を見つめ、助けを求めているようであった。復讐を果たしたあとの快感と疲労困憊に包まれながら力なく蓋を戻し、顔の汗を拭き、頭を壁に軽く打ちつけた。ようやく私は、この世界と向き合うことができたように感じた。

『罪人録』が音楽の手許に渡ったことに対して、私はついに何かしらの回答を出すことができたのだ。立ち上がろうとしたとき、ふくらはぎにえぐられるような痛みを感じた。壁に手をつき、歯を食いしばって体を支えながらしばらく立っていたが、薪を磁器の鍋の下から取り出したあと、時間をかけてベッドの端に移動した。

ベッドに座って息を深く吸い、ゆっくりと吐き出した。落ちゆく太陽がそろそろ窓から見えなくなろうとしていた。学者や九十九区の人びとがもうすぐ帰ってくる。私は劇の共演者の帰りを待ちながら、宿舎の入り口から、ずっと区の外を見ていた。やがて、杖を突いた男が現れ、私の前を通り過ぎたあと、学者が期待どおり姿を現した。ただ、学者はいつものように木の棒を突いてはおらず、腹に手を当て力をふり絞りながら、敷地の門からゆっくり歩いてきた。途中、こどもの宿舎の前を通り過ぎるとき、そこを通りかかった者すべてがそうするように、入り口のほうを振り向いた。続けて彼は歩きながら地面を見ていたが、何かを拾って口に入れ、数回嚙んだあとに吐き出した。手には種や雑草を入れる布袋――実際に入っていたのはお碗だけだった――が提げられていたが、彼が一歩を踏み出すたびに布袋が揺れ、足にぶつかった。

私はやおら起き上がり、積んである煉瓦の前に移動して、茹でた肉と煮汁を洗面器からお碗いっぱいによそった。そしてお碗を運び、腰掛けの前の机の角に置くと、お碗の上に箸を置いた。そのとき、手のひらと同じぐらいの大きさと厚さだった肉が半分に縮み、暗赤色の瓦の欠片のようにお碗の底に沈んでいるのが見えた。澄んだ煮汁に透明の脂が浮かんでいるのを見て、思わず脊柱に震えと寒さを感じた。まるで唐辛子を塗ったナイフで切られたような苦みが胃から喉許にこみ上げてきた――その日法学の専門家が早く帰ってこなかったのは幸いだった。私が不安になって音楽の死体を墓地のなかに置いて彼女の宿舎にまっすぐに帰ってきたように、学者も何かを心配して早く帰ってくるのではと予期していたが、学者は宿舎の入り口近くまで来ると、さらに足を早めた。すべては私の思ったとおりで、学者は中に入ると、曲がった腰を突然ぴんと伸ばして、鼻から深呼吸し、私と茹で肉のお碗が置かれたこちらに向かって急ぎ歩み寄り、それから袋に入った煎り豆に目をやった。視線は煎り豆の前で止まり、一瞬訝しげな興奮の表情が顔に浮かんだが、すぐに落ち着きを取り戻した。

「音楽が手に入れたものか?」学者はそっけない調子で訊いてきた。

私は蒸気を立てていい匂いのするお碗のほうに顔を向けてから言った。

「熱いうちに食べてくれ」

学者はお碗をちらりと見やり、宗教のベッドに腰を下ろしてしばらく沈黙していたが、突然自分の顔を激しく叩くと、立ち上がってきっぱりと言った。

「彼女と結婚すると言ったからには、何があっても結婚する。彼女が私と一緒になりたくないというのでなければ」

学者は足を一歩踏み出し、煎り豆をつかんで口に入れ、噛み砕きながら、机の上のスープをよく見ずに一口飲んだ。と突然、体を硬くした。大豆を飲み込んだあと、大きな驚きの声を上げた。

「何だこれは！――肉のスープに塩まで入っている」

私は座ったまま作り笑いをしたが、また脊柱に冷たいものを感じた。学者は私に何も言わず、目も合わせず、ベッドのフットボードの前に箸を持ってしゃがみ込み、刑務所帰りの男のように夢中で大豆を頰張りながらスープを飲んだ。しかし、大豆は一握りも食べ終えないうちに袋に戻すと、お碗のなかの赤黒い肉に専念し、何度も嚙んだ。ひたすら力を込めて嚙んでいたので、こめかみに筋と血管が浮き出たり引っ込んだりした。私の握りしめた両の拳からは絶えず汗が滲み出ていた。学者の肉を咀嚼しスープを飲み込む音が、沸騰した湯のように私の耳に注がれ、静脈に沿って全身をかけめぐった。ただ、彼が肉を嚙んでいるとき、私は脳に刺さった棘が少しずつ引き抜かれてゆくような心地よさを感じていた——あるいはずれていた体の骨が、元の位置にうまく収まってきたとでも言えばいいだろうか。私は学者の向かいに移動した。学者の髪はぼさぼさだったが、よく見ると一本の白髪もなく、まだ腰があり、頭を密に覆っていたし、つむじもしっかりとしていた。彼は一心不乱に肉を嚙み、スープを飲み、一握りの煎り豆をお碗に浸し、行儀などお構いなしだった。学者としての矜持もすっかり捨て去っていた。私は彼の口許をじっと見つめていたが、彼の歯が私の肉を引っ張ったとき、二人のあいだで真っ赤な声が上がった気がした。休みない咀嚼のために動き続ける学者の唇を見ながら、私は目尻に少し痛みを感じた。消えたばかりの痛みが全身に広がり、足が氷のように冷たくなった。脊柱にもふたたび筋肉を引き裂かれ、骨が折れたような痛みを感じた。

学者が箸を置き、口を止めて見上げて話しかけてくれるのをずっと待っていたので、顔や耳や全身が緊張しすぎて破裂しそうだったが、やがてそれもふっと緩んだ。しかし彼は前に誰もいないかのように私を見上げることもなく、しゃがんでひたすら食べ続けている。

私は耐えきれず、ついに声をかけた。

「うまいか?」

私はそのとき初めて自分が下唇を嚙んでいたことに気がついた。唇の痛みで口を開けることもできなかったのだ。問いかけられた学者は突然何か思い出したかのように、ねじれていた姿勢をまっすぐにし、起き上がってベッドの端に座った。顔を上げ、過去の教養を努めて取り戻そうとしながら、決まり悪そうに微笑んだ。

「いやいや、お恥ずかしい限りだ」

そこで私はもう一度、訊いた。

「うまいか?」

彼はうなずき訊いてきた。

「何の肉だろう? ちょっと生臭かったが」

「豚肉だ。塩分が少ないかもしれないが」

「このご時世、肉を食べられるだけでもありがたい。塩が少ないとも思わない」彼は微笑みながらそう言った。

学者はまた肉を食べ始めたが、今度はよく嚙み、ゆっくりと食べた。スープを飲む音もさきほどまでのように大きくはなかった。部屋のなかに射し込んでいた陽光はベッドから外されるシーツのように移ろっていった。窓辺の火も完全に燃え尽きた。ただ、厚い灰はまだ赤みを残していた。学者が食べ終わる頃、私の全身の震えや緊張も、脊柱の冷たさやねじれも和らぎ、風呂に入ったかのようにゆったりとした気分になった。そのとき私は、脳に刺さっていた棘が完全に引き抜かれたと感じた。これは学者や音楽のためではなく、自分のためだった。私のほうこそ、むしろ二人に救われたのだ。私は彼らに対し

口を拭いていた学者に私は言った。手でとはできなかった。血の雨がやむのを待って目を開けた――学者は私の肉汁を食べ終わっていた。雨を見ていた。それは人を引きつらせ震えさせ、卒倒させるほどに美しいが、目を見開いて見続けるこて感謝と温かいものを感じた。そして再度両足の上に手を置き、目を閉じた――私はあの彩美しい血の

口を拭いていた学者に私は言った。

「まだ食べるか?」

彼は首を横に振った。

「君は食べなかったの?」

「食べたよ。豚の頭の肉はまだある」と私はふたたび学者を見やった。「私はいいから、あんたが食べてくれ」

学者はしばらくためらったあと言った。

「残りは法学の専門家に食べさせてやろう。なんといっても同部屋なんだから」

彼が立ち上がり、お碗を机に置いたとき、私もベッドから立ち上がり、小さな声でついに言った。

「音楽が亡くなった」

学者は茫然と振り返り、机の前で立ち尽くした。

「彼女はこの肉のスープや煎り豆を食べることを惜しんで、それで餓死したんだ。区の裏手の荒地に穴は掘ったが、まだ埋めてはいない。あんたに埋葬してもらうべきだと思ったから」

学者は私が話しているあいだ、ずっと私の顔を見つめていた――さきほど彼が肉を食べていたとき私が彼に対してそうしたように。私もやはり話しながら彼を観察していたが、その顔にショックや疑いの表情はあまりなく、逆に釈然とした様子だった。

「今日は何か起こりそうな気がしていたんだ」彼は小さな声でそんなことを言った。ずっと抱いていた悪い予感がついに現実のものとなったために、宙づりになっていた気持ちの置き所がかえって見つかったようだった。深く息を吸い、長いため息を吐いたあと、彼は宿舎の外へ歩き始めた。大豆と茹でた肉を食べ、熱い肉入りスープを飲んだので、まるで終電に急ぐかのように、足早に力強く歩いた。

その後私は鍋から肉をもう一塊取り、音楽の遺品をいくつか持って後を追った。

ずっと塀に沿って歩き、初めのうちは学者の後ろ姿を捉えていたが、徐々に離され、しまいには見えなくなった。旧河道の平原には、埃と土のにおいと夕暮れの陰鬱さが満ち溢れていた。限りない静けさのなか、荒漠とした地を、区に戻る人影が見えた。区の裏手の荒地にある墓場に着くと、墓穴から鳥が飛び立った。墓穴の前まで歩いてゆくと、学者はまだ音楽を埋めるためにシャベルを動かしてはいなかった。墓の前に座って、音楽の凍った顔を腕に抱えて暖めているところだった。私を認めると、彼は見上げてはっきりと言った。

「彼女の死因は餓死じゃない」

そこで私は自分の目で見たこと、経験したことを話した。

学者は黙って私を見ていたが、やがて視線を音楽のほうに戻した。抱きかかえていた音楽の顔は凍った状態から少しだけ溶けていたが、その変形した青い顔を学者は元に戻そうとした。そして私が持ってきた遺品の服を何着か音楽に着せたあと、彼は振り返って懇願のまなざしで私を見た。

「音楽に代わってお願いしたい。彼女のことは誰にも言わないでほしい、特に『罪人録』には書かないでくれ。我々は彼女の名誉も考えなければ」

私はもう何も話さなかった。うなずくことも首を横に振ることもなく、ただ学者の目に映る私への不信感を、硬く強いまなざしで見つめ返した。そのため逆に、彼が私から視線をそらさざるを得なくなった。しばらくして彼は視線を元に戻したあと、私が掘った穴に音楽の遺体を運び入れ、私が運んできた破れた青い絹の花の掛け布団を彼女の体にかけた。私をちらっと見たあと、ポケットから白い紙を取り出し、しゃがみ込んで何度も折り重ね、最後に斜めに折って手で切ると、手のひらのサイズの白い五芒星ができた。そして、同じ作業をさらに四回繰り返して五芒星を五つ作り、音楽が紙で作った化粧箱に入れた。化粧箱のなかにはほかに、櫛やクリーム、小さなハサミ、針と糸のセットも入っていた。その紙箱を掛け布団の下の音楽の手の上に置くと、学者は穴から上がり、シャベルで一すくいずつ優しく土を入れ始めた。

私が穴から掘り出した土はすべて学者が埋め戻し、こんもりとした山になった。学者が音楽を埋葬しているあいだ、私は手伝おうとせず、離れたところで座っていた。日が沈むと寒さが厳しくなると同時に、荒野の四方から吹きつける冷たい風が足に当たり、痛くてたまらなかった。音楽を埋葬したあと、学者が手に付いた土を払いながら立ち去ろうとしたとき、私は茹でた肉を持って音楽の墓の前に歩み寄り、しばらくぼうっと立っていたが、音楽の部屋から持ってきた『罪人録』の音楽に関する十数頁をポケットから出して、音楽の墓の前に並べた。そして学者が食べたのと同じ肉を取り出し、ひざまずいて古い包丁を握った。何も言わずに音楽の墓の前に茹で肉を捧げ、赤い手のひらのようなそれを手の上で包丁で細く切って、『罪人録』の原稿の上に落とした。最後に、よろめきながらやっとの思いで立ち上がり、かたわらにいた学者に言った。

「帰ろう」

学者は私をじっと見ていた。音楽の墓の前の『罪人録』の原稿用紙とその上の肉の塊をじっと見ていた。と突然、こちらに歩み寄ると、しゃがんで私の綿のズボンの裾をまくり上げた。シーツに包まれた両ふくらはぎから血が滲み出て凍っていた。学者はそれから、ゆっくりとまた裾を下ろし、立ち上がった。しばらく私を見つめたまま沈黙していたが、空と荒野に向かって、泣き叫んだ。

「知識人……知識人よ……」

その後、学者の顔から青く濁った涙が溢れ、年月や飢餓がそうであるように、止めどなく流れ出した。

七、『旧河道』四八七〜四九三頁

学者が言ったとおりになった。その日、いろんなことが波のように押し寄せた。それは運命だった。

黄昏時、私は学者に支えられながら音楽の墓を後にした。まだどれほどの距離も戻っていない、区を取り囲む塀の東北の角のあたりまで来たとき、塀の下で仲間たちが何かを料理しているのが見えた。炊煙があちこちから立ち昇っていたが、野外の竈はそれぞれ距離を置いて、思い思いの場所にしつらえられていた。隣り合う竈は一つとしてなかった――まるでほかの者に何を料理しているのか知られたくないかのように。

学者と私は区の塀の後ろに立って、炊煙の下にしゃがむ九十九区の人びとを眺めていた。学者は一瞬ためらうようなそぶりを見せたあと、私から離れて、すぐ近くの炊煙に向かって足早に歩いていった。

その竈の前では、五十代の教授が腰をかがめて、火に空気を吹き込んでいた。教授は顔を上げて学者とその後を追ってきた私を見やると、学者がまだ何も言っていないのに、突然身を屈めて、鍋代わりに使っていたマグカップの蓋に手を押しつけた。まるで私たちに蓋を開けさせまいとするかのように。

そこから二十歩ほど離れた、別の竈の前に行ってみた。そこには二十代の中学教師がいただけだったが、その若い教師は火にかけていた、陶器製の鍋代わりの洗面器を体でふさぎ、ぶつぶつと呟いた。

「みんなやってるよ、僕だけじゃない」

私たちはまた慌ただしく、女医が土の穴に石を積み上げて作った竈の前に行った。いつもは草の種や根を煮ている磁器製のお碗を石の上に置き、丸く切った段ボールをお碗の蓋として使っていた――段ボールの蓋の真ん中には紐が通され、蓋を取れるようになっていた。女医は学者と私を見ても慌てる様子もなく、火を点けたばかりの薪を石のあいだに置き、砂の上に尻をついて座わると、私たちを淡々と見ながら、驕らず、またへりくだらずに訊いてきた。

「何を煮ているのか、ご覧になりますか?」

私たちは何も言わず、ただお碗の上の紙の蓋に視線を落としただけだった。別の竈ではすでに火を消して、鍋代わりのマグカップや磁器製のお碗を手に持ち、地面にじかに座って食事を始める者もいた。同胞を飲み食いする音は、遠くから流れてくる水のように断続的に伝わってきた。女医は音のするほうを見やると、落ち着いた様子で言った。

「みんなが食べているのは人肉です。七日間吹き続けた砂嵐のせいで黄河の河原の草はすべて砂に埋まってしまいました。今日はみんな草一本掘り出すことができませんでした」

そう言いながら女医は、竈にまた一握りの薪を足し、磁器製のお碗の鍋を火にかけると、地に伏せるような姿勢で火に息を吹きかけた。その後女医が私たちのほうに顔を向けることは二度となく、まるで私たちが目の前にいないかのようだった。

最後の夕日が黄河の河原をくすんだ紅色に染め上げた。黄色い大地は赤く染め直されたのだった。黄河から遥か遠くにある九十九区の塀の下に立っていても、夕日が沈み、水が砂を湿らす音がかすかに聞こえる。東北の風を避けられる塀沿いのこの区画や、河原であっても風を避けられる穴やくぼみでは、野火が燃え、黄昏の静寂のなかでパチパチという音が聞こえ、絹の旗のように煙がはためいている。一帯に、煙と火の灰色のにおいと、茹でた肉の生臭い薄紅色のにおいが漂っていた。誰もしゃべらず、誰ともつるまず、誰が人肉を煮ているのか気づかないふりをし、誰も罪を書き留めなかった。もくもくと立ち昇る炊煙と大地のそこかしこで燃えている火を見てから、私は女医の火のそばに立つ学者のほうを振り向いた。学者の顔に訝りや意外の表情はほとんど見られず、むしろ無表情で、死者のような灰白色と薄緑色をしていた。彼は目の前に広がる一つ一つの竈とその火をしげしげと見ていたが、私が声をかける前に言った。

「帰ろう！」

私たちはその場を離れた。

区の正門まで帰ってくると、こどもの部屋にはすでに灯りがともっており、窓から淡い黄色の光が漏れていた。私たちはそこで足を緩めた。私は学者に、こどもを外に連れ出して、今見た光景を見せなければと言おうとした。しかし、学者はちらりとそちらを見ただけで、まっすぐ前へ歩いていった。死者が積み上げられている三列目の棟の死体部屋のほうへそのまま進み、まるで扉が大きく開いているのを見つけた倉庫番のように足を速め、息をはーはーといわせながら入り口の前にたどり着くと、ガチャリとドアを押し開け、しばらく躊躇したあとに中に入った。

黄昏の最後の光がまるで夜の水面のそれのように、死体が積まれた部屋のなかに射していた。しばらくじっと立っていると、部屋のなかの輪郭や状況が少しずつ見えてきた。数日前、宗教の遺体はこの部屋に運び入れたのだった。宗教の遺体はベッドの上に、ほかの三体の遺体と一緒に横向きに、麻袋のように整然と並べて置いたはずだが、わずか数日後、そのベッドの上にはさらに何体もの遺体が無造作に積み上げられ、凍った肉が詰め込まれた冷凍庫を思い起こさせた。しかも置く場所がないため、ほかのベッドにも、秋の田野の稲わらのように雑然と置かれていた。ある者は藁筵《わらむしろ》に巻かれ、ある者は毛布をかぶせられ、またある者は生前と同じ服装と姿のまま打ち捨てられていた。部屋のなかは耐えがたいほどの寒さで、死体から発せられる冷気が、生ける者の毛穴や骨と骨のあいだに入り込んでくる。学者の後を追って部屋に入ると、無数の鐘が鳴っているような戦慄が骨の隙間から湧き起こり、私は足がすくんだ。乱れた心とふらつく足を落ち着かせてから遺体が置かれたベッドのほうに向かうことができたのだった。

遺体用のベッドは元のまま、窓を中間の境として左右にそれぞれ二段ベッドが二台置かれており、そのあいだには机が壁に付けて置かれていた。机の下にあった腰掛けは、焚き火のために運び出されていた。机二台と二段ベッドの上段の部分も取り外されて薪として使われていた。白いおがくずが残されたままで、部屋で原形を留めているのは四台の下段ベッドと一台の机だけだった。部屋の入り口から近いベッドには、手近なことから遺体が六体——ある者は頭をドアに向け、ある者は足をドアに向けて——積み上げられていた。しかし、入り口に近い別のベッドには、死後の特権を享受するかのように、二体の遺体がゆったりと横たわっていた。窓の下の机の上には、綿の上着とズボンを着た遺体が三体あり、うち二体は光のなかで薄紫が混じった氷のように青い顔を窓に向けていた。髪は荒野の鳥の巣のように乱れている。入り口付近の六体の遺体が置かれたベッドのヘッドボードのそばに立つと、距離があったにもかかわらず、机の上の遺体が誰なのか分かった。

それは数年前、職場で開催された教育セミナーに数分遅刻した言語学者だった。上司が言語学者に遅刻の理由を訊ねると彼は、急に足が痛くなり、速く歩けなくなったからです、と説明した。足許を見ると、靴の左右が逆だった。上司は思わず笑みをこぼしながら、彼に更生区に行くよう命じた。九十九区に送られたとき、言語学者はすでに六十八歳だった。彼が編集代表となって数年かけて修訂された辞書は誰もが知っている国民的辞書だったが、今彼はここに静かに横たわり、もう言葉を発することもない。

学者は部屋に入って掛け布団の角や服や藁筵をめくりながら、誰の遺体が切り取られ、調理されたかを一体一体確認し始めていたが、言語学者と同じ部屋に住んだことがあったので、窓際の彼の遺体の前では少し長く佇み黙禱した。と、言語学者の頭の下の机に、干し芋を丸めたような形のものが見えた。学者はその干し芋に触ろうとしたが、慌てて手を引っ込めた。数秒後、言語学者の顔を回転させて見たところ、果たして耳がなかった。机の隅に転がっていた干し芋のようなものは、言語学者の左耳だったのだ。酷い寒さで遺体が凍りつくほどだったため、誰かが遺体を切り取ろうとした際、うっかりぶつかり、落ちてしまったのだった。言語学者の机から部屋の真ん中に戻って、私はもうやめようと学者に言った。学者はしばらくためらったあと、いちばん奥のベッドの上に置かれた遺体の前に移動した。私もそこに移動したが、ベッドを独占していたのは宗教と若い准教授だった。宗教はもともとこのベッドに置かれていなかったはずだが？――慌てて、宗教にかけられていた布団をめくったとたん、猛烈な吐き気が喉許から波のようにこみ上げてきた。宗教は手も足も切り取られ、まるで何年も経って墓から掘り出された腐乱死体のようになっていた。慌てて掛け布団を宗教にかけ直し、痛みに耐えながら、急いで死体部屋から離れた。入り口の外でしゃがみ、空の嘔吐を繰り返した。吐くべきものはなかったからだが、喉に腐った草の塊がつかえているような気分だった。

「宗教はどうだった？」学者が私の後から付いて出てきた。

私は振り向いて答えた。

「食べられるところはすべて切り取られていた」

学者は私の後ろでしばらく黙って立っていたが、私を残して、ほかの棟の死体部屋のほうへ歩いていった。すでに外から、茹でた肉の入った鍋やお碗を持って帰ってきた者がいた。日が沈み、夕日の最後の一筋が大地から引いていった。区の敷地は光が失われたものの、まだ漆黒には至っていない一瞬の静寂と薄暗がりに包まれていた。私は地面にしゃがみ込んだまま、外から帰ってくる人びとを見ていたが、空腹で這いつくばって帰ってくるような者はいなかった。みんなは立って歩き、しかも力があるのか、足は以前より高く上がっているように見えた。以前はすり足とほとんど区別がつかない足音だったが、今はしっかりと間隔が空き、ゆったりとしたリズムの足音が響いていた。その後ひっきりなしに足音がしたが、皆野外で雑草を料理してきたかのように装っていた。彼らは区の裏手に向かったが、ちょうど奥の死体部屋から外へ出てくる学者と鉢合わせた。どんな言葉を交わしたのかは分からなかったが、お互い視線を合わせようとはしなかった。私のところまで戻ってくるとき、学者は一歩一歩しっかりとした足取りで、外から帰ってきた者たちと同じぐらい力強かった。学者は私の目の前で立ち止まると、じっと私を見下ろしながら、小さな、しかしはっきりとした声で言った。

「音楽が残した大豆、食べるか?」

私はゆっくりと立ち上がってから答えた。

「それは音楽があんたに残したものだ」

「持っていって、皆に分けたらいい」薄暗がりのなかで学者の表情はよく見えなかったが、区の門のほうを向いて冷やかに言った。「全部で死体は五十二体、どれ一つとして五体満足なものはなかった

——君は先に部屋に帰ってくれ。私は九十八区に、音楽と関係のあった男を訪ねてくる。奴ならこどもより多くのことを知っているはずだ。この厄災がどれほどの規模で、いつまで続くのか、答えられるはずだ」

そう言うと、学者は胸いっぱいに徽章を着けた男を訪ねに、九十八区に向かった。

学者が帰ってきたのは真夜中のことだった。彼は帰ってきても部屋には戻らず、そのままこどもの宿舎に行った。

第十五章　光

一、『天の子』四一六〜四一九頁

こどもは蠟像のようにベッドの真ん中に鎮座していた。赤い花、赤い五芒星、赤い賞状、さらには最近手に入れた紙製の赤い提灯が、ヘッドボードやフッドボードのあらゆる場所にかけられていた。ベッドの天蓋や葦の棚は、花や赤い提灯、紙を切って作られた燕尾状のリボンで飾られていた。部屋中、世界中が、真っ赤に染まっていた。部屋の中央には火のともる炉があり、その横に、焚きつけ用のまだ裁断されていない本が置いてあった。一冊は『ジェーン・エア』というイギリスの物語であり、もう一冊は『ファウスト』というドイツの古い本であった。炉から火の熱気が立ち昇り、天蓋の赤が揺れていた。ベッドの横には、こどもの飲む水が入ったお碗が置かれており、もう一つのお碗の底には煎り豆があった。こどもはベッドの上で掛け布団にくるまりながら、姿勢を正して足を組み、目を少し閉じていた。むくんだ顔は艶やかで、さながら廟にある童神の蠟像のようだった。

ドアが閉まっていたが、学者はこどもに会いに来た。

学者はこどもに話したいことがあったのだ。

学者はこどもに大事なことを話した。

「粟穂より大きい十八株の血の麦の穂を、私は一粒も食べていません。全部あなたに差し上げます。その十八株の血の麦穂を持って、途中食事のときだけ何粒かを少し食べていただいても結構ですが、ともかく国都に行ってください。粟穂よりも大きく、トウモロコシの穂と同じ大きさの血の麦穂があれば、中南海に行って最上層部の幹部に面会し、ここで何が起こっているのかを話すことができます。私がお願いしたいのは、いちばん大きな麦穂を差し出すときに、私の未完成の原稿を渡してほしいということです。最上層部の幹部たちが麦穂をじかに見て、未完成の──いや、書き終える機会がないかもしれない原稿を読んだら、今世の中で何が起こり、国民がどうなっているかを理解することでしょう」

こどもは目をわずかに開けたが、細めた目は以前にまして神々しかった。

「麦穂と原稿を取ってきます。ぜひお願いしておきたいのは、私が十八株の麦穂をあなたに差し上げたことを誰にも、そして永遠に言わないでいただきたいということです」

学者は部屋から出てゆくと、しばらくしてから、確かに何枚もの布や、雨や湿気を避けるための油紙に包まれた十八株の麦穂を持ってきた。夜は深く静かでがらんとしていた。見上げると満天の星が広がり、青い光が射していた。学者が部屋に入ったときこどもは居眠りをしていたのだが、ドアの開く音で目を開けたのだ。灯りの下で水を飲み、お碗の水をすくって顔を洗った。こどもの目はきらきらと光っていた。学者は、もう一つのお碗に入っていた煎り豆がなくなっていることに気がついた。お碗は空っぽで、一粒たりとも大豆はなかった。学者が麦穂の包みをベッドの上に置き、慎重に開けると、部屋中に強烈な、澄んだ冷たい血の香りがゆっくりと広がっていった。

こどもは深紅の小麦の実の強い香りと、籾殻や茎の白く乾いた夏のにおいを嗅いだ。十八株の麦穂は束に分けられたが、いちばん大きいものは確かにトウモロコシの穂のようで、芒も三寸ほどあったので、全体としてはトウモロコシの穂よりも長く、一尺あまりもあった。いちばん小さいものでも大きな粟穂ほどはあった。学者がどこに麦穂を保存し、どうやって穂や籾殻のなかの実をうまく保存していたのか、それをうかがい知ることは困難だった。深紅の麦の実は膨らんでいて、中の澱粉がこぼれそうになっていた。こどもは穂から落ちた麦を拾った。光の下で見ると、深紅と薄黄色の麦の実の腹にナイフで切り込みを入れたような溝がある。

どの実もエンドウ豆より大きく、落花生のようだった。

こどもの目に光が差した。大きな薄紅色の花が咲いたように顔が綻んだ。

「本当に一粒も食べていないのか?」

学者はうなずいた。

「麦穂を一本だけ食べていいぞ。褒美だ」

学者は首を横に振った。

「ほかに言いたいことはないか?」こどもは麦穂を集めて枕許に置き、顔を輝かせた。

学者は、布に包まれた本の原稿の半分を手渡した。紫色の水薬のにおいが満ちる部屋のなかで、学者はまじめな口調で言った。

「これは私が六年かけて書いたものです。北京の最上層部に――そのいちばん大きな麦の実を最上層部の指導者に渡せば、必ずあなたを中南海に迎え入れてくれるでしょう。そのとき一緒に、この原稿も彼らにお渡し願えますか」

こどもは本の原稿を受け取った。

「お上は俺に、案内を付けて北京見物させてくれるだろうか?」

「最上層部の指導者はきっと、大きな赤い花をみずからあなたの胸に着けてくれます。その赤い花にはリボンが付いていて、指導者があなたのために直筆で書いた文言があります。その花を着けてさえいれば、北京のどこへでも行くことができます。万里の長城、紫禁城、頤和園、王府井、動物園など、どこでも行きたいところへ行けます。もちろん、切符を買う必要はありません。紫禁城に宿泊することだってできるでしょう。あなたは行く先々で人びとから尊敬のまなざしを向けられ、賞賛され拍手喝采されることでしょう」

こどもは原稿を枕許に置き、むくんだ顔はますます輝いた。事はそのようになった。その夜こどもは一睡もせずに、十八株の麦穂を眺めていた。彼は北京のことをずっと考えていた。お上が自分の身に着けてくれるであろう花のサイズや形のことをずっと考えていたのだった。翌日、日が昇る頃、区の者たちは皆布団のなかで暖を取って休んでいたが、こどもは一人一人の部屋を訪れて、皆に別れを告げた。

「俺はこれから上京する。北京に着いていちばん上のお上に会って話せば、お前たちにも食糧がきちんと配給されるだろう。もう二度と飢えに悩まされることもない」

ベッドで寝ていた者たちは、誰もこどもの言葉を理解できなかった。こどもはそれから学者と作家の部屋に行き、同じことを言って、学者のベッドの前で頭を下げた。そして作家に自分の持ち物を預けて、部屋から出ていった。その後すぐに九十九区から出立した。

果たしてこどもは旅路にあった。

陽光が美しかった。

空は白い光に包まれていた。

雲は軽快で、天使が舞っているようだった。その日は春のように暖かく、顔を上げて遠くを見やると、千里万里まで見渡せそうだった。遥か向こうに見える黄河は、大地に佇む湖水、あるいは大地を漂う絹のようだった。近くでは、落ちてきた埃や舞い上がった砂が大地に積もり、大地の一部になっていた。外に通じる道はうっすらと輝く光の帯のようになっていた。こどもは麦――赤い絹で幾重にも包まれていた――を背負い、力強く歩いてゆく。こどもの背中で揺れる赤い絹は、まるで火の玉のようにも見えた。見送りに来た者もいて、その最前列にいたのは学者と作家だった。作家の手には、こどもからもらったエンドウ豆と落花生のような血麦の実が握られていた。

学者がこどもに手を振った。

こどもも振り返って手を振った。こどもはふたたび身を翻すと、模糊とした光のなかに消えた。

二、『天の子』四二三～四二七頁

こどもが出立して数日後、大地は暖まってきた。その日、更生者の一人が北風の吹きつけない塀の下で新しい草が芽を出していることに気がついた。小便に行って放尿していたとき、洗い流された土の下から出てきたのだった。黄を帯びてガラスのように透明な小さな芽が顔を出していたので、思わず尿が止まった。芽を引き抜き、陽光にかざして見ると、芽の脈に糸のように細く汁液が流れていた。急に目が覚めて、可憐なその芽を持って区のなかに駆け込みながら叫んだ。

「春だ――助かった！」

「春だ――食べるものがあるよ！」

叫んだのはなんとあの女医だった。女医はしかし、叫びながら走っている途中で突然転び、二度と起き上がることはなかった——仲間が助け起こしに行ったとき、彼女が事切れていることが分かった。医者は万物が花開くとき生命が育つことをいちばんよく知っている。だから女医はそう叫んだ。しかし極度に興奮したことで、力尽き、命が尽きた。皆が部屋から出てきて、南向きの風が吹きつけない場所を掘り返すと、果たして草の根から芽が萌え出ていた。まだ芽が出ない草の根も柔らかく、水をたっぷりと含んでおり、嚙んでみると、生臭い甘みがあった。

皆土を掘り返して草の根を生のまま食《は》んだ。しかし、新たに萌え出た草を食べすぎたため、皆下痢をして脱水症状を起こし、糞を垂れ流しながら死んだ。そんなある日、上京して半月、杳《よう》として音沙汰が分からないこどものことを思い出した者がいた。北京に入れば車や汽車があるので、往復するのは三日から五日しかかからない。お上に会っても数分か十数分、長くても二十数分だ。国都をたっぷり観光したって時間が余るくらいじゃないか。用事が済んだらこどもは帰ってくるはずだ。なのに、まだ帰ってこない。言い出した者は、毎日外に続く道を眺めていた。

こどもが帰ってこないので、彼はこどもが死んだのではと疑い始めた。なんだかんだ言って、こどもも顔がむくんでいたじゃないか。足もそうだし、全身上から下まで。

「こどもがいなくなったんだ。俺たち自由の身となって、家に帰れるよな?」と言い出す者がいた。

その言葉に呼応して、すぐに出てゆこうとする者が現れた。しかし学者は、こどもが私の原稿の半分を最上層部の指導者に渡しさえすれば、天下はすぐに元どおりに回復するから、と押しとどめた。農民は畑を耕し、労働者は働き、教授は改めて教壇に立つことができる。知識があり考えることが好きな者は、改めて思索や執筆に従事することができるようになる。

そうしてしばらく待っていたが、結局こどもは帰ってこなかった。

春が来て地表が暖まると、大地がよみがえって百花が咲き誇った。鳥はどこからか飛んできて、空を飛び回っている。もしかしたら飢餓は過ぎ去り、ようやく山菜が飢えを満たしてくれるかもしれない。黄河の河原にはナズナ、野アザミ、ハゲイトウなどが一面に自生しており、ほんの少しの時間で、たくさん摘むことができた。山菜があれば人は元気になるし、そうなれば、こどもがいないうちに更生区を離れようとする者も出てくる。

「もう三日待ってこどもが帰ってこなければ、ここを去るということでもいいんじゃないか？」学者は一つ一つの部屋を訪ねては忠告した。「逃げるなら一本の道しかないが、そう簡単に監視の目から逃れることができるだろうか？」

それから三日たったが、こどもは帰ってこなかった。

ついに逃亡する者が出た。彼は充分な数の赤い花――手にいっぱいの――を持って逃げたが、その多くは餓死した仲間からくすねてきたものだった。百二十五片の小さな花が揃っていたうえに、山菜のおかげで体力が戻ってきたので、決行に及んだのだろう。部屋に行ってみると、ベッドの上や下から服や身の回りの物がなくなっていた。もう学者の言うことに耳を貸す者はいなくなった。まじめに信じる者もいなくなった。こどもが九十九区を離れてからすでに二十八日、優に北京に二度行って帰るだけの日数がたっていた。

またある日の昼、区の敷地で公然とこんなことを叫ぶ者がいた。

「ここを出てゆきたい者は、荷造りをして俺に付いてこい！」

すると荷物をまとめた者たちががやがやと集まってきたが、数えてみると五十二人しかいなかった。そこで初めて九十九区で餓死もしくは病死した者は七十人を超えていたことが分かったのだった。春になって人びとに体力が戻り、こどもが不在となれば、集団脱走のまたとないチャンスである。

「どうする？」学者は作家に訊ねた。

「私も行くよ」と作家は言った。「今回は逃げるようみんなに働きかけようと思っている。みんなのことを、私は『罪人録』にたくさん書いてきた。彼らを連れて逃げることが罪滅ぼしになるんじゃないか」

そう言いながら、作家は自分の荷物を片づけた。学者はそんな作家を愕然と見ていたが、作家は向き直り、学者に皆と一緒に逃げてくれるように頼んだ。学者は興奮を抑えきれない敷地内の仲間たちを見やったあと、作家に向かって首を横に振り、見つめながら問い返した。

「町へ行く道には、至るところに検問所がある。いったいどこから逃れられるというんだ？」

しかし作家は毅然として言った。

「行かなくても死ぬよ」

事はそのようになった。

作家は学者に別れを告げて部屋を出た。日が南に昇る頃、こんなことを誘ってくる者がいた。

「こどもの部屋のドアを開けて中に入ってみないか。役に立つものがあるかもしれない」

「盗人め！」と作家は大声で吼えた。「私たちが知識人だということを忘れたのか?!」

こどもの宿舎の入り口の前を行く一隊があった。肩に担ぐ者、手に提げている者、天秤棒で運ぶ者――雑然とした数十人の一行が、作家の後から大道を黄河のほとりに向かって歩いていった。学者は区の門に立って皆を見ていたが、その目にはためらいと当惑の光が満ちていた。彼は出てゆかなかった。こどもは必ず帰ってくる、こどもは必ず原稿を指導者に提出してくれると信じていたからだ。学者は、春の光芒のなかに一行が溶け込んでゆくまで見送っていた。

三、『天の子』四二七〜四三三頁

人びとは大道を敢えて避け、荒野の小道を歩いた——外の世界に向かって。午後、日が西に傾くと、すっかり汗だくになった。余分な荷物を道端に捨ててゆく者がいた。靴、帽子、服、それからズボンもあったが、山菜を煮る鍋を置いてゆく者はいなかった。

黄昏時、ここまで十里歩いてきて、群れからはぐれた羊たちのように一部が遅れていた。作家はそこで、一面青草が生い茂っている荒野で行軍を止めさせて、山菜を摘み、薪を拾わせながら、遅れた者たちを待った。辛苦はありながら、興奮してもいた。そこはやはり集団脱走である。草地で火を起こし、水を汲んできて、山菜を煮て食べた。夕食後、人びとは皆、風を避けられるくぼみや草地で眠った。満天の星を仰ぎながら歌を歌う者がいた。聞き覚えのある革命歌で、勇壮で理想的な内容の、「社会主義の大道を前に向かって」という名の歌だった。

「前に道が延びている。道の向こうには自由と明るい光が待っている。勇気を出せば、人生は希望に満ちて明るい」

初めは一人が歌っていただけだったが、そのうちに斉唱になった。歌えない者も合わせて歌った。荒野は静かで果てしなく、星月が空を覆い尽くしていた。彼らの歌は波のように、荒野のしじまを遠くへ押しやった。やがて人びとは歌うことに疲れたので、横になり、布団をかぶって寝始めた。

翌朝日が昇る頃、一人が物を盗まれたことに気がついた。あちこち探しても見つからなかったため人数を調べてみると、若い二人がいなかった。一人は大学の講師、一人は准教授で、二人は教師と学生の関係で、共に国都の理工大学で働いていた。

「何がなくなった?」

作家が訊ねると、数名が顔を上げて答えた。

「五芒星」

作家は押し黙っていた。皆は盗人をさんざん罵ったあと、また出発した。日中歩き、夜は野宿した。杖を突いて歩き、腹が減ったら山菜を煮た。夜は風を避けられる場所で休んだが、もう歌を歌う者はおらず、倒れるようにして寝た。事は成り、また失敗した——花が咲き、花びらを落とすように。五日後、九つの更生区、四つの村、七つの検問所を迂回して、町から数里の距離まで近づいた。大道は、あたかもロープのように町の入り口につながっている。皆も作家も、町を通り抜けさえすれば更生区の本部から離れられることは分かっていた。さらに県都まで行って、地区に向かうバスに乗れば、鉄道はすぐ目の前だ。おのおの汽車に乗れさえすれば、自分の家までたどり着ける。妻や子供や両親に会い、家族のよしみを結び直すことができる。

人びとはしかし、町を見ると足を緩めた。町の家は皆草の山のようで、土埃が厚く積もっていた。がらんとして静かで、死に絶えていた。町からは音がせず、炊煙がほんの数軒から空に向かって立ち昇るばかりだった。昼になると、眩しい日射しに人びとは目を開けていられなくなった。皆足がそこで止まったので、誰かに様子を見に行ってもらおうということになった。そこで若い二人が選ばれてこっそり町に入っていったが、ほどなく急ぎ足で戻ってきた。二人は悲愴な青白い顔をしていた。どうしたのかと訊くと、三日前、人の五芒星を盗んで逃げた講師と准教授の死体が道端に干し草のように投げ捨てられていたのだという。死体のまわりには、こどもから贈られた皆の小さな花や五芒星が散乱していたそ

うだ。その町の一角にわらぶきの家が二軒あり、入り口には歩哨銃が立てかけられ、木札には、
愛国検問所
と書かれていたとのこと。
「二手に分けて進もう。夜になったら町の両側から人目に付かないように通り過ぎるんだ」作家は思案に思案を重ねて言った。
作家の提案を受けて、一行は二手に分かれ、それぞれの隊列を引き連れてゆく者が選ばれた。そして月が出ると、大道の左右に分かれて小道を歩き、道なき道を進んだ。時に腰をかがめて歩き、時に這って進んだ。人の気配が遠くなったら腰をまっすぐにして早足で歩く。誰もが無言である。落伍を恐れて布団や鍋のお碗を捨てた者もいた。空も暗くなってきて、おまけに雲が月の光を遮っているので足許やすぐ前の道がよく見えない。夜が明けると、二手に分かれていた隊列は、大道の外のくぼみで合流した。うまく町を、「愛国検問所」を通り過ぎたと思った。ところが、皆が合流したのは昨日の黄昏前、二手に分かれた場所だった。誰かが分かれる前に道端に捨てた服や、小さな枝にかけた布きれが元の状態のまま残っていた。
その日は一日気落ちしていたが、夜になると、作家は大道の左と右、東西南北を細かく確認してから、再度二手に分かれて、町の両側からの走破を試みた。翌日、夜が明けた頃、大道の外の人目につかないくぼみで合流したが、思いもよらないことに、そこは昨日同様、一昨日に一行が分かれた場所だった。しかも道端に捨てた服やエンジュの木にかけた布きれやズボンの紐は、そのままの状態で元の場所にあった。人びとはすっかり気がくじけて、なぜこの町の両側の荒地から抜け出ることができないのかと訝った。そこで三日目は、先に偵察隊を荒地に行かせて、道を探ることにした。道に枝を挿して印を付け、

夜になったら印に沿って町を通り抜けるのだ。偵察隊に選ばれた若者数名が人目につかぬよう身を隠しながら大道の両側の荒地を行くと、町から遠く離れて、黄河河畔の湖沼地が果てしなく広がっているのが見えた。春の訪れとともに、黄河の上流から雪解け水がごうごうと流れてきて、黄河両岸百里の低地にはすべて水が溜まっていたのだ。一方、町に近いあたりは隆起していたが、ほとんどが墓地や墳丘で覆われていた。それは前年に土の盛られた新しいものばかりで、春雨のあとの茸のように広がっていた。あちら一面、そちら一面、千万にものぼるかと思われる墳墓がどこまでも広がっていた。天と地をつなぐかのような墳墓は、餓死した仲間や民草、それから各地の更生区から逃げてきて町のほとりで死んだ者たちのものであった。すべての墓にはまだ草が生えていなかったが、真新しい墓と土は、黄色く光っていた。水面は白く、草地は緑に光っていた。埋められていない多くの遺体が服も着せられずに水に浸かっていた。死後、裸のまま狼や鷹に食べられた遺体もあった。白骨の山もあった。

見渡す限り、生臭い白い気に満ちていた。

道を探っていた一人が墳墓の迷路を半日歩き回ったあと、目印の木の枝に沿って帰ってきた。恐怖に駆られた汗まみれの顔で、人びとの許に帰ってきた。と、ほかの道を探っていた者も帰ってきた。やはり恐怖に駆られて汗まみれになり、虚脱状態で人びとのなかにうずくまっていた。

「どこもかしこも墓場です」と一人が言った。「遺体の多くは埋められず、草地の上で腐っていました」

「墓は石ころのように至るところに転がっていて、砂のように無数にあります。私たちは二晩続けて死人の山の墓場を歩いていたのです」

人びとは顔を見合わせた。

皆作家の顔を見た。

「たとえ墓場の迷路でも行くぞ」と作家は言った。「墓場を通り過ぎれば、みんな家に帰れるんだから」

そして作家は山菜を食べてから、野ネズミの巣を探した。まずは野ネズミを食べて体力を蓄え、夜に町を迂回しながら、果てしない墓場の一帯を通り抜けるのだ。その夜、雲のかからない月が昇って、明るい光が天地に満ちたとき、人びとは集まり、二手に分かれて出発した。墓場まで手をつなぎ、昼間に挿した道しるべに沿って、町の向こうへ歩いていった。作家と昼間に枝を挿した若者が前を歩き、一行はじっと息を殺して人に見つからないように歩いた。果てしなく広がる湖沼地は、月光の下で光っていた。月の光と水面の光が一行の足許を明るく照らし、墓場や死体、そして道しるべの枝がはっきりと見えた。一行はしかし、墓場や死体を恐れてはいなかった。みんな死んでしまったのだから。とにもかくにも道しるべの枝に沿って歩き、ついに死体がごろごろと転がる墓場を抜け出し、町の両側の平らで広々とした荒地にたどり着いた。墓場を抜け出せたことが分かったので、つないでいた手をほどき、前に駆け出した者がいた。彼は何歩も行かないうちに転び、すぐに立ち上がると、今度は早足で歩き始めた――興奮して、下品な言葉や、「くそったれ！」といった訳の分からない言葉を吐きながら。

先頭にいた作家は振り返り、声をひそめて言った。

「声を落とせ――静かにしろ――一人一人ちゃんと手をつなぐんだ」

しかしもう誰も、作家の指図や命令を聞かず、皆早足か小走りで突進し始めた。ところが荒野の一帯を抜けると、先頭を走っていた者が急に立ち止まった。またもや死体の転がる墓場の一帯に入ったのだった。月光の下、見渡す限り、墓が茸のように生えていた。人びとはまた集まって、作家の後に付いていった。作家はその一帯のなかで最大の墓の上に立って、左右を見回し、後ろの遥か遠くに町と本部、わらぶき家が月下に浮かび上がっているのを見て、最終的に方向を確認したあと、皆にまた手をつながせた。一行は沼沢地のなかを、ふたたび町の向こうの大道に向かって歩き始めた。

夜が明けると、思いもよらないことに、町の手前に戻ってきたことに気がついた。捨てられていた服がまだ道端にあり、布きれとズボンの紐は、道端の人の背ほどの高さ、指ほどの太さのエンジュにまだかかっていた。

日が東から昇り、まばゆい光に晒されたので、一行はくぼ地に避難した。人びとのあいだに絶望が立ち込めていた。人びとの目は死んでいた。いっそここで眠っていたい、死んでももう墓場は通りたくないと言い出す者がいた。大部分は草の上で動けずにいて、青い顔や蠟のように黄色い顔をしていたが、皆恨み顔だった。

「結局町の手前に連れ戻してくるなんて、いったいどういうことだ？　どうしていつまでたっても町の向こう側に行けないんだ」

一人が作家に問いただしたあと、作家の顔につばを吐きかけた。

「何とかしてこの町を通り抜けることはできないのかね？　皆を連れて逃げられないということか？」

そこで作家は一人で検問所に行って交渉することにした。

人びとは皆、尋問されたとき作家が命を守ることができるように、懐やポケットから赤い花と星を取り出した。陽光の下で誰の手にも、こどもから集めた十数、数十片の小花や中花や切り抜かれた紙の五芒星が握られ、いっせいに作家に差し出されたので、作家のまわりが赤く染まった。作家は首を横に振り、皆の厚意に感謝したあと、自分のポケットから小さな紙の包みを取り出した。開くと、暗紅色の、エンドウ豆よりも大きい、落花生のような小麦の実が十数粒あった。

「上層部の者にこの麦を献上してこようと思っている。この麦は一畝で数千、数万斤も生産できることを伝え——ただし、その代わりに私と皆を県都まで行かせてほしいと頼むつもりだ」

作家はそう言うと、肩を少し怒らせて歩いていった——遥かな道のりを共にしてへたった棒を突きながら。皆草の茂みにうつ伏せて、町の入り口のほうを見ていた。自分たちも関門をくぐり抜けさせ、町の向こう側の大道まで、そして県都のバス停まで連れていってくれるのではないかと、作家の血の種に期待していた。やがて作家が町の検問所に着くと、歩哨が彼を止め、そのまま部屋のなかに連れていった。

時がたつのがやけに遅く、一秒が一年のようにも思えた。皆地面に腹這いになり、草をかき分けて、町の入り口を注視していた。しばらくすると、ついに作家が部屋から出てきて、こちらに向かって歩いてくるのが見えた。

「愛国検問所はここだけでなく、全国津々浦々にあるそうだ」と作家は言った。「大飢饉の苦境にあっては、いかなる者も村に留まり、そこから好き勝手に移動してはならない。また、自分のところで何人餓死したのかも外部に伝えてはならない——ということだった」

皆はもう何も言わなくなった。

作家はまたこう言った。

「自由に行き来できるのは二種類の者だけだそうだ。一つは上層部から発行された証明書を持っている者、もう一つは本物の軍人帽に着けられている鉄製の赤い五芒星か、あるいは紙製の赤い大きな五芒星を五つ持っている者。しかも、紙製の星の場合、後ろに上層部からこどもへ発行されたことを示す印章が押されている必要がある」

四、『天の子』四三四〜四四〇頁

数日後、一行は山菜で飢えをしのぎながら、九十九区に戻ってきた。行くときは五十二人だったが、帰ってきたときは四十三人になっていた。九人は道中で命を落としたのだった。更生区に戻ったあと、誰も町に行ったことは話さなかった。決して他言してはならないからだ。ただ暇があれば、外に通じる大道を、こどもが帰ってきはしまいか、お上が突然やって来てくれないだろうか、と首を長くして眺めていた。

旧暦の二月、大道には野草が萌え出ていた。時に野ウサギや狐が姿を現し、後ろ足で立ってこちらを見たり、のんびり歩いたりしていた。

ある日の黄昏前、空に白い光があった。ある更生者が部屋から出てきて、ふと区の外に通じる道を眺めていて、こどもの宿舎のドアから鉄の鍵がなくなっていることに気がついた。ドアの上に張っていたクモの巣もなくなっていた。その更生者が驚いて部屋に駆け戻ると、ほかの更生者もすべて部屋から飛び出してきて、こどもの部屋の前に立った。事はそのようになった。あたりは厳かで恭しい雰囲気に包まれた。皆の足音に目を覚まされたのだろう、ほどなく部屋のドアがギーときしむ音をたてながら開くと、果たしてこどもが皆の前に姿を現した。

こどもは昼頃こっそり帰ってきて、そのまま寝ていたのだった。彼の顔や足や体にむくみはなく、ただ、痩せこけて黄ばんだ様子は相変わらずだった。陽光が正面から射していたので、顔の疲れや倦怠、そして興奮の色がよく見て取れた。痩せて黄ばんだうえに日焼けした顔には、壮健な、皆がよく知る、しかし大人の光がみなぎっていた。こどもは以前より背が伸び、急に大きくなっていた。口のまわりに黒いかすのような髭が生えていた。痩せていただけにまるで木のようにも見えた。二寸ほどの長さの頭髪はボサボサだったが、なぜか草が二本付いていた。

こどもの表情とその目の光は揺らぎなく、決然としていて、何かを成し遂げた自信のようなものが滲み出ていた。目の前に立っていた学者が探るように問いかけた。

「どうでしたか?」

するとこどもは厳かに言った。

「中南海にもやはり高炉があったよ。天安門広場には一万斤を育てられる試験田があった」

人びとは押し黙っていた。作家の顔は、驚きと訝しさに満ちていた。

こどもが目を細めて空を見上げると、瑞雲がかかっており、白い光を放っていた。どこからともなく鳩の群れが飛んでいったあと、こどもはまだ覚めていない目をこすり、輝くような笑みを浮かべながら、驚くべきことを口にした。

「お前たちは、みんな家に帰っていい」

こどもの声はざらざらしていて、完全に大人の男の声だった。そう言いながら身を翻して部屋のなかへ入ろうとしたが、こどもはドアの前で布袋を取り出し、これまでに見せたこともないような、まばゆい笑みを浮かべた。

「ここで飢えに苦しみながら改造に従事する必要はない」こどもが布袋を掲げると、チャリンチャリンと小さな鉄器がぶつかる音がした。それはこどもの言葉や笑みを伴奏していた。こどもは入り口の段の上に立ち、布袋のなかから真っ赤な鉄製の、銅貨大の五芒星を取り出した。

「一人一つずつ鉄製の赤い五芒星を与える。これがあれば、大道から町まで正々堂々通っていける。どこの検問所でも、この星を見せればすぐに通してくれる。県都、更生区、省都、北京、国中どこを通ってもいい、お前たちは家と職場に帰ることができる」

こどもが五芒星をまるで灯火のように握り、空中で振ると、赤い光がよぎった。

「戻って出発の準備をしていいぞ」とこどもは大声で言った。「今夜はゆっくり休むんだ。明朝、一人ずつ五芒星を一つと煎り豆を一袋配る。道中の食糧にするといい」

こどもの声は大きな鐘のようで、一ヶ月あまり前のどこかおどおどした話し方とはまったく違っていた。

こどもはこの一ヶ月あまり、国都で誰に会い、何があったのかは話さなかったが、すっきりした、迷いのない表情で叫んだ。

「みんな戻って準備しろ——俺もゆっくり休みたい。実際、俺は本当に疲れてるんだ」

こどもはそれから部屋に入り、ギーとドアを閉めた。厚く不可解な驚きがドアの外に、学者や作家そしてすべての人びとの顔に残っていた。

人びとはしばらく立ち尽くしたあと、疑問を抱きながら自分の部屋に戻った。その日は一晩中言葉を交わさなかった。一人一つの五芒星と一袋の煎り豆を配られて、無条件に更生区から離れることなど、本当にできるのだろうか。皆はいつものように眠りについた。しかし、翌朝、自然に目が覚めると、状況は一変していた。カササギが一、二羽朝早くから窓枠の上に止まって鳴いた。と続けて一群が飛んできて、窓枠に止まった。更生者の一人が目を覚まして靴をつっかけたまま外に立っていたが、こどもの宿舎の前に来ると、愕然と立ち尽くした。赤い火のように一面五芒星が並べられていたのだ。彼は顔を上げ、驚きの声を上げた。目を空に向けたまま、ほかの更生者たちが休む宿舎のほうへ走っていった。

「早く――こどもがたいへんだ!」

「早く――こどもがたいへんなことになってる!」

彼の叫び声は、九十九区と旧河道、そして世界に響き渡った。

人びとは皆起きて、目をこすりながら、こどもの宿舎の前にがやがやとやって来た。入り口の前に来ると、皆足を止めて足許の地面に目をやった。そして急に頭を上げ、首を伸ばして広大な空を見渡すと、陽光が射し、紫雲が漂っていた。こどもの宿舎の窓枠と九十九区の塀の上にはびっしりとカササギが止まっていた。白い雲が遠くからこちらの空に向かって漂ってくるのが人びとにも見えたが、紫の天使雲の下で、空は明るく透き通り、風も凪いでいた。白く光る紫雲の空の下、こどもの宿舎の前、九十九区の門のそばに、高い木が十字架となって立っており、十字架の足は、地中深くまでしっかりと挿し込まれていた。そしてこどもは、数百にのぼる赤い花と賞状をその十字架の下に敷き詰め、また十字架の主柱に留めていたのだった。あたりは一面に赤く、まるで赤い炎が立っているようであった。大小とりどりの、絹やサテンの花が敷かれ、大地を赤く明るく照らし出していた。花のあいだに高々と立つ十字架は、朝な夕なの広々とした、赤く染まる海に立つマストのようだった。

こどもは藍色の手織りの長いひとえの中国服――腰に帯が結ばれている――を着て、十字架の中央に磔《はりつけ》になっていた。十字架の下の土はまだ掘られたばかりのにおいと湿り気を帯びており、花々の赤は血のようでもあった。白と緑の草の根は花の茎のように土から出てきて、花々のなかにあった。十字架はお碗のように太い角材で作られており、一丈あまり、二丈近くの高さがある。こどもはみずから十字架に昇ることができるように、十字架の後ろに細い木の棒を小刻みに打ち込んでいた。東の空から昇ったばかりの日の光のなかで、みずから十字架に磔になったこどもの顔には、激痛に耐えながらも満足そうなかすかな笑みが湛えられ、赤い光を放っていた。こどもは空が明るみ、日が昇った時刻に、赤い花を敷き詰め、みずから磔になったのだろう。こどもが首都にいた一ヶ月間、何を見、何に遭い、何があったのか、誰にも分からない。ただ、彼が帰ってきて最初にやった仕事が、赤い花を敷き詰めて十字架を挿し、自分を磔にすることだった。痛みに耐えきれずに十字架から落ちたりしないよう自分を十字架に幾重にも縛ってから、長釘で足を主柱に釘付けにし、次に右手で三本の大釘を使って、左手を横木に釘付けにした。最後に残った右手は、あらかじめ長釘を右の横木に釘の先を外に出したかたちではめ込んでおき、そこに右腕を後ろに振って手の甲を強く打ち付けたのだろう。右の手のひらは、ちょうどその三本の大きな釘に突き刺されて、木の梁に留められた。

こどもはこうしてみずから磔になった。

そのようになった。

こどもはイエスのように、赤い花を敷き詰めた十字架に自分を磔にしたのだった。

手や足首からの血は十字架に沿って滴り、春の花が白木に鮮やかに咲いたかのようだった。血の滴りは花の上で、あたかも一滴の水が大海に流れ込むかのようだった。血は土の上に滴り落ち、黄土が大地と混ざり合うように、一瞬にして大地のなかに染み込んだ。こどもは苦痛によるゆがみがない、穏やかな顔をしていた。願いが叶い、かすかに満足の笑みさえ湛え、大輪の赤い花が十字架の頂きに咲いているかのようであった。

十字架の下、一面の赤い花の前には、日が昇る真東に向かって、携帯の食糧を入れた袋が置かれていた。そして、それぞれの袋には、誰もが自由に行き来できることを保証する赤い鉄の五芒星が、水晶の花のしべのようにきらめいていた。

一面の赤い光のなかで、煎り豆の匂いが漂っていた。

人びとは皆驚愕の表情で十字架の下に立ち、頭を下げて一面の赤い花や煎り豆や五芒星を見たあと、頭を上げて、十字架に磔にされたこどもを見上げた。血が十字架から滴り落ちていた。きらめく陽光は透き通り、その黄金色の光が四方に射すなか、血が赤く丸い宝石のように天から降ってきた。そして雀やカササギの一群が飛んできた。紫雲が荒野の広々とした空に浮かんでいる。紫で青白い、天使のような形をした雲が遠くから十字架の上空に漂ってきたとき、塀や窓枠に止まっていたすべてのカササギが首をもたげ、人びとに分かるようで分からない歌を歌っていた。

と、そのとき、こどもが目を開け、いまわの際の言葉を口にした。

「俺が自分でここに磔になったんだ——みんな行ってくれ、一人一袋の食糧と赤い星を持って、俺の許から離れていくんだ。どこへでも、行きたいところへ行くがいい」

そこまで言うと、こどもはしばし十字架の下を、人の数を数えるようにじろじろと眺めた。

「四十四人か、今、ここには五芒星が四十三個しかない。だから、一人はここから離れることができない。俺には四十三個しかないんだ」

こどもはそれから、最後の力を振り絞って叫んだ。

「俺の部屋に行って、役に立つ本があれば、全部持って帰っていいぞ。俺の許から離れるんだ——ただ一つ、頼みがある。俺が死んだあと、俺を十字架から下ろさないでくれ。このまま日に晒してほしいんだ——そのことだけは忘れないでくれ、必ずだぞ」

そう言ったあと、こどもの頭はかすかに下向きに垂れ、髪が風に吹かれた草のようになびいた。

天使のような形をした白雲とそれを縁取るような紫雲が、こどもの頭上の空にかかっていた。赤い花が照らされている。

カササギは皆首をもたげて歌を歌っている。

人びとは十字架の下に急ぎ駆け寄ると、出発するために必要な一袋の食糧と、まだペンキのにおいがする赤い五芒星を我先に取り合った。ただ取り合いながらも、十字架の下にきちんと並べられた赤い花を踏んだり、乱したりはしないように気をつけていた。人びとは魚の群れのように一列になって、こどもの部屋に入っていった。

こどもの部屋の壁、ベッド、天蓋、そして枕許、そこかしこに、木に刻まれた切り口のように花や賞状の跡が残っていた。そしてベッドの上には、こどもがもっとも愛読していた、多くは聖書の連環画が十数冊あった。部屋の床には、十字架を作った際の木のおがくずが落ちている。木の香りが部屋に満ちていた。奥の部屋のドアを開けて入り、粗末な黒い布のカーテンを開けると、光が射し込んできた。すると、二面の壁の下にこどもが作った、粗削りで頑丈な木製の本棚が二列置かれているのが見えた。本棚には、皆が持ってきた本が並んでいる。中には表紙がなく、こどもが後からクラフト紙で包んだ本もあった。人びとは光のなか、本棚の前に立って無言でじっと見つめていたが、こどもが冬に燃えさしとして使ったのは、二、三冊以上重複した本であったことが分かった。部屋中埃だらけだったが、本棚には埃もなく、整然としていて、拭いたばかりの跡があり、灰白色のわら半紙の水に濡れたにおいが漂っていた。

人びとは本棚から、自分が持ってきた本を見つけた。読みたいとずっと思っていた本を見つけた。

正午になると、厳しい日射しが照りつけ始め、人びとは横一列に並んで、荷物、本、携帯食糧をまとめ、胸に五芒星を着けて、花に囲まれた十字架の下から立ち去ろうとした。そのとき、学者が五芒星を持っていないことに気づいた。ほかの更生者たちが奪い合うようにして取りに行ったとき、学者だけは突っ立って、人びと——仲間の知識人たち——を黙って見ていた。ほかの者たちが部屋に本を取りに行ったとき、学者だけは十字架の下に立って、人びとが取ってゆくときにやはり乱されてしまった花をこどものために整然と並べ直し、落ちた花を十字架の縦木にかけ直していた。皆が本の束を持って部屋から出てきたとき、学者は静かにそこに立っていた。人びとが九十九区を立ち去ろうとしているとき、学者にだけは五芒星がなかった。陽光の降り注ぐなか、彼は十字架と花々のそばに立ち、皆に手を振って見送った。

「仏や禅に関する本は全部置いていってくれないか——みんな元気でな」

人びとは十字架の下の花々のなかに立つ学者の前で立ち止まって、言われたとおり仏や禅に関する本をすべて置いた。こどもの下を通り過ぎるとき皆空を見上げたが、紫雲や真っ白な天使雲、そして無数のカササギはいなくなっていた。これまで以上に強烈な日射しが降り注ぎ、こどもの手や足、十字架の血は黒く固まっていた。こどもの額や顔の脂は干上がり、唇もひび割れ、反り返っていた。

学者は作家に呼びかけた。

「みんなを確かに連れ帰ってくれ」

作家は学者にうなずいてから言った。

「こどもを下ろしてやってくれ」

学者は少し考えてから言った。

「みんな行ってくれ。私はこどもの言いつけを守る。イエス降誕の刻になったら、こどもを下ろす」

陽光が照りつけるなか、一面の花々のあいだに立つ十字架にこどもを磔にさせたまま、一人一人静かにゆっくりと通り過ぎていった。

強烈な日射しにこどもを晒したまま。

学者がひとり十字架のそばで付き添った。

人びとは外に通じる広い大道に入り、歩き続けた。正々堂々、愛国検問所を一つ通り抜け、しばらくしてまたもう一つ通り抜けた。黄昏時、一行は大道の分かれ道から黄河の氾濫原の外へ向かって歩いていった。と突然、何百、いや何千だろうか、天秤棒で荷物を担いだ数えきれないほどの民草たちが、こちらに向かって歩いてくるのに出くわした。四方八方で砂煙が立ち昇り、人びとの足音が聞こえる。いずれの家庭の車にも寝具、鍋やお碗が積まれ、紙や鉄で作った五芒星が天秤棒にかけられ、木札に貼られていた。先頭を歩いている家族の主人は三十代もしくは四十代に見えたが、痩せて足が不自由で、車を引くのにも骨が折れる様子だった。妻や両親が車に座っており、鍋とお碗が車の上に高く積み上げられていた。その家族は民草を連れて、別の分かれ道から黄河氾濫原の更生区のほうへ歩いていった。男が引く車には木の札が挿し込まれていたが、そこにはとっくに色褪せて古びた五芒星が貼られてあった。しかも、乗っている自分の親や子供や妻の――誰の胸にも五芒星が着けられていた。どうやら更生区を目指しているようで、彼らの顔には長旅の疲れと埃が灰のように積もっていた。作家も皆も落日に背を向けて歩きながら、人びとを引き連れて更生区に向かう家族を遠くから見た。一方、家族のほうも作家たちを振り返った。十字路ですれ違い、相当距離が開いたあと、作家は突然立ち止まり、驚いた表情で叫んだ。

「ああ、あの男は実験じゃないか！――去年の冬、大製鋼運動に参加して黒砂を見つけ、五芒星をもらって九十九区を離れた」

九十九区の誰もが立ち止まり、向こうに歩いてゆく男が確かに実験だと気づき、口に手を添えメガホンのようにして、大声で実験の名前を呼び、なぜ更生区に向かっているのかと訊いた。しかし、実験は家族と荷物を載せた車を引いて、日が落ちる方向に向かって行ってしまった。後から付いてゆくほかの家族たちも夕日のなかに溶け込んでいった。それはまるで秋の野のなかにうずもれてゆく枯れ草のようだった。実験の後ろに付いてきた人たちが、代わりに事情を説明してくれた。

「ここは土地が広くて人が少ない、春になると万物がよみがえり、食べきれないほど食べるものがあるそうだ」

人の群れは中に向かい、作家は仲間を連れて外へ向かった。

第十六章　原稿

一、『新シーシュポスの神話』一三～二一頁

（『四書』のうち『罪人録』は、前世紀一九八〇年代に歴史資料として出版された。作家の『旧河道』という五百頁近くにのぼるノンフィクションは、二〇〇二年頃になって出版されたが、時がたち、状況が変わったため、ほとんど反響はなかった。『天の子』という本は私が数年前に古本屋で買ったもので、作者名を記すところには「不詳」とあった。出版者は中国典籍神話出版社である。唯一出版されていないのは、学者が何年も構想しながら、書き上げることができていない『新シーシュポスの神話』という哲学エッセイである。三章十一節から構成されており、今から数十年前に水薬で書かれた同書は、その人類社会の生存と精神に対する洞察があまりに倒錯的で混沌としているため、いまだに出版されていないのだという。私は手稿を国立哲学文献研究所で目にしたことがあるが、おぼろげながら理解できるのは冒頭の、数千字ほどの序論だけである）

神がシーシュポスに与えた罰は、大地に春、夏、秋、冬の四季があるのと同じことだ。時間は日々前

に流れてゆく。しかし、時間はひたすら前に進むのではなく、日々前進と逆行を繰り返していると考える者もいる。明日、明後日の到来は、事前に設定された段取りを一つ一つ後ろから前に進めているだけで、連環画を最後の頁から、一頁ずつ前にめくるようなものだ。それゆえ、私たちは未来のことについては記憶しているが、過去のことは何も知らず、予測することしかできないのである。この逆流する時間のなかで、シーシュポスは神の罰を自分が犯した罪に対するものとは思わず、日常のこととして疑いなく受け入れた。シーシュポスはただ毎日岩を谷底から山頂まで上げ、息つく暇もなく、岩はまた頂上から谷底まで転がり落ちる。そのため翌朝、彼はまた息を切らし、汗だくになりながら、ふたたび岩を山頂まで上げなければならない。際限なく、終わりのないこの反復は、私たち——傍観者の心に、山のように重くのしかかってくる。

我々はシーシュポスを、不条理や苦難や懲罰を受け入れる英雄であると見なしている。その悲劇性に我々は心を動かされる。シーシュポスのそうした受忍を我々は、人類が現実を解読し現実に向かうための鍵と精神であるとも見なしている。しかし誰も、これがシーシュポスに対する誤解であり歪曲であるということを理解していない。我々からすれば罰と思われることは、またシーシュポス自身も、当初は我々と同じように罰と考え、不安や動揺も感じていたであろうが、彼は時間がたつにつれ、何とも思わなくなった。時間の力が彼をして、そうしたすべてに適応させたのである。適応が時間に対する武器となり、時間に抗して戦えるようになったのである。朝、岩を山頂に上げるが、日が沈めば岩が山頂から転がり落ちるのを目にする。翌日、ふたたび岩を押し上げるも、夜になればやはり転がり落ちる——この往復の過程——それを自分の責任だと考えているシーシュポスにとって、この時間の円環を失うことは、生きる意味の喪失と消耗でしかない。

時間が前進しようと逆行しようと、歳月が老いようと若返ろうと、シーシュポスに根本的な変化はなく、疲労と休息の繰り返しがあるだけだった。しかし、無視され、ないがしろにされる日々のある日、山頂から転がり落ちた岩を追って、シーシュポスがいつものように太陽とともに山から下りて、明日の仕事の準備をしようとしたとき、状況が変わった。

シーシュポスはこどもと出会った。

こどもはシーシュポスが毎日往復している山道に現れ、道端に立って、転がり落ちてゆく岩とシーシュポスの足取りを見ていた。単純で純粋で無邪気なこどもは、世界と栄誉に対して並々ならぬ好奇心を抱いている。シーシュポスが初めてこどもと会ったとき、そちらをちらっと見ただけだった。翌日、岩を山頂に上げたときこどもは道端にいなかったが、黄昏時に岩を追いかけて山を下りてきたとき、こどもは山の中腹の道端にふたたび立ち、転がる岩と後を追うシーシュポスを見ていた。

その日、シーシュポスは立ち止まり、こどもに向かって会釈した。

「やあ」

シーシュポスが無限の時間の沈黙ののちに初めて人に発した言葉だった。

それから三日目も四日目も、黄昏時に岩を追いかけて山を下りてくると、こどもが落日の光を浴びながら山腹の道端に立っていたので、シーシュポスはこどもに会釈してから、二言三言言葉をかけた。

シーシュポスはこどものことが好きになった。

こどもとのあいだに生まれた感情や愛情が時間とともに二人を結びつけた。シーシュポスは罰として与えられた往復の苦行のなかに、新しい意味や存在意義を見出した。毎日岩を山頂に上げたあと、息つく暇もなく山頂から転がり落ちる岩を追って下りてくれば、山腹で、あの単純で純粋で世界や栄誉に好奇心を持つこどもに会うことができる。こどもはいつもそのとき、その場所でシーシュポスを待っている。シーシュポスは澄んできらきらとしたこどもの目が忘れられない。彼は毎日岩を山頂まで上げ、岩が時間どおり転がり落ちさえすれば、山腹でこどもに会うことができる。岩を上げなければ、岩が転り落ちなければ、彼はこどもの澄んだ目を見ることができない。

こどものことが好きになったのは、無意味な往復をする仕事にこどもが新たな存在意義を与えてくれたからだ。岩を転がさなければ彼はこどもには会えない。こどもに会うためだけにシーシュポスは毎日岩を山頂まで運び上げ、岩を追って山を下りるようになった。思い焦がれ、情熱に満ち、文句も言わず、異論も唱えず、苦労に耐えて、楽しみに仕事をしている。彼にとって日の出の光はないに等しく、ただ日の落ちる黄昏時があるだけだった。シーシュポスは黄昏時にこどもに会って言葉を交わすために、顔を輝かせながら、温かい笑みを浮かべるようになった。

神はそのいっさいを見ていた。

神はシーシュポスが罰に適応し、意義を見出したことに我慢ならなかった。そこで、シーシュポスに山のこちら側で岩を山頂に運ぶことを禁じた。山の向こう側——裏側——で山頂から岩を下ろす苦役を課したのだ。山のこちら側では岩を山頂まで運ばせ、岩はひとたび山頂に到達すると、ひとりでに転り落ちていたが、山の向こう側では逆だ。岩を山頂から下ろすときには莫大な力で押してゆく必要があるが、谷底に到達すると、今度は岩がひとりでに一定の速さで山頂に上がってゆくのだ。

これがいわゆる「不思議な坂効果」である。

不思議な坂効果では、シーシュポスは新たな懲罰と戒めを受けることになった。彼はこどもに会えなくなったのだ。こどもへの愛情と想いが、シーシュポスの肉体および精神への懲罰となった。彼の新しい罪はこどもへの感情だけでなく、岩が山頂から転がり落ちることへの適応と依存にもある。人がいったん懲罰によってもたらされる苦難や変化、退屈、不条理、死などに適応すると、懲罰は意味を失ってしまう。懲罰はもはや鞭打ちや力の行使ではなくなり、適応のやむを得なさが転化して美と意義が生じる。これは人類が進化の過程で獲得した無力さと惰性である。一方で、惰性のいかんともしがたいところはそれ自体意味のある抵抗と力になりうる。惰性は適応を生みだし、順応には力が含まれている。

山のこちら側では、シーシュポスは西洋のシーシュポスである。

山の向こう側では、シーシュポスは東洋のシーシュポスである。

毎日、シーシュポスは汗を雨のように流しながら、山頂から谷底へ莫大な力で岩を押してゆく。ゆっくりと休む間もなく、岩は不思議な力に引きずられてひとりでに頂上に転がってゆく。翌日、シーシュポスはまた山頂から谷底へ力を込めて岩を押してゆくが、日が落ちる頃、岩はまた山頂に向かってひとりでに転がってゆく。シーシュポスは岩を追い、必死の思いで山頂に登り、そこで一夜を明かす。翌日東の空が赤く染まる頃、彼はまた、気力をふりしぼって岩をふたたび谷底に転がす。来る日も来る日も同じことの繰り返しだが、ふたたびこどもには会えず、岩を転がす懲罰は終わりがない。毎日、シーシュポスは力を使い果たすが、いかんともしようがなく、またこの苦役の意味が理解できない。しかし神は、いつも遠くから眺めているだけで何も言わない。シーシュポスは今回神から受けた逆方向の懲罰のなかに、神の怒りと恨みを感じた。彼は長いあいだこの懲罰と戒めに適応できなかった。以前岩が転がり落ちていたとき、後ろを追いかけるのは気楽だった。しかし今は、下に向かって力を込めて押さなければならない。逆に岩がひとりでに登ってゆくとき、彼は後ろから追いかけなければならない。つまり、彼は力を使い果たしたあと、ふたたび必死の思いで山に登る。二倍の体力と精力を費さなければならない。さらに重要なのは、以前岩を上に押し上げているとき、足を曲げて腰をかがめた姿勢で顔を上げると、そこには空の光と星があった。岩を押し上げるたびに、天に、神に近づき交流しているような気がしたものである。しかし今、力を込めて岩を押しても空の光や星は見えない。自分は神や天国や魂に背馳しているように思えた。山の向こう側での、岩を押し下げ、転がり上がる岩を追うという往復のなかで、懲罰と戒めが自分の肉体と魂に与える鞭打つような苦しみをシーシュポスはひしひしと感じたが、岩が下から上へひとりでに転がり、上から下へ力を込めて岩を押さなければならない道理と力は理解できなかった。

「お前は私にこの不思議な坂の力が存在する理《ことわり》を説明しなければならない。説明できなければ永遠に押し続けなければならない」と神は言った。ただ、シーシュポスにはその理由が分からない。彼は毎日岩を上から下に力を込めて押しながら、その道理と不思議な力について考えていた。しかし彼は、永遠に解決できない不思議な事柄を考え続けることも、神が与えた新しい懲罰と戒めだということに思い至らなかった。彼は毎日考えすぎて頭が痛くなった。しかし、年がら年中考えても結論は出ず、彼は山道でこどもに出会ったことを後悔し始めた。こどもへの愛情を後悔した。山頂から谷底に力を入れて大きな岩を転がしているときは、その道理を考えるだけでなく、下から上に押すのと同じ力を払わなければならない。しかも、来る日も来る日も休みなく岩を押し続けなければならなかった。彼は焦りと不安と恨みの感情に苛まれ、神と口論したい衝動と情熱さえ抱き始めた。しかし神と口論すれば、神からさらに厳しい懲罰と戒めを与えられることになる。

シーシュポスは不安に駆られながら、毎朝、上から下へ力を込めて岩を押した。黄昏時になると、岩はまたひとりでに山頂に転がっていった。一日一日、長い年月を経るうちに、彼は頭を痛めて考えることをやめた。彼はふたたび、毎日上から下へ力を込めて押し、休みなく往復することに慣れた。それどころか、このような新しい罰を勤勉にこなし、ぐちもこぼすことなく、罰を自分の肉体と魂に調和させるようになった。この適応のおかげで、新しく恐ろしい罰がもたらした残酷、暴力、死のような不条理、そして疲弊と絶望に、変化が訪れた。以前道端でこどもに会ったときと同じように、シーシュポスはある日、腰をかがめ力を込めて岩を山頂から転がしていたとき、ふと視線を上げると山のふもとに、草木、家屋、村落、炊煙と、禅院の入り口で遊んでいる子供たちが目に入った。

彼は神の懲罰を超えて山のふもとの寺院と俗世間の炊煙の光景を見ていた。

彼は俗世における禅院の炊煙の光景が好きになった。

シーシュポスは考えることに疲れ、神が彼に与えた問題について考えないようになった。そのおかしな問題を解こうという願いや渇望もなくなった。新たな適応は彼に新たな理由と力を与え、思考停止は平和や快適さや調和をもたらした。毎日夕方になると、ひとりでに上に転がってゆく岩を追って山に登るのは、翌朝東の空が明るみ、赤く染まったときに巨岩を谷底に向かって押すためだった。頂上からますます遠ざかり、谷底にますます近づきながら、ついには山のふもとにある草や木、家屋、村落、炊煙、禅院の前で遊んでいる子供や牛や羊を目にすることができた。現実の炊煙のおかげでシーシュポスは懲罰に新しい意味を見出し、それに適応する力も得た。数え切れないほどの年月を経て、彼は岩を上から下に押すことを好むようになった。そのため彼は、自分が不思議な力について考えていないこと、新しい懲罰に適応し、懲罰を存在の必要条件に変え、人間の生命の時間のためのものにしたことを神が発見したら、苦役の経路を変更するのではないかと恐れた。たとえば、彼に岩を上から下に押させず、山腹に線を引いて、丸い岩を不規則な形に変えて、丸くもなく、四角くも、三角でも、楕円でもない形の岩を押させて、なおかつ山腹の線から一寸も離れないように言い置いたうえで毎日山を一めぐりさせる。もしそんなことになれば、自分は到底続けられないとシーシュポスは感じた。

現実の禅院における俗世間の炊煙の光景を見るために、また神にふたたび彼の適応と調和を変えさせないようにするために、シーシュポスは毎日山頂から力を入れて岩を下ろすとき、現実の俗世の光景など目に入らず、いつも不思議な力のことを考えているような顔をしていた。

神はそれに気づかなかった。シーシュポスは山の向こう側で、毎日上から下に向かって岩を力を込めて押し続けた。静かに適応し、悠々自適に暮らしている。

訳者あとがき

毎年ノーベル文学賞発表の季節になると、村上春樹とともに閻連科の名が挙がるようになって久しい。解放軍出身の彼は、農村や軍隊生活に取材した小説で魯迅文学賞や老舎文学賞といった国内主要文学賞を総嘗めにしてきたが、その枠に収まりきらないスケールの大きさから、度々当局による発禁処分を受けており、それがまた、欧米や日本から関心を持たれる要因の一つともなっている。二〇一四年には、彼はフランツ・カフカ賞を受賞した。授与理由のなかで『四書』が閻連科のキャリアにおけるピークの作品と言及されていることからも分かるように、その前年にチェコ語版が出版された同書がカフカ賞授与に大きく貢献していることは間違いない。また、同書は世界で二十の言語に翻訳されている。閻連科は今、欧米や日本で最も注目されている中国人作家の一人であり、『四書』は彼の代表作と言えるだろう。

さて、ここからは日本の読者のために『四書』の時代背景等、読解の参考になる補助線をごく簡単に提示したいのだが、物語のあらすじや内容に言及せざるを得ないため、全編読了後、文字どおり「あとがき」としてお読みいただきたい。

『四書』の時代背景としては、主に毛沢東の主導で始められた大躍進運動（一九五八〜六一年、農工業の増産運動)、およびその副作用としてもたらされた大飢饉(一九五九〜六二年)、さらには権力基盤の弱体化を挽回すべく毛沢東が発動した文化大革命(一九六六〜七六年)があるだろう。物語は知識人改造を目的として作られた収容所「九十九区」を舞台として、宗教や知識人への迫害、大飢饉や食人といった問題が、神話的な語りを織り交ぜながら語られる(旧約聖書の『創世記』)。

ではなぜ、旧約聖書『創世記』なのか。それは閻連科が、大躍進政策を新中国建国期における「原罪」と見なしているからにほかならない。農地の地力を無視した目標設定、煉瓦で造った高炉で鉄鋼生産を図るという非科学的発想、鉄鋼生産への農民の大量動員、いずれも無謀極まりない。九十九区の更生者たちの血を吸わせて巨大な小麦を育てようとするグロテスクなエピソードにおいて、神は人間の思い上がりに怒り、敢えて実を付けさせないようにする。やがて大雨と大日照りがあり、大飢饉が始まる。そこには、大地への敬虔と大地によってこそ立つ人間存在のはかなさへの思い(「大地と足が、戻ってきた」「人はその上では卑小な存在でしかなかった」「人びとの足は大地に支えられて戻ってきた」……)があり、大地と人の生命の循環を破壊した毛沢東への怒りがあるだろう。

食人の問題に触れておくなら、魯迅の作品に見られるカニバリズムの本質を喝破した中野美代子『カニバリズム論』(ちくま学芸文庫、二〇一七年)の一節を思い起こす。

ところで、魯迅がカニバリズムは循環すると考えたのは、彼独特の歴史感覚による。「狂人日記」から七年後の一九二五年にこう書いている。

(歴史を書くにあたっては)もっと簡単明瞭な言い方が、ここにある——

一、奴隷になりたくともなれない時代

二、しばらくは安らかに奴隷となりえた時代……

今日は……自分にそれぞれに他人を奴隷としてこき使い他人を食ってしまう希望があるために、自分にも奴隷としてこき使われ食われてしまう将来があることを忘れてしまった。かくて、大小無数の人肉の饗宴が、文明はじまって以来今日に至るまで設けられ、人々はこの宴席で食ったり食われたりしている。……これらの人食いどもを掃蕩し、この宴席をひっくり返し、この厨房を叩きこわすことが、すなわち今日の青年の使命である!(「灯下漫筆」――『墳』)

奴隷にもなれぬ時代と奴隷になれる時代の循環の論理を、カニバリズムの循環の論理に重ねあわせたのが、「狂人日記」であったわけだ。

魯迅「狂人日記」は封建的儒教精神が集団倫理に沿わない目覚めた人間を「狂人」として圧迫するさまを「食人」に象徴させている。中国という船が沈みゆこうとするなか大多数の人びとは目覚めないが、意味のない封建道徳に染まっていない子供だけは目覚める可能性がある。だからこそ「狂人」は自分の思いを託すべく、人間を食ったことのない子供を救えと叫ぶのである。

閻連科の『四書』はどうだろうか。全編を覆っているのは更生者=奴隷たちの哀しいまでの立ち回りである。それは知識人たちの魂の検閲の結果であり、魯迅が歎いた「残酷」を娯楽とし、「他人の苦痛」を見世物にして、慰安にする「暴君の臣民」の暴虐性も垣間見える。また食人に対する倫理観の欠如も指摘できよう。美食的かつ日常的な中国のカニバリズムに対して、中野美代子は西洋との比較のなかで「どうやら、中国人には、カニバリズムを罪悪ないしはタブーとみなす気持がそもそもなかったのではなかろうか」とまで言っているがしかし、『四書』の作家が学者への罪悪感からみずからの肉を切り取り、供するエピソードには、究極の状況のなかでの自他の存在価値をめぐる精神的な葛藤も垣間見ることができる(ちなみに、魯迅「狂人日記」には、病を得た親のために息子がみずからの足の肉を切り取り食べさせるエピソードが暗に言及されている。このエピソードは古来中国で「孝」として美化し、賞賛されてきた)。

知識人だけからなる更生区をこどもに治めさせるというプロットは、ウィリアム・ゴールディング『蝿の王』のディストピア的世界を想起する向きもあるようだが、両作品の作者の問題関心はそもそも異なるように思われる。私はやはり『四書』のこどもは文化大革命時、「毛沢東の良い子供」として猛威をふるった紅衛兵を戯画化したものとして読みたい。紅衛兵の「造反有理」は新中国建国後、共産主義のなかで純粋培養された世代が、革命第一世代のような武勲がないことに物足りなさを感じて始まったとも言われているが、こどもの粗暴さや、銃殺された過去の革命烈士に思いを馳せ、ともすると自分を殺せと叫ぶさまは、毛沢東思想に染まり、革命への参与に思い焦がれる紅衛兵たちを思わせる。しかし、上意下達の目標が現実を無視した実現不可能なものである以上、こどもはお上と下々の奴隷たちとのあいだで板挟みになるしかない。そんななか、知識人たちから没収した本(特に旧約聖書)に触れるなかで、自己犠牲の対象を毛沢東や共産主義ではなく下々の奴隷たちに向け、つまりはキリストのように人びとの救世主として振る舞うことになったのではないか。その一方で、こどもが性的不能であったことは、身体的な欠損を持つ者がシャーマンになる中国伝統的宗教とのつながりも想起させる。いずれにせよ、こどもは目覚め、人びとを救った。子供を救え! という「狂人日記」とベクトルが逆なのは悲劇的だが、こどもはみずから狂人=救世主となることによって「青年の使命」を果たしたのである。そして学者が九十九区に残る限り希望は残る——。

『四書』の翻訳は早くに原作者から依頼を受けていたのだが、途中で裁判に関わらざるを得ない状況が生じたため、一時中断していた。原作者ならびに岩波書店にはご迷惑をかけてしまい、申し訳なく忸怩たる思いである。一方再開後、私の翻訳上の問い合わせに対して原作者からは懇切丁寧な教示を受け、また岩波書店には充実した編集チェック・校正体制を敷いていただいた。とりわけ編集部の奈倉龍祐さんには中国語版や英語版まで対照していただいた。学術出版の雄である岩波書店から出版できたことのありがたみを今嚙みしめている。心より感謝申し上げる。また翻訳に際しては勤め先の多数の留学生に付き合ってもらった。若い学生の将来に影響が及ぶことを憂慮して名前を出すことは差し控えるが、ここに謝意を表したい。非常感謝。また、同様に付き合ってもらった中国人の妻何《ホー》歓《ホワン》にもささやかな謝意を表したい。

二〇二二年師走

桑島道夫

閻連科(えん・れんか／イエン・リエンコー)
1958年中国河南省の寒村に生まれる．高校を中退後，出稼ぎ労働に従事．20歳のとき人民解放軍に入隊し，部隊の創作学習班に参加する．80年代から小説を発表，92年の中編『夏日落』が発禁となり注目を浴びた．2004年の『愉楽』で老舎文学賞を受賞するも，『人民に奉仕する』(05)で再び発禁処分を受け，『丁庄の夢』(06)は一時販売中止になる．『四書』(11)は大陸で出版できず台湾で刊行されたが，翻訳がフェミナ賞外国小説部門とマン・ブッカー国際賞の候補作になる．14年にはフランツ・カフカ賞を受賞した．ほかの邦訳作品に長編『硬きこと水のごとし』『炸裂志』『太陽が死んだ日』『心経』，中短編『年月日』『黒い豚の毛，白い豚の毛』，エッセイ『父を想う』がある．

桑島道夫
翻訳家，静岡大学人文社会科学部教授．東京都立大学大学院博士課程中退．専門は中国近現代文学，日中比較文学文化．訳書に衛慧『上海ベイビー』，夏伊『雲上的少女』，編訳書に『9人の隣人たちの声』など．

四 書　　閻連科

2023年1月27日　第1刷発行

訳 者　桑島道夫《くわじまみちお》

発行者　坂本政謙

発行所　株式会社 岩波書店
〒101-8002 東京都千代田区一ツ橋2-5-5
電話案内 03-5210-4000
https://www.iwanami.co.jp/

印刷・三陽社　カバー・半七印刷　製本・牧製本

ISBN 978-4-00-061574-7　Printed in Japan

阿Q正伝・狂人日記 他十二篇
――吶喊
魯迅
竹内好 訳
岩波文庫
定価七九二円

赤い高《こう》粱《りゃん》
莫言
井口晃 訳
岩波現代文庫
定価一二五四円

続 赤い高《こう》粱《りゃん》
莫言
井口晃 訳
岩波現代文庫
定価一四〇八円

酒国――特捜検事丁鈎児の冒険
莫言
藤井省三 訳
四六判三一二頁
定価三五二〇円

世事は煙の如し
中短篇傑作選
余華
飯塚容 訳
四六判一八四頁
定価二五三〇円

岩波書店刊
定価は消費税10%込です
2023年1月現在